그림자 자국

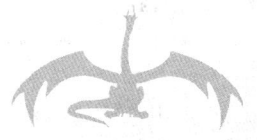

이영도 판타지 장편소설

그림자 자국

황금가지

일러두기

* 작품의 각 문단 번호는 작가의 의도에 따라 배치되었습니다.
* 작품에 사용된 단어 중 일부 고유명사 등은 읽으면서 설명이 되도록 처리되었습니다.
* 본문에 사용된 가름 그림은 작품의 이해를 돕기 위해 변화가 있습니다.

고고학자나 지질학자에겐 절대로 옛날 옛적이 아닌 어떤 때, 죽고 싶어 하는 소년이 있었습니다.

소년은 그 생각에 완전히 매진하진 못했어요. 그 충동에 대한 거부감 때문이 아니라 다른 일로 바빴거든요. 동생의 머리에 난 구멍을 틀어막고 있을 땐 누구라도 차분하고 느긋하긴 어려운 법이랍니다.

소년은 어찌할 줄 모르는 눈으로 주위를 둘러보았습니다. 하지만 언덕 위에서 동생에게 흙을 차 보낼 때 응원을 보내주던 동무들이 보이지 않았어요. 그 아이들은 이미 도망친 후였거든요. 아마 그 애들 중 사려가 조금이라도 있는 아이는 동네로 달려가 어른들을 데려올지도 모르지요. 어쩌면 내일 아침이나 되어야 그런 이야기를 할지도 모르지만요. 소년은 자신이 어느 쪽을 바라는지도 알 수 없었습니다. 빨리 어른이 와서 동생의 머리에서 쏟아져 나오는 피를 막아주기를 바라는 건지, 그렇잖으면 아무도 오지 않기를 바라는 건지.

'왜 그냥 돌아가지 않은 거야. 올라올 수 없으면 집으로 돌아가면 될 거 아냐. 형이 너하고 놀면 재미있을 것 같아? 형이 계집애처럼 동생하고 소꿉놀이나 해야 해? 왜 형을 못살게 구는 거야. 너 같은 것 바란 적 없어. 왜 태어난 거야. 아냐, 미안해. 이런 소리 하는 것이 아냐. 나는 형이야. 형이라고. 거기 돌이 있었는지 어떻게 알았겠어. 난 흙만 좀 끼얹을 생각이었어. 너 집에 보내려고 그런 거야. 돌이 굴러 떨어질지 어떻게 알았겠어. 나는 몰랐어!'

소년은 그의 발길질에 흙 아래 묻혀 있던 돌이 쑥 빠지던 때를 다시 떠올렸습니다. 돌은 기우뚱하다가 경사면을 타고 구르기 시작했죠. 그때도 소년은 발이 아파서 동생을 욕하려고 했어요. 가속도가 붙은 돌이 동생의 머리를 때렸을 땐 꼴좋다고 생각했죠.

"네가 잡은 거야?"

절대로 사람의 것이라고 생각할 수 없는 목소리에 소년은 고개를 들었습니다. 공황 상태였던 소년은 자신이 보고 있는 것이 무엇인지도 알 수 없었어요. 사실 인간들이 그런 걸 볼 일은 거의 없지요. 만약 그걸 목격하게 된다면 그 사람은 평생 동안 주위 사람들을 지긋지긋하게 만들거나 그 자리에서 죽게 될 겁니다. 주위 사람들은 후자를 바라게 될지도 모르지요.

소년은 넋이 나간 얼굴로 앞쪽에 앉아 있는 거대한 드래곤을 보았습니다. 드래곤이 참을성 있게 말했어요.

"앞발 올려놓고 있는 건 네가 잡았다는 뜻이겠지. 알아. 빼앗을 생각은 없어. 원래는 그냥 지나갈 생각이었어. 하지만 너희들이 서로를 안 먹는다는 기억이 떠올라서 말이야. 확실하진 않지만 그런 기억이 있거든. 그래서 물어보려고 내려온 거야. 그거 먹을 거야?"

"머, 머?"

"네가 잡은 그것 먹을 거냐고."

"먹?"

드래곤은 인내심을 잃는 기색을 약간 보였습니다.

"먹어? 안 먹어?"

"안 먹어!"

소년은 자신의 외침에 놀랐습니다. 아이들을 무시하지 마세요.

당신들도 한 때는 아이였잖아요. 소년은 자신이 외친 말이 두 가지 뜻으로 해석될 수 있다는 것쯤은 깨달을 수 있었어요. '동생을 먹지는 않아.'라는 뜻과 '나는 안 먹을 테니 네가 먹어.'라는 뜻이지요. 드래곤은 두 번째 의미에 반응했어요. 그것은 고개를 숙였습니다. 소년은 멍한 눈으로 산이 허리를 굽히는 듯한 그 모습을 보았습니다. 소년은 자신이 어른들에게 뭐라고 말할지 생각했어요. '드래곤이 동생을 잡아먹었어요.' 그건 사실이죠. 정직한 소년에게 나라에서 훈장을 줄지도 모릅니다.

드래곤이 멈췄습니다.

그것은 묘한 눈으로 피에 젖은 동생을 보다가 다시 형을 보았어요. 드래곤이 말했습니다.

"너 닮았네?"

1

 권위 있는 해석에 따르면 예언은 폭력입니다. 모든 예언자가 그 해석에 동의하죠. 그 모든 예언자가 도대체 몇 명이냐고요? 음, 당신은 통계의 장난이 뭔지 아는 분이군요.

 바이서스라는 그럭저럭 괜찮은 나라가 있습니다. 인접국들에게 좋은 평가를 받지는 못하지만 그건 어떤 나라도 해낸 적이 없는 일이니 그 때문에 바이서스를 폄하할 수는 없을 거예요. 그 바이서스의 수도 바이서스 임펠에 한 남자가 살고 있었습니다. 직업은 보석 세공인이었고, 그 분야에서 나름대로 탄탄한 지위를 가지고 있는 인물이었지요. 하지만 그를 아는 사람 대부분은 그를 보석 세공인으로 기억하지 않았어요. 그에 대해 물어보면 돌아오는 첫 마디는 대부분 '아, 그 예언자?'였습니다.

 그것은 농담이나 별명 같은 것이 아니었죠. 그는 진짜 예언자였으니까요. 누구도 그 능력을 부정할 수 없었어요. 자손들을 여름철에 어쩔 수 없이 생기는 곰팡이쯤으로 여겼던 그의 증조할아버지도 그가 진짜 예언자라 했고 허튼 소리는 잠꼬대로도 하지 않았던 그의 외할머니도 그가 진짜 예언자라고 했거든요.

 그리고 자신이 예언자임을 그 남자만큼 확실히 증명한 사람은 아무도 없었습니다. 그런데 그 유일한 예언자가 예언은 폭력이라고 믿고 있었습니다. 그러니 예언이 폭력이라는 것은 모든 예언자가 동의한 정론이 되는 거죠. 반대하고 싶다면 먼저 당신이 예언자임을 증명하세요. 그래야 그 남자가 당신 의견을 들어주기라도 할 겁니다.

 그 예언자는 왜 예언이 폭력이라 말했을까요? 예언자는 예언에 대해 말하는 것마저 짜증스러워 하지만 몇 가지 유념해 볼 만한 발언을 남기긴 했습니다. 자, 생각해 보세요. 당신의 침실이나 화장실에 열심히 엿보기 구멍을 뚫는 사람을 목격하면 어떤 기분이 들까요? 어떤 느낌을 떠올렸다면 그 느낌을 기억한 채 다음 질문에 대답해 보세요. 당신의 미래를 보는 사람을 보면 어떤 느낌이 들까요?

근사할 것 같다고요? 애석하군요. 예언자에 따르면 당신은 케케묵은 유행에 휘둘리는 사람입니다. 당신은 당신 미래의 주인이 아닙니다. 그러니 훔쳐봐도 상관없는 거죠. 그게 아니라면 당신은 노출광일 겁니다. 무례하다고요? 유감이군요. 보통은 이렇게 자상한 설명도 없거든요. 예언을 요청 받으면 예언자는 화를 바락바락 내면서 말한답니다.

"미래? 좋아. 오늘 밤 당신이 당신 부인하고 어떻게 뒹구는지 한 번 봐줄까? 당신 부인이 무슨 소리를 낼지 나도 궁금하네."

면전에 대고 저렇게 말하다니, 너무하지요. 예언에 정나미가 떨어지게 하고 싶어서 하는 말인 모양입니다만 저래서야 도저히 요령이 좋다고 말할 순 없겠지요. 미래를 알기는커녕 모욕이나 잔뜩 당하게 되니 예언자에게 예언을 부탁하는 사람은 거의 없었답니다. 예언자는 그 상황을 좋아했지요. 미래를 조금도 보고 싶지 않았거든요. 보석 세공만으로 먹고 사는 것에는 아무 문제가 없었으니 아쉬울 것도 없었지요.

전쟁은 좋은 것일까요, 나쁜 것일까요?

일반적인 기준은 이렇습니다. 이긴 전쟁은 좋은 전쟁이고 진 전쟁은 나쁜 전쟁입니다. 간단하죠. 더 본질 추구적이고 격조 높은 대답이 있을지도 모르지만 바쁜 세상을 살면서 모든 것에 신경을 쓸 수는 없지요. 발 옆에 친구의 머리 같은 것이 굴러다니면 누구라도 한가함 따위는 느끼기 어렵잖아요. 예. 그렇습니다. 전쟁터 한가운데만큼 전쟁에 대해 생각하기 어려운 곳도 없지요. 역시 전쟁에 대해 생각해 보려면 전쟁 밖에 있어야 합니다.

시에프리너의 영토가 누구의 것인지 확실히 말할 수 있는 존재는 시에프리너 자신밖에 없겠지요. 문제는 시에프리너가 더 이상 소유권 주장을 하지 않는다는 점이었어요. 시에프리너의 영토는 단순히 그 위치만으로 기존의 중요 운송로 세 개를 잡초와 먼지 아래에 묻어버릴 만한 교통의 요충지였습니다. 그런데 거기에 덧붙여 귀한 광산까지 두 개 있었죠. 국가 수준의 쟁탈전이 일어나는 것은 당연한 일이었죠. 자기가 국가라는 것을 증명하기 위해서는 아니지만, 어쨌든 바이서스 또한 전쟁에 참가했고, 애석하게도 에이다르 바데타 때문에 졌습니다. 그래서 겨우 전쟁에 대해 생각해 볼 여유가 생겼지요.

바이서스 사람들은 그 기회를 별로 활용하지 않았습니다. 단숨에 전쟁은 나쁜 것이라고 결정을 내렸지요. 뭐, 졌으니까 당연한 결과입니다. 결정을 내렸으면 행동에 들어가야지요. 책임 어쩌고 하는 이야기가 나올 차례라고요? 당신은 문명인이군요. 반갑습니다. 바이서스 사람들도 문명인이었습니다. 그래서 서로를 위로하는 대신 한두 명 붙잡아서 작살내기로 했지요.

그 나쁜 전쟁에 대해 책임을 져야 하는 한두 명은 도대체 누굴까요? 바이서스의 왕좌가 새로운 엉덩이와의 만남을 기대해도 될 만한 분위기가 조성되었습니다. 아, 분위기만 그랬다는 거예요. 바이서스는 오래된 나라이고, 그래서 패전 직후에 왕을 바꾸는 것이 위험하다는 것쯤은 알고 있었어요. 물론 강력한 후계자가 있다면 새바람을 일으키는 것도 꼭 바보짓은 아니에요. 신품의 비합리적인 매력은 우리 모두 잘 알잖아요. 고만고만한 왕이라 해도 새 왕은 괜찮아 보인답니다. 하지만 그럴 만한 인물이 없다면 왕 바꿔치기는 나라 가지고 도박하는 짓밖에 안 되지요. 바이서스가 바로 그런 상황이었습니다. 왕의 동생이라든가 조카 같은 강력한 후계자 후보들이 전쟁통에 모두 죽었거든요. 그러니 왕좌는 익숙한 엉덩이 냄새를 계속 맡아야 할 운명이었지요.

바이서스 사람들은 고민했습니다. 왕에게 책임을 물을 수 없다면 누구에게 책임을 물어야 할까요? 그냥 서로를 위로해야 할까요? 그건 곤란하지요. 세련된 문명인은 그런 짓 안합니다. 그렇게 바이서스 사람들이 고민하고 있을 때 한 남자가 다른 남자에게 말했습니다.

"그러고 보니 자넨 알고 있었겠군?"

3

벽타기꾼이라는 도둑의 한 부류를 아십니까? 말 그대로 이 자들은 벽을 탑니다. 도둑한테 이런 말 써봐야 우습지만 이 부류엔 괜찮은 인물들이 제법 있습니다. 경비원을 찌르거나 개를 독살하는 간단한 방법을 쓰는 대신 자신을 위험에 던지는 자들이거든요. 게다가 벽을 타야 하기 때문에 뭘 많이 들고 가지도 못하지요. 그래서인지 도둑 세계에는 이런 말이 전해집니다. 벽타기꾼

중에는 절대로 대도가 나오지 않는다고. 사실 대도라는 작자들은 필요하면 사람도 찌르고 불도 지르고 하는 말종들이지요. 낭만적인 도둑상에 가장 가까운 자들은 바로 벽타기꾼들입니다. 애석하게도 벽타기꾼이라는 바로 그 사실 때문에 그들의 악명이 널리 퍼지는 경우는 거의 없지만.

그런 사실들을 놓고 볼 때 왕지네는 꽤 희귀한 인물이었습니다. 그녀는 벽타기꾼이면서도 그 명성이 제법 높았지요. 불쌍하게도 뭐 대단한 것을 훔쳐서 명성을 얻은 것은 아닙니다. 왕지네가 높은 명성을 누리는 까닭은 언어도단이라 할 만한 장애물을 몇 개 넘었기 때문이지요. 도저히 믿기 어렵지만 어떤 이들은 그녀의 이름을 말하면서 낮은 목소리로 구층탑은 사실 불침이 아니라고 덧붙이기도 하지요. 사실성은 논외로 하더라도 그런 이야기가 퍼질 정도라면 그녀가 누리는 명성이 어떤지는 짐작하고도 남음이 있습니다.

하지만 왕지네를 개인적으로 아는 소수의 지인들은 절대로 그녀 앞에서 그녀의 명성에 대한 이야기를 하지 않습니다. 끝도 없는 신세타령을 듣고 싶은 것이 아니라면요. 명성에 대한 왕지네의 견해를 요약하면 '고생만 죽도록 하고 얻는 것은 비참한데 쓸데없이 악명만 높으니 신세가 한심하다.'입니다. 참 벽타기꾼다운 성격에 벽타기꾼다운 처지지요. 열두 개의 갈고리를 몸에 붙이고 지네처럼 매끄럽게 벽을 달리는 재주가 그녀의 자랑거리였던 적은 한 번도 없었습니다.

결국 그런 처지에 지치고 화가 난 왕지네는 고생 최소화, 소득 최대화로 노선을 변경하기로 했습니다. 기대하진 마세요. 애초에 벽타기꾼이 될 정도로 소심한 그녀였잖아요. 왕지네는 좀 더 낮은 벽을 넘어가 좀 더 비싼 것을 훔치기로 결정했지요. 보세요. 여전히 '벽을 넘는다' 잖아요. 스스로의 힘으로 인생을 바꿨다며 자랑스러워하는 왕지네를 보며 지인들은 차마 그 사실을 지적하지 못했습니다.

역시 친구라면 고언을 아끼지 말아야 하죠. 왕지네의 지인들은 그녀를 만류하는 편이 좋았을 겁니다. 어느 캄캄한 밤, 왕지네는 그녀에겐 장애물이라고 할 수도 없는 벽을 훌쩍 넘어가서는 자고 있는 집주인을 흔들어 깨운 다음 당당히 질문했습니다.

"진짜 알고 있었어?"

집주인인 예언자는 정말 묻고 싶었어요. 원하는 것이 질문이었으면 그냥 낮에 약속 잡고 문으로 들어오면 되지 않느냐고. 그리고 입버릇 교정에 별 노고를 들이지 않았던 예언자는 그대로 질문했습니다. 인생의 새로운 장에 흥분하고 있던 왕지네는 조금 상처를 받았지만 기가 꺾이진 않았어요.

"예언 훔치려고 왔단 말이야. 무게가 전혀 없으니까 들고 다니기도 편하지. 귀에 쏙 넣어 가면 되잖아. 비싸게 팔아먹을 수 있는 괜찮은 예언 하나 내놔."

"……훔치는 거니까 밤중에 벽을 넘어야 한다? 당신 바보지?"

"바보가 이런 생각 어떻게 해? 당신이 바보구나?"

예언자는 왕지네를 두드려 패고 싶었어요. 하지만 계속 이어진 왕지네의 말이 그의 마음 어딘가를 건드렸죠.

"당신 예언 안 하잖아. 그러니까 훔쳐야 하지. 안 그래?"

그렇습니다. 조금, 아니, 확실히 이상한 형태이긴 하지만 그건 예언자의 신조에 대한 존중이었지요. 예언자는 울음을 터뜨렸습니다. 왕지네는 기절초풍했지요.

4

 전쟁에 질 줄 알고 있었으면서 왜 미리 말하지 않았는가. 그 당시 이 질문은 형태와 강도를 바꿔가며 예언자에게 폭우처럼 쏟아지고 있었습니다.

 불길한 예언보다 더 나쁜 것은 예언을 하지 않는 것일까요? 당시 바이서스 사람들은 그렇게 생각했습니다. 그 생각을 주도한 것은 책임 규명이라는 화살에 쫓기고 있던 이들이었지만 그들은 그리 열심히 선동할 필요도 없었습니다. 그 사실을 깨닫자마자 사람들은 입에 거품을 물 정도로 화가 났거든요. 어머나. 당신은 제 아버지가, 연인이, 아들이 죽을 줄 알고 계셨군요. 그러면서도 입을 다물고 계셨네요. 비범하기도 하셔라. 제 경의를 표현하기 위해 당신의 혀를 뽑아드려도 될까요? 그러면 침묵을 지키기 수월하실 텐데.

 예언자는 사람들의 분노를 이해할 수 없었습니다. 그는 질문하고 싶었지요. 질 거라고 예언했다면 전쟁을 벌이지 않았을 거란 말인가? 전쟁을 벌이지 않을 능력이 있단 말인가? 그렇다면, 그럴 능력이 있다면, 그냥 전쟁을 벌이지 말았어야 하는 것 아닌가? 그러면 아무도 안 죽었을 텐데? 유감스럽게도 그 질문을 할 기회는 예언자에게 주어지지 않았지요. 그래서 그 질문들은 예언자의 속에 쌓여 있다가 그날 밤 눈물과 함께 쏟아져 나왔지요.

 앞서 말했지만 예언자는 화술이 그다지 좋지 않고 왕지네 또한 남의 말을 듣는 재주는 그저 그런 수준이었습니다. 하지만 예언자는 수도 없이 되풀이 말했습니다. 왕지네는 예언자의 말이 무슨 뜻인지 어렴풋이 깨달았습니다.

"그래. 너무하긴 하네. 제멋대로 사고치고는 왜 말리지 않았냐고 거꾸로 대드는 애송이 꼴 비슷하네. 하지만 당신도 좀 냉정한 거 아냐? 다른 사람 도울 능력이 있으면 도와주는 것이 좋지 않아? 그게 사람 사는 정이잖아. 뭐라더라, 능력이 있으면 책임도 있다고 하던가. 그런 말도 있잖아?"

"아무 생각도 없이 그럴 듯하게 들리는 말 떠들기는. 물건이 달려 있으면 겁탈할 책임이 있나?"

"입에 파리 꼬이겠네. 그게 무슨 소리야?"

"다른 사람의 미래를 강간해도 되냐고 묻는 거야."

"헤에? 예언이 그런 거야?"

"그런 것이지."

그것은 왕지네로 하여금 고개를 갸웃하게 만드는 말이었습니다. 그녀도 오래된 유행에 익숙한 사람이었거든요. 하지만 왕지네는 예언자가 그렇다고 하니 예언은 그런 것이겠지 하고 간단히 수긍했습니다.

"그렇구나. 그러면 나랑 자자."

"……저녁에 뭘 먹으면 밤중에 이야기가 그렇게 가는 거야?"

예언자의 오해와 달리 왕지네는 미래 세대 창조에 매진해 보자고 제안한 것이 아니었어요. 왕지네는 자신의 동의 하에 자신의 미래를 봐달라고 요청한 것이었습니다. 예언자가 나빴죠. 비유를 그 따위로 했으니.

"당신이 동의하건 말건 상관없어. 미래를 보는 것 자체가 이미 폭력이고 약탈이야."

"우리 쪽에 올 수 있겠네. 나는 도둑이거든."

"여자한테 이런 말 해본 적 없지만, 할 수밖에 없군. 꺼져."

왕지네는 낄낄 웃으며 떠났습니다. 그녀는 문으로 나가라는 예언자의 고함을 산뜻하게 무시하고는 벽을 넘었지요.

다음 날 예언자는 한밤중에 억지로 깨워지는 경험을 이틀 연속으로 하게 되었습니다.

"생각해 봤는데 말이야. 당신. 아주 극악한 녀석의 미래를 보는 건 어때?"

예언자는 생각했어요. 베개 밑에 프라이팬을 넣어두면 어떨까 하고.

5

왕지네에게 예언자는 깊은 밤 자기 침실에서 볼썽 있게 우는 남자였겠지요. 그리고 그 사실을 알았다면 많은 이들이 왕지네를 부러워했을 겁니다. 예언자가 우는 모습을 보고 싶어 하는 사람들이 적지 않았으니까요.

물론 사람들은 자신이 상식 있는 인물로 보이기를 바라지요. 그런데 대부분의 사람들이 생각하는 상식이란 옆 사람이 하는 짓이거든요. 상식이란 어떠해야 하는가 스스로 생각하는 것은 귀찮은 일이니까요. 그래서 많은 이들이 상식 있게 행동한 결과 예언자는 상식 없는 폭력에 노출되었지요. 사람들이 얼마나 많은 종류의 물건을 집어던질 수 있는지 알게 된 예언자는 인류가 마침내 사심과 탐욕을 버렸다는 결론을 내릴 뻔했죠. 먹던 음식도 집어던지다니, 이것이야말로 식욕이라는 원초적인 본능에 대한 이성의 승리 아니겠어요?

어느 날 오후, 왕지네는 건물 벽에 기대선 채 한 남자가 비틀거리며 거리를 걷는 모습을 물끄러미 보고 있었습니다.

　남자는 어디서 화끈하게 한 판 뛰고 왔는지 옷은 너덜너덜했고 몸 곳곳이 피투성이였어요. 예언자였죠. 몽유병자처럼 흐느적거리며 걷던 예언자는 술가게 앞에 멈춰 섰어요. 그러곤 싸구려 술 한 병을 주문했죠. 가게 주인은 점잖게 고개를 끄덕이고는 주문 받은 술을 꺼냈어요. 술병을 개봉한 주인은 그것을 점잖게 예언자의 머리 위에 부었습니다. 주인의 외아들은 전쟁 때 죽었지요.

　예언자는 울지 않았습니다. 그의 눈에서 흘러내린 것은 술뿐이었지요. 예언자는 낄낄 웃으며 지갑을 꺼냈지요. 돈을 받은 주인은 그것을 예언자의 얼굴에 집어던졌습니다. 현금마저 던지다니, 아, 인류는 정녕 고귀해지고 있었습니다.

　왕지네는 기뻤습니다. 그래서 그녀는 벽에서 등을 떼고 길을 건너기 시작했죠.

　왕지네는 예언자를 무시한 채 똑같은 술을 샀어요. 술병을 받아든 왕지네는 그것을 연 다음 자기 머리 위에 부었어요. 예언자와 가게 주인, 행인들은 모두 어이가 없는 표정으로 왕지네를 보았죠. 왕지네는 다른 이들에게 눈길 한 번 주지 않은 채 예언자의 손을 붙잡아서는 그 손등에 입을 맞추었어요. 그러곤 기겁한 예언자에게 자신의 젖은 손등을 내밀었죠.

　"당신도 한 잔 해라."

6

　바이서스의 왕비는 단호하다는 말이 무슨 뜻인지 잘 모릅니다. 왕비가 만난 사람 중에 그녀보다 더 단호한 사람이 한 사람도 없었거든요. 만약 왕비가 태양에게 내일은 서쪽에서 뜨라고 명령한다면 태양은 최소 한 번은 고민해 볼 겁니다.

무지막지하게 단호하긴 했지만 왕비에겐 좋은 점도 있었습니다. 예를 들어 그녀는 왕을 대단히 사랑했지요. 그런데 미덕과 악덕의 조합은 때론 최악의 결과를 가져오기도 하지요.

왕비는 자신의 왕이 전쟁에 지고 상심한 것을 보며 창자가 끊어질 것 같은 기분을 느꼈습니다. 하긴 단순한 패배가 아니었죠. 시에프리너의 영토를 얻지 못했기 때문에 잃어버린 기회와 이득을 생각하면 패전은 두 배, 세 배의 아픔이었죠. 그녀는 왕에게 꼭 승리를 주고 싶었어요. 그런 그녀가 예언자에게 눈길을 돌린 것은 당연했습니다. 예언의 힘으로 전쟁에 이겨보겠다고 생각한 것이 왕비가 처음은 아닐 테지요. 예언자가 사람의 미래를 보지 않으려 한다는 것을 전해들은 왕비는 그렇다면 향후 몇 년 동안의 날씨를 묻겠다고 결정했습니다.

예. 왕비는 그럭저럭 영리한 인물이었습니다. 다른 사람도 자기만큼 똑똑할 수 있다는 생각은 못했기 때문에 '그럭저럭'인 거요. 왕비는 예언자를 불러서 질문했습니다. 내일 날씨에 대한 한담을 나누듯이 가볍게.

예언자는 콧방귀를 뀌지는 않았지만 그러고 싶어 한다는 것을 여실히 보여주는 표정을 지었지요.

"전하. 저를 그리 희롱하시지 않으셨으면 좋겠습니다. 저하께서 원하시는 것이 부활한 레베카 휴레인 장군 일 개 병에 맞먹는다는 사실쯤은 저도 알고 있습니다."

날씨와 별 관련이 없는 삶을 사느라 저게 무슨 소린지 모른다면 그냥 이렇게 이해해 두세요. 향후 몇 년 동안의 날씨를 정확히 알 수 있다면 세계 정복도 꿈이 아닙니다. 속셈이 들켰을 때 흔히 그렇듯이 여왕은 창피와 분노를 느꼈지요. 단호한 왕비는 예언자의 신조를 배려해 주는 척하는 것을 그만두기로 했습니다.

"좋소. 예언자여. 나는 나의 왕을 위해 부활한 레베카 휴레인 장군 열 명을 원하오. 왕에게 그녀들을 데려오시오. 거절은 듣지 않겠소."

"듣지 않으실 말이라면 하지 않겠습니다."

어떤 힘든 상황에서도, 여러분, 자신이 외톨이라고 생각하지 마세요. 사람은 천성적으로 타인의 내면에 관심이 많은 동물입니다. 고문을 할 줄 아는 것을 보면 알 수 있지요. 살을 찢고 뼈를 부러뜨려서라도 상대방의 마음에 접근하고 싶어하는 축복 받은 동물의 일원인 당신은 결코 고독하지 않습니다. 예언자 또한 자신이 외롭지 않다는 것을 확실히 알 수 있었습니다.

미래를 보는 예언자의 섬세한 정신에 무슨 문제가 일어나지 않도록 고문 담당자는 점잖은 수준의 고문만 사용했습니다. 예언자는 제법 오래 버틸 수 있었지요. 하지만 예언자의 의지력은 꾸준히 줄어들고 있었지요. 그리고 전망이 암울하다는 것을 아는 데는 예언의 능력도 필요 없었습니다. 단호한 왕비는 성급해지려는 자신을 단호하게 단속하며 낮은 수준의 고문을 언제까지라도 계속할 테니까요. 그것은 말로 표현하는 것 이상으로 무서운 일이죠.

예언자는 자살에 대해 생각하기 시작했습니다. 자신이 의지를 꺾고 예언을 하게 될 날이 머지않았다는 것을 느낄 수 있었거든요.

뭐, 생각이야 해볼 수 있는 것 아니겠어요.

7

"그 자는 조만간 예언을 하게 될 거야. 그때 반대한 것을 후회하지 않아?"

"후회하지 않아요."

"그러면 내가 지금 당장 바이서스로 가서 그 자가 예언을 하기 전에 그 목을 꺾어놓겠다면?"

"그때 반대한 것과 똑같은 이유에서 반대하겠어요. 아직 하지 않은 일 때문에 살해당하는 것은 부당해요."

"그렇게 대답할 거라 생각했지. 그럼 어떻게 하라는 거야?"

"예언자를 방면하라고 왕비에게 정중하게 요청해요. 어딜 봐도 불법 감금이잖아요."

"당신의 고결함을 찬양해야 할지 힐난해야 할지 모르겠군. 왕비가 거절하면? 무력을 행사할까? 바이서스 사람을 몇 천 명쯤 죽일까? 아니면 춤추는 성좌에게 은근한 목소리로 바이서스를 건드리지 말라고 할까?"

"정당한 요청이니 왕비가 승낙할 수도 있죠."

"정당성을 존중할 줄 아는 사람이 다른 사람을 그렇게 붙잡아서 고문할지 의심스럽군. 왕비가 승낙한다면 그건 내가 두려워서겠지. 하지만 그 경우 왕비나 다른 사람들은 내가 왜 예언자에게 신경을 쓰는지 궁금해 하겠지. 예언자 자신도 궁금할걸. 그때야말로 시필고 예언이 시노될 것 같지 않아?"

"강력한 응원이 있다는 것을 알게 된 예언자가 더욱 분발하여 자기 신조를 지킬 수도 있지요."

"그리고 내가 예언에 신경 쓰고 있다는 것을 알게 된 자들이 더 큰 열정으로 예언자를 들볶을 수도 있지."

"그러면 어떻게 하면 좋을까요?"

"그때나 지금이나 예언자를 죽이는 것이 가장 확실한 방법이야. 하지만 당신은 반대하겠지."

"반대해요."

"할 수 없군. 그를 구출하도록 하지."

"구출이오?"

"내가 나설 순 없으니 당신이 가는 것이 좋겠어. 가서 예언자를 구할 만한 이유가 있는 사람을 찾아내. 아, 불법 감금에 분노하는 의로운 사람은 안 돼. 그 역할은 당신 것이야. 원래 그런 성격이니까 어렵진 않겠네. 당신이 찾아내야 하는 건 예언자의 가족이나 친구, 연인 같은 사람이야. 그런 사람을 내세워서 예언자를 구출하도록 해. 무슨 말인지 알겠어? 그러니까 그런 역할 있잖아. 별 보답도 바라지 않으면서 괜히 주인공을 도와주는, 자기 앞가림도 못하는 바보가 아닌가 싶은 조역…… 아냐! 당신이 그렇다는 것이 아니야. 그러니까……"

"솔로처."

"뭐? 갑자기 무슨 소리야?"

"레이디 케이트의 연인을 구하기 위해 싸운 무지개의 솔로처."

"아, 그래! 솔로처. 그게 당신 역할이야. 이해가 돼? 이런. 내가 바보 같은 소리를 하고 있군. 당신이 나보다 더 잘 이해하고 있군. 그런 사람이 되어서 감옥을 부수고 예언자를 빼내."

"꼭 그런 모험소설 같은 일을 해야 하나요? 그냥 왕비에게 영향력을 행사할 수 있는 인물들을 포섭해서 그의 구명을 도모하는 것이 나을 텐데요. 괜히 사람을 도망자로 만들 필요는 없어요."

"재미가 없잖아."

"다른 사람 인생을 장난감으로 삼으면 못써요."

"재미는 둘째 치고, 아까 말했던 것 기억하지? 내가 예언에 신경 쓰고 있다는 것을 알게 된 자들이 더 큰 열정으로 예언자를 들볶을 수도 있다고 했지. 그런데 예언자를 들볶는 것이 예언자 자신이 될 수 있다는 점에 대해선 어떻게 생각해?"

"속는 기분이지만 무슨 말인지는 알겠어요. 하지만 속는 기분이니까 가서 상황을 보고 결정하겠어요. 펫시."

"어떤 결정을 내려도 좋지만 이거 하나만 명심해. 루리. 예언자는 절대로 예언을 하면 안 돼."

왕지네는 뛰어난 싸움꾼이라 할 수는 없었습니다. 싸움에 대한 왕지네의 견해를 묻는다면 아마 '승리는 도망칠 수 없는 자의 차선 목표'라고 대답할 겁니다. 살아오면서 만난 모든 충돌에서 왕지네는 그 가상의 금언을 충실히 지켜왔지요. 하지만 누구에게나 과거는 과거일 뿐이라고 말하게 되는 날이 오는 법이죠.

드러내어 말할 수는 없지만 바이서스의 왕비가 예언자를 쥐어짜고 있다는 것은 공공연한 비밀이었어요. 어떤 주정뱅이가 술자리에서 여왕의 단호함을 칭송하고 수전노처럼 미래를 꼭꼭 숨겨둔 채 자기 잇속만 챙기다가 큰 코 다치게 된 예언자를 조롱한 것은 놀랄 일도 아니었죠. 그런데 그 주정뱅이가 고함을 지르고 있던 탁자에서 얼마 떨어지지 않은 곳에 왕지네가 앉아 있었지요.

시작은 평범했습니다. 조용히 술 좀 마시자, 그쪽 아가리에 감침질 좀 해드릴까? 그리 듣기 싫으면 그쪽 귓구멍에나 박음질 좀 하시지. 계속 까불면 혀를 확 뽑아서 이마에 아플리케 넣어준다? 하. 이거 오래간만에 창자로 코바늘뜨기 한번 하게 생겼네. 뭐, 이런 식이었죠. 그 다음부터는 주먹과 다리가 단어 노릇을 하고 술병과 의자가 문장 부호 노릇을 하는 서사시였어요.

왕지네는 혼자였지만 주정뱅이에겐 일행이 많았습니다. 왕지네는 거의 죽을 뻔했지요. 왕지네를 두드려 패던 자들과 흥분하여 고함을 지르던 구경꾼들 모두가 동시에 동작을 멈추는 기적이 벌어지지 않았다면 말입니다.

주점 입구에 나타난 기적은 치렁치렁한 검은 머리에 가죽 재킷과 가죽 바지를 입고 있었습니다. 허리엔 고풍스러운 장검을 차고 있었고 그 귀는 맵시 있게 긴 형태였습니다. 예. 패싸움이 일어난 주점을 예배 중인 신전 같은 분위기로 바꿔버린 기적은 엘프 여인이었습니다. 바이서스의 수도에서도 좀처럼 볼 수 없는 종족이지요.

경외감과 두려움 때문에 멈춰 선 사람들 사이를 담담히 걸어간 엘프는 구석에 처박혀 있던 왕지네를 일으켰습니다. 왕지네가 혼란스러워하며 일어나자 엘프는 품에서 조그마한 병을 꺼냈습니다. 그녀는 사람들이 잘 볼 수 있도록 병을 조금 높이 들어올렸죠. 사람들의 이목이 병에 집중되자 엘프는 의미심장한 동작으로 병뚜껑을 열었다가 재빨리 닫았습니다. 그리고는 주점에 들어선 이후 처음으로 입을 열었습니다.

"늦기 전에 회향풀 씨를 먹는 것이 좋을 거예요."

얼어붙은 듯한 시간이 잠시 흐른 후 필설로 형언하기도 힘든 난동이 벌어졌습니다. 사람들은 비명을 지르고 서로의 다리를 건 어차고 어깨를 떠밀며 주점을 빠져나갔지요. 주점이 텅 비자 엘프는 파랗게 질린 왕지네에게 돌아섰습니다.

"회, 회향풀, 회향풀 씨를 머, 먹지 않으며어언!"

"여전히 입에서 술 냄새가 나겠죠. 괜찮아요?"

왕지네는 대답하지 못했습니다. 먼저 미친 듯이 웃어야 했거든요. 왕지네가 겨우 고개를 끄덕이자 엘프는 자신을 소개했습니다.

"이루릴 세레니얼이라 합니다. 괜한 참견이었나요?"

가이너 카쉬냅이 말하길 망막은 배반의 살갗이라지요. 피부의 존재 의미는 자신을 외부로부터 지키는 것입니다. 그러니까 격리지요. 그런데 망막은 외부를 자신 안으로 적극적으로 받아들이지요. 그래서 배반의 살갗이라는 겁니다. 해부학적으론 거의 무의미한 말이지만 금언이란 것이 원래 비유적으로 이해해야 하는 것이죠. 저 말은 상대방을 더 알려면 할수록 자신도 변화한다, 뭐 대강 그런 의미로 쓰이는 말입니다. 그리고 바이서스의 왕비가 느끼고 있는 감정을 표현하기에도 적절한 말이지요. 예언자에게서 향후 몇 년 동안의 기상 정보를 짜내는 것에만 관심을 가지고 있던 왕비도 고문 기간이 길어지자 예언자가 예언을 거부하는 이유에 흥미를 느끼게 되었답니다. 늦었다고 말할 수도 있지만 단호한 왕비니까 양해해 줍시다.

"도대체 왜 미래를 보지 않겠다는 거요? 내가 전해들은 바에 따르면 당신은 개인의 숨기고픈 부분이 무차별하게 노출된다는 사실에 공포를 느끼는 것 같더군. 고상한 태도라 하겠소. 하지만 나는 의사에게 몸을 보여야 할 필요성을 이해하는 사람이오."

예언자는 폭소했습니다. 고문으로 몸이 상한 사람치곤 대단한 웃음이었지요.

"의사요? 의사라고요? 장의사나 역사가라면 모를까 의사는 절대 아닙니다."

"무슨 말이오?"

예언자는 웃기만 할 뿐 더 말하지 않았습니다. 이미 예언자에게 한 번 속셈을 들켰던 왕비에게 그 웃음은 대단히 기분 나쁜 것이었습니다. 왕비는 고문의 강도를 높이는 것을 고려해 보았습니다.

그런데 그날 밤 침실에서 홀로 고민하고 있는 왕비 앞에 전설적인 인물이 나타났습니다.

보통 사람들은 알지 못하지만 세상의 최고위층 인사들과 최고로 인생 고달픈 인물들 사이에서는 어떤 독특한 인물에 대한 이야기가 귓속말로 전해지고 있지요. 해당 인물에 대한 평을 종합해 보면 그 인물은 자서전을 썼다간 세계대전을 일으키거나 신흥 종교를 만들고 말 자였어요. 왕비 또한 엄중한 궁성의 왕비 처소에 침입자가 나타났다는 사실보다 나타난 자가 바로 그 인물이라는 사실에 더 놀랐어요.

"정말 당신이 이루릴 세레니얼인가요? 아프나이델을 데려간?"

"그렇습니다. 전하."

"왜 나를 찾아온 거죠? 전쟁을 막으러 온 거라면, 그것이 당신 취미라고 들어서 하는 말인데, 늦었어요. 이미 끝났으니까."

"바이서스의 패전에 심심한 위로의 뜻을 표합니다. 전하. 전쟁에 대한 내 견해를 아시는 것 같으니 다음엔 이기실 거라는 말씀은 드리지 않겠습니다. 패전에 상처 입은 국민들을 잘 다독이시길 바랍니다."

"그 말을 하고 싶어서 왔나요? 고맙군요. 하지만 편지라는 것에 대해 들어본 적이 없냐고 묻고 싶어지는군요."

"아니오. 이런 결례를 범하게 된 것은 조만간 예언자를 탈출시킬 것을 알려드리고 몇 가지 도움을 청하기 위해서입니다."

왕비는 주먹을 움켜쥐었습니다.

"그래요? 막을까요?"

"아니오. 부탁드리고 싶은 것은 그것이 아닙니다. 예언자에 대한 고문을 중단하거나 약화시켜 주세요. 도망칠 힘은 있어야 하니까요. 경비를 줄여주세요. 쓸데없이 사람들이 많이 다치는 건 바라지 않으니까요. 예언자가 탈출하면 그 추적은 나에게 맡겨주세요. 물론 나는 추적에 실패할 겁니다. 그리고 이상의 이야기를 그 누구에게도, 예언자 자신에게도 비밀로 해주세요."

왕비는 목덜미를 벌겋게 물들인 채 말했습니다.

"잘 알았다고 대답하는 것이 현명한 일인 것 같군요."

"전하께 빚 하나를 남겨두겠습니다. 감사합니다. 귓가에 햇살을 받으며 석양까지 행복한 여행을."

이루릴은 정중히 고개를 숙인 다음 왕비의 침실을 떠났습니다.

10

냉정히 생각해 볼 때 그날 밤 왕비의 침소를 찾아온 것은 행운이라 해야 할 것입니다. 언제 예언을 할지도 알 수 없는 고집불통 예언가보다는 이루릴 세레니얼에게 빚을 지게 하는 편이 훨씬 낮죠. 왕비가 아는 바론 그 엘프의 행적엔 의문이 많고 행동 기준 또한 파악하기 어렵지만, 공교롭게도 그런 특성은 신에게서도 발견할 수 있는 것이지요. 게다가 입소문에 따르면 이루릴과 신 사이에는 더 많은 공통점이 있는 듯합니다. 어떤 비관주의자라 하더라도 이루릴의 호의 하나를 예약해 두는 것이 멋진 일이라는 것에 동의할 거예요.

하지만 이루릴의 방문은 조금 늦은 것이었죠. 왕비는 예언자가 예언을 거부하는 이유에 흥미를 느끼고 있었고 이루릴의 방문은 그 흥미의 불꽃에 기름을 부은 격이었습니다. 왕비는 뻔하다고 생각했어요. 세계의 수호자인 양 행동하길 좋아하는 그 신비한 엘프는 미처 막지 못했던 지난 전쟁 대신 앞으로 일어날 전쟁을 막으려 결심한 거죠. 예언자가 고문에 굴복하여 바이서스를 위해 예언하기 시작하면 바이서스는 반드시 복수를 감행할 테니까요. 그리고 복수가 끝난 후에는 세계의 질서가 바이서스의 왕에 의해 통제되는 것이 좋다는——왕비가 보기에는 당연한——주장을 하게 될 테고요. 이루릴이 저지하고 싶은 것은 그것들이겠지요. 예언자가 예언을 거절하는 이유도 그것일 테고요. 왕비는 세상의 위선자들에게 보내는 저주 문구를 궁리하기 시작했어요.

하지만 단호한 성격 때문에 왕비는 그런 자기 위안에 오랫동안 매달릴 수 없었어요. 전혀 예상치 못한 방해 때문에 왕비는 더욱 의욕이 치솟았어요. 프로타이스한 짓처럼 보이지만 그걸 꼭 반골 기질로 치부할 수는 없을 거예요. 방해는 그 자체로 가치거든요. 금고가 보이면 안에 귀중품이 들었다고 가정하는 것이 합리적이잖아요. 예. 미래를 알고 싶다는 왕비의 욕구는 그만 더욱 커지고 말았습니다. 왕비는 당장 예언자에게 달려가고 싶어졌습니다.

그랬다면 아마도 목공예의 새로운 일파가 탄생했을 가능성이 높습니다. 톱질, 도끼질, 대패질 등의 기술은 그대로인 채 재료만 인간으로 바뀐.

하지만 그것은 전설적인 엘프를 정면으로 적대하는 짓이지요. 이루릴이 전쟁 막기를 취미로 삼을 수 있다는 것은 그녀에게 그만한 능력과 인맥이 있다는 말이지요. 바이서스의 왕비라 해도 함부로 적대할 수 없는 힘이 그 엘프에겐 있었습니다. 왕비에겐 다른 수단이 필요했습니다. 이루릴을 거스르지 않으면서 이루릴을 거스를 방법이 있을까요?

여러분. 웬만하면 자신을 이런 처지에 빠트리지 마세요. 하룻밤이 그냥 날아갑니다. 왕비는 새벽이 방 안을 기웃거릴 때까지 한숨도 못잔 채 고민했습니다.

일출을 인식했을 때 왕비는 느닷없이 결정을 내렸습니다. 정확하게 말하면 자신이 이미 결정을 내렸다는 사실을 깨달았다고 해야겠군요. 왕비는 그 결정을 받아들이기 쉽지 않았습니다. 그래서 자신에게 머뭇거릴 여유를 허락하지 않았지요. 그녀는 즉시 사람을 불러 예언자에 대한 고문을 중단한 다음 잘 씻기고 잘 먹이라 말했습니다. 그러곤 잠자리에 들어서 단호하게 잠들었어요.

11

얼마 후, 어떤 자들이 감금되어 있던 예언자를 탈출시켰습니다.

순수하게 현상만 놓고 본다면 탈옥사의 한 장을 차지할 만한 대사건은 아니었습니다. 어쨌든 정식 죄수가 아니기 때문에 예언자가 있던 곳은 정식 감옥의 감방이 아니라 왕비 처가의 별장 지하실이었거든요. 게다가 경비마저 누구나 납득할 수 있는 이유 때문에 줄어들어 있었습니다. 따라서 그 탈출은 약간의 배짱과 약간의 재치만으로 충분히 설명할 수 있는 사건이었죠. 하지만 시사적인 의미는 대단했습니다. 왕비에 대한 정면 도전이니까요.

왕비는 충분한 격노를 보여주었습니다. 화를 견디지 못하고 가끔 기절까지 하는 왕비에게 시의는 기후 좋은 곳에서 요양하라고, 그러니까 심장 약한 왕 곁에 있지 말라고 충고해야 했습니다. 틀림없이 왕이 시의에게 부탁한 것이겠지요. 가장 열광적인 음모론 애호가들도 '감히 왕비의 죄수를 빼낼 자가 있겠어? 왕비의 동의 없이?'와 같은 타당한 의문을 떠올리지 못했습니다.

엘프 이루릴은 그런 수도의 분위기를 살핀 다음 예언자가 감방을 빠져나온 지 나흘째 되던 날 그 앞에 나타났습니다. 그녀는 예언자에게 가볍게 고개를 끄덕이곤 그 옆에 있던 왕지네에게 말했습니다.

"성공했어요. 내가 추적자가 됐죠. 며칠 있다가 돌아가 예언자가 도망치던 도중 고문으로 상한 몸이 악화되어 죽었다고 보고할게요. 그러니 무리하지 말고 느긋하게 도망쳐요. 귓가에 햇살을 받으며 석양까지 행복한 여행을."

말을 끝낸 이루릴은 길 물어본 여행자마냥 가볍게 몸을 돌려 훌훌 떠났습니다. 왕지네가 이루릴을 그러안고 춤을 취야겠다고 생각했을 땐 이미 엘프의 모습은 보이지 않았습니다. 무엇에 홀린 기분이 된 두 사람 중에 예언자가 먼저 정신을 차렸습니다.

"저 엘프 당신이랑 며칠 전에 만났다고? 그리고 당신 이야기 듣고는 바이서스 법률에 구애되지 않는 엘프니 상관없다면서 탈출을 도와줬다고? 그러곤 추적까지 없애주었다고? 아무래도 행운이 지나치게 많은데."

"의심하는 거야? 나는 그런 느낌 못 받았는데."

"당신은 저 이루릴이랑 며칠이나마 함께 지냈지만 나는 결과만 보니까. 좀 이상해."

"하지만 아무것도 요구하지 않고 그냥 갔잖아. 무슨 속셈이 있었으면 얼마든지 우리 옆에 있을 수 있을 텐데."

예언자도 그 사실을 설명할 순 없었습니다. 결국 두 사람은 이루릴이 세상사를 쉽게 여기고 남 도와주길 좋아하는 엘프——그녀 자신이 보여준 모습이었죠.——라고 결정했습니다. 이루릴에 대한 판단을 끝낸 예언자는 왕지네에게 질문했습니다.

"그런데 왜 나를 구했지? 당신 쫓기게 될 텐데."

"나 도둑이야. 원래 쫓기는 몸인걸. 달라질 것 없어."

"말장난 하지 말고."

"짜증나잖아."

"짜증?"

"나는 잘 모르지만, 어쨌든 당신 다른 사람들 생각해서 예언 안 하는 거지? 그런데 욕먹고 두드려 맞고 고문까지 당하다니 너무하잖아. 기껏 자기들 생각해서 그러는 건데. 예언 없어도 얼마든지 살 수 있어. 보통 그렇게 살잖아. 그런데 사람을 그렇게 조져대냐. 짜증나."

"다른 사람들을 위해 열심히 노력한 끝에 사태를 최악으로 만든 삭자들은 수없이 많아. 내 생각이 옳다는 근기가……"

"분명히 없지. 하지만 그런 사람들은 뭘 하려고 했고 당신은 하지 않으려고 하잖아. 차이가 커. 아까도 말했지만 사람은 예언 없이도 잘 살아. 그런데 당신이 예언을 하지 않는 것이 잘못이라면, 우리는 모두 잘못 살고 있다는 말이 되겠네? 그런데, 음, 모든 사람이 똑같이 하는 멍청한 짓이라면, 그건 멍청한 짓이 아니잖아. 말을 잘 못하겠는데, 이해가 돼?"

입버릇이 나쁘고 성격도 원만한 편이 아니지만 예언자는 상식이 있었습니다. 그래서 많은 위험을 무릅쓰고 그를 구해준 은인에게 화를 낼 수는 없었습니다. 다만 한 가지 질문만은 참을 수 없었습니다.

"혹시 내가 예언을 하는 것이 무섭진 않았어?"

예언자는 그래서 예언을 못하도록 구해낸 거라는 대답을 듣고 싶었지요. 하지만 왕지네는 어깨를 으쓱였습니다.

"무서워? 아, 그 겁탈 이야기? 당신 말이 맞다면 그건 무서워해야 할 일이 맞겠네. 이루릴이 도와준 것도 그 때문인가? 하지만 난 그게 왜 나쁜 건지 이해를 못 했어. 잘됐지?"

"음? 잘되다니, 뭐가?"

"다른 사람한테 설명할 것이 생겼잖아. 설명하는 것 재미있지. 고문에도 꺾이지 않을 만큼 확실히 믿고 있는 것에 대한 설명이라면 더 그럴 테고."

"듣겠다는 말인 것 같네."

"들을 거야."

원하던 대답은 아니었지만, 예언자는 원하던 대답보다 낫다고 생각했지요.

예언자의 탈옥은 예언자만의 기쁨은 아니었습니다. 바이서스

의 왕도 그 탈옥에 기뻐했죠. 왕에게 필요한 건 책임자였고 도망친 예언자는 책임자 역할에 안성맞춤이었거든요. 들어보세요. 배배 꼬인 심성 때문에 패전을 예언하지 않았던 예언자는 질책을 당하자 반성하는 대신 적국을 위해 예언하겠다고 결심하게 된 거죠. 자기는 원래 바이서스를 싫어했다고 자기 합리화를 하면서 말이에요. 그러다가 멍청하게도 적국으로 도망치던 도중 사고로 죽은 거예요. 제법 괜찮죠? 사람들로 하여금 자신이 예언자를 다 파악했다고 믿게 만들기 딱 적당한 정도죠.

　예언자가 멀쩡히 살아서 솔베스로 향했다는 것을 알게 되었다면 바이서스 사람들은 더욱 격렬하게 혀를 찰 수 있었을 겁니다. 솔베스는 한 때 시에프리너의 영토로 불렸던 바로 그 땅입니다. 여러 모로 봤을 때 적절한 선택이죠. 낯선 사람이 나타나도 전혀 이상하지 않은 장소이면서 대도시와 달리 행정력이 강력하지 않은 장소니까요. 그리고 솔베스를 차지하고 있는 적국은 바이서스인들의 유입을 적극적으로 차단하진 않았습니다. 어쨌든 그곳은 불과 얼마 전까지 시에프리너의 땅이었지요. 대규모 전쟁이 벌어져도 시에프리너가 나타나지 않았으니 안전하다 말할 수 있겠지만 그래도 해묵은 공포가 쉽사리 사그라지지는 않았습니다. 찾아오는 개척민이 아직 적다 보니 바이서스에서 도망쳐 온 바이서스인이라 해서 특별히 마다할 것은 없었어요. 적국의 호적을 받고 납세와 기타 등등의 의무를 지기만 한다면 말입니다.

　예언자는 그것을 전부 받아들였지요. 직업을 구하는 것도 어렵지 않았습니다. 보석 세공인이었던 예언자는 광산에서 광물 전문가 자리를 얻을 수 있었지요. 싱글싱글 웃으며 예언자의 정착을 괸조하던 왕지네는 예언자의 생활이 그럭저럭 안정되자 짐을 꾸린 다음 미안한 듯 웃었습니다.

"아직까지 당신이 왜 예언을 싫어하는 건지 모르겠어. 이젠 더 들을 시간도 없네."

"바이서스로 돌아갈 거야?"

"아마 그럴 것 같아. 당신 죽은 걸로 되어 있으니 가족한테 안부 전해주진 못하겠네. 몰래 귀띔이라도 해줄까?"

"필요 없어. 위험하니까 그러지 마."

왕지네는 미소로 대답한 다음 몸을 돌렸습니다. 그녀가 발을 뗐을 때였습니다.

"예언 하나 해줄까?"

왕지네는 기가 막히다는 얼굴로 예언자를 돌아보았죠. 예언자는 그녀의 눈길을 피한 채 말했습니다.

"추락하지 않는 드래곤이 언제 깨어날지 알려줄 수 있어."

"하?"

"이 나라에서든 바이서스에서든 괜찮은 값으로 팔 수 있는 정보일 거야. 이 나라에 팔면 수많은 사람들 목숨을 구할 수도 있겠지. 그리고 잠에서 깨는 것은, 그러니까 시에프리너의 의지라기보다는……"

"사람 바보 만들래?"

예언자는 입을 다물었습니다. 예언자의 정강이를 한 번 걷어차 줄까, 아니면 그 코를 잡고 비틀어 줄까 고민하던 왕지네는 결정하기 귀찮아져서 그냥 둘 다 해버렸지요. 그러곤 끙끙거리는 예언자를 비웃어주고는 몸을 휙 돌렸습니다. 예언자는 눈물이 그렁한 채 멀어져가는 왕지네의 등을 향해 말했죠.

"너무 높은 벽은 타지 마!"

13

 사람이 하는 일을 수렵형과 채집형으로 나눈다면 채광은 어떤 것에 속할까요?

 오래된 분류에 따르면 수렵은 상상력과 결단력을 필요로 하는 남성의 일이고 채집은 관찰력과 판단력을 필요로 하는 여성의 일이죠. 각자를 대표하는 예를 꼽아보면 낚시와 장보기가 있겠네요. 여자는 보이지도 않는 물고기를 상상하며 기다리는 일이 왜 재미있는지 이해하지 못하고 남자는 사지도 않을 물건들을 모조리 판단하고 다니는 일이 왜 재미있는지 이해하지 못한다지요? 그건 낚시가 수렵이고 장보기가 채집이기 때문이죠. 학문적인 구분이랄 수는 없지만 이런 구분도 재밋거리는 될 수 있을 거예요.

 이런 수렵형·채집형의 구분을 적용해 보면 채광은 수렵에 가깝습니다. 광물이야 물론 보통의 수렵물과 달리 가만히 있긴 하지만 땅을 전부 파헤치기 전까지는 보이지 않기 때문에 숨어 있는 수렵물로 볼 수 있죠. 그 보이지 않는 광맥을 상상할 줄 알아야 가능한 일이 채광인 겁니다. 예언자는 그런 채광의 특징이 자신의 적성에 맞아떨어진다는 것을 알게 되었지요. 모든 예언자에 의하면 — 또 나왔군요. — 예언은 상상력의 특이한 발현이랍니다.

 솔베스엔 이미 부지런한 코볼드들이 만든 훌륭한 구리 광산이 두 개 있었고 그것은 전쟁의 한 원인이기도 했지요. 하지만 예언자는 그것이 전부일지 의심스러웠습니다. 국가 차원에서 보면 구리는 나이아몬드나 루비 따위보다 훨씬 중요한 물자지만 여성과 드래곤은 그렇게 생각하기 어렵죠. 예언자는 시에프리너가 구리를 위해 코볼드들을 열심히 다그치지는 않았을 거라 가정했습니다. 그렇다면 그 땅에 아직도 생동이 남아 있을 가능성은 충분했죠.

떠나온 것들을 잊기 위해, 그리고 새로 만난 것들을 받아들이기 위해 예언자는 솔베스를 돌아다니며 구리 광맥을 추측해 보았습니다. 정신과 육체 모두에 자극을 주는 괜찮은 소일거리였지요. 예전의 솔베스가 어떤 땅인지 아는 사람이라면 기겁했겠지만 시에프리너가 잠든 이후 코볼드들을 위시한 괴물들은 모두 어딘가로 사라졌기 때문에 그리 위험하지도 않았어요.

예언자는 오랫동안 사람의 발길이 닿지 않은 땅 특유의 화려한 황량함을 관조하며 솔베스의 언덕과 계곡을 거닐었죠. 고문의 흉터들은 영원히 남겠지만 예언자의 몸은 빠르게 회복되었습니다. 예언자는 가끔 바이서스 방향을 바라보긴 했지만 그 눈빛은 쌀쌀맞다고 말할 그런 것이었죠. 예언자의 눈길은 보이지도 않는 구리 광맥을 내려다볼 때 훨씬 뜨거웠습니다.

하지만 어느 날부터인가 예언자의 눈길은 새로운 방향을 향하게 되었습니다. 바이서스 방향도, 아래쪽도 아닌 그곳에는 한 여인이 있었습니다.

그녀는 화가였습니다. 다시 수렵형·채집형의 구분을 적용해 보면 수렵가라고 할 수 있죠. 자연을 관찰하는 미술이 어떻게 채집이 아니라 수렵이냐고요? 음. 가장 완벽한 눈, 가장 완벽한 코, 가장 완벽한 입술 등을 모아서 초상화를 그리는 화가가 있을까요? 화가들은 그런 식으로 작업하지 않죠. 숲 속 어딘가에는 자신이 원하는 사슴이 있다고 믿는 수렵가와 마찬가지로, 화가는 세상 어딘가에 자신이 원하는 소재가 있다고 믿지요. 화가보다는 음악가가 더 채집가에 가깝습니다. 채집가는 숲 속 어디에도 자신이 원하는 식탁이 차려져 있지는 않다는 것을 알지요. 대신 식탁의 구성물을 모음으로써 자신이 그것을 만들어내려 하지요. 음악가도 완성된 소리를 찾아 헤매지는 않습니다. 음을 모으고 장단을 모아서 직접 만들어내지요.

어디까지나 재미삼아 해보는 구분이란 건 아직 잊지 않으셨죠? 예. 채집형 미술도 있을 수 있고 수렵형 음악도 있을 수 있을 겁니다. 예술가들의 발상은 언제나 다른 이들을 놀라게 하니까요. 하지만 예언자의 눈에 들어온 그 화가는 분명히 수렵가였습니다. 그것도 지나치게 용감한 사냥꾼이었죠. 멋진 소재를 찾고 싶다는 욕망만으로 솔베스까지 왔으니까요.

14

솔베스를 찾는 이들은 용기와 모험심이라는 덕목에서만큼은 다른 이들에게 뒤지지 않는 이들이 대부분이었습니다. 그런 이들은 흔히 다른 사람들의 꿈이나 희망에 관대한 편이지요. 상대방이 몽상가처럼 느껴진다 하더라도 똑같은 말을 듣게 될 것 같으면 미리미리 말을 삼가야 하는 법이잖아요. 하지만 사람이란 다양한 법이고 솔베스 사람들도 가끔은 참 현실 감각 없다고 표현하고 싶은 사람들을 만나게 되지요. 화가가 바로 그런 사람이었습니다. 드래곤이 살던 땅을 그리고 싶다는 이유민으로 솔베스로 찾아온 그녀를 보며 솔베스 사람들은 자신이 보수주의자가 된 듯한 느낌을 받았습니다.

하지만 화가의 희망이 어떠했건 그 생활 태도는 충분히 현실적이었습니다. 개척지인 솔베스엔 찾기만 한다면 미술 수요는 많았습니다. 화가는 작품 요청만 받는 것이 아니라 간판이나 표지판 같은 것도 거절하지 않고 성의껏 그려서 착실하게 돈을 벌었습니다. 그러곤 시간이 남을 때마다 솔베스를 이곳저곳 돌아다니며 그 풍경을 관찰했죠. 어쨌든 솔베스에 토박이는 없으니 소재를 찾으려면 직접 돌아다니는 수밖에 없으니까요.

그런데 그림은 시간이 꽤 많이 걸리는 일입니다. 밥값을 벌려고 닥치는 대로 그린다면 더욱 시간이 부족하죠. 화가는 얼마 있지 않아 예언자를 찾아왔습니다.

"사람들이 그러던데 여기 지리를 잘 아신다고요?"

"조금 압니다. 광물 탐사가 취미라서 이곳저곳의 돌과 흙을 많이 보죠."

"그러려면 굉장히 넓은 범위를 돌아다녀야 하는 거죠? 잘됐네요. 풍경화를 그리고 싶은데 괜찮은 곳에 데려다주시겠어요?"

"당신이 어떤 곳을 좋아할지 알 수 없는데요."

"그렇겠네요. 그럼 한잔 사도 될까요? 남의 관심사를 예의 바르게 들어야 한다는 귀찮은 조건 하에."

"술자리에서야 흔한 일이니 납득할 만한 조건이군요. 좋습니다."

술자리에서 화가가 꺼낸 첫 마디는 예언자를 실소하게 만들었습니다. 화가는 '자기 영토를 돌아다니던 시에프리너가 시간이 나면 꼭 멈춰 서 쉬었을 만한 장소'를 보고 싶다고 했지요. 나름대로 구체적이라면 구체적이지만 누가 드래곤의 취향을 가늠할 수 있겠습니까. 화가도 예언자의 지적을 인정했죠. 그래서 그녀의 요구는 '여기에 드래곤이 산다는 것을 느낄 수 있는 장소'로 바뀌었습니다. 역시 형식이야 구체적이지만 내용은 추상적인 요구였지요. 화가는 자신의 말에 스스로 웃어버렸습니다. 예언자가 질문했습니다.

"드래곤이 그렇게 좋습니까?"

"드래곤에 대해선 별 생각 없어요. 드래곤의 처지에 관심이 있지요."

"처지요?"

"이렇게 말하면 어떨까요. 제가 집을 골라야 한다고 치죠. 그렇다면 보통 살기 편한지를 살피겠지요. 그래야 똑똑하다는 말도 들을 테고요. 그런데 제가 그 집에서 수백, 수천 년 동안 혼자 살게 될지도 몰라요. 거기를 떠나지도 않을 테고 친구들이 거기로 찾아오지도 않을 테고요. 그래도 살기 편하다는 이유가 가장 중요할까요?"

예언자는 화가가 '그래도'라는 말을 사용한 것이 마음에 들었습니다. 예언자가 이해했다는 것을 알게 된 화가는 한결 편안하게 말했죠.

"추락하지 않는 드래곤은 어쩌면 그냥 똑똑한 선택을 했을지도 몰라요. 하지만 드래곤은 보석을 좋아한다잖아요. 반짝이기만 할 뿐 본질적으론 아무 쓸모없는 돌멩이를 사랑할 수 있는 감성이 있는 드래곤이면 자기 영토로 그저 살기 편리한 곳을 골랐을 것 같지는 않아요. 그런 건 싫어요. 그래서 저는 그녀가 수면기에 들어간 사이에 이 땅을 슬쩍 훔쳐보고 싶은 거에요. 왜 여길 골랐나 궁금해서요. 이렇게 말하니 이웃집 아낙네 살림살이는 어떤지 궁금해하는 여자 같네요. 그게 정확한 표현일지도 모르지만."

예언자는 조금 후 말했습니다.

"괜찮은 고원이 하나 있습니다."

그 고원은 아름다웠습니다. 화가는 대지에 생긴 흉터 같다며 좋아했지요. 하지만 여러 정황을 놓고 볼 때 화가가 더 흥미로워한 것은 예언자의 몸에 있는 흉터 쪽이었던 것 같습니다.

15

"예. 내가 그 이루릴 세레니얼입니다. 첫 만남이 이런 민감한 시기인 점이 애석합니다만 어려울 때의 벗 한 명은 편할 때의 벗 백 명보다 낫다는 말도 있지요. 무엇이든 내가 도울 것이 있다면 충심으로 봉사하겠습니다."

"당신에게 바라는 건 간단해. 예언자를 죽여."

"그는 이제 예언을 강제하는 손에서 벗어나 안전합니다. 안심해도 된다고 생각합니다."

"그는 기웃거리고 있어. 솔베스를 관찰하고 있다고."

"고국에서 그가 겪어야 했던 혹독한 경험을 잊기 위해 그러는 것으로 알고 있습니다."

"그렇다면 왜 하필 광물 탐사야! 심신을 치유할 수 있는 그 많은 취미를 놔두고 왜 하필 지하에 관심을 두느냔 말이야! 들어봐. 예언의 힘은 사실 드문 것이 아니야. 특히 생존의 문제와 결부되었을 때 그러하지. 하등한 동물에게도 위기를 예감하는 능력이 있다는 것은 당신도 잘 알 거야. 하물며 그 인간은 천 년에 한 번 나올까 말까 하는 예언자야. 그 강력한 예언의 힘이 그가 깨닫지 못하는 가운데 그를 충동질하고 있는 거라고 말하면 피해망상이라고 할 건가?"

"아니오. 충분히 합리적인 의견이라 말하겠습니다. 그가 예언에 대해 가지는 의식적인 거부감에 대해서는 나도 얼마든지 보증할 수 있지만 그의 무의식까지 보증할 수는 없으니까요. 그 자신이라 해도 그럴 수 없겠지요. 하지만, 그 말씀이 맞다 하더라도 나는 당신이 제안하는 해결책은 수용할 수 없습니다. 무의식 때문에 목숨을 잃어야 한다는 말은 꿈속에서 저지른 일 때문에 현실에서 벌을 받아야 한다는 말과 같다고 생각하니까요."

"위험의 가능성에 대한 내 지적엔 반대하지 않는다는 말이군."

"예. 무의식적 예언이라는 것은 솔직히 생각해 보지 못한 가능성입니다. 흥미롭군요. 하지만 그것은 예언자가 광물 탐사에 관심을 보이고 있다는 현상 하나만을 사례로 삼아 제기된 가설이군요. 말할 것도 없이 그 현상은 다른 방법으로도 얼마든지 설명할 수 있습니다. 하지만 이런 대답이 당신의…… 의혹을 해소할 수 있다고도 생각하지 않습니다."

"의혹이 아니라 불안이라고 말하고 싶었던 것이겠지? 아니면 공포인가? 그래, 그건가 보군. 얼마든지 그렇게 말해! 인정해 줄 테니. 나는 무서워!"

"미안합니다."

"사과하지 마. 그게 아니야. 내가 바라는 건……"

"무서워하지 말아요."

"오, 이루릴!"

"괜찮아요. 아무 걱정 할 필요 없어요. 내가 당신을 돕겠어요. 당신의 친구가 되겠어요. 무서워하지 말아요. ……할 거예요. ……라고 믿어요. ……도 돼요. ……니까요……"

"부탁해."

"말해요."

"그를 죽이지 않겠다면 어딘가에 가둬두기라도 해. 아무도 그의 말을 들을 수 없는 곳에. 3년이면 충분할 거야. 그 정도도 안 돼? 내가 모든 것을 제공하겠어. 좋은 술과 맛있는 음식, 기타 인간이 좋아할 만한 것이 전부 제공되는 호화로운 감옥살이를 3년만 하라는 거야. 이 정도면 관대하다 못해 분에 넘치는 제안이야."

"가치관에 따라 선물로 받아들일 수도 있는 제안인 것 같군요. 그런데 예언자에겐 거절할 권한도 있는 것인가요?"

"거절한다면 멍청이지. 그건 살해당하지 않는 대가야! 아니, 잠깐."

"예?"

"자기를 성전 삼아 순교하는 선택 따위를 허락해선 안 되지. 다행스럽게도 나는 자기도취라는 것이 뭔지 알아. 더 다행스러운 것은 죄책감이라는 것도 알고 있다는 것이지."

16

여러분. 장래계획이 어떻게 되세요? 아, 이건 여러분들의 장래가 궁금해서 하는 질문은 아닙니다. 기대할 걸 하세요. 여러분들도 다른 사람 장래에 별 관심 없잖아요. 그러면서 자기 이야기를 하고 싶어하면 곤란하죠. 질문을 한 까닭은 여러분들이 장래에 대해 생각하긴 하는지 궁금해서입니다.

그러지 않는 사람도 있냐고요? 예. 있습니다. 예언자가 그러했지요. 어느샌가 익숙해진 솔베스의 어느 샐녘, 예언자는 자기가 철든 이후로 미래에 대해 전혀 생각하지 않았다는 사실을 깨닫고 놀랐습니다.

원인은 예언에 대한 그의 혐오감이었지요. 미래를 아는 것을 싫어하다 보니 미래 자체에 대해 아예 생각하지 않았던 겁니다. 하지만 그날 아침 예언자는 노화와 죽음, 남아 있는 시간, 죽을 때까지 사는 것과 더 살지 못해 죽는 것의 차이 등에 대해 생각해 보기 시작했습니다. 나이를 고려하면 도저히 조숙하단 소리는 못 듣겠네요.

그는 왜 갑자기 그런 생각을 떠올렸을까요? 어떤 머리카락 때문이죠. 그 머리카락은 예언자의 옆에 있는, 거대한 소라를 연상시키는 똘똘 말린 이불더미에서 튀어나와 있었습니다. 가발? 해학 취미시군요. 잘린 머리? 엽기 취미시군요. 이불더미 속에 있는 건 그냥 인간입니다. 여자고, 그림을 잘 그리죠. 홀로 오롯한 존재의 미학에 관심이 많고, 자는 모습을 보건대 새벽 한기를 싫어한다는 특징도 있는 것 같군요.

그리고 어젯밤까지 예언자의 손끝에 묻은 꽃가루인 양 처신하던 여자였습니다. 바람만 불면, 손만 좀 툭툭 털면 떨어져나갈 태세였어요. 예언자는 화가가 오늘도 똑같이 행동하리라 확신했어요. 문제는 예언자가 더 이상 그런 태도에 만족할 수 있는지 알 수 없다는 점이었지요. 예언자는 화가를 손끝에 묻은 꽃가루가 아닌 손에 쥔 꽃으로 여기는 것에 대해 생각해 보았습니다. 그러려면 꽃병이 필요할까요? 화분이나 정원?

화가가 갑자기 몸을 뒤척였습니다.

이불이 이리 저리 움직이다가 화가의 등이 드러났습니다. 동쪽으로 난 창문에서 흘러들어온 샐녘빛이 화가의 등에 부딪치더니 액체처럼 변했지요. 예언사는 희광에 흠뻑 젖은 화가의 등을 물끄러미 바라보았습니다.

예언자는 손을 들었습니다. 자신이 무슨 일을 하는지 거의 깨닫지 못하는 가운데 예언자는 똑바로 편 집게손가락을 화가의 등에 가져갔습니다. 예언자는 글을 썼지요. 왼쪽 겨드랑이에서 오른쪽 겨드랑이로, 줄을 바꿔서, 왼쪽 옆구리에서 오른쪽 옆구리로, 줄을 바꿔서, 왼쪽 허리에서 오른쪽 허리로.

그리 길지 않은 문장이지만 손가락으로 쓰는 것이라 예언자는 큼직큼직하게 썼고 화가의 등은 그리 넓지 않았기에 세 줄이나 필요했지요. 화가의 오른쪽 허리에 마침표를 찍은 예언자는 손을 끌어당겼습니다. 그때 화가의 목소리가 들려왔습니다.

"읽어봐."

"나의 내일로 너의 내일을 사고 싶어."

화가는 아무 소리도 내지 않았지만 그녀의 어깨는 빠르게 들썩였습니다. 화가는 예언자에게 등을 보인 채 기지개를 쭉 폈습니다.

"뒤로 돌아봐."

예언자는 시키는 대로 화가에게 등을 보인 채 침대에 걸터앉았습니다. 발바닥이 조금 차가웠지만 예언자는 허리를 꼿꼿이 펴는 데 더 집중했지요. 곧 화가의 손가락이 다가왔습니다. 물감 찌꺼기가 남지 않도록 바싹 자른 손톱이 예언자의 등을 기분 좋게 긁었지요. 예언자는 웃음을 터뜨릴 뻔했습니다.

글을 다 쓴 화가는 마침표 대신 예언자의 등을 살짝 꼬집었습니다. 예언자는 왜 화가가 읽어달라고 했는지 알게 되었습니다. 인간의 등은 둔한 편이라 손가락으로 쓴 글을 해석할 수는 없지요.

"읽어줘."

"싫어, 싫어."

화가는 낄낄 웃으며 침대를 빠져나갔습니다. 그리고 한 시간 후 그 집을 떠날 때까지 예언자의 등에 쓴 글에 대해 말해 주지 않았습니다. 예언자의 온갖 재촉과 장난 섞인 협박에도 불구하고.

화가를 보낸 예언자는 아침 식사 뒷정리를 하고는 서둘러 일터에 나갈 준비를 했습니다. 그날은 좀 특별한 업무가 있었기에 빨리 나가서 여러 준비를 해야 했습니다.

17

몇 시간 후 예언자는 광부들과 함께 갱내로 들어갔습니다.

광물 전문가들은 보통 광산에 들어갈 일이 별로 없지요. 하지만 얼마 전 광부가 흥미로운 생각을 떠올렸습니다. 그는 코볼드들이 노천광을 만들 수 있는 경우에도 갱내광을 선호한다는 것을 알고 있는 영리한 인물이었습니다. 코볼드들에게 갱도는 단순히 광물에 다가가는 길이 아니라 거주 공간이라 할 수 있으니까요. 하지만 인간들은 노천광을 만들 수 있다면 그러는 편이 좋지요. 광주는 자신의 갱내광을 노천광으로 바꿀 수 있을지를 알고 싶었습니다.

노련한 광부들이라면 그 정도를 알아내는 것이 어렵지 않지만, 미신적인 광부들은 코볼드들이 만든 광산을 파괴하면 무슨 동티가 나지 않을까 걱정하고 있었습니다. 광부들에게 맡겼을 경우 조사가 제대로 되지 않을 것을 예상한 광주는 예언자에게 조사를 부탁했죠. 예언자는 광물 전문가일뿐 광산학자나 지질학자는 아니었지만 그래도 광부들보다 객관적이긴 할 테니까요.

하지만 그날 예언자는 약간 멍한 상태였습니다. 등에 씌어진 글이 뭔지 궁금했거든요. 머리가 혼란스러운 채 광차를 타거나 갱내 사다리를 오르내리는 짓은 상당히 위험하지요. 횡갱이 몇 개 엇갈리는 곳에서 발길을 잘못 옮긴 예언자는 그만 동행한 광부들과 떨어지고 말았습니다.

어쩌면 그의 실수가 아니라 광부들이 고의로 그를 낙오시켰을 수도 있지요. 하지만 범인을 찾는 것보다 더 급한 건 탈출하는 것이었습니다. 예언자는 분노와 공포를 동시에 느끼며 위로 향하는 길을 찾았습니다.

예언자는 곧 장애물이 생각했던 것보다 훨씬 많다는 것을 알게 되었지요.

지열은 펄펄 끓고 바람은 전혀 없으며 공기는 텁텁했습니다. 잘 증발되지 않는 땀은 점액인 양 예언자의 몸에 끈끈하게 달라붙었죠. 지하에서나 맡아볼 수 있는 독특한 돌비린내 또한 신경을 끊임없이 건드렸습니다. 미약한 조명은 5분 전에 지나간 갱도도 전혀 다른 갱도처럼 보이게 만드는 재주로 예언자를 농락했고요. 음식을 전혀 가지고 있지 않다는 것을 떠올린 예언자는 조급함을 느꼈습니다. 하지만 시야는 협소하고 예언자는 광부들을 질식시키는 독가스에 대해 아는 것이 없었습니다. 서두르다간 수갱에 빠지거나 걷다가 죽을 수도 있었지요. 몇 시간 동안 신경이 곤두선 채 갱도를 돌아다니던 예언자는 그만 탈진하여 주저앉고 말았습니다. 몽롱한 기분 속에서 예언자는 벽에 무슨 글이라도 새겨야 하나 생각했지요. 상당히 한심한, 그러면서도 극히 위험한 상태였습니다.

"당신, 아까부터 보고 있었는데 아무래도 길을 잃은 모양이네."

예언자는 고개를 번쩍 들었습니다. 어떤 사람이 그에게 빛을 들여다 대고 있었지요. 눈이 부셔서 예언자는 상대방의 얼굴을 볼 수 없었습니다. 하지만 그건 반가움을 느끼는 것에 아무 지장이 되지 않았습니다.

"예. 길을 잃었습니다. 도와주세요."

"어라? 당신 여기서 뭐하는 거야?"

예언자는 어리둥절했습니다. 그때 상대방이 자신의 얼굴을 빛에 노출시켰습니다. 예언자는 자신이 들은 말을 그대로 돌려주고 싶다고 생각했습니다.

"왕지네?"

18

대부분의 광산은 경계가 엄중합니다. 얼간이가 들어가서 사고를 당하는 것을 막는다는 인도적인 이유도 있고 광산은 곧 보물창고와 같다는 타산적인 이유도 있지요. 아무 자격이 없는 왕지네 같은 이는 갱도에 들어와 있어선 안 되는 거죠. 그래서 왕지네는 '아무래도 길을 잃은 것처럼 보이는' 사람을 보고도 한참 동안 따라다니며 진짜 길을 잃은 것인지 확인해야 했습니다. 벌컥벌컥 물을 마시는 예언자에게 왕지네는 그렇게 변명하며 빨리 도와주지 않은 것을 사과했습니다.

"그래, 알았어. 그런데 당신 바이서스로 돌아간 것 아냐? 여기서 뭐 하는 거야?"

왕지네는 어깨를 움츠린 채 방어적인 미소를 지었어요.

"바이서스로 돌아가진 않았어. 시에프리너의 레어를 털 작정이라고 말하면 반대할까봐 그랬지."

"뭐라고?"

그다지 참신한 반응이랄 수는 없지만 예언가는 너무도 기가 막힌 나머지 저 이상의 말을 떠올릴 수가 없었습니다. 하지만 전설적인 벽타기꾼은 자신만만했습니다.

"값비싼 보물이 쌓여 있고, 주인은 자고 있어. 이건 훔치라는 강요에 가깝잖아."

"하지만 어떻게?"

처음 만난 그 밤처럼 왕지네는 자신의 영리함을 자랑하고 싶어 하는 얼굴로 설명했습니다. 시에프리너는 수면기에 들기 전 레어로 통하는 길을 다 막았을 겁니다. 따라서 지상에서 그녀의 레어로 통할 길을 찾아낼 가능성은 거의 없죠. 설령 찾아낸다 해도 그것은 드래곤만이 다시 뚫을 수 있을 정도로 단단히 막혀 있을 테고요. 그런데 그들이 있는 광산은 코볼드가 만든 것이었습니다. 어쩌면 코볼드는 갱도를 파면서 자기들의 군주에게 통하는 길 하나 쯤 만들어두었을 수도 있죠. 만약 그런 통로가 있다면, 그것은 코볼드가 다시 열 수 있을 정도로만 막혀 있을 테죠. 그 정도라면 왕지네가 뚫을 수 있을 겁니다. 그리고 그 길은 코볼드와 시에프리너를 잇는 길이니 함정 같은 것도 없을 테고요. 따라서 그 길만 찾아낼 수 있다면 잠들어 있는 시에프리너에게 안전하게 직행할 수 있는 겁니다.

예언자는 자기도 모르게 고개를 끄덕였습니다. 확실히 말이 되는 추론이었지요.

"당신하고 헤어진 이후로 계속 이 광산에서 살다시피 했어. 이젠 어지간한 광부보다 내가 더 이 광산에 훤할걸. 곧 찾아낼 수 있을 것 같아."

"하지만, 이봐. 당신이 성공한다 치더라도 드래곤의 보물을 훔치고서 무사할 것 같아?"

"돌려주면 되지."

"돌려주려고 훔친다? 당신 바보 아냐?"

"또 그런다. 바보는 당신이라니까. 생각해 봐. 추락하지 않는 시에프리너가 금방 깨어날 거라면 어떻게 이 땅에 사람들이 들어와 살겠어? 공부 많이 한 사람들, 학자들이 시에프리너가 한참 동안 깨지 않을 거라고 했으니까 솔베스가 생긴 거잖아."

"그건 그렇지."

"그러니까 시간은 많이 있다고. 어쩌면 내가 죽을 때까지 시에프리너가 깨어나지 않을지도 모르지. 그러면 아무 일도 할 필요가 없지. 하지만 그 전에 깨어나면? 들어봐, 들어봐. 나는 시에프리너한테 뭐 쓸 만한 것을 훔친 다음 그걸 종자돈 삼아서 돈 잔뜩 벌 거야. 그러곤 솔베스에서 언제 사람들이 떠나는지 살피다가, 똑똑한 학자들이 사람들한테 피하라고 알려주겠지? 응? 그런 낌새가 보이면 그 보물을 되사서 제자리에 샥 돌려놓는 거야. 여유가 된다면 그 전에 되사도 될 테고. 기막히지? 바보가 어떻게 이런 생각 하냐고."

"당신 때문에 시에프리너가 바로 지금 께비릴 수도 있잖아."

"이봐. 집주인이 절대 깨지 않을 거라고 믿는 바보 도둑이 어디 있어? 그런 위험은 감수해야지. 혹시 드래곤을 깨우게 되면 그건 내 기술이 부족한 탓이니까 당한다 해도 억울할 건 없지."

"아니, 잠깐. 당신이 다치는 것도 싫지만, 그러면 솔베스 사람은? 그 사람들은 억울하잖아."

"응? 무슨 소리야? 솔베스 사람들이 뭐?"

"아, 이런. 무슨 생각을 하고 있는 건지 알겠군. 시에프리너가 깨면 당신 혼내준 다음 다시 잠들 거라고 생각했군? 보통 집주인처럼? 아냐. 시에프리너가 지금 깨어나면 그건 그대로 활동기로 접어든다는 뜻이야. 앞으로 수십 년 동안 다시 수면기에 들어가지 않을걸. 그러면 솔베스 사람들은 다 죽는 거지."

왕지네가 입을 쩍 벌리는 모습이 퍽 우스웠기에 예언자는 실소하고 말았습니다. 왕지네는 당혹하여 말까지 더듬었죠.

"나, 나 한 사람 때문에 깨어날까? 응? 전쟁이 벌어져도 꿈쩍도 안 하고 쿨쿨 잠만 잤는데."

"전쟁이야 저 위에서 우리끼리 치고 박은 것이지만 당신은 시에프리너 바로 옆에 가서 그녀의 보물을 훔치려는 거잖아. 당신 훌륭한 도둑이니까 실패할 확률이 낮을지도 모르지만, 실패했을 경우 일어날 일을 생각해 보면 확률이 만분의 일이라도 문제가 되는 것 같은데."

예언자의 말대로였지요. 왕지네는 머리 아픈 표정을 짓다가 한숨을 내쉬고는 일단 예언자를 밖으로 내보내기로 했습니다.

"잠깐. 광부 소리가 들리는 것 같아. 난 들키면 안 되니까…… 좋아. 가자."

광산 구조에 훤한 왕지네는 놀랄 만한 속도로 예언자를 지상까지 안내해 주었습니다. 광산 입구에 도달한 왕지네가 말했습니다.

"난 밤에 나갈게. 있다가 당신 집에 들러도 될까?"

"밤새도록 기다릴게. 아, 이번엔 문으로 들어와, 제발."

왕지네는 싱긋 웃으며 그대로 어둠 속으로 사라졌습니다.

이미 예언자의 실종 소식이 전해진 상태였기에 현장사무소에서는 예언자의 귀환에 깜짝 놀라며 반가워했습니다. 아무래도 광부들이 일부러 그를 낙오시킨 것 같진 않았습니다. 예언자는 안도하며 집에 돌아가 쉬겠다고 했지요. 소장은 내일도 쉬어도 좋다고 말해 주었습니다. 예언자는 약간 멋쩍었지만 분위기를 보니 지하에서 귀환한 누군가는 모두 그 정도 환영을 받는 것이 당연한 것 같았습니다. 사실 그랬죠. 몸이 심하게 상하거나 그렇지 않다 해도 정신이 나가버릴 가능성이 높은 것이 지하 실종이니까요. 집까지 데려다줄 사람까지 붙여주겠다는 제안을 사양하며 예언자는 집으로 돌아왔습니다.

그런데 집 앞에서는 방문객이 그를 기다리고 있었습니다. 예언자는 깜짝 놀랐죠. 집 앞에 서서 그를 바라보는 것은 엘프 이루릴 세레니얼이었습니다.

19

그대로 침대에 쓰러져 왕지네가 올 때까지 자고 싶었지만, 예언자는 이루릴을 문전박대할 수는 없었어요. 예언자는 기력을 끌어 모아 정중하게 이루릴을 맞이했습니다. 하지만 이루릴은 그의 상태가 심상찮다는 것을 쉽게 눈치 챘죠. 몸을 대강 씻고 옷을 갈아입은 다음 예언자는 이루릴에게 자신이 당했던 사고를 말해 주었습니다.

이루릴은 차분히 그의 말을 듣고 따스하게 위로의 말도 해주었습니다. 그리고 왕지네와 조우했다는 말에는 예언자 이상으로 놀라워하며 깊은 관심을 보였습니다. 하지만 전체적으로 이루릴은 약간 난처한 기색이었죠.

"나는 어떤 이의 전언을 가져왔어요. 그 내용은 어쩌면 당신에게 꽤 불쾌한 것일 수도 있어요. 험한 일을 당한 차에 그런 말을 전하려니 면목이 없군요."

하지만 이루릴이 마침내 용건을 말하자 예언자는 불쾌감 대신 혼란을 느꼈습니다. 몸 상태가 저하되어 이해력이 나빠진 탓도 있지만, 이루릴의 용건 자체가 범상한 것이 아니었거든요.

"죄송합니다만 다시 한번 말씀해 주시겠습니까?"

이루릴은 다시 자세히 말했습니다. 3년 동안 당신을 당신 이외의 모든 자로부터 격리하길 원하는 이가 있다. 격리 기간 동안 당신은 왕들도 부러워할 만한 대우를 받을 테지만 당신 스스로 그 격리 상태를 중단할 수는 없다. 3년의 기한에는 타협이 불가능하다. 그러나 기한 연장 또한 절대 없다. 주의 깊게 판단하여 대답해 주세요.

예언자는 겨우 그녀의 말을 이해했습니다. 그리고 그 이면의 뜻 또한 깨달았지요.

"그러니까. 누군가 힘센 인물이 앞으로 3년 동안 제가 예언을 하지 않길 바라는 것이군요. 잠깐만. 그러면 애초에 당신은 왕지네가 아니라 그 사람 부탁 때문에 저를 왕비에게서 구출해 주신 겁니까?"

"그랬다면 당신과 헤어졌다가 다시 찾아오는 귀찮은 일을 하진 않았겠지요."

"그렇…… 군요. 예. 제가 멍청한 소리를 했군요. 당황했나 봅니다. 아, 이제 알겠습니다. 누군가의 입을 막는 가장 확실한 방법은 살해지요. 당신이 그 자와 타협해서 즉각적인 살해 대신에 그 호화로운 감옥이라는 돈 많이 들고 비효율적인 대안을 끌어내어주신 것이군요?"

"내가 직접 끌어낸 것은 아니에요. 하지만 이 제안을 꺼낸 이는 입막음을 위해 누군가를 죽이는 것을 내가 싫어한다는 것을 알고 있어요. 그리고 그 이는 나를 실망시키고 싶지 않았겠죠."

"정말, 정말 당신에게 많은 은혜를 입었군요. 감사를 해야 마땅하겠지만 염치없게도 우선 도움을 구할 수밖에 없어 죄송합니다. 제가 어떻게 해야 할까요?"

"유감스럽군요."

"정말 죄송합니다. 이 질문 잊어주십시오. 제가 판단해야 할 문제지요. 죄송합니다……. 이거, 참. 이런 바보 같은 이야기가 어디 있습니까!"

예언자가 울컥하여 외쳤습니다.

"정말 바보 같은 자입니다! 그 자는 그런 제안을 내놓는 것이 저를 더 충동질하는 것임도 모른단 말입니까? 3년 안에 중대한 일이 벌어진다고 제 귀에 대고 고함을 지르는 거나 다름없잖습니까."

"교활하다거나 영악하다는 표현은 듣기 어려울 거라는 점에 동의해요. 하지만 나는 이 제안에 담긴 진실성에 주목하라고 말하고 싶군요. 어떤 자들은 목적의 본질보다 수단의 화려함을 높이 사기도 하지요. 하지만 나는 그런 태도에 편승할 생각이 없어요. 컵의 아랫부분을 뚫는다면 컵의 윗부분과 통일성, 대칭성을 가지게 될지도 모르지요. 어쩌면 그것이 더 조화롭고 아름다울 수도 있겠죠. 하지만 그걸 컵이라고 부를 수는 없을 거예요."

이루릴의 말에 담긴 희미한 신랄함이 예언자의 주의를 끌었습니다. 예언자는 자신의 고민에서 빠져나와 엘프를 직시했지요. 하지만 이루릴은 그가 포착하고 규정할 만한 어떤 것도 보여주지 않았습니다. 그녀는 그저 물끄러미 예언자를 바라볼 뿐이었지요.

문득 예언자는 그 엘프의 모습에서 낯익은 것을 발견했습니다. 아니, 낯이 익다는 것은 부적절한 표현일지도 모르겠군요. 예언자가 계속 상상해 온 어떤 모습과 이루릴의 모습이 일치한다고 해야겠네요. 그 발견과 동시에 예언자는 말했습니다.

"거절하겠습니다."

예언자는 자신의 대답에 놀라며 동시에 만족했습니다.

"거절합니다. 제 말을 전해주십시오. 비록 충동질을 당했지만, 그래도 저는 예언을 하지 않을 겁니다. 미래를 보지 않을 겁니다. 그 말을 믿을 수 없다면 저로서도 어쩔 수 없습니다. 하지만 저를 믿지 않는 자의 약속을 제가 어떻게 믿겠습니까?"

"거절하면 어떻게 될지 묻지 않나요?"

"더 쉬운 입막음을 선택하겠지요. 아닙니까? 제 입으로 거절했으니 그 자는 당신의 체면을 건드리는 일 없이 저를 죽이러 나설 수 있겠군요. 호락호락 당할 생각은 없습니다. 저를 밀어붙이는 것이 과연 제가 예언을 하지 않도록 도와주는 일인지 한 번 생각해 보라고……"

"거절하면 공격받는 건 당신이 아니에요."

"예?"

"이런 말을 전하게 돼서 유감이군요. 당신이 제안을 거절하면 그 이는 당신의 여자를 죽일 거예요."

예언자는 경악하고 말았습니다. 그 때문이겠지요. 후회할 말을 꺼내고 만 것은.

"어느 쪽을……?"

20

이루릴은 어느 쪽이 무슨 뜻이냐고 반문하는 대신 자신이 들은 것은 당신의 여자라는 말뿐이라고 대답했습니다. 혼란스러워진 예언자는 며칠 말미를 달라는 말만 겨우 꺼낼 수 있었어요. 이루릴은 시간 여유를 많이 줄 수 없다며 내일 정오 무렵에 오겠다고 말하곤 떠났습니다. 홀로 남은 예언자는 오락가락하다가 한참 보류했던 일이 있음을 깨달았습니다. 침대에 쓰러지는 일이죠. 예언자는 그 일을 완료한 후 이루릴이 꺼내지 않은 질문을 스스로 던졌어요. 어느 쪽? 그게 무슨 말이지?

엄밀히 말해 그것은 무의미한, 완전히 잘못된 질문이죠. 예언자의 여자라는 호칭을 허락한 숙녀가 한 명도 없으니까요. 그 후보라 할 만한 여인이 한 명 있을 뿐이죠. 화가 말이에요. 하지만 예언자는 조금 전 갱도에서 만났던 왕지네를 떠올리지 않을 수 없었습니다. 이루릴이 염두에 두고 있던 여자는 왕지네일 가능성이 높지요. 그렇다면 예언자에게 괴이한 제안을 보낸 자 또한 왕지네를 겨냥하고 있지 않을까요. 거기까지 생각한 예언자는 약간의 안도감을 느꼈습니다. 예. 예언자는 화가에게 죄책감을 느끼고 있었지요. 구혼한 지 하루도 되지 않아서 '어느 쪽?'이라니오.

침착을 되찾은 예언자는 곧 더 중요한 사실을 떠올렸습니다. 어차피 그가 할 수 있는 선택은 한 가지밖에 없었습니다. 어떤 사람이든 간에 그 대신 죽는다는 것은 말이 되지 않는 일이니까요. 예언자는 3년의 수감 생활을 받아들일 수밖에 없었습니다.

초점을 거기에 맞춘 예언자는 그제야 분노를 느꼈지요. 죄수가 아닌 빈객으로 대접하겠다는 약속은 품위를 보여주는 것 같지만, 거절할 수 없게 만드는 수법이 거의 낭심 가격 수준입니다. 거만하기로는 비할 바도 찾기 어려울 정도군요. 처음부터 끝까지 예언자의 그 어떤 것에 대한 존중도 없습니다. 예언자는 격노에 사로잡혔습니다. 하지만 그 정체를 모르기에 욕도 제대로 할 수 없었지요. 그 때문에 예언자는 상대방의 정체를 예언하고 싶은 강렬한 충동을 느꼈습니다.

예언은 미래에 대한 것이라고요? 물론이지요. 그런데 미래는 현재가 과거가 된 시점이거든요. 따라서 미래를 볼 수 있으면 과거가 된 현재도 볼 수 있습니다. 쉽게 말해 예언자는 '예언자를 감금했던 모모의 처사에 대해 어떻게 생각해?'라는 대화를 나누는 미래인들을 볼 수 있는 거예요. 물론 훨씬 간단하고 직관적인 방법들도 있을 테고요. 예언자는 그런 방법들을 수십 가지라도 떠올릴 수 있었습니다. 수단이 많으면 묘하게도 자제하기 더 쉬워지는 법이지만 예언자에겐 해당하지 않는 말인 것 같습니다. 그는 자신의 간수가 되려는 자의 정체를 알고 싶어서 몸이 꼬일 지경이었습니다. 결국 예언자는 천장을 향해 고함을 버럭 질렀습니다.

"정신 차려! 그랬다간 왕지네를 무슨 낯으로 보겠냐!"

다시 왕지네군요. 예언자는 두통을 느꼈습니다. 그는 왕지네에 대해 더 이상 생각하지 않기로 했습니다. 몇 분도 가지 않을 결심이었죠. 밤에 올 왕지네를 위해 술과 고기 등을 사야겠다고 생각하며 일어섰거든요.

해거름 무렵이 되자 사고 소식을 들은 광부의 아내들이며 이웃들이 위문품을 보내왔기에 예언자는 분주히 준비할 필요도 없었습니다. 밤이 깊어지자 왕지네는 약속한 대로 찾아왔습니다. 거의 파성추가 성문 깨는 형국으로 뛰어들었죠.

"생각해 봤는데 말이야, 코볼드들이 어떤 보물을 가지고 있고 그걸 숨기고 싶다면 시에프리너의 레어 가까운 곳에 숨겨두지 않았을까? 아까 내가 말했던 그 통로 근처에 말이야. 안전하기로 따지면 그보다 더 안전한 곳도 드물지 않겠어?"

"와줘서 고마워."

21

왕지네는 겸양의 미덕 같은 말은 들어본 적이 없는 사람처럼 마음껏 먹고 마셨습니다. 그러고는 자신의 발상에 도취되어 계속 떠들었습니다. 코볼드의 보물이라면 드래곤의 보물보다 격이 떨어지기야 하지만 동시에 더 안전하기도 하다는 것이 왕지네가 강조하고 싶은 부분인 것 같았어요. 예언자는 존재하는지도 알 수 없는 가상의 보물을 가지고 어떻게 저리 흥분할 수 있나 신기했습니다. 그는 왕지네를 향해 미소를 지었어요. 그러자 왕지네는 탁자에 팔꿈치를 얹고 예언자를 똑바로 바라보았습니다.

"왜 울어?"

예언자는 왕지네가 말을 실수했다고 생각했죠. 하지만 왕지네는 신기한 얼굴로 그를 쳐다보았어요. 예언자는 눈가를 훔쳤습니다. 손끝이 젖어들었죠. 예언자는 몹시 당혹하여 자신의 손과 왕지네를 번갈아 쳐다보았습니다.

"왜 또 우는 거야. 누가 당신 재주 가지고 또 뭐라고 그래?"

예언자는 눈을 세게 비비고 심호흡을 했습니다.

"당신한테 할 말이 아닌 것 같지만, 나 또 어딘가에 갇혀야 할 모양이야. 한 3년 동안. 미안해."

"뭐야?"

"3년 안에 무슨 큰일이 벌어지나봐. 그 일을 준비하는 사람인지 뭔지는 모르겠지만, 어쨌든 그 일이 미리 발각되지 않길 바라는 누군가가 있어. 정체는 모르지만 아주 힘이 센가봐. 그 자가 내 입을 단속하기 위해 나한테 어디 좀 갇혀 있지 않겠냐고 제안했어. 내가 설령 예언을 한다 해도 아무도 듣지 못하도록."

"뭐야, 어, 그러니까 이번엔 예언을 하지 말라고 가두는 거야?"

"정확하게는 '예언을 해도 쓸모가 없도록'이라고 해야겠지만, 맞아. 3년 동안 잘 먹여주고 잘 재워주겠대. 아무 일도 하지 않는 조건으로. 좀 편집증 같아. 예언하면 가만두지 않겠다고 협박하는 정도로도 충분할 것 같은데 자기 손 닿는 곳에 가둬둬야 안심하겠다니. 아니면 그 일이 정말 엄청난 것인지도 모르지."

"잠깐만! 그러면 혹시 듣기 좋은 말로 데려가서 어떻게 하려는 것 아냐?"

"그건 아닌 것 같아. 원래는 죽일 생각이었겠지만 이루릴이 끼어들어 수감으로 타협을 본 것 같거든."

"이루릴이?"

예언자는 이루릴의 방문과 그녀가 전달한 말에 대해 설명했습니다. 왕지네는 의혹을 풀지 못하겠다는 표정으로 그 말을 생각해 보았어요. 곧 그녀는 화가 치밀었습니다.

"정말 너무들 하네. 하기 싫다는 짓 하라고 고문하는 쪽이나, 그렇게 몸 상해가며 증명한 신조를 못 믿겠다고 이렇게 대놓고 무시하는 쪽이나. 심하잖아, 이거. 왜 이렇게 제멋대로야. 당신 어쩔 거야? 그 감옥살이 받아들이는 건 '나 의지도 끈기도 없소.' 하고 인정하는 것이나 다름없다는 건 알지?"

"받아들이지 않으면 내가 아닌 누군가가 다쳐."

"아, 진짜!"

왕지네는 폭발했습니다. 술기운이 제법 오른 탓도 있었죠. 그녀는 탁자에 엎드려 엉엉 울기 시작했습니다. 예언자는 한참 후에야 쉰 목소리로 울지 말라고 말했지만 돌아온 대답은 "시끄러워."였죠. 예언자는 어떻게 해야겠다는 계획도 없이 엉거주춤 의자에서 일어났습니다. 그때 왕지네가 고개를 들었습니다. 그녀의 눈은 활활 타오르고 있었죠.

"그 작자가 힘이 세다고?"

"센 것 같아. 이루릴은 왕비의 죄수를 빼내는 일을 새둥우리에서 알 꺼내는 것처럼 취급했잖아. 그런데도 그 작자하고는 교섭하는 것이 낫다고 믿었던 것 같으니까."

"좋아. 힘으로 패악 부리는 놈은 힘으로 때려 눌러야지."

예언자는 그 선언에 대한 설명을 요구할 수 없었습니다. 말을 끝내자마자 왕지네는 들어설 때보다 더 빠른 속도로 뛰쳐나가버렸거든요.

다음 날 아침, 잠에서 깬 예언자는 떠날 준비를 시작했습니다.

3년 동안 세상과 격리될 사람은 무엇을 해야 할까요? 친구들에게 작별 인사를 하고 재산을 동결해 두고 개를 맡아줄 사람을 찾는 것 등을 떠올릴 수 있겠지요. 하지만 전부 예언자와는 관련이 없는 일이었어요. 애초에 도망자 신분이었으니까요. 떠나는 이유를 만들어낼 필요도 없었죠. 사고의 충격 때문에 겁을 먹고 도망치는 것으로 하면 되니까요. 편지 몇 통을 쓰는 것으로 주변 정리를 끝낸 예언자는 전날의 만찬에서 남은 음식을 우물거리며 뭔가 더 할 일이 있지 않나 고민했습니다. 하지만 아무리 고민해 봐도 3년 후의 미래로 보내고 싶은 것이 떠오르지 않았습니다.

한 가지만 빼고 말이죠. 예언자는 대충 몸단장을 한 후 집을 나섰습니다.

화가는 자신의 작업장에서 짜증을 부리고 있었습니다. 솔베스 총독부는 화가에게 본국에서 온 현상 수배서 견본을 주며 여러 장 모사하라는 주문을 했습니다. 그런데 그 견본이라는 것이 운반 도중 강물에라도 빠졌는지 심하게 운데다 여기 저기 접힌 자국과 삭은 자국이 있어 현상범이 여자라는 것만 간신히 알 수 있는 꼴이었어요. 총독부쪽에서는 동봉된 용모 설명을 참조하면 되지 않느냐고 말했지만 그런 용모 설명은 중키에 보통 체격 하는 식으로 도무지 감을 잡을 수 없는 것으로 악명이 높지요. 하지만 화가를 정작 화나게 하는 것은 작업의 난이도가 아니었습니다.

"이렇게 백지 상태에서 아무 생각 없이 그리다 보면 내 얼굴을 그리게 돼. 그건 환쟁이 버릇이야. 그래서 관리한테 열심히 설명해 줬거든? 그런데 그 멍청한 관리가 못 알아먹는 거야. 거울을 보고 그리는 것도 아닌데 왜 자기 얼굴이 되냐고 묻는 거야. 속이 터지는 줄 알았어. 수배서에 내 얼굴이라니, 끔찍해."

"한 장 그려봐. 정말 닮게 되는지."

"싫어. 가서 관두겠다고 말해야겠어. 어차피 남자는 여자가 머리 모양만 좀 바꿔도 못 알아본다고. 이 따위 수배서로 퍽도 잡겠다."

"닮은 그림이면 내가 가지고 싶어서 그래."

야유하듯 입술을 내밀던 화가는 갑자기 정색했습니다.

"무슨 일 있어?"

"좀 갑작스럽지만 나 여행을 떠나게 됐어. 좀 멀리. 3년쯤 걸릴 것 같아."

화가는 큰 충격을 받은 얼굴이 되었어요. 예언자는 그녀의 의혹과 공포를 보며 몸이 싸늘해지는 기분을 느꼈습니다.

"그 여행에 당신 그림을 가져가고 싶어."

"왜 갑자기? 그 여자 때문이야?"

예언자는 눈을 크게 떴죠. 화가는 고개를 돌렸습니다. 그곳엔 솔베스의 야만스러운 풍경을 그린 그림들이 여러 점 놓여 있었죠. 예언자가 안내하고 화가가 그린 그림들이었습니다.

"어젯밤에 당신한테 갔었어. 사고 소식 들었거든. 그런데 당신 집에서 어떤 여자가 뛰어나오던데. 무슨 일인지 알 수 없었고, 괜히 무섭기도 해서 그냥 돌아왔어. 그 여자 때문에 여행할 일이 생긴 거야?"

"아냐. 그 여자는……"

"알아. 당신이 죽다 살아났을 때 가장 먼저 만나고 싶은 여자겠지."

광산에서 왕지네가 자신을 구해줬다고 말하려던 예언자는 그 말이 성의조차 느낄 수 없는 거짓말처럼 들린다는 것을 깨달았습니다. 예언자는 초조해졌어요.

"그림은 됐어. 나와 같이 가."

화가는 뭐라 말할 듯 입을 열었다가 다시 닫았습니다. 그녀는 예언자에게 옆얼굴만을 보인 채 꼼짝도 하지 않았죠. 참다못한 예언자가 그녀의 어깨로 손을 뻗었습니다. 하지만 화가는 그의 팔을 쳐냈죠.

"내가 여행용품이야?"

"그렇게 말한 적 없어. 그런 뜻이 아니잖아."

"가."

예언자는 몇 번 더 애원했지만 화가는 들은 척도 하지 않았어요. 예언자는 어깨를 늘어뜨린 채 몸을 돌렸습니다. 그가 작업실을 나서자마자 등 뒤에서 빗장을 지르는 소리가 덜컥덜컥 들려왔죠. 예언자는 비통한 심정으로 문을 쳐다보았습니다.

잠시 후 작업실 안쪽에선 폭발적인 웃음소리가 들려왔어요. 고름을 짜내는 것 같은, 그런 웃음이었지요.

23

힘없이 집으로 돌아오던 예언자는 기시감을 느끼게 하는 광경을 보았습니다. 조금 후 예언자는 기시감이 아니라 진짜 보았던 광경임을 깨닫고는 맥없는 웃음소릴 냈죠. 엘프 이루릴 세레니얼이 어제와 비슷한 자세로 집 앞에 서 있었습니다.

이루릴은 눈인사를 보냈지만 예언자는 그 인사를 무시했지요. 그는 그대로 이루릴의 옆을 지나쳤습니다. 그러면서 홀리듯 말했죠.

"가겠습니다."

이루릴은 집 밖에서 기다렸죠. 안에서 뭔가 부서지는 소리가 단속적으로 나더니 잠시 후 예언자가 모습을 드러냈습니다. 어깨에 간단한 가방 하나를 멘 예언자는 도전적인 눈빛으로 이루릴을 노려보았습니다.

하지만 여행이 시작되자 예언자는 깜짝 놀라고 말았지요.

이루릴은 어디로도 움직이지 않았습니다. 대신 예언자가 알아들을 수 없는 말을 나직이 중얼거리며 허공을 어루만졌지요.

그러자 그녀의 손에 닿은 공간이 결빙하기 시작했습니다.

예언자는 심장이 터질 것 같은 기분을 느꼈어요. 얼어붙은 공간이 직경 5큐빗 정도의 원이 되자 이루릴은 뻗었던 손을 끌어당겼습니다. 그러자 공간은 살얼음이 깨지듯 갈라지더니 갑자기 소리 없이 무너져 내렸습니다. 공간의 파편은 땅에 떨어지기도 전에 사라졌고 그 자리엔 어두컴컴한 구멍만이 남았지요.

틀림없었습니다. 그것은 마법사가 그 존재 자체로 권세였던 고대의 위대한 마법임이 분명했지요. '핸드레이크 시절에나……'라는 말을 떠올렸던 예언자는 갑자기 엘프가 굉장히 오래 산다는, 영원히 산다는 풍문까지 따르는 종족임을 떠올렸습니다. 예언자가 자신의 의문을 전달하자 이루릴은 다소 기묘하게 들리는 대답을 했어요.

"나는 일 년 내내 친구를 추도해야 하죠."

"네? 일 년 내내라니, 그게 무슨 말입니까?"

"오늘 이날 죽은 친구는, 당장 떠오르는 건 세 명이군요. 30여 년 전에 한 명, 그리고 140여 년 전에 두 명이에요."

여러분도 가족이나 친구가 죽은 날짜는 기억하겠죠. 이루릴에겐 일 년 전체가 다 그런 날이었어요. 잊을 수 없는 사람들의 기일만 따져도. 그 사실이 암시하는 장구한 연륜에 예언자는 압도당했지요. 하지만 이루릴은 자신보다 더 인상적인 것이 있다는 눈으로 예언자를 보았습니다.

"나는 정말 오랫동안 살았어요. 그런데 그 기나긴 세월 동안 나는 예언을 싫어하는 예언자를 한 번도 본 적이 없어요."

"그랬나요?"

"물론 자기가 본 미래에 절망하고 자신의 능력을 저주했던 이가 없었던 건 아니죠. 하지만 엄밀히 말해서 그들이 싫어한 건 끔찍한 미래나 어찌할 수 없는 무력감이었어요. 그들에겐 예언이 자신에게 내려진 저주였죠. 그런데 당신은 예언이 타인에게 가하는 폭력이라 말하지요. 왜 그런 차이가 나타나는지 생각을 좀 해 보았어요. 별 증거 없는 가설일 뿐이지만, 내 결론은 이래요. 그건 당신이 그 누구보다 뛰어난 예언자이기 때문이에요."

예언자는 우쭐거리지도, 부끄러워하지도 않은 채 긍정했습니다. 이루릴은 고개를 끄덕였습니다.

"당신은 내 나이에 놀라지만 나에겐 당신이야말로 신비한 존재예요. 그녀도 그 사실을 알아주면 좋을 텐데, 애석하게도 그녀의 처지 때문에 그건 힘들 것 같군요. 하지만 그녀가 당신을 존중하기 어렵다 해도 자신이 한 약속은 반드시 지킬 거예요."

"그녀요? 누구 말입니까?"

"저편에서 당신을 기다리고 있는 이를 말하는 거예요. 나를 제외하면 창세 이래 아무도 본 적이 없는 존재예요. 당신이 역사상 두 번째 목격자가 되겠군요. 내 손을 잡아요."

예언자는 얼떨떨한 기분 속에서 이루릴의 손을 잡았습니다. 이루릴은 그를 허공에 생긴 구멍 안으로 인도했어요.

24

지극히 초자연적인 여행을 끝내고—여행 기간도 초자연적으로 짧았습니다.—목적지에 도착한 예언자는 자신이 죽거나 혹은 졸도했다고 생각했습니다. 아무리 봐도 현실의 풍경이 아니었거든요.

꽃나무들이 있었습니다. 안개꽃과 해바라기, 장미, 목련 등이 한 나무에 피어 있긴 하지만 어쨌든 꽃이 피어 있으니 꽃나무인 게지요. 그 주위엔 나비들이 날아다녔습니다. 나비라면 당연히 나풀거려야 하지요. 그 나비들은 크기와 색깔, 형태가 계속 나풀거리듯 변했어요. 풀이 나 있어야 할 위치에는, 그러니까 아래쪽에는 풀 비슷한 것이 있긴 있었습니다. 예언자는 그것을 뭐라고 부르는지도 알고 있었죠. 하지만 차마 입 밖으로 낼 수가 없었습니다. 땅에 털이 돋아 있다고 말하는 순간 자신 속에서 뭔가가 무너질 것 같았거든요.

그래서 예언자는 단호하게 시선을 올렸습니다. 하늘 가운데 반가운 태양이 보이네요. 예언자는 안도하려 했습니다. 하지만 다음 순간 예언자는 비명을 지르며 주저앉았어요.

"괜찮아요?"

"저거, 저거 뭡니까?"

이루릴은 실눈을 뜬 채 예언자가 가리킨 태양을 보았습니다. 곧 예언자를 기겁하게 만든 것을 그녀도 보게 되었죠. 태양이 눈을 깜빡였습니다. 그렇게 표현할 수밖에 없었어요. 양쪽에서 무슨 막 같은 것이 재빨리 나타나 태양을 순간적으로 감추었다가 다시 재빨리 오므라들었으니까요. 그러니까 그 태양은 하늘에 달린 빛나는 외눈이었습니다. 이루릴은 고개를 끄덕였죠.

"밤을 만들려고 저렇게 했어요. 밤에는 저 눈꺼풀이 완전히 감기죠."

"밤을 마, 만들어요?"

"저 태양은 가짜예요. 똑바로 볼 수 있잖아요. 저 자리에서 움직이지도 않아요. 그러면 하루 종일 낮일 테니까 저런 식으로 밤을 만들 수 있게 한 거죠. 이 땅바닥도 당신을 위해 이렇게 한 거예요. 저 가짜 태양의 열기만으론 부족할 테니까 바닥을 따뜻하게 만든 것이죠."

바닥을 만져본 예언자는 신음했습니다. 그 바닥은 살아있는 생물의 털가죽처럼 따스했죠. 예언자는 이 말도 안 되는 기적을 일으킨 자가 도대체 누군지 정말 궁금했습니다. 이루릴은 그녀라고 했지요. 초현실적인 능력과 여성. 두 단어를 생각하던 예언자는 갑자기 오싹한 기분을 느꼈어요. 정말 말도 안 되는 상상이 떠올랐거든요. 하지만 그가 서 있는 무대 또한 비상식의 극치인 건 마찬가지였지요.

"혹시 저를 부른 것이 드래곤 레이디 아일페사스입니까?"

질문을 채 끝내기도 전에 예언자는 후회했습니다. 정말 어처구니없는 질문이라고 생각했거든요. 하지만 이루릴의 대답은 그를 거의 정신착란에 빠트릴 뻔했습니다.

"펫시는 당신과 이 사안에 많은 관심을 가지고 있어요. 하지만 당신을 부른 건 펫시가 아니에요."

"펫…… 시요?"

"아일페사스. 펫시는 친구끼리 부르는 이름이죠. 아니, 나만 부르는 이름이라고 해도 되겠군요. 그녀를 그렇게 불렀던 이들 중 지금까지 살아있는 건 나뿐이고 드래곤 레이디가 이제 와서 다른 이들에게 그 이름을 허락할 것 같지는 않으니까."

예언자는 이제 울고 싶다고 생각했습니다. 그는 목소리를 높이진 않았지만 사실상 절규에 가까운 어투로 말했죠.

"그럼 이 곳의 주인은 누굽니까? 혹시 어떤 여신이신가요? 당신 친구 중에 그런 분이 있다고 해도 놀랄 필요는 없을 것 같아서 묻는 겁니다만."

"뒤를 보면 되겠군요. 고개를 돌리지 말고 뒤를 보세요."

"예에?"

"그렇게 해봐요. 움직이지 않은 채 뒤를 봐요. 뒤를 앞으로 가져온다고 생각해 보면 어떨까요."

무리한 요구였지요. 예언자는 여러 번 실패했습니다. 하지만 예언자가 여섯 번째 시도했을 때 갑자기 그의 주위 정경이 휙 회전했습니다. 분명히 예언자는 움직이지 않았지만 주변 풍경은 원통이 회전하듯 그를 중심으로 돌았지요. 그 놀라운 현상에 미처 충격을 느끼기도 전에 예언자는 그의 의식을 짓뭉개버리는 존재를 보게 되었습니다.

그를 나약하다고 비난하긴 어려울 거예요. 온세상을 통틀어 그 광경을 보고 태연할 수 있는 생물은 손가락으로 꼽을 정도일 테니까. 예언은 상상력의 문제라던가요? 예언자의 상상력이 폭주했지요. 충격적인 경험의 연속 때문에 예언자의 회의적인 부분이 거의 마비되었기에 상상력은 제멋대로 질주했습니다. 그 순간 예언자는 비로소 모든, 아니, 대부분의 상황을 이해했습니다.

그의 눈에서 눈물이 흘러내렸죠. 그리움과 공포를 뒤섞어 놓은 듯한 괴이한 감정 때문에. 예언자는 눈물을 훔치지도 않은 채 말했습니다.

"축하합니다. 시에프리너."

추락하지 않는 드래곤이 그를 내려다보고 있었습니다.

예언자가 어딘지 모를 장소에서 역사상 딱 한 번밖에 노출된 적이 없는 경이의 두 번째 목격자가 되고 있던 시각, 솔베스에선 화가가 웃다가 탈진한 상태로 의자에 비스듬히 앉아 있었어요. 눈은 뜨고 있었지만 아무것도 보지 않았고 잠든 것은 아니지만 꿈을 꾸고 있었죠. 그녀가 잠꼬대처럼 말했어요.

"왜 묻지 않았지?"

화가는 자신이 무슨 말을 하는지 알 수 없었습니다. 그녀는 스스로에게 문의했고 그러자 그녀의 내부에 있는 약간 겁먹은 화가가 대답했지요.

"당신 등에 남긴 내 손짓이 무엇인지?"

화가는 뜨고 있던 눈을 떴습니다.

화폭에 담긴 솔베스의 풍경들이 보였지요. 대부분 소품이었지만 그 중 한 점은 상당한 대작이었습니다. 야외에 가지고 다닐 크기가 아니었죠. 그 그림은 기억과 인상을 토대로 그려진 것이었고 그래서 그림 안에는 화가 자신도 그려져 있었습니다. 그녀 곁에는 예언자도 있었지요.

그 그림은 깊은 계곡 아래를 걷고 있는 두 남녀였습니다. 주위엔 유백색 안개가 자욱했고 따라서 그들의 앞쪽이 개활지인지 막힌 절벽인지 알 수 없었습니다. 좌우를 막은 절벽은 칙칙하고 거친 빛깔이었고 조그맣게 그려진 하늘엔 흐릿하지만 대단히 큰 낮달이 그려져 있었습니다. 낮달이라기보다는 태양의 시체 같았죠. 그림 전체에서 생기에 넘치는 것처럼 보이는 것은 꿈틀대는 안개뿐이었습니다. 그 안개는 정말 대단했어요. 격분한 것처럼 출렁이고 있었습니다.

그 쓸쓸하면서도 정체 모를 열기가 넘치는 풍경을 걸고 있는 남녀의 표정은 알 수 없었습니다. 둘 다 뒷모습이었거든요. 그림 속의 예언자는 초를 들고 있었는데 그 자세가 기묘했습니다. 나이프를 거꾸로 쥐고 찌르려 할 때 어떤 자세가 되는지 아시죠? 예. 칼이 수평으로 머리 옆에 오게 되죠. 예언자가 쥔 초도 그랬어요. 초는 수평으로 머리 옆에 있었고 그 때문에 불꽃은 초와 직각을 이루며 타오르고 있었죠. 그 곁에 있는 화가는 책을 펼쳐 들고 있었습니다. 두꺼운 갈색 표지는 평범하지만 안쪽의 페이지들이 완전한 검정색이었습니다.

분명 상상화라 해야겠지만 화가는 그것을 풍경화로 여기고 있었습니다. 그녀가 본 솔베스가 그러했으니까요. 그림을 쳐다보던 화가는 긴 한숨을 내쉬었습니다. 조금 후 그녀는 다시 한숨을 내쉬고는 몸을 옹송그렸어요.

"그래. 원하던 소재는 찾았어. 작품도 만들었고. 가자."

화가는 일어나서 계곡 그림을 포장했습니다. 계곡이 그림을 치워둔 화가는 나머지 작은 그림들을 바닥에 죽 늘어놓았습니다. 가로 세로를 맞춰 빈틈없이 바닥에 그림을 깐 화가는 검은 물감을 잔뜩 준비했습니다. 잉크까지 풀어 검은 물감을 한 동이 만든 화가는 그것을 바닥에 뿌렸습니다. 예. 그림들 위에 시커먼 얼룩들이 생겼죠. 화가는 시간을 두고 느긋하게 움직이며 그림 전부를 꼼꼼하게 훼손했습니다.

다음 날 화가는 솔베스를 떠났습니다. 그녀의 짐 중 특기할 만한 것은 대형 그림 한 점뿐이었지요.

26

연령 구분 없이 모든 남자애 — 잘 아시겠지만 세상엔 수염이 허연 남자애도 수두룩합니다. — 들을 미친 듯이 수다 떨게 만드는 마법의 단어가 하나 있죠. '최고'입니다. 최고의 장수는 누구였느냐, 최고의 정치가는 누구였느냐, 최고의 모험가는 누구였느냐, 등등. 이 최고를 묻는 질문들 중엔 이런 것도 있죠. 최고의 마법사는 누구였느냐.

저런 질문을 많이 접해 보신 분들이라면 저 질문이 사실은 '핸드레이크와 솔로처 중 누가 더 강력했을까?'라는 질문의 변형이라는 것도 아실 겁니다. 저 질문이 던져졌을 경우 열에 아홉은 두 사람의 이름을 가지고 다투는 격론이 되게 마련이니까요. 애석하게도 두 사람은 사제 관계였거니와 심각한 대립을 벌인 일도 없기에 격론이 종식될 날은 요원합니다. 아. 세상의 모든 남자애들을 생각한다면 애석한 일이 아닐 수도 있겠군요.

그런데 모든 격론의 장에는 언제나 소수의견이라는 것이 존재하죠. 핸드레이크와 솔로처의 철벽 같은 이름에도 감히 도전하는 자들이 있습니다. 그런 자들이 주로 내놓는 이름은 아프나이델입니다. 예. 구층탑을 세운 그 아프나이델 말입니다.

소수의견이 소수의견인 건 다 그럴 만한 이유가 있는 거죠. 아프나이델 최강론에는 여러 가지 문제가 있습니다. 일단 아프나이델은 비교적 평화로운 시기를 살았습니다. 물론 아프나이델도 자신의 인생이 평탄하진 않았다고 얼마든지 주장할 수 있겠지만 바이서스 건국 당시의 화려하고 흥미진진한 시기를 살았던 핸드레이크나 솔로처에 비하기는 어렵지요. 그는 인상적인 업적을 남기기 어려운 시기를 살았던 겁니다. 게다가 아프나이델 자신이 도저히 무대 체질이라 할 수 없었습니다. 자신의 이름을 길이 전할 수도 있는 아프나이델 탑을 '구 층이니까 구층탑'이라 불렀던 것만 봐도 알 수 있죠. 저런 성격의 인물은 역사라는 희비극 무대에서 주목을 받는 것이 좀 어렵죠.

하지만 바로 그 아프나이델 탑, 구층탑이 아프나이델 최강론의 증거가 된다는 것에서 어떤 이는 세상사의 오묘함을 느낄 수도 있을 겁니다. 우선 구층탑은 마법사가 세운 최후의 탑입니다. 아프나이델 생존 당시에도 마법사의 탑은 제법 있었지만 그것은 과거에 세운 탑이 남아 있는 것에 불과했어요. 그 시기 마법사들은 이미 탑을 쌓는 것을 포기한 상태였지요. 따라서 아프나이델이 세운 최후의 탑은 대단히 상징적일 수밖에 없습니다. 게다가 구층탑에는 그런 상징성에 걸맞은 근사한 전설도 있지요. 만년의 아프나이델 앞에 정체불명의 엘프 여인이 나타났고 아프나이델은 그녀와 함께 구층탑을 떠난 후 다시는 돌아오지 않았다는 유명한 이야기는 잘 아시겠지요. 그 전설은 아직 끝이 나지 않았습니다. 주인이 돌아오지 않았기에 지금까지도 구층탑에는 아무도 들어갈 수 없거든요.

들어오는 것을 저지하는 구층탑의 수단이 무엇인지는 불분명

합니다. 도전자들은 모두 다른 방식으로 격퇴되었거든요. 그 중에는 우스꽝스럽거나 호기심을 자극하는 것도 있지만 정말 무시무시한 전설도 있습니다. 언젠가 구층탑을 조사하기 위한 조사단이 구성된 적이 있지요. 그 조사단은 구층탑에 도착하여 캠프를 설치했습니다. 그런데 그 날 밤 사소한 언쟁 끝에 피비린내 나는 난투가 벌어져 조사단의 반수 이상이 살해당했습니다. 당연히 조사 계획은 백지화되었고요. 이것은 기록에도 남아 있는 사실입니다. 물론 상식을 신뢰하는 이들은 그 조사단에 서로를 죽일 만큼 증오했던 연적이 있었다는 것만으로도 충분한 설명이 된다고 믿지만, 현실에서 더 많은 인기를 얻고 있는 것은 구층탑의 저주라는 설명이지요.

아프나이델 최강론자들은 매일 기적의 기간이 연장되고 있는 진행형 기적이라는 것은 핸드레이크나 솔로처도 갖지 못한 것 아니냐고 주장하지요. 그에 대한 반대 논리는 주로 구층탑은 절대 불침이 아니라는 것입니다. 사실 구층탑에 들어가 보았다는 이야기는 부지기수입니다. 유명한 모험가나 뛰어난 도둑에겐 예외 없이 구층탑 침입의 전설이 따를 지경이지요. 하지만 그 전설들 중 어떤 것도 기록이나 증거로 뒷받침되진 않았기에 공식적으로 구층탑은 여전히 불침입니다.

예언자의 집에서 뛰쳐나온 왕지네가 몇 개월 후 그 모습을 나타낸 곳이 바로 그 아프나이델 탑 앞이었습니다. 왕지네는 구층탑을 잔뜩 노려보고는 몸 곳곳에 열두 개의 갈고리를 부착했습니다. 구층탑을 오를 작정이었죠. 하지만 그녀는 구층탑의 불침 기록을 깨트릴 생각은 없었습니다.

왜냐하면 그 기록은 이미 깨졌거든요.

예. 풍문에도 진실이 깃들 때가 있죠. 왕지네는 자신이 저질렀던 무수한 헛수고 중 하나로만 기억하고 있지만, 과거 그녀는 구층탑에 침입한 적이 있습니다. 하지만 기대했던 '가볍고 작고 비싼 보물'을 찾지는 못했지요. 대신 구층탑이 왜 불침이어야 하는지를 알게 되었어요.

아프나이델이 사상 최고의 마법사인지 아닌지는 불분명하지만 왕지네가 보기에 그는 마법사에게 찾아보기 힘든 좋은 품성의 소유자였습니다. 그는 뒷정리를 할 줄 알았어요. 구층탑은 들어오는 것을 막고 있는 것이 아니었습니다. 나가는 것을 막고 있었지요.

27

카르 엔 드래고니안의 깊숙한 곳에서, 위대한 드래곤 레이디 아일페사스는 세계의 미래나 드래곤의 존재론적 의미, 그리고 우주의 진리에 대한 심모원려에 빠져볼까 하는 유혹을 가끔 느끼면서 장기의 묘수에 대해 생각하고 있었습니다. 묘수가 잘 떠오르지 않았나 봐요.

당신이 혁기에 조예가 깊다 해도 그녀에게 훈수를 할 순 없을 거예요. 그 장기는 드래곤 레이디가 만들어낸 것이었거든요. 그 장기판에는 '별'이나 '태양', '드래곤' 같은 전통적인 기물 대신 아일페사스가 긴구한 세월 동안 사귀었던 친구들을 표현한 기물들이 놓여 있었습니다. 그래서 기물들의 수도 대단히 많았고 그 행마법도 아주 괴상했어요. 한 기물이 두 종류의 행마법을 가지는 경우는 다반사였고 심지어 어떤 기물들은 장기판을 드나들 수도 있었습니다. 일반 규칙은 거의 천 개에 육박했고 특수 규칙도 거의 같은 수였죠. 확실히 저변화되긴 어려운 장기였지만 아일페사스는 그 장기를 보급할 계획이 없었기에 문제될 건 없었죠. 그 장기를 그럭저럭이라도 둘 수 있는 존재는 아일페사스 자신을 포함하여 현재 전 세계에 일곱뿐이고 그 중 인간은 한 명뿐이었습니다.

상식적으로 생각해 볼 때 그 작디작은 집단 내의 최강자는 아일페사스여야겠지만 그렇지는 않았습니다. 그 장기를 만든 이래 아일페사스는 언제나 2인자였지요. 어쨌든 그녀는 느닷없이 들려온 행마 같은 것은 떠올리지 못하거든요.

"흑의 운차이로 백의 엑셀핸드를 잡아요."

아일페사스는 장기판에서 시선을 들어올렸습니다. 이루릴 세레니얼이 서 있었죠.

"그러면 샌슨이 '말과 함께 친구 타기' 규칙으로 운차이의 행마를 제한할 텐데?"

"당신 40년 전에 그렇게 해서 나한테 졌어요. 펫시. 잘 생각해 봐요."

"이 괴물 엘프." 아일페사스는 한숨을 내쉬곤 예의를 떠올렸습니다. "어서 와."

이루릴은 배낭을 벗으며 빠르게 말했습니다.

"그럭저럭 만족할 만한 수준에서 해결되었어요. 그 서펜트는 앞으로 백 년 동안 배를 공격하지 않겠다고 약속했어요. 다음엔 바이서스로 갈 생각이에요. 전에 빚 하나 진 것도 있고 해서 왕자에게 선물이라도 가져갈까 하는데 여기서 뭘 좀 가져가도 될까요?"

"가져가기 전에 보여줘. 아, 당신 연락처로 온 편지가 있어. 당신이 여기로 올 것 같아서 미리 이쪽으로 가져오게 했어."

아일페사스는 비늘 한 장 움직이지 않았지만 카르 엔 드래고니 안의 어둠 속 어딘가에서 편지 봉투가 휙 날아왔습니다. 그것은 정확히 이루릴의 얼굴 앞에 멈춰 섰죠. 이루릴은 그것을 붙잡아 편지를 꺼내었습니다.

아일페사스는 다시 장기판에 시선을 옮겼죠. 이루릴이 가르쳐 준 40년 전의 실수를 떠올린 그녀는 새로운 행마에 대해 고민했습니다. 그러다가 드래곤 레이디는 이상한 느낌을 받았습니다. 거대한 머리를 들어 다시 이루릴을 본 아일페사스는 깜짝 놀랐습니다.

이루릴은 편지를 물끄러미 보고 있었지요. 그런데 그 눈에서 눈물이 흐르고 있었습니다.

"슬퍼요."

"루리?"

"슬프지 않다는 것이 슬퍼요."

아일페사스는 신음을 억눌렀어요. 턱없이 긴 시간을 함께한 사이인지라 그녀는 이루릴이 무슨 말을 하는지 잘 알 수 있었지요. 이루릴은 차분한 동작으로 편지를 접어 도로 봉투에 넣으며 말했습니다.

"사람이 이런 일을 저지를 수 있다는 것을 납득하려 드는 자신이 슬퍼요. 나, 오래 살았군요."

아일페사스는 최대한 침착하게 말했어요.

"누가 무슨 짓을 한 거지?"

"예언지에게 연락해야겠어요."

"예언자? 왜지? 그 건은 잘 해결된 것으로 알고 있는데."
"나도 그렇게 생각했어요. 그에게 가보겠어요."
"잠깐. 그럴 거라면 지금 당장 이야기할 수 있어."
고개를 갸웃하는 이루릴에게 아일페사스는 장기판을 가리켜 보였습니다.

28

사람이 무엇인가에 익숙해지는 것은 정말 놀랍죠. 신이 사람들과 거의 접촉하지 않는 것은 그 때문일지도 몰라요. 자주 만났다간 대접이 형편없어질지도 모르잖아요.

정상적이라는 말과 동떨어진 장소에서 오랜 기간을 보낸 예언자를 보면 사람의 적응력을 잘 알 수 있지요. 예언자는 휘파람을 불면 음식이 되는 나비나 손가락을 튕기면 물잔이나 술잔이 되는 꽃에 아무런 감흥도 느끼지 못했습니다. 그리고 장기판 위에서 스스로 움직이는 기물들에 대해서는 경계심, 혹은 적개심만을 느꼈지요. 승률이 형편없었거든요.

예언자는 부드러운 털바닥에 앉은 채 한 때 나비였던 빵을 씹으며 바닥에 놓인 장기판을 뚫어져라 쳐다보았습니다. 그의 상대는 드래곤 레이디 아일페사스였지요. 하지만 그 자자손손 자랑할 만한 상대가 그의 맞은편에 앉아 있는 것은 아닙니다. 아일페사스는 카르 엔 드래고니안에 앉은 채 목소리와 스스로 움직이는 기물만으로 솔베스의 예언자와 대전하고 있었지요.

그 장기 덕분에 예언자는 수감 생활의 지루함에서도 제법 해방될 수 있었습니다. 생전 처음 보는 장기였기에 익힐 것도 많았고 또한 그 장기에는 드래곤 레이디의 역사가 담겨 있었거든요. 아일페사스가 각 기물에 얽힌 이야기들을 설명할 땐 역사학자들을 광분시킬 만한 이야기가 줄줄 흘러나왔기에 언제나 흥미로웠습니다. 지금도 예언자는 아일페사스가 운차이로 자신의 엑셀핸드를 잡아서 자신이 '말과 함께 친구 타기'라는 그 괴상한 규칙을 써먹을 수 있게 해줄지, 아니면 위대한 왕국의 시조가 된 그 인물의 야사를 들려줄지 궁금해하고 있었습니다.

그때 아일페사스의 목소리가 들려왔습니다.

"대국을 중단해야 할 것 같군. 자네에게 급한 전언이 있어."

예언자는 의아해하며 승낙했습니다. 이윽고 들려온 목소리는 이루릴 세레니얼의 것이었죠. 이루릴은 예의바르게 예언자의 안부를 물었습니다. 하지만 예언자는 이루릴이 약간 서두른다는, 동시에 주저한다는 느낌을 받았죠. 얼마 있지 않아 이루릴은 본론으로 들어갔습니다.

"이런 표현 케케묵은 것이지만 의외로 쓸 일은 적지요. 당신에게 전할 좋은 소식과 나쁜 소식이 있어요. 좋은 소식은 이거예요. 당신에게 아들이 있어요."

예언자의 손에서 빵이 떨어졌습니다. 기가 막혀 말도 못하는 예언자를 눈으로 보고 있는 것처럼 이루릴이 차분하게 말했어요.

"당신이 교제하던 화가를 기억하나요?"

"그녀가……"

"예. 얼마 전에 아들을 낳았어요. 당신이 아비지에요."

예언자는 자신이 어떤 감정을 느껴야 하는 건지도 알 수 없었습니다. 기뻐해야 할 것 같다는 느낌이 들었지만 아무래도 충격이, 그리고 그 때문에 일어난 두려움이 좀 더 컸죠. 이루릴이 두

가지 소식이 있다고 말한 것을 떠올린 예언자는 허겁지겁 그것에 매달렸어요.

"나쁜 소식은 뭡니까? 산모가 잘못되었습니까?"

"산모는 건강해요."

"그럼 나쁜 소식은 뭐란 말입니까? 혹시 여기서 내보내줄 수 없다는 건가요? 그럴 순 없어요. 지금 그녀가 얼마나 불안하고 힘들겠습니까? 하다못해 얼굴만이라도 비춰야 해요. 맹세하겠습니다. 그녀와 내 아들만 보고……!"

난생 처음 사용한 내 아들이라는 호칭에 예언자는 말문이 막히고 말았습니다. 그는 속으로 그 말을 반복해 보았어요. 내 아들? 내 아들? 내 아들! 예언자는 거의 공황 상태에 빠졌습니다. 그에겐 이루릴의 말이 잘 들리지도 않았어요.

"내보내 줘요! 두 사람을 걸고 맹세하겠습니다. 절대로 예언을 하지 않겠습니다! 나는 두 사람 곁에 있어야 한다고요! 잠깐. 조금 전에 왕비가 어떻다고 말을 했습니까? 왕비가 어쨌다는 거죠?"

이루릴은 한참을 침묵했습니다. 견디지 못한 예언자가 다시 질문하자 비로소 이루릴은 말했어요.

"이 소식은 왕비가 알려준 거예요."

"예?"

"그리고 왕비는 당신이 한 달 내로 자신에게 오지 않으면 당신의 아들이 해를 입게 될 거라고 말했어요."

예언자는 비명을 질렀어요.

29

 예언자는 자신을 풀어달라고 애원하고 강요하고 저주까지 했습니다. 하지만 이루릴은 당신의 신병은 시에프리너에게 달려 있다고만 말했지요. 대신 이루릴은 자신의 모든 영향력을 동원하고 필요하다면 드래곤 레이디와 공조해서라도 왕비에게 엄중하게 경고하겠다고 약속했어요. 그러곤 일방적으로 대화를 끊었습니다. 예언자는 허공을 향해 목이 찢어져라 외쳤지만 아무 대답도 들려오지 않았습니다.
 예언자는 격분한 채 뒤를 앞으로 끌어왔습니다.
 초현실적인 풍경이 사라지면서 현실이 펼쳐졌습니다.
 그 풍경도 보통 사람 눈엔 꽤 초현실적으로 보였을 겁니다. 그곳은 지하에 있는 거대한 굴이었지요. 반구형 천장의 최상부는 힘센 이가 돌을 던져도 절대 닿지 않을 높이에 있었고 넓이는 열병식이 가능할 정도인지라 굴이라고 불러도 되는 건지 의심스러울 지경이었습니다. 하지만 그 규모 때문에 초현실적이라는 표현을 쓴 건 아니에요. 사실 그 굴은 그 말도 안 되는 규모에도 불구하고 그리 커 보이지 않았습니다. 굴 가운데 웅크리고 앉아 안개 같은 빛에 감싸여 있는 거대한 드래곤 때문에.
 "시에프리너! 이야기 들으셨지요? 부탁합니다. 저를 놓아주세요. 제 아들과 그 어머니를 걸고 절대로 예언하지 않겠다고 맹세하겠습니다!"
 제법 긴 시간 동안 함께 있었기에 예언자는 추락하지 않는 시에프리너의 무서운 얼굴에 약간의 동정심이 비치는 것을 알 수 있었습니다. 그는 기대감에 차서 대답을 기다렸죠. 시에프리너가 말했습니다.

"유감스럽게 생각해. 하지만 너의 약속이나 맹세로 충분하다고 생각했다면 애초에 이런 번거로운 감금도 필요 없었을 거야. 그러니 그 요구는 거절하겠어. 이루릴 세레니얼의 호의를 믿고 차분히 기다려. 그것은 네가 상상할 수 있는 이상으로 강대한 호의야. 그래도 믿을 수 없다면 위대한 드래곤 레이디를 믿도록 해. 나도 드래곤 레이디에게 부탁하겠어."

"시에프리너!"

"이 어리석은 것. 모르는 거야? 왕비가 왜 너를 그렇게까지 불러내는 건지 몰라? 예언을 강요하기 위해서잖아. 그런데 예언을 하지 않겠다는 맹세가 무슨 소용이야! 충격 때문에 혼란스러운 건 알지만 앞뒤가 맞는 소리를 해!"

부정하고 싶은 충동에 몸이 덜덜 떨렸지만 예언자는 시에프리너의 지적을 받아들일 수밖에 없었습니다. 게다가 충격적인 소식을 잇달아 들었기에 정신에 빗질을 좀 할 필요도 있었죠. 예언자는 다시 주위를 회전시켰습니다. 이젠 익숙함 때문에 마음이 편해지는 털의 들판이 나타났지요. 예언자는 그대로 바닥에 벌렁 드러누웠습니다. 하지만 깜빡이는 태양이 그를 내려다보고 있는 것이 신경에 거슬렸기에 곧 돌아누웠죠.

침착을 되찾기 위한 온갖 노력을 경주한 끝에, 프로타이스하게도 예언자는 자신이 침착할 수 없다는 것을 알게 되었어요. 그에겐 아들이 있었어요. 처음엔 세상의 모든 것에 대해 다 물어보다가 나중엔 당신은 아는 것이 하나도 없다고 말할 남자가 있었어요. 얼마나 멋집니까. 아직도 그 아이의 얼굴도 보지 못했다는 것을, 아니, 그 이름도 모른다는 것을 깨달은 예언자는 순수한 공포를 느꼈어요. 이름? 그래. 이름을 정해야 해. 그 아이가 평생 듣게 될 특별한 소리. 어떤 발음으로 시작하는 것이 좋을까. 어떤 부분에 강세를 주는 것이 좋을까? 아니, 그녀가 정했을까? 그래도 할말은 없지만. 그렇다면 그 이름은 뭐지?

예언자는 자신이 무엇을 할지 깨달았습니다. 그는 탈출할 겁니다. 이루릴은 왕비에게 엄중히 경고하겠다고 했지요. 직접 나서서 예언자를 탈출시켰던 것에 비해 보면 퇴보라고 할 수밖에 없습니다. 예언자는 그 불공평함에 역겨움을 느꼈습니다. 결국 이루릴의, 그리고 드래곤 레이디의 관심사는 시에프리너뿐이었던 거죠. 시에프리너에게 위협이 될 수 있는 예언자가 억류되어 있는 이상 그 아들의 생사야 관심 밖인 것입니다. 그의 아들을, 그리고 화가를 구할 수 있는 사람은 예언자뿐이었습니다.

하지만 어떻게 하면 탈출할 수 있을까요? 이곳은 보통의 레어보다 더 엄중하게 격리되어 있습니다. 물론 예언자가 다른 레어를 본 적이 있는 것은 아니지만 시에프리너가 어떤 방해도 원하지 않는다는 것은 잘 알고 있었지요. 이루릴처럼 고도의 마법을 자유로이 쓸 수 있어서 공간을 희롱할 수 있지 않은 바에야 이곳을 탈출하는 것은 물리적으로 불가능합니다. 만약 그런 생각을 하는 자가 있다면……

순간 예언자는 벼락에 맞은 듯한 충격을 느꼈습니다.

예언자는 자신의 입을 황급히 틀어막았습니다. 자신이 엎드려 있었다는 것에 감사하며 예언자는 털 속에 얼굴을 묻었습니다. 그리고 마음속으로 외쳤지요.

'코볼드의 통로!'

83

30

 저 하늘 위가 아니라 이 지상에도 무엇이든 아는 전지적 능력을 가진 이들이 있지요. 저 유명한 '친구의 친구'가 바로 그들입니다. '아는 사람의 아는 사람'도 그들을 가리키는 명예로운 호칭이지요. 예언자도 그들의 지혜로운 말씀을 남부럽지 않게 들었지요. 다행스럽게도 그 중에는 '내 친구가 친구한테 들었다는데 코볼드들은……'으로 시작하는 것도 있었습니다. 그 정보에 따르면 코볼드들의 비밀문은 너무도 정교해서 일단 닫히면 주변의 벽과 구분할 수 없다고 합니다. 예언자는 그 말이 사실이길 바랐어요. 그 말이 거짓이라면 거기엔 비밀문이 없다는 결론밖에 나오지 않거든요. 그다지 복잡하지 않은 굴 어디에도 문처럼 보이는 곳이 없었어요.

 물론 시에프리너가 이용하는 커다란 통로는 몇 군데 있었습니다만 그것들은 모두 단단히, 그러니까 닫거나 잠그는 수준이 아니라 폐쇄하는 수준으로 막혀 있었지요. 예언자가 찾는 코볼드가 이용함직한 크기의 문은 보이지 않았습니다. 자신이 문 '안쪽'에 있다는 것을 떠올린 예언자는 거의 포기할 뻔했지요. 비밀문은 외부인들에게 들키지 않는 것이 목적이잖아요. 안쪽에서도 찾기 힘들게 만들 필요는 별로 없죠.

 잠깐. 그런데 그가 정말 '안쪽'에 있는 것일까요? 물론 물리적인 의미에서 예언자는 분명 레어 안쪽에 있었습니다. 하지만 시에프리너는 드래곤이죠. 옛날이야기에서나 벌어지는 일이고 시에프리너가 그런 일을 할 것 같지도 않지만, 드래곤이 어여쁜 공주님을 납치하는 경우를 가정해 보지요. 만약 출입구가 훤히 드러나는 곳에 있다면 공주는 기사가 오기도 전에 도망쳐서 드래곤과 기사 모두를 당혹시킬 수 있겠지요? 꼭 그렇게 동화 같은 이야기가 아니라도 드래곤의 레어에 지성이 있는 포로가 들어올 여지는 충분히 있습니다. 예언자 자신부터가 그런 포로니까요. 그렇다면 문을 비밀스럽게 만들어야 할 필요가 있는 거지요. 예언자는 겨우 자신감을 회복했어요.

하지만 자신감은 감정이지 능력이 아닙니다. 또한 시력도 아니지요. 그냥 바라보는 것만으로 그 존재조차 불확실한 비밀문을 찾아낼 수는 없었습니다. 게다가 보다 세밀한 조사는 불가능했습니다. 예언자는 벽을 두드리거나 더듬어보는 자신을 보며 시에프리너가 무슨 표정을 지을지 생각하고 싶지도 않았습니다. 그 레어는 구조가 단순한 편이었기에 시에프리너는 머리를 조금씩 움직이는 것만으로 예언자를 시야에 가둬둘 수 있었지요.

'하지만 시에프리너가 볼 수 있는 건 현재의 나뿐이지.'

예언자는 갑자기 떠올린 그 말이 무슨 뜻인지 자신의 멱살을 붙잡고 물어보고 싶었습니다. 뭔가 대단히 전망 있어 보이는 말이었거든요. 예언자는 호흡을 거의 멈춘 채 그 말에 대해 생각해보았습니다.

'시에프리너는 미래의 나를 볼 수는 없지. 그런데 나는 볼 수 있어.'

'그만둬. 미래는 보지 않아!'

'누가 미래를 본다고 했어? 예언을 한다는 것이 아니야. 일잖아. 나는 볼 수 있어. 코볼드가 그 통로를 이용하는 과거의 모습을.'

충격 때문에 예언자는 현기증을 느꼈습니다. 예. 미래를 볼 수 있는 그는 과거도 볼 수 있었습니다. 한 번도 시도해 본 적이 없지만 예언자는 자신이 그럴 수 있다는 것을 확신했어요. 과거를 보는 것을 예언이라고 할 수 있을까요? 예언자는 그럴 수 없다고 생각했습니다. 더 엄밀하게 말하면 예언이 아니어야 한다고 생각했죠.

마침내 예언자는 과거를 보는 것 또한 예언이라는 결론을 내릴까봐, 그래서 아무것도 못하게 될까봐 두려워져서 황급히 과거로 눈길을 보냈습니다. 생전 처음 해보는 일이었어요. 잘 안 될 가능성이 높았죠. 만약 그 코볼드 통로라는 것이 왕지네의 발랄한 상상에 불과한 것이라면, 역시 예언자는 아무것도 볼 수 없을 거예요. 예언자는 비관적 전망으로 자신을 안심시키며 과거를 보았습니다.

다음 순간 예언자는 달리기 시작했습니다.

드래곤은 평상시에도 긴장한 고양이만큼이나 민첩하지요. 하늘을 날 수 있을 만큼 몸이 가벼워서 그런 건지도 몰라요(상대적으로 가볍다는 말입니다.). 하지만 드래곤과 고양이 사이에는 차이가 있지요. 이를 테면, 평범한 고양이라면 예언자가 벽을 후려치며 통곡하기 위해 달려간다는 생각 같은 건 못했을 겁니다. 하지만 벽에 도달한 예언자가 실제로 팔을 휘두를 때 시에프리너는 위로의 말을 떠올리고 있었지요. 예. 드래곤에겐 감정이입의 능력이 있지요. 가장 열정적인 애묘인들도 자기 고양이가 가지고 있다고 주장하지는 못하는 그 능력 말입니다.

하지만 예언자가 정확히 휘두른 팔이 얼핏 봐선 잘 보이지 않는 바위 틈 사이로 사라졌을 때 시에프리너는 움찔했죠. 급격한 불안감에 시에프리너가 입을 열었을 때 예언자 앞쪽의 벽에서 비밀문 또한 열렸습니다. 예언자가 그 현상에 깜짝 놀랐다면 시에프리너는 그를 붙잡을 수 있었을 거예요. 하지만 예언자는 기다렸다는 듯이 문 안으로 뛰어들었습니다. 그 사실이 가리키는 바는 자명했죠. 시에프리너는 분노보다 좌절감에 휩싸인 채 비밀문에 머리를 들이받았습니다.

그 충격은 가장 둔한 자들을 제외한 솔베스의 주민들 대부분이 느꼈습니다.

31

왕지네의 예상처럼 코볼드 통로는 구리 광산으로 이어져 있었습니다. 갱내에서 이미 길을 한 번 잃은 적이 있는 예언자의 입장에선 감옥에서 빠져나와 미로에 들어간 셈이라 할 수 있죠. 게다가 이번엔 조명도 없었으니 조건은 더욱 열악했습니다. 하지만 예언자가 그런 난관을 예상치 못한 것은 아닙니다. 그 증거로 예언자는 거침없이 걸음을 옮겼습니다. 그가 그럴 수 있었던 것은 현재와 과거를 동시에 보고 있었기 때문입니다.

예언자는 수많은 과거의 광부들과 함께 뛰고 있었지요.

마치 유령의 광산을 질주하는 산 자 같았습니다. 예언자는 진로를 막는 광부들을 뚫고 달렸습니다. 아무 문제도 없었지요. 그것은 과거의 모습이니까요. 주위의 광부들도 서로를 마구 관통했습니다. 그 광부들 모두가 같은 시간대의 광부들은 아니었기든요. 그래서 가끔은 광부들이 서로에게 곡괭이를 휘둘러대는 것처럼 보이기도 했습니다. 예언자를 향해 정면으로 곡괭이를 휘두르는 광부들도 있었지요. 그것이 과거의 땅을 파던 과거의 광부라는 것을 잘 알았지만 예언자는 모골이 송연해질 수밖에 없었어요. 그 모든 풍경을 비추는 조명 또한 온갖 시간대에 온갖 각도와 온갖 밝기로 비춰진 것들의 중첩이라 신경이 남달리 예민한 사람은 몇 분 안에 발작을 일으킬 지경이었습니다.

자신도 모르는 사이 예언자의 입에선 침이 흘러내리고 있었지요. 예언자는 쓰러지지 않기 위해 벽을 짚었습니다. 계획이 어긋났어요. 광부들의 움직임을 따르다보면 광산을 벗어날 수 있을 거라는 것이 예언자의 예상이었죠. 하지만 예언자는 그 광경이 그토록 신경을 혹사할 줄은 몰랐습니다. 예언자가 벽을 짚고 있는 동안에도 과거의 유령들은 그를 통과해 지나갔습니다. 잠시라도 과거를 보는 것을 중단해야 했습니다. 하지만 그랬다간 과거의 빛들이 사라지며 그는 캄캄한 현실 속에 떨어지게 되겠지요. 예언자는 그 상태에서 자신이 제정신을 유지할 수 있을지 알 수 없었습니다. 그는 눈앞이 흐려지는 것을 느꼈습니다.

그러다가 예언자는 광부들 사이에서 자신을 보았어요.

비명을 내뱉을 힘도 없었습니다. 예언자는 비명을 되새김질하며 과거의 자신을 보았습니다. 과거의 예언자는 길을 잃은 채 절망하여 주저앉아 있었습니다. 예언자는 과거의 자신에게 그 정도로 절망하냐고 고함을 질러주고 싶었습니다. 하지만 그 순간 예언자의 뇌리에 그 다음 광경이 떠올랐습니다.

예언자는 황급히 좌우를 둘러보았습니다. 그리고 어디선가 왕지네가 나타났을 때 예언자는 목이 메어 컥 하는 소리를 냈습니다.

예언자의 기억대로 과거의 왕지네는 과거의 그에게 물을 주며 시에프리너의 보물을 털 작정이라고 고백했습니다. 그 모습을 주시하며 예언자는 다른 과거들을 모두 지웠습니다. 광부의 유령들이 사라지며 예언자는 과거의 자신과 왕지네만 보게 되었습니다. 예언자는 무릎을 짚은 채 숨을 몰아쉬었습니다. 가까스로 호흡이 진정되자 예언자는 말했습니다.

"고마워. 왕지네."

그때 과거의 왕지네가 말했습니다.

"잠깐. 광부 소리가 들리는 것 같아. 난 들키면 안 되니까……"

과거의 왕지네가 뒤를 돌아보았습니다. 예언자는 가슴이 철렁했죠. 과거의 왕지네는 정확히 그가 있는 쪽을 쳐다보고 있었고 그 눈엔 의아한 감정이 서려 있었죠. 기겁한 예언자가 쿵쾅거리는 가슴을 움켜쥐었을 때 과거의 왕지네는 다시 과거의 예언자를 돌아보았습니다.

"좋아. 가자."

왕지네는 과거의 예언자를 안내하기 시작했습니다. 심장이 멎은 듯한 기분 속에서 과거의 두 사람을 보던 예언자는 그들이 어디로 향하는지 떠올렸습니다. 예. 지상이었지요. 예언자는 킥, 킥 하는 소리를 내며 그 둘을 따라갔습니다.

과거의 왕지네는 두 예언자를 빠르게 지상으로 안내했어요. 멀리 광산의 입구가 보였을 때 예언자는 이제 과거를 향해 뜬 눈을 감아야 한다고 생각했죠. 예언자는 걸음을 멈췄습니다.

저 앞쪽에선 과거의 두 사람이 작별하고 있었죠. 과거의 왕지네가 몸을 돌려 현재의 예언자를 향해 걸어왔습니다. 과거의 눈을 감아야 한다고 생각하면서도 예언자는 다가오는 왕지네에게서 눈을 떼지 못했습니다. 거리가 두 걸음 정도로 줄어들었을 때 예언자는 두 팔을 뻗으며 눈을 감았습니다.

예언자는 허공을 끌어안았죠.

예언자는 두 팔로 자신을 안고 눈을 감은 채 잠시 서 있었습니다. 조금 후 그는 눈을 떴죠. 그리고 현재만 보면서 걸어갔습니다. 그 현재에서는 동틀녘의 하늘이 그를 내려다보고 있었어요.

32

시에프리너가 격노하여 예언자의 탈출을 알려왔을 때 드래곤 레이디 아일페사스는 놀라긴 했지만 그것이 그리 큰 문제라고는 생각하지 않았어요. 그래서 아일페사스는 시에프리너가 벽을 들이받은 것을 가지고 농담도 할 수 있었습니다.

하지만 열흘이 지났을 때 아일페사스는 더 이상 농담을 떠올릴 수 없었지요. 사람들은 그녀를 '강대한' 드래곤 레이디라고 부르지만 그 표현에 담긴 내용의 빈약함을 생각하면 그 말은 오히려 모독에 가깝습니다. 미래를 볼 수 있다는 것을 제외하면 보통 인간에 불과한 도망자 한 명을 찾아내는 것은 그녀에게 일도 아니었죠. 그런데도 열흘이 지나는 동안 드래곤 레이디의 그물엔 아무것도 걸리지 않았습니다. 아일페사스는 예언자가 도망쳤다는 사실보다 그가 포착되지 않는다는 사실이 더 심각하다고 판단했지요. 결국 카르 엔 드래고니안으로부터 강력한 지시가 내려졌습니다.

"드래곤 레이디가 그녀의 친구, 이웃, 종복에게 우정, 보상, 충성을 대가로 부탁, 요구, 명령한다. 예언자를 찾아라!"

아일페사스의 노호가 울려 퍼지자 세계가 예언자를 찾아 눈을 치켜떴습니다. 계절에 맞지 않는 새떼들의 기이한 움직임이 포착

되었고 죽을 만큼 술에 취한 채 나무가 움직이는 것을 보았다고 떠들어대는 벌목꾼들이 나타났습니다. 머리를 치켜세운 거대한 지네에 탄 엽사와 개구리 다리를 가지고 깡충깡충 뛰는 엽견들이 함께 안개 속을 달리는 모습이 노출되기도 했고 무엇인가를 찾듯 강기슭을 향해 흘러 올랐다가 도로 내려가는 강물이 목격되기도 했습니다. 매일 꿈에 같은 남자의 얼굴이 보인다고 말하는 사람들의 숫자는 세기도 귀찮을 정도였어요. 그 중에는 운명의 상대를 만난 것으로 착각하고 가슴을 콩닥거리는 처녀도 있었지만 갑자기 식음을 전폐한 채 혼잣말을 중얼거리며 칼을 쓱쓱 갈아대어 가족과 친지들을 공포에 빠트린 청년도 있었지요.

그리고 드래곤 레이디는 그 모든 사태가 벌어졌다는 사실에 기가 막혀 말도 할 수 없었습니다.

예. 그 모든 사태는 사실 벌어져선 안 되는 거죠. 정상적인 상황이라면 아일페사스가 지시하자마자 곧장, 길게 잡아도 한나절 내에 예언자의 현재 위치가 발견되어야 하거든요. 그랬다면 사람들이 매일 꿈을 꿀 일도, 수백수천 년 동안 사람들과 교류가 없었던 신비한 존재들이 공공연히 노출되는 일도 없었겠지요. 그 모든 소동이 벌어졌다는 것은 바꿔 말하면 어디에서도 예언자가 발견되지 않았다는 뜻입니다. 있을 수 없는 일이지요.

"그래. 그 녀석은 미증유의 예언자였지. 추적을 예지하고 있는 것이 분명해! 그러니 미리 피할 수 있는 거지!"

아일페사스의 나무랄 데 없는 추리에 이루릴은 회이저인 표정을 지었습니다.

"글쎄요. 그게 가능한 일인지는 둘째치더라도 그는 예언을 극단적으로 싫어하는데요."

"자기 자식이 위험에 처했잖아. 못할 짓이 어디 있겠어?"

"설득력 높은 가설이라는 점은 인정하겠군요. 어쨌든 이 탐색은 중지시키는 것이 좋겠군요. 혼란이 너무 커지면 통제할 수 없게 될 거예요. 다행히 그가 어디로 향할지는 자명하니까."

"즉각 바이서스 임펠로 가! 이젠 예언의 문제가 아니야. 그 녀석은 깨어 있는 시에프리너를 두 눈으로 목격했어. 예언은 하지 않는다 하더라도 자기가 본 것은 말할 수 있다고 자신을 납득시킬지도 몰라. 반드시 그 입을 막아야 해!"

33

'이건 예언이 아니야.' 예언자는 이미 몇 번째인지도 잊어버린 말을 또 중얼거렸습니다. '내가 보고 있는 것은 현재야. 미래가 아니야. 따라서 예언이 아니지.'

당신도 현재를 본다고요? 음. 당신이 정말 현재를 직시하는지에 대해선 당신 친구들과 좀 더 심도 깊은 이야기를 나눈 후에 판단하겠지만, 넓은 의미에선 부정하지 않겠어요. 하지만 그렇다 해도 당신과 예언자가 보는 현재는 같지 않아요. 다행히 예언자가 하고 있는 일을 가리키는 말은 이미 있으니 신조어는 필요 없겠군요. 천리안이라는 말 들어보셨어요?

드래곤 레이디의 예측은 틀렸습니다. 예언자는 감시를 예지하지는 않았어요. 다만 도보로 하루 거리 이내의 모든 장소에서 일어나는 감시를 제자리에서 보고 있을 뿐이죠. 어떻게? 예언이 무엇인지 생각해 보세요. 단순하게 말하면 미래를 보는 거죠. 조금 복잡하게 말하면 미래의 공간을 보는 것이고요. 그러니까 예언자는 내일의 이 공간이든, 한 달 후의 저 공간이든, 일 년 후의 그 공간이든 볼 수 있습니다. 바꿔 말하면 예언자는 이 공간, 저 공간, 그 공간의 어떤 시점이라도 볼 수 있지요.

즉 예언자는 어떤 장소든 그 현재 모습을 볼 수 있었습니다.

예언자는 며칠 전까지만 해도 그런 생각을 못했어요. 하지만 극도의 긴장과 도망치겠다는 의지, 탈출로를 찾아내는 생존 본능 등이 어우러져 예언자는 그런 도약을 시도했고 성공하고 말았죠. 감시를 뻔히 보고 있었으니 그것을 피하는 것은 어렵지 않았습니다. 언짢아할 드래곤 레이디에게 작게나마 위로가 될 일이 있다면 예언자가 치르는 대가가 만만찮았다는 거죠. 온갖 장소를 보느라 예언자는 자신이 어디 있는지도 잘 알 수 없었어요. 심지어 자기가 존재하기나 한 건지 의심스러울 정도였습니다. 아, 이런. 당신도 그렇다고요? 술을 좀 줄이세요.

문제는 그것만이 아니었습니다. 극도의 긴장감 때문에 천리안은 눈꺼풀처럼 바뀌었어요. 무슨 말이냐 하면, 의도적으로 움직일 수도 있지만 그러지 않아도 몇 초에 한 번씩은 제멋대로 움직인다는 말이죠. 전혀 원하지 않는 시점에 갑자기 어딘지도 모를 장소가 보이는 것은 혼란스러운 것을 넘어 위험하기까지 한 일이었습니다. 예언자는 다치거나 미칠 것을 각오하고 계속 천리안을 쓰느냐, 그렇지 않으면 잠시라도 천리안을 감은 채 도박을 하느냐를 놓고 고민해야 했습니다.

그때였습니다. 예언자는 더 이상 감시의 눈길이 보이지 않는다는 것을 깨달았어요.

예언자는 온힘을 끌어 모아 주위를 살폈지만 어디에도 이상한 서동을 보이는 짐승이나 새, 벌레, 괴물 등은 보이지 않았습니다. 나무나 바위, 시냇물도 완전히 자연스럽게 보였고 구름에 기이한 그림자가 비치지도 않았으며 어처구니없는 장소를 흐르는 안개나 느닷없이 땅을 후려치는 벼락도 없었습니다. 감시가 사라진 것이 분명했죠.

깊이 생각할 겨를도 없이 예언자는 천리안을 억눌렀습니다. 한참을 노력한 끝에 어딘지도 모를 장소가 눈앞에 나타나는 일이 조금씩 줄어들었어요. 예언자는 크게 한숨을 내쉬곤 왜 감시가 사라졌는지 고민했어요. 여러 가지 가설이 떠올랐지만 가장 그럴듯한 것은 한 가지였죠.

'이루릴 세레니얼이 바이서스 임펠에서 기다리고 있겠군.'

예언자는 이루릴이 그를 어떻게 대할지 궁금했습니다. 예언자가 지금껏 보아온 바에 따르면 이루릴의 최우선 목표는 시에프리너의 보호였어요. 그리고 예언자는 시에프리너에게 확실한 위험요소였지요. 이루릴은 그의 입을 막기 위해 그를 공격할까요?

갑자기 형언할 수 없는 분노가 예언자를 뒤흔들었습니다. 미래를 보라는 강요와 미래를 보지 말라는 강요가 일으키는 회오리 속에서 예언자는 발에 땅 디딜 겨를도 없이 휩쓸려 다니고 있었지요. 하지만 예언자를 정말 분노케 하는 것은 그를 제멋대로 다루는 그들 모두가 미래에 대해서는 조금도 모른다는 점이었습니다. 예언자는 누가 예언자냐고 외치고 싶었어요.

그들이 미래가 뭔지 조금이라도 안다면 예언자에게 미래를 보라고 강요하거나 예언자가 미래를 볼까봐 걱정하지는 않을 텐데 말입니다.

34

예언자가 바이서스 임펠을 목전에 둘 때까지 감시의 눈은 다시 나타나지 않았습니다.

예언자는 아랫입술을 씹으며 바이서스 임펠을 바라보았습니다. 그 도시 안에서는 틀림없이 천리안이 쓸모가 없을 겁니다. 그렇지 않아도 사람들이 지나치게 많아서 감시자를 찾는 건 건초 더미에서 바늘 찾기일 텐데 천리안은 더 많은 건초 더미를 제공할 뿐이죠. 다행히 그런 불리함은 양쪽으로 작용하는 것입니다. 예언자는 자신 또한 바늘이 될 수 있을 거라 생각했어요.

바이서스 임펠에 들어선 예언자는 자신의 기대가 예상 이상으로 적중했음을 알게 되었습니다.

수도의 거리는 사람으로 미어터질 것 같았어요. 창문과 가로등은 꽃으로 장식되어 있었고 반쯤 실성한 아이들이 어른들의 허벅지를 마구 들이받고 있었죠. 곳곳에서 웃음소리와 음악 소리가 들려왔고 평상시엔 참배객에게도 공개하지 않는 각 교단의 귀중한 보물들이 화려한 가마나 수레에 실려 대로를 행진하고 있었습니다. 아무래도 바이서스 임펠은 축제 중인 것 같았습니다.

수도 토박이임에도 불구하고 예언자는 그게 무슨 축제인지 알 수 없었습니다. 모든 신전의 보물들이 한꺼번에 공개되는 축제는 들어본 적도 없었거든요. 하지만 물어볼 수도 없었어요. 예언자는 패전을 예언하지 않았던 것 때문에 악명이 높았지요. 자신이 알지도 못하는 사람이 자신의 얼굴을 알고 있을 가능성을 예언자는 간과할 수 없었습니다. 예언자는 되도록 사람들과 마주치지 않도록 조심하며 한산한 뒷골목을 통해 움직였습니다.

하지만 궁성으로 다가가면 갈수록 인파는 점점 불어났습니다. 예언자가 어떤 길로 접어들어도 곧 군중이 그를 가로막았어요. 급기야 예언자는 마음대로 움직일 수도 없게 되었습니다. 거대한 사람들의 무리가 궁성으로 향했고 예언자는 거기에 휩쓸려갈 수밖에 없었죠. 할 수 없이 예언자는 모자를 깊이 내려쓴 채 주위 사람들과 보조를 맞추었습니다. 그리고 사람들의 이야기에 귀를 기울였지요.

떠들썩한 고함 소리 가운데서 선물이라는 말이 들렸고 축복이라는 말도 들렸습니다. 그 외에도 긍정적인 단어들이 범람하고 있었죠. 아무래도 뭔가 경사스러운 일이 있어서 벌어진 축제인 것 같았습니다. 예언자가 수도를 비운 동안 바이서스가 전쟁에 이기기라도 한 걸까요? 하지만 그런 경우라면 종단들이 전부 참가하는 일은 없었을 겁니다. 전쟁을 비롯하여 모든 폭력을 싫어하는 종단도 있었거든요. 예언자는 도대체 무슨 일이 있었던 건가 궁금했습니다. 그러다가 예언자는 왕자라는 단어를 들었습니다.

예언자는 어리둥절했습니다. 그가 기억하기로 바이서스의 왕가엔 왕자가 없었어요. 거창한 패전과 그 이후의 책임 논란에도 불구하고 왕위가 안정적이었던 것은 왕자가 없었기 때문이기도 합니다. 왕을 쫓아낼 땐 쫓아내더라도 일단 왕자는 보고 난 후에 그래야 했거든요.

'왕자를 보고 나서…… 아, 그랬던 것이군.'

그것은 왕자 탄생 축하였습니다. 예. 예언자가 무슨 축제인지 알 수 없었던 것은 그 때문이었습니다. 모든 종단이 함께 축하하는 것도 그 때문이죠. 왕실은 패전을 잊기 위해서라도 왕자 탄생을 대대적으로 경축해야 했을 겁니다. 몇 마디를 더 엿들은 예언자는 사람들이 왜 궁성으로 몰려드는지도 짐작했습니다. 오늘 궁성 임펠리아의 베란다에서 왕자의 모습이 공개된다는군요.

예언자는 자신도 어머니가 되었으면서 남의 자식을 가지고 인질극을 벌인 왕비를 용서할 수 없었습니다. 혹시 왕자의 장래가 궁금했던 걸까요? 예언자의 얼굴이 싸늘해졌습니다. '태어나자마자 인생 전부를 도둑질당하면 왕자가 퍽도 감사하겠다. 내 자식에겐 절대로……'

예언자의 무릎이 휘청였습니다.

열기 가득한 인파 한가운데서 예언자는 겨울 호수에 빠진 듯한 오한을 느꼈습니다. 사람들의 웃음소리가 귀를 찌르고 피부를 할퀴는 것 같았습니다. 예언을 가능하게 하는 상상력, 그 상상력이 인정사정없이 예언자를 나락으로 밀어붙이고 있었지요.

예언자가 쓰러지지 않은 것은 사방에서 그를 밀어붙이고 있는 군중 때문이었어요. 궁성을 조금이라도 가까이서 보기 위해 사람들은 앞쪽에 있는 사람을 뚫고 지나갈듯이 밀어대고 있었지요. 물론 같은 현재에 있는 그들은 광산의 유령들과 달리 서로를 뚫지 못했지요.

예언자는 밀집한 사람들의 숨소리에 귀가 멀 것 같은 기분을 느끼며 고개를 들었습니다.

35

왕비의 실망감은 신경쓰지도 않는다는 듯이 태연히 예언자를 탈옥시켰던, 마치 바이서스의 왕비를 수하 다루듯 했던 이루릴 세레니얼이 왜 예언자의 아들에 대해서는 '경고'라는 수단밖에 쓰지 못한 것일까요? '명령'할 수도 있을 텐데.

가장 난폭한 드래곤들도, 지고의 신들도 끊을 수 없는 것은 무엇일까요?

왜 화가는 수배서를 그리는 것에 짜증을 냈을까요?

웅장한 팡파르가 울렸습니다. 군중이 침묵하기를 바란 것 같지만 사람들은 오히려 나팔 소리보다 더 큰 환호로 대꾸했지요. 궁성의 베란다에 나타난 시종장이 난처한 듯한 미소를 지으며 만류하는 손짓을 한 후에야 사람들은 경의 어린 침묵을 보내주었습니다. 그 고요 속에서 왕비가 나타났습니다. 왕비는 당당했습니다. 출산을 한 여인의 자랑스러운 뿌듯함보다는 강림한 여신의 권능에 가까운 위세가 그녀를 감싸고 있었습니다. 그 때문에 왕비의 품에 안긴 혈색 좋은 아기는 신의 축복, 새로운 계약의 증거, 유피넬과 헬카네스가 발행하고 드래곤 레이디가 지급보증을 선 어음처럼 보였습니다. 사람들은 압도당했지요.

흥분한 군중은 절규하듯 환호했습니다. 그 가운데 단 한 사람, 환호하듯 절규하는 사람이 있었지요. 압도적인 소음 때문에 그 비명은 그리 두드러지지도 않았습니다. 예언자는 자신의 비명에 침식당하며 선 채로 무너져 내렸습니다.

하지만 그 시선은 왕비의 몸에 붙어 있는 화가의 얼굴에서 떨어질 줄 몰랐습니다.

36

그날 밤, 바이서스 임펠의 어느 건물 지붕 위에서 이루릴 세레니얼은 용마루에 걸터앉은 채 근심스러운 표정으로 궁성을 바라보고 있었습니다.

그날 낮에도 그녀는 그 지붕 위에 있었습니다. 그리고 대로와 골목을 가득 메운 인파 속에서도 절규하는 예언자를 어렵잖게 발견했습니다. 하지만 바로 그 인파 때문에 이루릴은 예언자에게 다가갈 수 없었지요. 드래곤 레이디의 견해는 그렇지 않았지만.

"일부러 놓아준 거지?"

드래곤 레이디는 카르 엔 드래고니안에 앉은 채 바이서스 임펠의 건물 지붕에 있는 이루릴을 힐난하고 있었어요. 이루릴은 왕비의 수하임이 분명한 이들이 인파 속에서 나타나 예언자를 끌고 사라지던 모습을 떠올리며 대답했지요.

"예언자를 데려갈 땐 데려가더라도 두 사람이 만날 필요는 있다고 생각했어요. 이 문제에서 나도, 그리고 당신이나 시에프리너도 제삼자일 수밖에 없으니까요."

"당신 정말이지…… 그런데 그 예언자도 정말 이해할 수 없군. 미래도 볼 수 있으면서 어떻게 자기를 고문한 여자는 알아보지 못한 거지?"

"인간들의 이야기나 소설엔 교묘한 변장에 대한 이야기가 많지만, 내가 보기에 그들의 눈을 가장 쉽게 속이는 방법은 지위나 신분의 변화인 것 같아요. 상당수 인간들이 지위를 개인의 생래적 특성으로 받아들이는 경향을 가지고 있거든요. 왕비는 그것을 알고 있었겠죠."

"하긴 상상하기 쉬운 일은 아니지. 정말 대단한 여자야. 어떻게 왕비가 화가로 변장할 수 있었던 거지? 귀족은 예술의 수요자지 생산자가 아니잖아?"

"아니오. 최고의 수요자이기 때문에 오히려 쉬웠을 거예요. 가장 높은 수준의 안목을 가진 수요자는 어설픈 생산자 정도는 된다는 거죠. 그녀도 전문 화가 노릇은 할 수 없겠지만 간판이나 표지판, 벽장식 등을 그릴 정도의 교양은 가지고 있는 것이겠죠."

"그렇게 해서 예언자를 속였다는 거지. 하지만 왕은? 왕은 어떻게 속인 거지?"

"왕은 왕비가 울화병을 다스리기 위해 휴양을 떠났던 것으로 알고 있어요. 내가 예언자를 탈출시켰을 때 왕비가 부린 난동 기억하죠? 나를 도와주기 위해 그랬던 거라고 생각했는데 그게 아니었어요. 그때부터 계획이 진행 중이었던 모양이에요."

"정말 무서운 여자군. 아니, 엽기적이라고 해야겠어. 물론 자식이라면 인질로는 최고이긴 하지. 게다가 그녀의 자식이기도 하니까 다른 사람이 간섭하긴 쉽지 않지. 자신을 제삼자라고 말하는 당신이 좋은 예라고 할 수 있군. 하지만 그런 장점들이 있다고 해서 상대방의 아이를 배는 건, 뭐랄까. 정신이상 같지 않아?"

이루릴은 꼬았던 다리를 풀어 반대쪽으로 꼬았죠. 그러곤 밤하늘을 올려다보았어요.

"훌륭한 인질을 얻는 것만이 목적이 아닐 수도 있어요."

"무슨 말이지?"

"펫시. 책을 한 권도 쓰지 않은 사람은, 혹 천재적인 문재를 가지고 있을지도 모르지만, 그렇다고 해서 작가라고 불리지는 않아요. 그 남자는 예언을 하지 않았어요. 그런데 왜 예언자라고, 그것도 탁월한 예언자라고 불리는 거지요?"

"응?"

"그건 그의 증조부와 외조모가 똑같은 말을 했기 때문이지요. 두 사람은 수십 년 전에 그 남자가 태어날 날짜와 성별을 예언하고 그가 천 년에 한 번 나올까말까 한 예언자가 될 거라고 했지요. 뛰어난 예언자였던 그 두 사람이. 그리고 두 사람이 예언한 바로 그 날짜에 그 남자가 태어났죠. 그래서 그는 천 년에 한 번 나올까말까 한 예언자예요."

"그래서?"

새하얀 나방 한 마리가 이루릴에게 날아왔습니다. 이루릴은 나방을 물끄러미 보다가 머리를 뒤로 약간 젖히며 눈을 감았습니다. 나방은 주저하다가 이루릴의 콧날에 살짝 내려앉았지요. 이루릴이 다시 입을 열었을 때도 나방은 날아가지 않았습니다.

"증조부도, 외조모도, 그 이도 예언자죠. 어쩌면 왕비는 그의 혈통에 예언의 힘이 있다고 가정한 것 아닐까요?"

"뭐라고? 예언의……"

"혈통이오."

"그렇다면 왕비는……"

"왕비는 자기 말을 잘 듣는 예언자를 원했겠지요. 그런데 그건 자식을 위해 예언하는 예언자일 수도 있지만, 어머니를 위해 예언하는 예언자일 수도 있다는 거예요."

카르 엔 드래고니안에서 아일페사스는 거대한 탄식음을 냈습니다.

"예술은 자연을 모방하는 것이지. 나는 당신이라는 자연을 모

방해 보았소. 나 자신을 캔버스 삼아. 그 모방이 잘 이루어졌다면 왕자는 미래를 볼 수 있을 거요."

왕비는 품속의 아기를 내려다보며 속삭였습니다. 예언자는 귀를 틀어막고 싶었지요. 하지만 두 팔이 수갑으로 고정되어 있어 그럴 수 없었습니다.

궁성 임펠리아의 길고 화려한 복도에서 예언자는 왕비와 독대하고 있었습니다. 대부분의 사람들과 상당수 건축가들에게 복도는 방과 방을 이어주는 설비겠지만 특수한 지위에 있는 이들에겐 그렇지 않았습니다. 세계에 심대한 영향을 끼치는 결정들은 언제나 복도에서 내려졌다고 말하면 물론 과장일 테지만, 복도에서밖에 이루어질 수 없는 미묘한 회담이라는 것은 분명 존재하죠. 왕비와 예언자의 회담은 그 좋은 예라고 할 수 있습니다.

왕비는 복도에 놓인 벤치—예. 궁성의 실내 장식가는 복도의 중요성을 아는 인물임이 분명했습니다.—에 앉아 왕자를 무릎에 내려놓고 있었고 예언자는 그 앞에 서 있었습니다. 왕비의 시녀들과 예언자를 호송하던 병사들은 복도의 양쪽 끝에서 바깥을 향해 선 채 사람들의 출입을 막고 있었죠. 예언자는 충혈된 눈으로 복도 양쪽을 돌아본 다음 힘겹게 속삭였어요.

"그럴 리도 없거니와, 만약 그렇게 된다면 당신과 그 아이는 무사하지 못할 겁니다. 왕이 의심할 테니까요. 아니면 다른 누군가가 왕에게 자신의 의심을 말할 수도 있습니다."

"모든 이들이 나와 당신의 악연을 알고 있소. 그럼에도 불구하고 왕자의 계보를 의심하려면 먼저 예언의 혈통과 왕비의 외도라는 정말 있음직하지 않은 두 가지 전제를 수용해야 할 거요. 걱정할 필요 없소. 성공한 모험가들의 비결이 무엇일 것 같소? 우리는 자연법칙에 도전한 것이 아니라 사람의 고정 관념에 도전했소. 그것이 성공의 비결이지. 당신만 해도 내가 화가로 변해 당신 앞에 나타날 거라는 생각은 추호도 하지 못했잖소."

예언자는 수치심과 절망감을 느꼈습니다.

"저를 왜 부르신 겁니까? 원하시던 것을 손에 넣으셨잖습니다. 저를 모욕하고 절망시키는 재미까지 원하신 겁니까? 차라리 알려주지 않으셨다면……. 제 핏줄이니까 알아야 하지만……. 그래도 전하께 동정심이 있다면 침묵하셨어야……"

"모욕? 그런 쓸데없는 것에 정력을 낭비하는 취미는 없소. 당신에게 바라는 것이 있었기에 부른 것이지. 우선 왕자가 자라서 예언자가 될 수 있을지 알려주시오. 나는 그러기를 바라지만, 내 기대와 달리 왕자에게 예언의 능력이 나타나지 않는다면 당신이 왕자를 대신하여 왕을 도와야 하오. 아들을 대신하는 것이니 아버지의 기쁨이고 보람이지 않겠소?"

예언자는 철로 만든 관에 갇힌 채 바다 아래로 가라앉는 느낌을 받았습니다. 왕비는 예언자의 표정이 마음에 든 듯 흡족해했습니다.

"두 번째 요구는 이것이오. 당신은 이루릴 세레니얼을 만났을 거요. 오래 전 당신을 탈옥시켜 솔베스로 도망치게 해준 엘프지. 당신도 이제 알고 있는지 모르지만 그녀는 대단히 특별한 존재요. 몇몇 드래곤보다 연상인 그 엘프는 긴 세월 속에서 온갖 관계를 맺고 온갖 놀라운 일들을 해왔지. 보통 사람은 죽을 때까지 그런 것이 있다는 것을 알 필요도 없는 비밀스러운 권세와 협조하기도 하고 대립하기도 했소. 그런 그녀가 당신을 주목했지. 나는 그녀가 전쟁을 막고 싶어한다고 추리했소. 하지만 그게 아닌 것 같소. 만약 그렇다면 당신을 탈출시켰다가 한참 후에 감금한 것이 설명되지 않으니까. 조만간 뭔가 주목할 만한 일이 일어나는 것이겠지?"

"그래서…… 그 아이가 태어나자마자 저를 부르신 것이군요."

"그렇소. 나는 왕에게 그 이루릴이 감추고 싶어하는 미래가 무엇인지 알려드리고 싶소. 당신이 지난 일 년 동안 어디에, 왜 갇혀 있었는지 말하시오."

예언자는 수갑을 휘둘러 왕비의 머리를 부수고 싶다고 생각했어요. 또한 왕비를 끌어안고 입을 맞추고 싶기도 했지요.

"말할 수 없습니다."

"여기까지 와서? 자존심을 돌보기엔 너무 늦은 것 같지 않소?"

"자존심 문제가 아닙니다. 어떤 이에게 큰 피해가 갈 수 있기 때문입니다."

왕비는 가소롭다는 듯이 웃었죠. 그녀는 왼손으로 왕자의 배내옷을 헤쳤습니다. 아기의 토실토실하고 부드러운 목과 상체가 드러났죠. 예언자가 호흡을 멈춘 채 바라보는 가운데 왕비는 왕자의 목을 빈틈없이 붙잡았습니다. 조르지는 않았지만, 그 손아귀는 교수형 올가미도 거미줄로 보일 만큼 단단하게 굳어있었죠.

기저귀를 적신 것인지, 아니면 어떤 불안을 느낀 것인지 아기가 서럽게 울기 시작했어요.

38

비공식적인 회담은 왕자의 갑작스러운 울음으로 끝났고 예언자는 궁성의 모처로 도로 끌려갔습니다. 감옥은 아니었죠. 이야기 외엔 할 일이 별로 없는 죄수들이란 수다스러운 존재입니다. 그래서 예언자는 규모가 어느 정도 이상 되는 집에는 보통 있게 마련이지만 정확한 명칭은 없는 방에 갇혔습니다. 어쨌든 건축학 용어에는 그 방을 가리키는 말이 없습니다. 사람들은 보통 창고 방이라고 부르지만.

예언자는 부서지거나 낡아서 안 쓰는 가구들과 뭐가 들어 있는지 알 수 없는 상자들, 그리고 폐품 수준엔 도달했지만 골동품 수준에 도달하려면 아직 더 정진해야 할 잡동사니들 가운데 주저앉아 있었습니다. 그 물건들이 예언자의 심사를 어지럽힐 일은 없었어요. 이젠 호흡처럼 쉽게 발휘되는 천리안이 궁성 저편의 왕자에게 고정되어 있었기에 주위가 보이지 않았거든요. 할 일 없는 눈에선 하릴없이 눈물이 흘러내려 옷깃과 소맷자락을 적시고 있었습니다.

'나는 보지 않았어.'

예언자는 몽롱하게 생각했습니다.

'나는 전쟁의 결과를 보지 않았고 시에프리너의 비밀을 보지 않았고 내 아들을 보지 않았어.'

뭔가가 파닥거리는 소리가 났습니다. 예언자는 한참 후에야 그 소리에 귀를 기울였고 그러고도 한참 후에야 천리안을 멈췄습니다. 예언자는 뭐가 뭔지 모르겠다는 표정으로 탁자 위에 놓여 있는 등롱을 보았습니다. 그것 또한 주위의 잡동사니와 마찬가지로 뽀얀 먼지를 뒤집어쓰고 있었지요. 그런데 하얀 나방 한 마리가 날개를 파닥거리며 그 등롱에 충돌하고 있었습니다.

불도 켜지 않은 등롱에 왜 나방이 날아드는지 의아해하던 예언자는 나방의 날갯짓 소리가 말처럼 들린다는 것을 깨달았습니다.

모음과 자음이 결합된 정확한 목소리가 들린 것은 결코 아니었어요. 그건 어디까지나 평범한 파닥거림이었습니다. 하지만 예언자는 그 소리가 이렇게 들린다고 느꼈어요.

이루릴이에요. 지금 궁성 바깥에 있습니다. 아들은 만났나요?

"……태어나지 않았어요. 제작되었어요."

뭐라 할 말이 없군요. 유감이에요.

"제조되었어요, 조립되었어요, 생산되었어요……. 내 아들이!"

예언자는 비명을 지르며 손목에 찬 수갑으로 자신의 이마를 후려쳤습니다. 두 번만에 이마가 찢어지며 얼굴과 두 손이 빨간 피로 물들었어요. 예언자는 초점을 잃은 눈으로 뚝뚝 떨어지는 핏방울을 바라보았습니다. 그의 입술이 꿈틀거렸습니다.

"바이서스의 왕자랍니다. 왕국의 후계자랍니다. 데리고 도망쳤다간 온 나라가 뒤집어지겠군요. 왕자가 사실은 제 아들이라고 말했다간 미친 놈 소리나 들을 테고요. 손 쓸 방법이 없어요. 설계부터 완벽하군요. 그녀는 밑그림을 대충 그리진 않는 모양입니다."

당신을 도울 방법을 찾아보겠어요.

"그런 건 없어요. 저는 예언을 할 수밖에 없어요. 그러지 않으면 그 여자는 제 아들을 학대할 겁니다. 제 아들은 엄마의 사랑을 얻지 못해 우는 아이, 엄마를 무서워하고 증오하는 아이가 될 겁니다. 그렇게 되면 저는 미쳐버릴 거예요. 제길. 왕지네가 그랬지요. 아주 극악한 녀석의 미래를 보는 건 어떠냐고. 이제 와서 생각해 보니 정말 괜찮은 생각이네요. 훌륭한 개새끼들이 있죠."

예언자의 눈이 흉흉하게 불타올랐습니다.

"전쟁에 이길지 질지 미리 말해야 했다고? 그게 사람 꼴을 하고 할 소리야? 짓밟고 빼앗고 죽이는 짓을 하는 데 중요한 건 가능하냐 불가능하냐 뿐이야? 개 같은 바이서스 새끼들. 너희들이 나를 그렇게 대했는데 내가 이런 꼴까지 당하면서 왜 너희들을 챙겨줘야 해? 야, 이 후레자식들아! 너희 왕비가 너희들의 미래를 겁탈하라고 강요하는 거다. 너희들에겐 사치스러울 만큼 극적인 운명이다. 이 짐승들아!"

예언자는 육두문자를 한껏 토해내고는 숨이 막혀서 콜록거렸어요. 날개를 멈춘 채 가만히 등롱에 붙어 있던 나방이 다시 움직였습니다.

다른 사람에게 설명할 수 없는 것이라면 그건 당신의 신조가 아니에요.

예언자는 헐떡거리며 나방을 보았습니다. 나방의 날개가 파르르 떨렸습니다.

당신이 정말 예언은 나쁜 것이라고 믿는다면 그것을 왕비에게 설명할 수 있어야 해요. 납득시킬 수 있어야 해요. 시도해요.

"가장 열심히 들어주었던 왕지네에게도 설명하지 못했어요. 아집으로 똘똘 뭉친 그 괴물에게 어떻게 설명하란 말입니까?"

그렇다면 나를 설득해요. 왕을 설득해요. 가장 낮은 곳에 있는 이와 가장 높은 곳에 있는 이를 설득해요. 이 세계를 설득해요. 유피넬과 헬카네스를 설득해요. 그리고 그들 모두와 함께 다시 왕비를 설득해요. 그들 중 누군가가 당신보다 나은 언어를 찾아낼 테니까.

"이상론입니다."

현실론이에요. 기억해요. 입은 앞쪽으로 열리지만 귀는 모든 곳으로 열려 있어요.

39

 나방이 창밖으로 날아간 후 예언자는 잡동사니를 뒤져 찾아낸 천 쪼가리로 이마를 감쌌습니다. 수갑 때문에 시간이 꽤 걸렸죠. 처치를 끝낸 예언자는 바닥에 누웠습니다.

 '설득하라고?' 예언자는 이루릴이 권유하는 일과 장님에게 시각을 설명하는 일 사이에 무슨 차이가 있는지 알 수 없었습니다. 흔한 비유지만 적절한 비유이기도 했죠. 장님에게 보아선 안 된다, 볼 필요 없다 등으로 말하면 화를 내겠지요. 미래를 보지 못하는 이들이 예언자에게 화를 내듯. 생각할수록 예언자는 설득이 불가능하다는 확신만을 느꼈어요.

 칭찬과 설득의 공통점이 뭔지 아시죠? 예. 원래 다른 사람을 향하는 것이지만 자기에게 하는 것이 더 쉽죠.

 '당신들은 미래가 무엇인지 몰라. 죽어도 알 수 없어. 그걸 아는 건 나뿐이지. 그런데 단 한 사람만이 아는 것이 진실일까? 내가 잘못 알고 있는 것 아닐까?'

 한 시간 후 왕비는 갑작스러운 면담 신청에 짜증을 내며 일어나야 했습니다.

 입이 무겁다 못해 배꼽까지 늘어질 지경인 시녀가 전달한 쪽지에는 지금 당장 만나야겠다는 예언자의 전언이 씌어 있었습니다. 예언자는 좀 편집증적인 협박문도 달아놨습니다. 편지 말미엔 자신이 왕비의 알몸을 본 사람만이 아는 비밀을 안다는 암시가 덧붙여져 있었지요.

 왕비는 피식 웃었습니다. 바보가 아니었기에 왕비는 자신이 한 일의 위험도 알고 있었고 예언자에 대한 공모자 의식도 가지고 있었어요. 예언자에겐 언제까지나 수탈자인 척할 테지만, 어쨌든 왕비는 예언자가 부르면 갈 수밖에 없음을 알고 있었지요.

하지만 그곳으로 부를 수야 없었지요. 왕비의 침소에 외인이, 그것도 한밤중에 들어선다는 것은 말도 안 되는 일이지요. 이번에는 복도 또한 적합하지 않았습니다. 밤의 궁성 복도엔 낮에 쓰였던 것들과 내일 낮에 쓰일 물건들을 가지고 바쁘게 오가는 사용인들이 넘쳐나거든요. 왕비가 선택한 곳은 소도서관이었습니다. 예. 흔히 그렇듯이 책장 하나를 당기면 비밀 통로가 나타나는 그런 도서관이었습니다.

왕비는 느긋하게 도착할 생각이었지만 그녀가 소도서관에 도착했을 때 예언자는 보이지 않았습니다. 왕비는 여유 있게 보이려면 책이라도 한 권 붙잡고 있어야겠다고 생각하곤 가까운 곳에서 책 한 권을 꺼내어 의자에 앉았습니다.

그것은 고전 추리 소설이었습니다. 궁성에는 보다 딱딱한 책들이 있어야 한다고 믿는 엄숙주의자들도 책의 저자가 신관임을 알면 한 마디 하고 싶은 기분을 억누르겠지요. 예. 저자는 테페리의 어느 프리스트였습니다. 성애 문학이나 심지어 신성모독 문학을 쓴 사제도 있는 파란만장한 테페리의 종단 역사를 떠올리면 그건 파격도 아니었습니다. 종단 본부에서도 그런 사제들에게 '지독한 비평' 이상의 견책처분은 내린 적이 없지요. 어쩌면 작가에겐 최악의 처벌인지도 모르지만.

소도구 삼아 펴든 책이지만 그 서두가 제법 흥미로웠기에 왕비는 독서에 집중하게 되었습니다. 책에 빠져든 모습이 더 여유 있게 보일지도 모르죠. 왕비가 보기에 침버라는 이름의 저자는 작가의 근육이라 할 수 있는 문장에선 그저그런 수준이었습니다.

하지만 작가의 피인 경험은 꽤 있어 보였지요. 왕비는 작가의 뼈는 어떨지 궁금해하며 페이지를 넘겼습니다.

침버가 선택한 탐정은 특이하게도 초를 만드는 소년이었습니다. 잔혹하다기보다 연민을 자극하는 방식으로 묘사된 살인 사건이 벌어지자 소년은 상당히 좌충우돌하는 방식으로 범인을 추적하기 시작했습니다. 침버는 서술하지 않았지만 왕비는 범인의 관점에서 볼 때 그 소년이 상당히 성가시다는 것을 짐작할 수 있었습니다. 소년이 특별한 영민함을 보이지는 않았지만 소란을 만드는 그 자체가 정황상 범인을 귀찮게 하는 것이었죠. 따라서 왕비는 탐정에 대한 살해 시도가 묘사되기 시작했을 때 완전히 수긍하며 몰입했습니다. 소년이 어떻게 당하게 될지 궁금해하던 왕비는 헛기침 소리를 들었어요.

머리에 붕대를 감은 예언자가 병사 두 명에게 부축된 채 왕비 앞에 서 있었습니다. 치료를 받느라, 또 수갑 외에 묵직한 족쇄까지 차느라 늦게 도착한 것이었지요. 왕비가 손짓을 보내자 병사들은 족쇄를 찬 예언자를 바닥에 앉힌 후 아무 말 없이 밖으로 나가 문을 닫았습니다. 왕비는 책상에서 서표를 집어 책에 끼워 놓은 후 예언자를 내려다보았습니다.

예언자는 왕비를 올려다보다가 시선을 옮겼습니다. 그의 시선은 책상 위에 놓은 책을 향했죠. 왕비가 의아하여 쳐다보았을 때 예언자가 책을 보며 말했습니다.

"범인은 영주의 아들입니다."

왕비는 이맛살을 찌푸렸죠.

"이런. 무슨 억하심정으로?"

"왕비님의 주의가 전부 그 책에 쏠려 있는 것 같아서요. 이젠 제 말에 더 주의를 기울여주시겠지요."

"무시하기 위해 번거롭게 여기까지 나오지는 않았소. 그런데 이마는 왜 그런 거요?"

"좀 다쳤습니다만 신경 쓰실 일은 아닙니다. 치료는 잘 받았습니다. 용건을 말씀드리겠습니다. 전하의 요구대로 예언을 하겠습니다."

왕비는 잔인하게 하품을 했습니다.

"그렇군. 하지만 그런 이야기라면 날 밝은 후에 해도 됐을 텐데?"

모욕을 당한 예언자는 목 주위가 뜨거워지는 것을 느꼈어요. 이마가 다시 욱신거렸죠.

"당연한 이야기를 하려고 호들갑 떨어서 죄송합니다. 하지만 내일 아침이 되면 마음이 다시 바뀔지도 몰라서요. 입 밖으로 내어버려야 할 것 같았습니다."

"알겠소. 그게 다요?"

"예언을 하는 데 조건이 세 가지 있습니다."

왕비는 토끼에게서 '머리부터 삼켜질지 꼬리부터 삼켜질지 정도는 내가 정하게 해줘요.'라는 말을 들은 호랑이 같은 얼굴이 되었어요. 가소롭다는 미소를 지으며 왕비가 턱짓을 하자 예언자가 말했습니다.

"첫째, 왕자의 미래는 보지 않겠습니다."

"뭐요? 내가 무엇 때문에……"

"그리 말씀하진 마십시오. 저는 왕자를 위해서 예언을 하겠다고 한 겁니다. 그리고 저는 같은 이유에서 왕자의 미래는 보지 않을 겁니다. 전하. 왕자가 예언자가 될 거라면 우대하고 예언자가 되지 못한다면 홀대하실 겁니까? 그런 꼴은 볼 수 없습니다. 왕자는 전하의 아드님이지만 또한 제 아들이기도 합니다. 그리고 바로 그런 이유에서 제가 왕자에 대해 거짓말을 할 수도 있습니다. 왕자가 예언의 힘을 가지고 있지 않은데도 어린 자식이 모정 속에서 자라길 바라는 마음에 제가 거짓말을 할지도 모르는 것 아닙니까? 따라서 전하께서는 제 예언을 믿으실 수 없습니다. 어차피 제 예언을 믿으실 수 없다면 그냥 기다리시는 편이, 직접 확인하시는 편이 낫지 않을까 싶습니다. 그 동안에도 전하껜 마음대로 부릴 수 있는 예언자가 있을 테니 급할 것도 없지 않습니까?"

왕비는 예언자를 매섭게 바라보았어요.

"납득할 수 있는 설명이군. 좋소."

"둘째, 예언할 사건은 제가 정하겠습니다."

"계속해서 들어주기 힘든 조건이군. 내가 원하는 때와 장소의 일을 말해 주진 않겠다는 거요?"

"그렇습니다. 주도권을 제가 가지겠다는 이야기는 아니니 경계하지 않으셔도 됩니다. 그것이 합리적이기 때문에 드리는 말씀입니다. 예가 어떨지 모르겠습니다만 미래가 아닌 과거를 생각해 보십시오. 전하께서는 당연히 바이서스의 역사를 잘 아실 겁니다. 하지만 역사에 대해 아무것도 모르는 이가 전하께 아무 날짜나 장소를 지정하여 질문한다면, 이를 테면 316년 1월 24일 헬턴트에서 무슨 일이 일어났냐고 질문한다면 어떨까요? 그에 대답하기 위해선 전하께서도 대단히 많은 시간과 자원을 소모하셔야 할 테고, 그런 후에도 끝내 대답하지 못하실 수도 있습니다."

"당신의 예언도 그런 식이란 말이오? 유명한 사건일수록 알기 쉽다?"

"완벽하게 그렇다고는 할 수 없지만 그것이 이해하기 쉬운 비유입니다. 역사책에 어떤 사건들을 기술할지 결정하는 것이 역사가의 일이라 생각하신다면 미래에 일어날 일 중 어떤 것을 예언할지는 제게 일임해 주셨으면 합니다. 물론 쓸데없는 예언을 남발할 생각이 없습니다. 왕자에게 위해가 갈 테니까."

왕비는 그 말에 대해 생각해 보았어요. 말이 되는 것 같았죠. 어쨌든 반박할 방도는 없었습니다. 미래를 보는 것이 무엇인지 아는 사람은 그녀가 아니었으니까요.

"한시적으로 동의하겠소. 그 요구를 거절해야 하는 이유를 내가 알게 된다면, 아니, 의혹만 느끼게 되어도 그 동의는 철회될 거요. 그것이 내 대답이고 당신이 무슨 말을 하든 번복되지 않을 거요. 마지막 조건은 무엇이오?"

예언자는 볼에 골이 생기도록 어금니를 깨물고 나서 말했습니다.

"제가 원할 땐 공개적으로 예언하고 싶습니다."

"뭐요?"

"제 존재를 바이서스 국민들에게 알려주십시오. 왕자의 탄생을 맞이하여 왕자의 복된 내일을 예언하기 위해, 그럼으로써 과거의 잘못을 속죄하기 위해 제가 돌아왔다 정도면 될 것 같군요. 듣고 싶은 이들이 모두 모였을 때 열린 장소에서, 이를 테면 베란다 같은 곳에서 예언하고 싶습니다."

"뒤늦게 명예욕에 눈뜨기라도 한 거요? 그런 되지도 않을 요구를 내가 들어줄 거라 생각하는 거요?"

"어째서 되지도 않을 요구입니까?"

"모든 사람이 아는 정보는 정보로서 별 가치가 없소. 태양이 동쪽에서 뜬다는 정보가 무슨 가치가 있단 말이오?"

"길을 잃어버린 사람에겐 방위를 가늠할 수 있는 좋은 정보입니다."

"나는 왕의 적들이 모두 길을 잃길 바라오."

"왕의 벗들도 길을 잃어 왕을 도울 수 없을지 모릅니다."

"은유법은 그만둡시다! 내가 그 말도 안 되는 조건을 수락해야 하는 이유를 말해 보시오."

"저는 항상 공개적으로 예언하겠다고 한 것이 아닙니다. 제가 원할 때 그러겠다고 했지요. 날짜를 정하셔도 좋습니다. 한 달에 한 번이라든가, 한 철에 한 번이라든가 하는 식으로요."

왕비는 잠시 예언자의 말을 숙고해 본 후 차갑게 웃었습니다.

"나에게 맞서려고 대중을 등에 업어볼 작정이오?"

"……그런 마음이 없다고는 하지 않겠습니다. 하지만 온 세계의 권세를 다 손에 쥔 정복자도 자기 자식은 이길 수 없습니다. 전하께서 가지고 있는 것이 바로 그것이고 제가 영원히 전하께 맞설 수 없는 이유도 거기에 있습니다. 절대 반항할 수 없는 적에겐 관용을 보여주기도 하는 법이잖습니까? 과거 저는 사람들의 예언 요구를 매몰차게 거절했습니다. 이제 예언을 하기로 했으니 그들에게도 미래를 말해주는 것이 도의에 맞는 일인 것 같습니다."

"좋소. 일 년에 두 번, 예언 내용을 내게 사전 승인 받는 조건으로 허락하겠소."

예언자는 두 번은 너무 적다고 항의했지만 왕비는 꿈쩍도 하지 않았죠. 어쩔 수 없이 예언자는 그 안에 동의한 후 물러갔습니다.

왕비는 예언자의 시도가 마음에 들었습니다. 왕비에게 옴짝달싹 못하게 옭매이게 되자 바깥에서 협조 세력을 찾아보려는 그 시도에는 최악의 상황을 순순히 인정하는 판단력과 무슨 해결책이든 일단 모색해 보는 불굴의 기상이 엿보였거든요. 둘 다 왕비가 꽤 좋아하는 것들이었습니다. 그녀에게 동족 혐오가 없다는 것은 확실했어요. 왕비는 침소로 돌아가 책이나 마저 읽다가 자기로 하곤 자리에서 일어났습니다.

하지만 책으로 손을 뻗던 왕비는 그 손을 멈췄습니다. 그녀는 당혹감을 느끼며 책표지를 노려보았지요. 그 책을 읽고 싶은 마음이 많이 식었다는 것을 깨달았거든요.

'범인은 영주의 아들입니다.'

문득 왕비는 뭐라 형언할 수 없는 메스꺼움을 느꼈습니다.

41

조국의 참혹한 패전을 팔짱낀 채 묵인하고 왕비의 감금을 비웃으며 탈출했던 오만불손한 예언자가 꼬리를 만 채 돌아왔다는 소식은, 애초부터 뜬소문에 머물만한 것이 아니었습니다. 저렇게 극적인 요소가 많잖아요. 그 결과, 궁내부원 한 명이 자기 약혼자(예의바르게도 늙은 이모님을 배석시키고 있던)에게 미래에 대한 농담을 한 지 정확히 8시간 후엔 명사들의 저녁 모임에서 '그런데 예언자의 귀환에 대해 어떻게 생각하시오?' 같은 말이 나오게 되었지요. 물론 소문을 퍼트린 건 왕비였지만 왕비 자신도 그 기세에 조금 놀라지 않을 수 없었어요.

이유가 뭘까요? 패전의 상처에 신음하던 바이서스 인들에게 왕자 탄생은 분명 새로운 희망의 증거로 보이긴 했을 겁니다. 하지만 따지고 보면 왕권 승계가 안정화되었다는 것 외엔 분명한 긍정적 효과는 없지요. 왕자가 어떤 인물이 될지 알 수 없으므로 그건 그냥 아이 한 명의 출생인 셈이지요. 그런데 예언자는 왕자가 진짜 희망임을 보증할 수 있는 겁니다. 그러니 예언자를 반길 수밖에 없지요. 이상이 사회 현상을 설명하길 좋아하는 이들이 찾아낸 설명입니다.

바이서스 임펠의 그리 유명하지 않은 주점 구석에 앉아 있던 여인은 그리 생각하지 않았지요.

'뭔가 이상해.' 여자는 설명할 수 없는 불쾌감을 술로 씻어 내릴까 하는 유혹을 참으며 계속 그 불쾌감을 관찰했습니다. 동시에 불쾌감을 관찰하는 자신도 관찰했죠. '내가 왜 이러지? 책 먼지 꽤 마셔본 사람처럼 생각하네. 이것 때문인가?' 여자는 허리를 내려다보았어요.

거기엔 보통 사람의 허리엔 잘 매달려 있지 않은 물건이 있었죠. 안에 몽당초가 들어 있을 것 같은 조그만 원통형 각등이었어요. 금속 재질에 개폐 장치가 달려 있어 군용 같은 느낌도 주지만 전체적으로 봤을 땐 지하실에 내려가는 주부의 손에 들려 있어도 이상할 것이 없는 평범한 물건이었습니다. 단 그 주부는 수백 년 전의 주부여야 할 겁니다. 굉장히 구식이었으니까요.

허리에 단단히 매달아두었으니 잃어버리기 싫은 귀중품이겠지만 여자는 그것을 험악하기 짝이 없는 표정으로 노려보았습니다. 손가락 끝으로 개폐 장치의 걸쇠가 잘 걸려 있는지 확인한 여자는 다시 갈망에 찬 표정으로 술잔을 쳐다보았지요.

 '마치…… 바이서스 전체가 갑자기 미래에 대한 갈증을 가지게 된 것 같아. 음. 그런 견지에서 보면, 으잉? 내가 뭐라고 했지? 어쨌든 그렇게 보면 왕비가 왜 그리도 예언자에게 목을 맨는지도 설명할 수 있지. 바이서스의 뜻인 거야. 바이서스가 왕비를 움직여 예언자를 움켜쥔 거라고…… 헤, 내가 이런 말도 하나? 아, 미치겠어. 이 빌어먹을 물건.'

 여자는 양쪽 볼을 부풀렸다가 천장을 향해 크게 한숨을 내쉬었습니다. 그러곤 탁자를 붙잡고 위아래로 세게 흔들었습니다. 술잔이 덜그럭거리자 주점 주인이 심드렁한 눈으로 쳐다보았죠.

 "어이, 왕지네. 그건 뭐냐?"

 왕지네는 샐쭉한 표정으로 주인을 쳐다보고는 술잔을 앞으로 끌어왔습니다. 그러곤 이로 술잔을 물어 들어올렸다 내려놓았다 하기 시작했어요. 주인은 거의 슬픈 표정을 지었죠. 한참 동안 술잔으로 온갖 장난을 치던 왕지네는 주인이 행주를 던지기 좋게 뭉치기 시작했을 때 자리에서 일어났습니다. 값을 치른 그녀가 나가려 할 때 주인이 의아하여 말했습니다.

 "그냥 가?"

 "음? 계산 했잖아."

 "술은 마시지도 않았잖아. 돌아오자마자 벽 타려고 뭐 물어보러 온 것 아냐? 술도 벽 타려고 안 마신 것이고."

 "안 봤어? 술 가지고 놀려고 온 거야. 물어볼 건 없어."

"나 원 참. 별의별 손님 다 봤다고 생각했지만 그런 소린 또 처음이네. 술을 가지고 놀아? 헛."

주인은 그 말이 재미있다는 듯이 몇 번이나 반복했죠. 왕지네는 크게 미소 지어주고는 밖으로 나갔습니다. 거칠게 북북 찢어 놓은 듯한 구름이 반쯤 덮여 있어 더욱 푸르게 보이는 하늘을 흘 깃 바라보며 왕지네는 입술을 삐죽 내밀었습니다.

'정말 이상해.'

42

결국 왕비는 일 년에 두 번으로 제한했던 공개 예언 중 한 번을 당장 시행하기로 했습니다. 사람들의 관심이 위험할 정도였거든요. 그런 상황에서 '왕자의 탄생을 축하하기 위해' 돌아온 예언자가 계속 숨어있다는 것은 말이 안 되는 일이었죠. 예언자가 사람들 앞에 나서서 공개적으로 예언을 한다는 예고와 함께 그 날짜가 고지되었습니다. 왕비는 공연 홍보 담당이 된 듯한 기분을 느꼈지요. 그리고 대단한 기대감과 성원을 표현한 사람들 덕분에 홍보 담당의 기쁨도 조금 느꼈습니다.

솔베스를 두고 바이서스와 전쟁을 벌였던 적국 발탄에서는 공황에 가까운 상황이 벌어졌습니다. 약탈과 방화가 일어났다는 말은 아니에요. 발탄 사람들, 특히 그 수뇌부들이 정신적 공황을 느꼈지요. 전대미문의 예언자가 바이서스를 위해 예언한다면, 좀 조야한 일이지만, 간단히 '바이서스가 가공할 병기를 획득했다.'고 정리해 버리면 되는 일이죠. 긴장하거나 두려워 할 일은 맞지만 혼란스러워 할 일은 아닌 거죠. 하지만 공개 예언이라는 것은 한 때 바이서스의 왕비를 당혹시켰던 것처럼 그들을 심히 당혹시켰습니다. 발탄의 촉각들이 즉시 바이서스 임펠로 집중되었지요.

카르 엔 드래고니안에선 반응이 한층 더 격렬했습니다. 드래곤 레이디는 바이서스 임펠에 재난을 선사할 수 있다는 뜻을 반복해서 피력했죠. 두렵게도 그녀가 거론하는 재난이라는 것은 전부 정치학이나 건축학이 아닌 생물학이나 천문학적인 재난이었지요. 다행이랄지 불행이랄지 아일페사스의 격노에 찬 선언을 듣는 이는 이루릴뿐이었어요.

"그런 일이 싫다면 그 녀석을 도로 데려와! 전에도 탈출시켰잖아!"

"혈연의 그물에서 사람을 빼내는 건 유피넬과 헬카네스에게도 불가능해요. 의절은 가능하지만 그렇다고 해서 사실이 바뀌진 않죠. 침착해요. 그도 이제 당신과 시에프리너가 무엇을 걱정하는지 알고 있어요. 그리고 그에겐 바이서스의 이득에 대해 더 신경 쓸 이유도 생겼어요. 함부로 바이서스에 당신과 시에프리너의 분노를 불러오진……"

"잊었어? 솔베스를 점령하고 있는 것은 바이서스가 아니야! 발탄이야! 그 녀석은 말 한 마디로 시에프리너와 발탄이 싸우게 할 수도 있어! 그러면 바이서스로서는 인간들 말마따나 손 안 대고 코 푸는 격이 되지. 당신 말대로 그 예언자가 바이서스의 이득을 더 신경 쓰게 되었다면, 사태는 더 위험한 거야!"

"나는 둘을 거론했어요. 당신과 시에프리너라고 했죠. 물론 비이서스는 시에프리너와 발탄을 싸우게 할 수 있어요. 그리고 둘 중 어느 쪽이 이겨도 치명상을 입을 테니 바이서스는 뒷정리만 하는 것으로 둘 모두를 제거할 수 있다는 식의 어리석은 생각도 할 수 있어요. 하지만 어느 경우에도 강대한 드래곤 레이디 당신이 남아요. 당신의 분노를 대처할 방법은 없는 거죠. 예언자는 그걸 알 거예요. 내가 다시 그와 접촉해 볼 테니 기다려 봐요."

하지만 이루릴은 예언자와 쉽게 접촉할 수 없었습니다. 이루릴의 침입을 경험한 후 왕비는 바이서스 임펠의 가장 오래된 창고와 비밀 금고에서 폐품처럼 보이는 물건들을 꺼냈거든요. 그것은 현대인들의 눈에는 장식적 가치도 찾아보기 힘든 물건이었기에 오랫동안 잊혀졌지만 고대의 권능을 부리는 이들에겐 상당한 피해나 제약을 줄 수 있는, 그런 무서운 내력을 가진 보물들이었습니다. 핸드레이크와 솔로처, 아프나이델의 나라였던 바이서스의 궁성에 그런 물건들이 있는 것은 당연했죠. 이루릴이 애초에 예언자와 직접 대화하는 대신 나방을 보내야 했던 것도 그 때문이었어요. 결국 이루릴은 예언자가 공개 예언을 하기로 한 날이 올 때까지 예언자와 변변히 말도 나눌 수 없었습니다.

기대와 불안, 경계, 그리고 설명할 수 없는 열기 속에서 그 날이 다가왔습니다.

예언자는 품위 있는 옷차림을 한 채 베란다에 나타났습니다. 음악이나 행진, 춤 등이 없어서 왕자가 세상에 공개되던 그 날만큼 화려하지는 않았지만 몰려든 인파의 수는 대단했습니다. 장식적 요소들이 없었기에 분위기가 더 엄청났다고 할 수도 있겠네요. 두서없이 떠들거나 킥킥거리던 사람들이 동시에 '바로 그 순간'임을 느끼고 입을 다물었을 땐 정말이지 그 자체만으로 신비 체험에 가까웠습니다.

사람들을 죽 훑어보던 예언자의 시선이 멈췄습니다. 그의 입이 열렸죠.

43

예언자는 어떤 중년의 여인을 향해 말했습니다.

"부인. 아드님에게 더 신경 쓰셨어야죠. 본인은 잘 하고 있다고 믿고 있지만 아드님이 그런 식으로 황당하게 죽으면 부군께서 부인께 뭐라 하겠습니까. 뭐, 부군이 할 어떤 말보다 부인이 스스로에게 할 말이 더 참혹할 테니 상관없으려나. 아, 참. 힘들고 짜증나겠지만 자살 시도는 세 번 하세요. 처음 두 번은 실패하거든요."

여인의 얼굴에 핏기가 사라지더니 갑자기 휘청거렸습니다. 곁에 있던 노인이 황급히 그녀를 부축했지요. 하얀 수염에 깡마른 얼굴의, 펜촉 꽤 뭉개봤을 듯한 노인이었지요. 예언자의 다음 말은 바로 그 노인을 향해 날아갔습니다.

"거기 학자님도 한 분 있군요. 스스로 꽤 자랑스럽게 생각하고 있겠지만 당신의 그 '평생의 업적'은 쓰레기에요. 죽을 때까지 뭐가 잘못됐는지 고민해도 답은 못 얻을 겁니다. 그 이론은 정말 끔찍할 정도로 박살나기 때문에 당신 제자들은 창피해서 유고록도 안 만들어줄 겁니다."

노학자는 눈을 크게 떴습니다만 뭘 보는 것 같지는 않았습니다. 조금 후 그 눈에서 눈물이 주르륵 흘러내렸죠. 여인을 지탱하지 못한 노인은 여인과 함께 주저앉았습니다. 숨소리조차 제대로 내지 못하던 군중 사이에서 어떤 중년 남자가 왈칵 화를 내며 예언자에게 고함을 질렀습니다. 정의와 보편적 윤리관에 관한 교훈적인 내용이 제법 담긴 비난을 듣던 예언자가 나른하게 말했습니다.

"당신은 얼마 후에 살해당합니다. 범인은 끝내 알려지지 않을 예정이기 때문에 나도 알려드리지 않겠습니다. 그러니 결혼식 피로연에서 따님께 무슨 말을 할지 고민하는 건 관둬요. 피로연에서 한 마디 하기는커녕 따님의 결혼식에도 참석할 수 없으니까."

중년 남자는 얼굴이 허옇게 변하더니 갑자기 꾸르륵 소리를 내며 쓰러졌어요. 예언자의 공허한 눈에는 기절한 남자에 대한 털끝만큼의 관심도 떠오르지 않았습니다.

"아, 이건 범인에게 보내는 응원이 될 수도 있겠군요. 이봐요, 예비 살인범. 잘 들었죠? 그 계획대로 하면 절대로 탄로나지 않아요. 걱정 말고 해치워요. 범죄 역사상 가장 특이한 범인이 된 당신에게 경의를 담아 이걸 보냅니다." 예언자는 저속한 손짓을 해보였어요. "당신 양심이야 당신이 챙길 문제니 내 알 바 아니고."

예언자는 그런 식으로 사람들을 지적하며 무시무시한 예언을 남발했습니다.

그 기적에 대해 군중은 정적으로 화답했지요. 양쪽에서 붙잡고 힘을 준 유리판 같은 아슬아슬한 정적이었어요. 깨지기 직전까지도 멀쩡해 보이지만 그 직후 요란하게, 너무도 순식간에 깨져버리는 그런 유리판 말입니다.

사람들이 보지 못하는 베란다 뒤편에서는 왕비가 딱딱하게 굳은 채 예언자의 등을 노려보고 있었습니다. 예언자를 제지해야 된다고 계속 되뇌고 있었지만 그녀는 움직일 수도, 그녀의 명령을 기다리는 이들에게 말을 할 수도 없었어요. 언젠가 자신의 손가락이 머물렀던 등을 보며 왕비는 무슨 말을 웅얼거렸지요. 아무도 그 말을 알아들을 수 없었어요.

예언자가 말했습니다.

"한 명씩 하기 귀찮군요. 여러분 모두에게 한꺼번에 말하겠습니다. 두 번 말하지 않을 테니 잘 들으세요."

예언자의 입에서 노래 같기도, 흐느낌 같기도 한 말이 흘러나왔어요. 알아듣기 어려워야 할 터이지만 거기서 그 말을 못 알아들은 사람은 아무도 없었습니다.

그의 어머니는 가장 높이 날 것이다.
그의 누이는 가장 뜨거운 불을 뿜을 것이다.
그의 딸은 천 년 동안 세계를 제패할 것이다.
그리고 그는 바이서스를 파멸시킬 것이다.

예언을 끝낸 예언자는 마치 박수를 기다리듯 군중을 둘러보았습니다. 하지만 그에게 돌아온 것은 완전한 침묵뿐이었죠. 예언자는 지친 듯한 얼굴로 몸을 돌려 궁성 안으로 사라졌습니다.

잠시 후 천둥 같은 비명과 함께 바이서스 임펠 역사상 최악의 집단 소요가 벌어졌습니다.

44

"난다는 말과 불을 뿜는다는 말이 있습니다. 은유적인 표현일지도 모르지만 그 말을 그대로 받아들인다면 역시 가장 먼저 떠오르는 건 드래곤입니다. 그렇다면 가장 높이 난다는 어머니는 지골레이드의 딸 시에프리너일 겁니다."

"어째서죠?"

"시에프리너는 추락하지 않는 드래곤이잖습니까. 아, 경께서는 그게 무슨 뜻인지 모르시는군요. 대부분의 사람들이 그 말을 시에프리너의 비행 기술이 탁월하다는 뜻으로 알고 있지요. 그게 아닙니다. 추락이라는 것은 그것이 원래 속한 땅으로 돌아온다는 뜻이지요. 그런데 시에프리너는 같은 드래곤이 보기에도 어이가 없을 정도로 높이 납니다. 마치 원래부터 땅에 속하지 않은 존재인 것처럼 말입니다. 태양이나 달이 그렇듯이, 애초에 땅에 속하지 않는 존재라면 추락할 일도 없지요."

"땅에 속하지 않는다고요?"

"예. 그래서 지골레이드는 농담 삼아 이렇게 말했지요. 내 딸은 추락하지 않는다. 땅에 접근할 뿐이다. 대충 그런 말이었지요. 추락하지 않는 드래곤이라는 말은 그래서 나온 말입니다."

"재미있는 유래를 알았군요. 그런데 그 시에프리너는 잠들지 않았습니까. 우리와 발탄이 싸운 것도 단시일 내엔 시에프리너가 깨어날 가능성이 없기 때문이었이죠. 그렇다면 이 예언은, 비록 무서운 내용이 들어 있긴 하지만 우리가 대비하기엔 지나치게 먼 미래의 이야기로군요. 시에프리너가 잠에서 깨어나서 낳은 자식이 성장해서 바이서스를 공격한다는 말이니까요."

"죄송합니다만 간과할 수 없는 사실 한 가지가 있습니다. 시에프리너가 여성이라는 것이지요."

"저, 교수님. 그건 학자들의 농담입니까?"

"아닙니다. 이 예언을 검토하다가 끔찍한 가능성 한 가지를 떠올렸습니다. 예. 시에프리너는…… 여성, 자손을 낳는 성이지요. 우리는 시에프리너가 수면기에…… 들어간 거라고만 생각했습니다. 그런데 만약 수면기가 아니라면, 만약 시에프리너가 임신기에 들어간 거라면……"

"예?"

"출산은 드래곤에게도 위험한 일일 겁니다. 죄송합니다. 가정형으로 말씀드릴 수밖에…… 연구된 적이 한 번도 없습니다. 하지만 임신기라면, 산모도 약해지고…… 알도 마찬가지로 취약할 겁니다. 무방비 상태로 잠드는 수면기만큼이나, 아니, 그 이상으로 위험할지도 모릅니다. 그래서…… 아마 드래곤은 그렇게 하겠지요. 임신기라면, 영토 내의 괴물들을 미리 쫓아버리고…… 레어를 엄중히 봉인할 겁니다. 그건, 그건 그러니까, 드래곤이 잠들어서 그 지배를 받던 괴물들이 뿔뿔이 흩어지는, 예. 수면기와…… 겉으로 보기엔 똑같아 보일 수도 있습니다."

"잠깐만요. 그렇다면 지금 솔베스의 지하엔……"

"그렇습니다. 시에프리너는 깨어 있는 것일지도 모릅니다. 바이서스를 파멸시킬 아들의 출산을 기다리며."

45

"그 망할 자식이 내 뒤통수를 쳤어."

드래곤 레이디 아일페사스가 더 이상 분노도 느끼기 어렵다는 듯이 중얼거렸습니다. 사실 분노보다 경악이 더 컸지요.

모든 드래곤의 조언자이자 후원자로서 그녀가 그때껏 집중한 것은 새로운 드래곤의 탄생을 보호하는 것이었습니다. 드래곤의 탄생은 대단히 희귀한 사건이지요. 드래곤들은 서로에 대한 경계심 때문에 짝짓기도 잘 하지 않거든요. 그리고 그 경계심은 짝짓기의 결실에도 해당하지요. 새로운 드래곤은 새로운 경쟁자다,

이 말이에요. 어차피 드래곤은 엄청난 세월을 살아가기 때문에 후손을 만드는 일에 그리 열의를 느끼지도 않지요.

시에프리너의 회태는 그 모든 난관을 돌파한 끝에 가까스로 일어난, 거의 기적에 가까운 일이었어요. 그나마도 시에프리너의 혈통에 얽힌 비극적 역사가 없었다면 일어나기 힘들었을 겁니다. 시에프리너의 아버지 지골레이드는 한 때 자식을 잃은 경험이 있거든요. 그래서 지골레이드는 후손에 일종의 강박관념 비슷한 것을 가지게 되었어요. 시에프리너는 그런 아버지의 성격을 이어받았지요. 어쨌든 그토록 어렵게 일어난 일이기에 카르 엔 드래고니안의 주인이자 모든 드래곤의 후원자를 자칭하는 아일페사스로서는 반드시 시에프리너를 보호해야 했지요.

드래곤 레이디는 복잡한 심정으로 그녀의 아버지 드래곤 로드를 떠올렸어요. 드래곤 로드의 전성기였다면 일처리는 훨씬 쉬웠을 거예요. '아무도 시에프리너를 건드리지 마라.'고 한 마디만 하면 됐을 테니까요. 하지만 고대의 영웅 루트에리노가 그 드래곤 로드를 패퇴시키고서 바이서스를 건국한 이래 드래곤은 인간의 주인에서 인간과 같은 세계를 살아가는 이웃으로 내려설 수밖에 없게 되었지요. 물론 여전히 공포와 절망의 대상이긴 하지만, 그런 감정들은 극복될 수도 있는 것이죠. 그래서 드래곤 레이디는 보다 조심스러운 방법을 써야 했어요. 비밀주의 말이에요. 그녀와 시에프리너는 새로운 드래곤이 태어난다는 것을 아무도 모르게 하자고 결정했지요. 그러니 두 드래곤은 예언자의 존재에 신경이 날카로워질 수밖에 없었죠.

그런데 그 예언자가 시에프리너의 회태를 폭로했을 뿐만 아니라 아직 태어나지도 않은 그 드래곤이 바이서스의 종지부임을 선언해 버린 겁니다. 기가 막힌다는 말도 모자랄 상황이었지요. 아일페사스는 험악하게 말했어요.

"드래곤을 거역하며 일어선 나라가 드래곤에게 멸망당하는 것도 어울리는 일이긴 하겠지. 그래. 잘된 일이군. 그 녀석이 바이서스를 파괴한다는 말은, 바꿔 말하면 그 녀석이 안전하게 태어나서 충분히 성장한다는 말이잖아. 이거 희소식인걸. 시에프리너에게 말해줘야겠어. 이봐. 그 표정 좀 순화된 판본으로 대체해주지 않겠어?"

"한 나라가 사라지는 것을 희소식이라 말하는 건 좋은 태도가 아니라고 생각해요."

아일페사스는 긴 세월 동안 여러 번 아쉬워했던 사실을 다시 떠올렸습니다. 비록 그녀의 가장 오래된 친구이며 심지어 다른 드래곤들보다 더 신뢰하는 상대지만, 이루릴 세레니얼은 드래곤이 아니었죠.

"나는 당신이 최악의 경우 바이서스를 편들어 드래곤에게 대적할 수도 있다는 것을 알아. 만약 그런 일이 벌어진다면 나는 당신과 싸우겠지만 그것은 우정의 포기가 아니라……"

"그만해요. 펫시. 나는 아직 예언하지 않은 예언자를 살해하는 것에 동의하지 않았어요. 마찬가지로 바이서스를 파멸시키기는커녕 아직 태어나지도 않은 드래곤은 내 행동이나 경계의 대상이 아니에요. 그리고 그런 상황을 가정한 약속도 별로 듣고 싶지 않아요."

아일페사스는 잠시 침묵했다가 부드럽게 말했어요.

"당신의 태도는 온당해. 미래가 어떻게 될지 모르는 세상에서는 말이야. 하지만 지금은 그런 세상이 아닐지도 모르잖아."

이루릴은 눈을 감고 고개를 떨구었습니다.

"피에 흠뻑 젖어 목이 꺾인 들꽃, 불꽃에 그슬려 땅에서 파닥거리는 나비들, 시체에서 시체로 종종걸음치는 까마귀들, 연기로 뒤덮인 검붉은 하늘…… 다시는 보고 싶지 않았는데."

"어쩔 수 없어. 전쟁은 이제 기정사실에 가까워. 오래 전 7주 전쟁을 1차로 본다면 제2차 드래곤——인간 전쟁이지."

46

왕비는 숨을 몰아쉬며 말했습니다.

"왕의 나라를 파멸시킬 드래곤이 태어난다고? 막을 수 없는 거야?"

예언자는 대답하지 못했습니다. 채찍이란 묘한 무기죠. 어지간해선 뼈나 장기를 상하게 하지는 않기 때문에 인도적인 무기랄 수 있지만 그걸 맞아본 사람 중엔 그 말에 동의할 사람이 아무도 없을 거예요. 예언자의 경우 채찍질 세 번만에 바닥에서 벌레처럼 꿈틀거리게 되었지요. 하지만 왕비가 예언자 옆의 바닥을 세차게 후려치자 기적처럼 예언자의 입이 열렸습니다.

"때리지 마요! 때리지 마세요. 아파요. 죽을 것 같아요. 제발…… 막을 수 없습니다. 왜 앞뒤가 안 맞는 소리를 하라고 하십니까? 그런 방법이 있다면 바이서스는 멸망하지 않겠지요. 그렇다면 저는 바이서스가 멸망한다고 예언할 리가 없습니다. 모순이라는 걸 모르십니까?"

이미 말했지만 왕비는 멍청한 사람은 아니었죠. 예언자가 지적한 패러독스 정도는 이미 무의식 중에 깨닫고 있었지요. 그녀가 그 정도로 전락한 것은 역시 예언 내용의 심각성 때문일 겁니다. 왕비는 그 예언을 받아들일 수 없었지요.

"그 알을 깨버린다면! 시에프리너를 죽인다면! 시에프리너가 두려워한 것도 그것이잖아. 임신으로 무력해진 상태에서 꼼짝없이 당할까봐 무서워서 널 감금한 거잖아. 그 두려움을 사실로 만들어준다면! 그런 시도는 모두 실패하게 되는 건가?"

"모르겠습니다. 몰라요. 하지만 그런 시도 때문에 무슨 일이 벌어질지는 알 것 같아요. 전쟁이, 드래곤 대 인간 전쟁이 벌어질 겁니다."

숨이 막힌 왕비는 컥 하는 소리밖에 내지 못했어요. 예언자가 고통에 흐느끼며 말했습니다.

"시에프리너의 뒤에는 드래곤 레이디가 있습니다. 전하께서 시에프리너를 공격한다면 시에프리너는 드래곤 레이디에게 도움을 요청할 거예요. 무슨 대가든 지불하고서 그럴 겁니다. 드래곤 레이디는 그에 응할 테고요. 그녀는 모든 드래곤의 후원자입니다."

"그래서? 아일페사스가 모든 드래곤을 대 바이서스 전쟁에 소환한다는 건가? 아일페사스는 그 아버지가 아니야! 드래곤 로드마저도 그 옛날의 7주 전쟁 이후론 그러지 못했어!"

"드래곤 라자가 있었으니까요."

"뭐?"

"모르십니까? 드래곤과 바이서스를, 드래곤과 인간을 잇던 끈 말입니다. 7주 전쟁 후 바이서스에는 그런 인물들이 있었어요. 그 옛날 지골레이드나 캇셀프라임, 크라드메서 같은 드래곤들은 드래곤 라자와 함께……"

"나도 알아! 오래 전에 사라진 그 전설적인 인물들에 대해선!"

"예. 오래 전에 사라졌어요. 드래곤의 기준으로 봐도 오래된 사건입니다. 드래곤과 인간의 관계는…… 다시 7주 전쟁 이전으로 돌아간 거란 말입니다. 이런 상황에서 왜 아일페사스가 드래곤들을 소환할 수 없다고 생각하십니까? 임산부를 위협하는 해충을 퇴치하자는 요청 정도는 왕의 권위가 아닌 후원자의 권위로도 가능합니다."

왕비가 얼빠진 목소리로 반복했습니다.

"해충? 해충이라고?"

"드래곤 라자는 사라졌어요. 교류는 끊어졌어요. 세월이 흐르고 흐른 지금 우리는 드래곤을 맹수로 보죠. 그렇다면 드래곤이 우리를 해충으로 여기지 못할 까닭이 어디 있습니까? 시에프리너의 태도 자체가 우리에 대한 드래곤의 시각을 드러낸다는 것을 모르시겠습니까? 기회만 오면, 가능성만 있으면 자신이나 아이를 해칠 유해한 동물로 여기지 않았다면 왜……"

채찍이 바닥을 후려쳤습니다. 예언자는 몸을 잔뜩 웅크린 채 침묵했어요. 그 몸이 푸들푸들 떨렸죠. 왕비는 경멸감과 동정심이 뒤섞인 괴상한 감정 속에서 그를 바라보았습니다.

예언자의 지적은 날카로웠습니다. 서로 대립하거나 협조할 일이 별로 없었기에 관계 정립이 되지 않았을 뿐 오래 전부터 드래곤과 인간은 데면데면하다는 말도 쓰기 어려운 관계였지요. 그런 상태에서 인간이 그들 중 한 여성을 공격한다면 드래곤들은 인간을 말살해야 하는 적으로 규정하는 것에 아무런 심적 저항도 느끼지 않을 겁니다.

어쨌든 드래곤 라자는 오래 전에 사라졌으니까요.

시에프리너가 말했어요.

"드래곤 라자라는 것이 있었으면 좋았을 텐데."

전혀 예상치 못한 말이었기에 이루릴은 잠깐 동안 말문이 막혔습니다. 그 침묵은, 세월 때문에 정제되고 산문화되었지만 아직도 그녀에게 시적인 반응을 이끌어내는 오래된 추억들 때문이기도 하죠. 예. 이루릴은 드래곤 라자들이 실제로 땅을 걷고 하늘을 향해 웃던 시절을 알고 있었죠. 일 년 내내 계속되는 이루릴의 추도에는 드래곤 라자를 위한 것도 있었어요.

"드래곤 라자라고 했나요?"

"그래. 옛날엔 그런 인간들이 있었다면서? 드래곤과 인간들을 중재해 주는 이들 말이야."

"드래곤 라자들은 아무 일도 하지 않았어요. 어설픈 비유를 쓴다면 그들은 탁자였지요. 양쪽에 드래곤과 인간이 마주앉을 수 있는. 탁자가 끼어들어서 회담을 잘되게, 혹은 잘못되게 하지는 않아요."

"어쨌든 지금은 탁자도 없잖아."

이루릴은 그녀의 눈엔 어리게만 보이는 드래곤을 지그시 바라보았습니다. 드래곤 라자가 사라진 후 태어난 세대인 젊은 시에프리너는 인간이 파리에게 품는 감정 정도만 인간에게 품고 있었던 드래곤이었죠. 인간이 대화의 대상이 될 수 있다는 생각은 해본 적도 없을 거예요.

이루릴은 오랫동안 품고 있던 의혹을 떠올렸습니다. 시에프리너가 그녀의 영토에 솔베스라는 개척지가 생기도록 내버려둔 것은, 물론 수면기인 척 위장하기 위해서지만, 보다 무시무시한 이유도 있었죠.

"시에프리너. 당신은 출산 직후에 먹을 것을 쉽게 구하고 싶었죠?"

"그걸 가지고 나를 비난할 건가? 내가 오라고 부른 적도 없어. 인간들이 제멋대로, 심지어 저희들끼리 죽여가면서 내 영토에 들어온 거잖아. 저희들끼리도 그런 대접밖에 못 받는데 나한테 좋은 대접을 바라는 건 어불성설이겠지."

"예. 그래서 당신을 적극적으로 비난하진 않았어요. 그리고 당신이 그들에게 경고하여 당신이 잠들어 있지 않음을 노출시켜야 된다고도 생각하진 않았어요. 그래서 때가 오면 당신 대신 솔베스 사람들에게 경고를 할 작정이었죠."

이루릴은 시에프리너의 날카로운 눈초리를 무시하며 계속 말했어요.

"내가 묻고 싶은 것은 왜 마음이 바뀌었냐는 거예요. 왜 인간들과 탁자를 놓고 마주할 수 있기를 바라게 된 거죠?"

"내가 불안에 떨고 있다는 이야기를 듣고 싶어? 그건 이미 인정했는데."

"아니오. 당신이 불안할 리는 없죠. 그 예언에 따르면 당신의 자식은 무사하게 태어나니까요."

시에프리너의 얼굴에 짧은 순간 분명한 기쁨이 떠올랐습니다.

"예언자는 가장 뜨거운 불을 뿜는 누이와 천 년 동안 세계를 제패할 딸도 이야기했지. 아직 첫째를 낳지도 않았는데 둘째 아이와 손녀라니."

이루릴도 예의바르게 미소를 지었습니다.

"그 예언은 바이서스의 파멸을 말하는 것이지만 당신 혈통에 내려진 축복이기도 해요. 그 예언을 믿는다면 인간은 이제 당신에게 위협이 되지 않아요. 그런데 왜 인간과 대화를 나눌 수 있게 되기를 바라게 된 거죠?"

시에프리너는 엄격하게 말했습니다.

"이루릴 세레니얼. 당신은 내 아버지와 함께 세상을 걸었고 심지어 드래곤 레이디의 탄생도 기억하지. 그토록 나이를 먹었다면 단명한 자들이 '설마 그런 일이 벌어지겠어?'라고 말하는 일들이 실제로 벌어진다는 것을 잘 알 거야. 전쟁이 벌어질 테지? 나는 내 아들이 바이서스의 파괴자가 되는 것엔 별 유감이 없어. 하지만 내 아들이 탄생하는 것만으로 다른 드래곤들에게 빚을 지게 되는 것은 달갑지 않아. 그래서 드래곤 라자가 있었다면 내 아들이 바이서스와 반목하지 않을 수도 있지 않았을까 생각해 보는 거야. 하지만 드래곤 라자는 이제 없지."

"당신이 그런 생각을 가지고 있다면, 스스로 드래곤 라자의 역할을 할 생각은 없나요? 당신 자신이 당신 아들과 바이서스를 중재할 생각은 없나요?"

시에프리너는 고개를 갸웃했습니다.

"예언에 도전하라는 건가? 바이서스가 나나 내 아들을 공격하지 않는다면 나 또한 내 아들이 바이서스를 파멸시키지 않도록 막겠다고 약속하라는 거야?"

"예. 당신에게 그럴 의두가 있다면 내가 돕겠어요."

시에프리너는 딱하다는 듯이 말했죠.

"어리석군. 내가 성공한다면 그 예언은 틀린 것이 되겠지. 그렇다면 그 예언이 동시에 약속하고 있는 내 후손의 안녕 또한 틀린 것이 될 테고. 내가 왜 선물을 걷어차야 하지?"

예상했던 대답이지만 그래도 이루릴은 좌절감을 느꼈습니다. 전쟁이 다가오고 있었어요. 과거의 모든 전쟁, 그리고 그녀가 가까스로 막지 않았다면 일어났을 전쟁들까지 통틀어 봐도 최악의 전쟁이 될 것이 뻔했어요. 그런데 희망은 보이지 않았지요.

48

예언자가 바이서스의 파멸에 앞서 예언한 몇 가지 직접적이고 개인적인 예언들이 모두 적중했을 때 바이서스 사람들의 불안은 극도에 달했습니다. 거의 국가 와해 분위기 비슷한 것이 사람들 사이를 떠돌았죠. 그런 상황에서 선택할 수 있는 해결책은 무엇일까요? 다른 예언자를 찾아 반대되는 예언을 하게 하는 수법 같은 건 사실 거론하기도 창피스럽지만 바이서스 정부는 그런 서툰 시도를 하고 말았습니다. 헌신적이고 능력 좋은 배우들만 있으면 예언자를 만들어내는 거야 가능하긴 하지요. 일어날 거라고 한 일을 일어나게 하면 되니까요. 하지만 그런 조작이 탄로 났을 땐 어떻게 될까요?

바이서스 정부로서는 정말 곤혹스럽게도 그들의 계략은 가짜 예언자의 양심선언이라는 극적인 방식으로 탄로 나고 말았습니다. 국가의 공중분해가 가시권에 들어온 긴박한 상황에서 바이서스의 지도부는 그들이 대단히 유능하다는 것을 보여주었습니다. 첫째, 더 이상의 장난질을 하지 않기로 했습니다. 그들은 국민들의 지지라는 예금 잔고를 가지고 계속 도박을 하다간 막상 수익성 확실한 장사를 하려 할 때 밑천이 부족해서 포기해야 하는 사태가 벌어질지도 모른다는 것을 깨달았거든요. 아실만한 분은 아시겠지만 이 정도의 결단을 할 수 있는 정부는 그리 많지 않습니다. 둘째, 왕비가 전면에 나섰습니다. 그녀는 어린 왕자를 앞으로 내밀며 외쳤지요.

'나의 백성들이여, 내 아기를 지켜주오!'

원시적이지만 그래서 생명력 충만한 요청이었지요. 게다가 그것은 바이서스 인들의 전통적인 기사도 정신을 자극하는 탄원이기도 했어요. 결국 결행 날짜만 기다리던 폭동이나 대규모 반란은 일어나지 않았습니다. 그것은 물론 몇몇 치안 담당자들의 목숨을 건 노력 때문이기도 하지요.

엄청나게 까먹긴 했지만 그래도 국민의 지지를 약간이나마 남기는 데 성공한 바이서스는 그것을 어디에 써야 할지 고민했습니다. 여러 가지 사업에 분산 투자를 할 수야 없었지요. 한 번에 끝을 내야 했습니다. 그렇다면? 예. 처음부터 뻔한 것이었죠. 결정된 미래가 변화될 수 있다고 믿고 시에프리너를 공격하는 것이었지요. 시에프리너에게 아이를 포기해 달라고 요청할 수야 없지 않겠어요. 예언자가 지적한 전선의 확대 가능성을 차단하기 위해 바이서스 정부는 카르 엔 드래고니안으로 막대한 보물과 함께 중립 요청을 보냈어요.

'이것은 시에프리너와 바이서스의 문제다. 당신과 우리 사이의 오랜 우정 같은 입에 발린 소리는 하지 않겠다(멋지군요. 한 때 드래곤 라자가 태어나던 바이서스답습니다. 그들은 드래곤을 압니다.). 우리는 드래곤들이 자신의 영토에 보내는 감정에 대해서만 지적하겠다. 시에프리너의 영토를 지키는 것은 시에프리너 자신의 권리이자 의무다. 시에프리너도 자신의 영토를 지킬 수 없다면 다른 드래곤에게 도움을 요청하느니 그냥 싸우다 죽을 것이다. 그것이 드래곤의 명예이지 않은가. 그러니 카르 엔 드래고니안의 주인께서는 그녀가 바라지도 않는 도움을 보내지는 마시라.'

대답은 절망적이었습니다. 드래곤 레이디는 보물을 모두 반환했어요.

'곡해하지 말라. 이것은 시에프리너의 자손과 바이서스의 문제다. 너희들이 억지로 미래를 보고 그 미래를 억지로 부정하는 어이없는 광기를 부릴 때마다 드래곤이나 다른 존재의 다음 세대가 피해를 입어야 한다면 그것을 어찌 받아들이겠는가. 너희들이 정녕 시에프리너를 공격한다면 드래곤들은 너희들이 너희 왕비의 요청에 응하였듯이 시에프리너의 구조 요청에 응할 것이다. 너희들이 다른 드래곤에게도 미래의 위험이라는 납득할 수 없는 이유로 공격의 칼날을 들어올리는 것을 저지하기 위해서라도.'

몇 개의 주먹이 몇 개의 탁자를 내리쳤습니다. 술병을 벽에 집어던지고 발길질로 문을 여는 활극물에서나 나올 법한 일들이 실제로 벌어지기도 했지요. 그리고 바이서스 인들은 무서운 결론을 내렸습니다.

'좋다! 드래곤과 싸우자! 그렇지 않아도 그들이 가장 풍요로운 땅을 독식하고 있는 것이 마음에 들지 않았다. 그들 때문에 하루 거리를 대엿새씩 돌아가는 일도 질렸다. 그들이 잠든 때를 틈타 슬쩍슬쩍 그 땅을 이용하는 것도 짜증났다. 예언자의 예언은 사실 우리 모두가 조만간 일어나리라 예상하고 있던 일의 재확인에 불과하다. 그들과 우리는 싸워야 한다. 그때가 왔을 뿐이다. 우리에겐 이미 경험이 있지 않은가? 말 타고 활 쏘던 그 옛날의 루트에리노 대왕도 드래곤 로드를 물리쳤다. 그 동안 드래곤들은 아무것도 바뀐 것이 없지만 우리는 많이 달라졌다. 우리가 왜 대왕의 업적을 재현하지 못한단 말인가! 모든 드래곤을 죽이고 그 땅과 그 보물을 빼앗자. 그리고 계속해서 살아남자!'

예. 공황 상태에 빠진 자의 헛소리로만 치부할 수는 없었습니다. 그 옛날의 루트에리노 대왕과 달리 바이서스 인들은 이제 철로 된 말을 타고 납으로 된 화살을 쏘니까요.

49

이루릴은 고글을 밀어올리고는 안장 위에 섰습니다. 그 옛날 말 위에서도 그런 재주를 부리던 그녀였지만 이젠 수준이 더 높아졌다고 하겠지요. 바이크의 안장은 말의 등보다 훨씬 좁으니까요. 하지만 달리는 바이크 위에서 그런 위험한 자세를 취한 이루릴은 땅 위에 서 있듯 평온했습니다. 엘프의 눈으로 먼 곳을 살펴본 이루릴은 부드러운 동작으로 다시 정상적인 라이딩 자세로 돌아왔습니다. 사이드카에 앉아 있던 오크가 투덜거렸죠.

"꼭 그러고 싶으면 그냥 멈춘 다음 올라가면 안 됩니까? 혼자 타고 있는 것도 아닌데. 바이크는 말과 다르단 말입니다."

젊은 오크의 말투에는 불만과 함께 늙은 종족에 대한 경멸도 약간 묻어 있었습니다. 그 오크는 이루릴이 말채찍으로 바이크를 때리지 않는다는 사실에 아직도 충격을 느끼고 있었습니다. 이루릴은 자신이 이파실—졸란 랠리에 네 번 참가했고 세 번 완주했다는 것을 알려주면 오크가 안심할까 생각해 보았습니다. 하지만 포기했어요. 허풍으로 받아들여질 것이 뻔했으니까요.

"비행기에 대한 소문이 있죠. 원동기가 이렇게 이륜차에 달 수 있을 정도로 소형화된 것도 오래되었는데, 역시 비행기는 완성된 것 아닐까요? 당신 생각은 어때요?"

오크 기술자의 눈에 놀라움과 함께 약간의 존경심이 나타났습니다.

"그런 이야기가 많죠. 예. 당신이 말한 것처럼 기술적인 문제는 거의 해결되었어요. 사람들은 뭐 놀라운 신기술을 생각하지만 사실 비행 자체의 기술적 원리는 어려울 것이 없죠. 그보다는 전통적인 야금학의 지독하게 오래된 모순이 발목을 잡고 있었던 것뿐이죠. 더 가벼우면서 더 단단한 금속, 그게 핵심이지요. 그런데 이젠 신뢰할 만한 합금이 대량으로 생산되고 있거든요. 그래서 저번 전쟁 때 비행기가 공개될 거라고 호언장담하던 기술자도 있었죠. 나타나진 않았지만, 아마 전황상 비행기가 필요 없어서 그랬을 거예요. 나는 그게 완성되었을 가능성이 높다고 생각합니다."

"전문가로서 말해줘요. 비행기가 드래곤에게 위협이 될 수 있을까요?"

오크의 존경심이 순식간에 사라졌어요.

"드래곤이오? 어림없어요. 엔진의 힘만으로 하늘을 날려면 그건 가벼워야 합니다. 강도도 약할 테고 무기도 별로 실을 수 없을 거예요. 실물을 보고 하는 말은 아니지만, 부활한 고대 마법으로 움직이는 비행기가 아니라면야 드래곤은 파리 잡듯이 그걸 떨어트릴 수 있을 거예요."

이루릴은 그 정보를 마음에 새겨두었습니다. 고대의 마법이 사라진 지금 당분간 인간은 하늘에서 드래곤과 상대하는 것을 포기해야겠지요.

하지만 지상에서 인간이 다루고 있는 힘은 결코 만만치 않았습니다. 그들의 가장 강력한 대포에 직격당한다면 드래곤이라도 무사하긴 어려울 테지요. 물론 드래곤들은 매보다 빠르게 하늘을 날고 애초에 그들의 것이었던 마법 또한 아직 자유자재로 다루고 있기에 포탄이 그들에게 진정한 위협은 되지 않겠지만, 전쟁에서 무슨 일이 벌어질진 알 수가 없지요. 인간에겐 분명히 날카로운 가시 하나가 있는 셈이죠.

그렇다면 반대로 드래곤은 인간에게 얼마나 위협이 될까요? 이루릴은 상상 자체가 인간에 대한 폭력이 되는 것 같은 느낌을 받았습니다. 마법을 잃은 인간들은 마법이 얼마나 무서운지도 잊어버렸지요. 하지만 이루릴은 잘 알고 있습니다. 그 뜨거운 화염도, 무서운 힘과 자유자재로 하늘을 나는 비행 능력도 필요 없어요. 지휘관들의 정신을 뒤틀어버리는 주문 한 마디면 드래곤은 인간들끼리 싸우다가 전멸하게 만들 수도 있을 겁니다. 더 잔인하게 굴고 싶다면 그렇게 죽은 군대를 다시 일으켜 세워서 바이서스로 돌려보낼 수도 있겠지요. 죽은 가족과 친구들이 돌아와 자신을 공격하면 바이서스 인들은 제정신을 유지하기 어려울 겁니다. 인간이 가지고 있는 것이 가시라면 드래곤에겐…… 드래곤이 있었죠. 예. 드래곤으로 다른 것을 비유할 수는 있지만 드래곤을 다른 것으로 비유하긴 어렵습니다. 드래곤이란 그런 압도적인 존재입니다.

'대결은 안 돼.' 이루릴은 생각했습니다. '드래곤과 인간이 정면 대결해선 절대로 안 돼. 드래곤 라자가 사라진 후에도 인간과 드래곤이 공존할 수 있었던 건 드래곤들이 자기 영토 바깥엔 관심이 없어서일 뿐이야. 하늘을 마음대로 나는 자유로운 생물처럼 보이지만 동시에 드래곤은 자기 영토에 얽매인 존재야. 프로타이스 같은 경우가 특별한 예외지. 전근대적인 장원의 영주. 그래. 드래곤에겐 그런 면도 있지. 그런 드래곤들이 자신의 영토를 넘어선 가치를 위해 연대할 수 있는 빌미를 줘선 안 돼. 시에프리너에 대한 공격은 바로 그런 짓이야. 바이서스는 자신뿐만 아니라 인간 전체를 파멸로 끌고 갈 거야. 인간이 감당할 수 없는 거대한 적을 만들어내는 방식으로.'

하지만 시간에서조차 풋내가 났던 것 같은 옛날, 사람들은 경이적인 힘을 휘두르며 드래곤과 대결하기도 했고 가장 강대한 드래곤을 거꾸러뜨리기도 했습니다. 그들이 사용했던 힘들은 현대까지 남아 있기도 했고 이루릴은 그 중 몇 가지에 책임감을 가지고 있었어요. 위기의 접근을 느끼며 이루릴은 그것들을 점검하고 있었습니다. 그 또한 대결을 막기 위해서였지요. 그런 것들 중 어떤 것이 인간의 손에 들어간다면 인간은 당장 대결의 불꽃을 튕겨 올릴지도 모르니까요. 다행히 주의 깊게 보관된 그 고대의 힘들은 모두 안전했습니다. 점검을 끝낸 이루릴은 그녀가 가장 큰 책임감을 가지고 있는 마지막 물건을 향해 가고 있었습니다. 아직까지도 고대의 힘이 그대로 남아 있는 그곳에서는 마법을 사용하는 것조차 위험하기에 이루릴은 마법으로 휙 날아가는 대신 현대의 철마를 이용해야 했지요.

잠시 후 목적지가 눈에 들어왔습니다.

"이게 구층탑이군요. 소문만 듣고 생각했던 것보단 덜 음침한데요?"

오크는 사이드카에 실어온 특수한 자재들을 조립하면서 말했습니다. 이루릴이 오크나 다른 사람들이 예상하는 것보다는 현대기술에 능숙하긴 하지만 역시 전문 기술이 필요한 곳에서는 다른 이의 도움이 필요했지요.

"여기엔 무서울 정도로 강력한 마법이 걸려 있긴 하지만 저주는 없어요."

오크 기술자는 당황한 눈으로 이루릴을 보았습니다. 이루릴은 절대로 오크에겐 해가 가지 않을 거라 말했지만 오크는 무슨 마법인지 상세히 듣기 전엔 작업을 재개하지 않겠다고 했어요. 할 수 없이 이루릴은 오래된 이야기를 꺼냈지요.

"마법사답게 아프나이델은 호기심이 많았죠. 개인적으로 나는 호기심을 경계해요. 그것이 조화를 깨트리는 경우를 많이 보았기 때문에. 하지만 경계일 뿐이지 적대는 아니에요. 스스로 대가를 치를 각오를 한 호기심은 용인되어야 한다고, 권장되어야 한다고 생각해요."

"변호부터 하시는군요. 여기 정말 끔찍한 것이 있나 보죠?"

이루릴은 미소를 지었습니다. 오크는 영리했죠.

"아프나이델은 젊었을 적 놀라운 마법이 걸려 있는 영원의 숲이라는 곳을 여행한 적이 있었죠. 그 여행의 끝에서 아프나이델은 드래곤 레이디 아일페사스와 만나고 그 후 평생에 걸쳐 우정을 나눴지만, 그건 다른 기회에 할 이야기군요. 아프나이델은 영원의 숲에 걸려 있는 고대의 마법에 깊은 인상을 받았어요. 그래서 그것을 해명하고 싶었죠. 오랜 연구 끝에 아프나이델은 뭔가를 만들어내었어요.”

“실패작이었군요? 흔히 그렇듯이?”

“아뇨. 성공작이었어요. 지나치게 성공했죠. 아프나이델은 기뻐했고, 그 다음 끝없는 두려움에 빠졌어요. 그 물건은 너무도 성공적이어서 너무도 위험한 물건이 되었거든요. 아프나이델은 성공에 만족하고 그것을 즉각 파괴하기로 했죠. 그가 기울인 정성과 노력을 생각하면 실로 찬사 받을 태도지요. 하지만 아프나이델은 뜻밖의 사실을 알게 되었어요. 그의 온갖 노력이 담겨 있는 그 물건은 파괴할 수도 없었어요. 아프나이델은 그것을 파괴하기 위해선 그 분야의 대가를 흉내 내야 한다는 것을 깨달았죠. 시간이죠.”

“시간이라니, 부서질 때까지 내버려둔다는 말입니까?”

“비슷해요. 아프나이델은 그 물건에 지속적으로 마법적 압박을 가해 스스로 무너지게 하기로 했어요. 그런데 계산 결과는 좀 암담했죠. 그의 계산에 따르면 약 천 년의 시간이 필요했어요.”

“천 년이오? 그러면……”

“예. 아프나이델은 그만큼 살 수 없었죠. 할 수 없이 아프나이델은 자신의 탑을 이용하기로 했어요. 건물은 천 년 동안 남을 수도 있고, 또 그 내부의 물건에 마법적 압박을 가하는 마법을 걸 수도 있으니까.”

“아하.”

“예. 그래요. 이 탑은 아프나이델의 기념비가 아니에요. 자신의 호기심에 대해 끝까지 책임을 질 줄 아는 마법사의 기념비일 수는 있겠지만. 이 탑은 내부의 물건을 향해 지속적으로 마법적 압박을 가하고 있어요. 탑의 그런 능력은 또 다른 효과도 가져왔죠. 강력한 마법적 압박 때문에 아무도 이 탑 근처에선 마법을 쓸 수 없어요. 그런데 보다시피 원래 마법사의 탑이었던 이 탑은 마법적인 수단으로만 들어가게끔 만들어져 있었어요. 그게 외부인들의 방해, 혹은 외부인들의 위험을 막기 좋거든요."

오크는 창문도, 문도 보이지 않는 밋밋한 탑을 보고 고개를 끄덕였어요. 확실히 정상적인 방법으론 출입하기 어려운 탑이었죠.

"날아들어가면? 드래곤이라면 쉬울 텐데요. 그리고 옛날에는 그리폰이나 페가수스를 타고 다닌 사람도 있지 않았어요?"

"드래곤들은 이 탑 근처에도 오기 싫어해요. 그들의 몸속엔 항상 마법이 들끓고 있는 거나 다름없으니까요. 당신이 말한 그 동물들도 이곳을 싫어했어요. 마법이 억제되어 있어서 정상적인 자연 상태라고 할 수 없거든요. 그래서 그런 동물들도 이 근처에선 불쾌감을 느끼거나 몸이 나빠지거나 하지요. 저주라 불리는 것의 원인은 그것이에요."

"아. 그래서 사람들도……"

"예. 사람들도 마찬가지에요. 여기에 머물면 머물수록 떠나고 싶은 기분만 들지요. 그러니 오랜 시간에 걸쳐 이 탑을 침입하는 것은 불가능해요. 단숨에 침입하려면 저 벽을 기어오르거나 마법을 쓰는 것뿐인데, 저걸 기어오른다는 건 말이 안 되고 아까도 말했듯이 이 근처에선 마법을 사용할 수 없지요."

"그렇군요. 하지만 아프나이델도 이런 건 상상할 수 없었던 것이군요."

"예. 그도 그 시대의 사람이었으니까요. 어떻게 가스 봄베에 대해서 예상할 수 있었겠어요."

오크가 가져온 것은 커다란 봄베와 파이프, 윈치와 밧줄, 기타 부속, 그리고 특수 재질로 만든 풍선 등이었죠. 예. 그건 특수 제작된 소형 가스 기구였습니다. 마법 없이 하늘을 나는 도구였죠.

잠시 후 가스 주입이 끝난 풍선이 이루릴의 몸에 결속되었습니다. 그리고 그녀의 몸과 지상에 고정된 윈치는 밧줄로 연결되었고요. 오크가 밧줄을 풀어주자 이루릴은 비마법적인 수단으로는 시간이 한참 걸릴 테니 침입할 수 없을 거라는 아프나이델의 예상을 무색케 하며 단숨에 탑 위로 올라갔습니다.

이루릴이 아니라면 비싼 돈을 지불해 가며 일 인승 기구라는 위험하기 짝이 없는 물건을 일부러 만들고 또 거기에 탑승까지 하는 사람은 없을 테죠. 그러니 그 방법이 다른 이들에게 전용될 가능성은 거의 없을 겁니다. 하지만 천 년 동안 이 탑에 아무도 들어오지 않길 바라던 아프나이델의 소망을 알고 있었기에 이루릴은 미안함을 느꼈습니다.

잠시 후 이루릴은 아프나이델에 대한 더 큰 미안함을 느꼈습니다. 하지만 그보다 큰 경악과 공포 때문에 미안함은 두드러지지 않았죠. 탑의 구 층 바닥에 주저앉은 채 이루릴은 자신의 판단을 힘겹게 수정했습니다.

인간에겐 가시 하나만 있는 것이 아니었습니다.

창세 이래 최악의 무기가 그들에게 넘어갔거든요.

드래곤 네 마리가 솔베스를 향해 날아갔습니다. 아메르파라,

실키즈레이, 콰이드레드, 티할라카드가 그들의 이름이었어요. 드래곤은 한 마리만 머리 위에 떠도 피가 식는 기분을 느끼게 하는데 네 마리가 나란히 날아가니 장관도 그런 장관이 없었지요. 심지어 그 네 드래곤들도 자신의 모습에 놀라고 있었어요. 드래곤들의 편대 비행이라는 건 사실 대단히 드래곤답지 않은 일이니까요.

 그 전대미문의 모습을 연출하고 있는 드래곤들을, 이루릴이라면 어리다고 표현했을 겁니다. 그들은 모두 드래곤 라자가 사라진 후에 태어난 드래곤들이었지요. 평소 인간에겐 별 관심도 없었어요. 만약 인간들에게 마법이 남아 있었다면 최소한의 주의는 보냈겠지만 그렇지도 않았으니까요. 그들이 '들판에 인간들이 있네.'라고 말할 땐 인간들이 '산에 다람쥐와 토끼들이 뛰어다니네.'라고 말하는 것과 비슷한 어조인 셈이지요. 그런 그들이 인간에게 처음 보내는 적극적 감정이 분노라는 것은 인간의 입장에선 꽤 끔찍한 일이었죠. 젊지만 그래서 편대 비행이라는 엉뚱한 일도 할 수 있고 정의감이라는 것에 대해 진지하게 고민하기도 하는 그들은 시에프리너가 처한 처지에 분노를 느꼈어요.

 '감히'. 그들이 사용할 수 있는 부사어는 그것뿐이었지요. 감히 인간 따위가? 여러분들이 누워 있는 아기에게 다가가는 바퀴벌레를 보았을 때 느끼는 감정을 적절히 부풀린다면 그들이 느끼는 감정의 근사치 정도는 될 거예요. 그 분노 다음에 그들이 마주하게 된 것은 짜증이었지요. 바이서스가 미래의 위험이라는 이유로 시에프리너를 공격한다면, 언젠가 다른 드래곤들에게도 같은 짓을 할지 모르죠. 그것은 정말 짜증나는 이야기였지요. 나이가 젊은 그 드래곤들은 아직 그리 대단한 일을 한 적도 없었기 때문에 더 짜증스러웠고요. '난 인간들한테 별로 한 일도 없는

데? 그런데 내가 앞으로 할 짓 때문에 나를 공격할지도 모른다? 뭐 이런 것들이 다 있냐.' 그리고 그 짜증 다음에 그들을 찾아온 것은 놀라움이었지요. 그들은 필요하다면 다른 드래곤과 힘을 합칠 수도 있다는 황당한 생각을 품고 있는 드래곤이 자신 외에 셋이나 있다는 것에 깜짝 놀랐어요.

지금 그들은 그들 넷이 시에프리너를 지켜주겠다고 말했을 때 그녀가 보일 반응, 그리고 그 반응을 보며 그들이 느낄 감정을 생각하며 잔뜩 고조되어 있었어요. 그 때문에 그들은 비행에 필요한 최소한의 관심을 제외하면 지상에 눈길을 보내지 않았습니다.

그래서 그 드래곤들은 지상에서 한 인간 여자가 그들을 보고 있다는 것을 깨닫지 못했죠.

그 여자는 상당히 잘 숨어 있기도 했어요. 위쪽에서 보면 그림자 때문에 보기 힘든 바위 틈 사이에 몸을 숨긴 그녀는 나이프로 옆의 바위에 **4**라는 숫자를 새기고 있었어요. 나이프를 갈무리한 여자는 하늘을 올려다보았습니다. 네 마리의 드래곤은 한쪽이 더 긴 쐐기꼴을 한 채 날아가고 있었죠. 숨이 멎을 만큼 무시무시한 그 모습은 인간에 대한 우주의 부정 같았습니다. 여자는 이를 악물고는 발작적으로 어떤 행동을 했습니다.

아무 변화도 일어나지 않았습니다.

하늘에는 세 마리의 드래곤이 거칠 것 없는 기세로 날아가고 있었죠. 그들의 뒤편으로 하늘이 찢어지지 않는다는 것이 놀라울 정도였어요. 여자는 바위 벽에 새겨진 **3**이라는 숫자를 보고는 이를 악물었습니다. 그리고는 발작적으로 어떤 행동을 하려 했습니다.

하지만 그 행동을 하기 직전 그녀는 세 마리의 드래곤이 이루고 있는 거대한 삼각형이 아름답다는 느낌을 받았습니다. 좌우 대칭이 완벽한 쐐기꼴이었지요. 여자는 진저리를 치고는 하려던 행동을 그만두었습니다. 그러고는 의혹이 가득한 눈으로 바위 벽에 새겨놓은 3이라는 숫자를 보았어요. 잘못되거나 이상한 점은 없었어요. 그 숫자는 조금 전 그녀가 새겨놓은 그대로였습니다.

그녀는 당장 울음을 터뜨릴 것처럼 일그러진 얼굴로 드래곤들을 쳐다보았습니다.

지상에 어떤 인간이 있다는 것을 눈치채지도 못한 채 아메르파라, 콰이드레드, 그리고 티할라카드는 영광에 찬 모습으로 위엄 있게 하늘을 가로질렀습니다. 그들은 그들 셋이 시에프리너를 지켜주겠다고 말했을 때 그녀가 보일 반응, 그리고 그 반응을 보며 그들이 느낄 감정을 생각하며 흥분하고 있었지요. 그들 각자는 자신과 같은 뜻을 품고 있는 드래곤을 둘이나 발견할 수 있었다는 것에 아직도 놀라워 하며 힘차게 솔베스를 향해 날아갔어요.

정말 장엄한 광경이었습니다.

52

인류는 코를 킁킁거렸어요. 심상치 않은 냄새가 났거든요.

어쨌든 매일 아침 밥을 먹으면서 '인류가 공존 번영해야 할 텐데.' 같은 생각을 하는 이는 별로 없지요. 오늘 사업상 만나야 하는 빌어먹을 녀석에 대한 생각이나 하게 마련이죠. 아니면 오늘 미장원이 붐빌까, 머리가 말도 아냐. 같은 생각일 수도 있겠네요. 예. 사람들은 바이서스에 대해 자기 돈 나가지 않는 범위 내에서 동정과 우려를 표했고 그걸로 만족했죠. 남들보다 머리 더 쓰라고 세금으로 월급 받는 자들도 바이서스 유민에 대해 조금 고민하는 정도였죠. 모든 이들은 바이서스 앞에 '고' 자를 붙이는 일을 기정사실화 하고 있었죠. 드래곤과 싸우겠다니, 미쳤나 봐요. 뭐, 바이서스가 드래곤 때문에 끝장난다는 예언이 있다니 별 도리는 없겠군요. 천 년 동안 세계를 제패한다는 손녀요? 그건 좀 신경 쓰이지만, 드래곤의 손녀라면 한참 후의 일이잖아요…… 그 정도로 입장을 정리한 이들은 잔혹한 호기심을 만족시킬 채비를 갖췄죠. 인간 대 드래곤 전쟁이라니, 정말 센세이셔널하지 않습니까. 용감한, 혹은 돈에 눈이 먼 기자들이 바이서스와 솔베스로 쇄도했습니다.

 하지만 그 기자들은 '바이서스 임펠의 현장 분위기', '바이서스의 최신형 기관총에 대해', '사람들이 떠난 솔베스의 쓸쓸한 정취' 같은 기사들밖에 생산할 수 없었어요. 정말 중요한 기사거리가 움직이지 않았거든요. 드래곤들이죠.

 젊은 드래곤들이 시에프리너를 위해 솔베스로 움직이긴 했습니다. 사진기자들은 평생 자랑할 만한 근사한 사진도 몇 장 찍었죠. 드래곤은 정말 기가 막힌 피사체니까요. 하지만 그 이름을 죽 늘어놓으면 고전문학 선집 같은 기분을 느끼게 할 수 있는 나이 많은 드래곤들, 강력한 드래곤들이 보이지 않았어요.

 설명 못할 일은 아니지요. 그 강대한 드래곤들은 바이서스가 너무도 가소로워서 움직이지 않았을 수도 있지요. 춤추는 성좌 같은 특이한 경우를 제외한다면 사실 드래곤들은 보물이 쌓여 있는 자신의 레어를 떠나는 것을 내켜하지 않습니다. 젊은 드래곤들이야 아직 보물도 적고 영토에 대한 애착도 그리 크지 않아서 쉽게 행동에 나설 수 있겠지만 늙은 드래곤은 그러기 어렵겠죠.

하지만 그렇다면 갑자기 전세계에 출몰하기 시작한 이상한 괴수들은 무슨 의미일까요? 그건 정말 이상했습니다.

새의 다리 같은 두 발 위에 눈만 달려 있어서 쳐다보는 것 이상의 해는 끼칠 수 없는 괴이한 것들이 골목을 깡총깡총 달리고 창문 안쪽을 기웃거렸습니다. 어처구니없는 것들이었죠. 눈만 있고 입이 없다 보니 먹을 수가 없어서 걸핏하면 픽픽 쓰러졌거든요. 물론 생식기도 없다 보니 종족 번식도 못했죠. 생물이 그 정도로 엉망일 수는 없었습니다. 처음엔 많이 놀라고 무서워했지만 얼마 있지 않아 아이들은 새로운 장난감에 열광했고 어른들은 그것을 보며 고개를 내저었지요. '누가 급조한 거야.' 예. 그게 타당한 해석이었지요. 누가 어떤 목적을 가지고 급하게 만들어낸 것들이 분명했어요.

그 누군가는 얼마 후 솜씨가 좀 나아졌나 봐요. 잠자리 날개 같은 것이 달린 눈들이 나타났죠. 역시 위에서 내려다보는 것 이상의 해는 끼칠 수 없었죠. 아이들은 새총을 만들기 시작했어요. 눈 떨어뜨리기는 전세계적인 놀이가 되었죠. 한편 낚시꾼들은 물 속에서 물끄러미 올려다보는 눈들에 짜증을 냈죠. 입이 없어서 낚시를 물지도 않는 것들이 —걸린다 해도 당혹스러운 일이지요. 그걸 어떻게 먹겠어요. 눈에 지느러미만 달려 있는 것을.— 다른 물고기를 다 쫓아버렸거든요. 눈알들이 여러 개 몰려서 헤엄치면 주위의 물고기들은 기겁하게 되나 봐요. 하긴 물 속에서 수십 개의 눈이 자기를 물끄러미 본다고 생각해 보세요. 사람도 기분이 더러워질 만하죠.

'드래곤이야.' 아니면 누구겠습니까. 드래곤들이 마법을 써서 다급하게 세상을 조사하고 있는 거죠. 나타나지는 않은 채 눈만 내민다? 그런 것을 가리키는 비유나 속담은 많지요. 비유가 많은 것은 직접적으로 말할 경우 무례가 되기 때문에, 한 대 맞을 각오를 해야 하기 때문이죠.

'드래곤들이 겁을 먹고 있다? 그것도 그 사실을 들켜도 상관없을 정도로 겁을 먹고 있다?'

사람들은 새로운 눈으로 바이서스를 보았습니다. 얼마 전까지만 해도 왕위를 걱정해야 했던 바이서스의 왕이 정말로 생애 최후의 승부에 성공한 걸까요? 그 믿기 힘든 가설이 사실일 경우의 전망은 사람들을 아찔하게 만들었습니다. 시에프르너의 영토를 두고 전쟁이 벌어졌던 것을 생각해 보세요. 그것도 그 땅을 한시적으로 이용하기 위한 전쟁이었죠. 만일 드래곤들에게 앞을 막지 말고 비키라고 당당하게 말할 수 있게 된다면? 새로운 길이 열리는 겁니다. 새로운 항로가 열리는 겁니다. 하늘이 인간의 손에 들어오는 겁니다.

사람들의 흥분은 솔베스를 찾았던 젊은 드래곤들 중 일부가 어느새 자기 영토로 돌아갔다는 사실이 발견되었을 때 극에 달했습니다. 국가란 좀 뻔뻔해도 된다고 믿는 이들이 많죠. 많은 국가들이 위대한 전쟁에 동참하겠다면서 바이서스에 원군 파병을 제안했지요. 드래곤에 대한 오래된 공포 때문에 아직 그 정도까지 갈 수는 없다고 생각한 나라들도 바이서스로 질문을 무차별 난사했습니다. 당신들 도대체 뭘 가지고 있는 겁니까? 무언가 끝내주는 것이 있어서 드래곤과 싸우겠다고 한 것이었군요? 그게 뭐죠?

그 모든 관심과 응원, 질문 속에서 바이서스는 돌아버릴 지경이었습니다. 그들도 다른 나라들과 똑같이 궁금했거든요. 다른 나라들은 절대 믿지 못했지만 그건 사실이었습니다. 바이서스의 수뇌부는 아침에 눈 뜰 때부터 밤에 잠들 때까지 똑같은 질문을 반복했어요.

도대체 우리가 뭘 가지고 있는 거지?

53

왕비는 크게 고무되었습니다. 위태로웠던 바이서스의 민심이 놀랄 정도로 호전했거든요.

드래곤들은 확실히 무서워하고 있었어요. 드래곤을 상대로 한 첩보전이라는 말도 안 되는 짓을 하느라 머리가 셀 지경인 바이서스의 정보 전문가들도 모두 그 결론에 동의했죠. 그것은 사실 바꾸어 말하면 드래곤들이 바이서스를 전혀 무서워하지 않는다는 말이기도 하죠. 상대가 될 만한 적수에겐 함부로 두려워하는 모습을 보이지 않는 법이잖아요. 거리낌 없이 두려워하는 모습을 보인다는 건 바이서스가 드래곤의 안중에 없다는 뜻이지요. 하지만 바이서스 아닌 무엇을, 드래곤들은 확실히 경계하고 있었습니다. 심지어 드래곤 레이디조차 카르 엔 드래고니안에서 침묵하고 있었어요. 그런 상황이라면 왕비 아닌 누구라도 오만해질 만하죠.

발탄은 바이서스가 솔베스에서 전투 행위를 벌이는 것을 완전히 묵인하기로 결정했어요. 시에프리너의 아들이 바이서스를 파괴한다면 그들은 전쟁까지 벌였던 이웃의 강대국이 없어지는 것이니 나쁠 것은 없었죠. 그리고 바이서스가 정말로 드래곤이 무서워 할 만한 뭔가를 가지고 있어서 시에프리너를 제거한다면, 그때는 솔베스의 임시 소유권이 아니라 영구 소유권을 두고 한판 붙어주면 되는 거죠. 이미 한 번 이겼던 상대인데다 시에프리너와 싸우느라 힘이 다 빠졌을 테니 승리하는 건 간단할 테죠. 발탄이 솔베스 사람들을 황급히 대피시키기 시작하자 모든 이들이 시에프리너——바이서스 전쟁이 곧 시작될 거라는 것을 깨달았어요.

물론 시에프리너도 그랬지요. 전쟁이 다가오고 있었어요. 쟁쟁한 드래곤들이 전혀 오지 않고 기껏 찾아왔던 젊은 드래곤들도 다시 도망쳐버린 절망적인 상황이었지만, 시에프리너는 얌전히 당할 생각은 없었어요. 사람들이 떠난 솔베스에 괴수들과 코볼드들이 다시 돌아오는 모습이 여기저기서 목격되었습니다. 하지만 바이서스 육군은 걱정하지 않았어요. 코볼드들의 총기야 빈약하기로 유명하잖아요. 지하라는 곳은 시야가 형편없고 교전 거리는 극단적으로 짧기 때문에 코볼드는 사람을 날려버리는 총 같은 건 쓰지 않아요. 따라서 지상전에서 코볼드들은 화력 열세일 수밖에 없죠. 무서운 걸로 따지면 양손에 대검과 수류탄을 들고 지하와 지상을 은밀히 오가는 코볼드들이 훨씬 무섭죠. 하지만 전쟁의 목표는 시에프리너의 사살이고 솔베스의 점령이 아니기 때문에 유격전이 골칫거리가 될 일도 없었어요.

바이서스 육군이 정말 신경 쓰는 것은 따로 있었어요. 시에프리너의 마법이죠. 왕비는 이루릴에게 감사하며 그 엘프를 막기 위해 꺼냈던 고대의 유물들을 역사학자들에게 보냈어요. 역사학자들은 마법에 대해선 알지 못했지만 기록들을 면밀히 검토하여 그 물건들의 내력, 그리고 작용을 어느 정도 파악했습니다. 왕비가 예상했던 것처럼 마법으로부터의 보호 작용을 하는 것들이 많았어요. 궁성에 둘 만한 물건들이란 보통 그런 방어적인 것들 아니겠어요. 공격적인 물건들은 전용이나 오용의 우려 때문에 왕

가까이에 둘 수 없죠. 내력이 파악된 그 마법 방어 도구들은 즉각 시에프리너 토벌군에 인도되었습니다.

하지만 일사천리로 진행되는 전쟁 준비는 예언자에게 아무 감동도 주지 않았습니다.

"예언에 번복은 없습니다. 그는 바이서스를 파멸시킬 겁니다."

왕비는 뭔가를 집어던질 듯한 눈으로 예언자를 노려보았습니다. 그래서 예언자는 겁에 질렸죠. 왕비의 품엔 젖을 먹고 있는 어린 왕자가 있었거든요. 다행히 왕비는 품 안의 왕자를 던지진 않았습니다.

"드래곤들은 두려워하고 있소. 솔베스까지 찾아왔던 드래곤들마저 다시 도망치고 있소. 그곳에 있는 건 출산을 앞둔 무력한 드래곤 하나뿐이오. 도대체 왜 왕께서 패한단 말이오?"

"드래곤들이 뭘 두려워하는데요?"

"말하시오! 예언자는 당신이잖소."

"나라의 힘을 모두 끌어 모아 제 예언을 무시하려 애쓰시는 줄로 압니다만. 제 예언을 믿지 않으시면서 저에게 예언을 요구하시는 겁니까?"

왕비는 이 패러독스가 지겨웠습니다. 증오스러울 정도였죠. 두렵기도 했습니다.

"무슨 수를 써도 소용이 없다는 거요? 드래곤의 씨를 말려도 결국 왕의 나라는 파멸된다는 거요? 운명은 우리가 개척할 수 없단 말이오?"

예언자는 음울한 표정으로 대답을 대신했죠. 운명 개척론을 믿는 사람이 나를 그렇게 고문하고 억압했느냐는 문장 정도로 번역이 가능할 거예요.

그리고 예언자는 바닥으로 몸을 날렸습니다.

왕비의 품에서 빠져나와 바닥으로 자유낙하하던 왕자는 제 때 움직인 예언자의 품 안으로 자연스럽게 들어왔습니다. 아기는 약간 놀란 것 외엔 아무 해도 입지 않았지요. 예언자는 쿵쾅거리는 심장 가까이로 왕자를 꼭 끌어안았습니다. 그가 죽일 듯한 눈으로 올려다보자 왕비는 싸늘하게 말했어요.

"미래를 바꿀 수 있는 것 같은데?"

"어떻게…… 어떻게……"

"미래를 본 거지? 내가 왕자를 '놓칠' 것을 예지한 것 아니오? 고맙소."

왕비는 한 손을 홱 내밀었습니다. 예언자는 움찔하며 아기를 더 바짝 끌어안았지만 곧 비참한 얼굴로 아기를 내밀었지요. 왕비는 능숙한 동작으로 왕자를 다시 안았습니다. 어머니답다고 할 수도 있겠지만 젖을 물리며 짓는 그녀의 짜증스러운 얼굴을 보면 그렇게 말하기도 힘들었어요.

"옛날처럼 유모가 있으면 좋을 텐데."

왕비는 마치 거머리가 자신의 피를 빨고 있는 듯이 말했습니다. 예언자는 자신의 들끓는 살의에 공포를 느낄 지경이었지요.

"드래곤들이 뭘 두려워하는 거요?"

예언자는 비참한 심정으로 말했어요.

"별자리가 알려줄 겁니다."

"무사제대, 무사제대, 무사제대!"

"뭐 하는 거냐?"

"헉, 상사님? 벼, 별똥별을 봤습니다!"

"이런 하루 세 번 식후 30분에 똥물을 복용할 새끼를 봤나. 경계 세워놓았더니 별님들이나 보고 염병, 청승, 지랄을 떨고 앉았냐? 야, 이 설사병 걸린 양하고 붙어먹을 호쾌한 새끼야. 너 실전이 무슨 말인지 모르냐? 실전이 실성 비슷한 건 줄 아냐? 너 정말 실성했냐?"

"그런 걸까요?"

"이 자식이 왜 이래? 야, 어? 야, 너 눈깔 왜 그래?"

"상사님. 별이 이상합니다."

"알았다, 알았어. 일단 침착해라, 일병. 응? 방아쇠에서 손 떼라. 앞에총. 일병, 앞에총!"

"상사님. 정말 별이 이상하단 말입니다. 유성우도 아닌데. 저 학교 다닐 때 천문부였거든요? 저렇게 움직이는 별은 없습니다. 별이…… 별자리가 춤을 추는……"

"알았으니까 앞에총! 잠깐, 너 방금 뭐라고 지껄였냐. 춤추는 별자리?"

부대의 전설이 될까 두려워하던 상사는 갑자기 관심을 느꼈어요. 원래 그럴 사람이 아니었죠. 천문학에 대해선 방위 측정에 대한 것 외엔 아무 관심이 없었고 별자리에 관련된 아름다운 이야기를 들려주면 별자리로 만들어줄까 묻는 사람이 상사였어요. 하지만 며칠 전 전장까지 천체 망원경을 가져온 얼빠진 소위님이 신경 쓰이는 이야기 하나를 했지요. 그 어린 소위님은 별자리에 대한 이야기를 하는 실수를 범해서 상사의 기분을 건드리고는 그 사태를 수습하기 위해 살아 움직이는 별자리에 대한 이야기를 해

줬죠. 그건 정말 아름답지만 천체 현상은 아니며, 보는 즉시 도망쳐야 한다고 했어요. 상사가 콧방귀를 뀌고 싶은 것을 참는다는 얼굴을 해보이자 소위님은 진지한 목소리로 그건 그들 앞에, 즉 솔베스로 진군 중인 시에프리너 토벌군 앞에 나타날 가능성이 있다고 했죠. 왜냐하면 드래곤들이 도망치고 있기 때문이에요.

상사는 미심쩍은 기분으로 일병과 같은 방향을 보았습니다.

그리고 상사는 일병이 들고 있는 소총에 대해 까맣게 잊어버렸어요.

엄밀하게 말해서 별처럼 보이지는 않았습니다. 밤하늘에서 화려하게 반짝이고 있지만 뭔가가 달랐죠. 하지만 춤추는 성좌라는 말을 처음 떠올린 작자가 누군지는 몰라도 그건 정말 적절한 칭호였습니다. 어떻게 봐도 드래곤을 형상화한 별자리가 꿈틀거리며 춤을 추고 있는 것 같았어요. 그리고 그건 진짜 드래곤이었습니다. 어둠 때문에 드래곤의 몸은 잘 보이지 않았지만 그 머리부터 꼬리까지, 그리고 거대한 날개 곳곳에 붙어 있는 보석과 보물들은 초현실적으로 번뜩이고 있었지요.

그 이름 자체가 일종의 관용어가 되고 있는 듯한 경향을 보이는 드래곤이 하나 있지요. 드래곤 레이디 아일페사스는 결코 그 드래곤에게 존경을 요구하지 않습니다. 그랬다간 지독한 모멸이나 받게 될 거라는 것을 잘 알기 때문이죠. 아일페사스는 현명하게도 그 드래곤을 완전히 무시했어요. 그 때문에 그 드래곤은 아일페사스를 좋아하는 편이었지요. 그 드래곤은 다른 드래곤과 달리 레어도 만들지 않기 때문에 '어느 곳의' 하는 식의 수식어는 쓸 수 없었어요. 언제나 방랑 중이었죠. 그렇다면 드래곤이 결코 포기할 수 없는 보물들은? 예. 직접 가지고 다녔어요. 거대한 지갑을 만드는 대신 마법적인 수단으로 몸 곳곳에 붙이고 다니죠. 그 무게만 해도 상당히 부담될 테지만 원래 힘이 엄청나게 좋았던지라 문제가 없는 것 같아요.

바로 그 드래곤이 솔베스로 날아오고 있었습니다. 이유야 뻔하죠. 다른 드래곤들이 모두 그곳에 접근하기 싫어해서일 겁니다. 어쩌면 시에프리너가 그 드래곤에게 절대로 솔베스에 오지 말라고 말했는지도 모르죠. 상사는 절망감 속에서 외쳤습니다.

"적습! 적습! 프로타이스! 춤추는 성좌 프로타이스다!"

드래곤의 레어는 드래곤의 보물 창고이자 요새이기도 합니다. 레어 없이 떠돌아다니는 드래곤 프로타이스에겐 적을 저지할 강력한 수단 하나가 없는 셈이지요. 그런 것이 문제가 되지 않는다는 것은 프로타이스가 어떤 드래곤인지 짐작하게 해줍니다. 친절하고 누구와도 잘 지내냐고요? 존경합니다. 그게 아니었어요. 프로타이스는 드래곤의 기준에서도 괴물이었습니다.

프로타이스는 반 시간만에 시에프리너 토벌군의 최선봉 여단 하나를 불멸의 존재로 격상시킴으로써 바이서스 인들을 경악하게 만들었습니다. 그렇게 어이없이 사라진 여단은 영원히 전사에 기록될 만하죠. 그 여단에도 고대 유물들이 많이 비치되어 있었지만 프로타이스에겐 문제가 되지 않았습니다. 프로타이스는 자신에게 보호 마법을 걸고는 빗발처럼 날아오는 총탄과 포탄에 정면으로 뛰어들었습니다. 그러고는 짓밟고 물어뜯고 집어던지는 등 완전히 비마법적인 수단만으로 여단을 초토화시켰어요. 전투가 시작될 때부터 끝날 때까지 지휘 비슷한 것도 할 수 없었던 여단장은 그를 전령으로 쓰겠다는 프로타이스의 결정 때문에 목숨을 건지게 되었습니다. 권총으로 자기 머리를 날려버리기 전 여단장은 프로타이스의 전언을 토벌군 사령부에 전했습니다. 그 전언은 사령부를 극심한 혼란에 빠트렸어요.

'자주 씻어. 양말과 신발은 항상 건조하게 유지해. 그리고 그림자 지우개를 내놔.'

토벌군 사령부는 많은 이들이 의심했던 것처럼 역시 프로타이스는 오래 전에 미친 것이 아닐까 생각했습니다. 한편 유명한 드래곤들이 도통 나타나지 않아서 '충격적 의문, 시에프리너는 정말 드래곤일까?' 같은 기사나 쓸 정도로 타락해 있던 기자들은 십 년 치 생일 선물을 한 번에 받은 듯한 느낌을 받았죠. 춤추는 성좌 프로타이스였어요. 그 유명한 드래곤이 시에프리너 토벌군 앞에 나타나 '일단 정지'라고 말한 거였지요. 기자들은 속옷도 제대로 챙기지 못한 채 전선으로 달려갔죠.

하지만 곧 그들은 골치 아픈 문제에 봉착했어요. 어떻게 하면 프로타이스를 인터뷰할 수 있을까요? 인터뷰 요청을 하면 절대로 안 받아줄 테죠. 논리적으로 볼 땐 인터뷰 요청을 하지 않는 것이 인터뷰를 성공시킬 적절한 방법일 거예요. 프로타이스니까요. 하지만 인간이 무시하고 있다는 것을 드래곤에게 어떻게 알리죠? 자승자박에 빠진 기자들은 군인들을 귀찮게 만들기 시작했습니다. 바이서스 군인들은 전우들의 시체에 남은 프로타이스의 이빨 자국을 촬영하고 싶다고 말하는 기자들을 잡아먹고 싶은 심정이 되었고, 그 덕분에 프로타이스의 전언 중 일부를 이해하게 되었죠.

"맛있는 상태를 유지하라는 거였어요. 좋은 고기를……"

예언자는 질린 목소리로 말했습니다. 왕비는 싸늘하게 그를 노려보다가 입을 열었죠.

"그림자 지우개가 뭐요?"

"시에프리너가 솔베스 개척지를 내버려둔 것도…… 그런 이유일지도 몰라요. 출산 후에 솔베스 사람들을 잡아먹으려고. 우리는 고기였군요. 고기들이 덤비면…… 정말 화가 나겠지요."

"그림자 지우개가 뭐요?"

"전하. 충격을 받지 않으셨습니까?"

"왜 내가 충격을 받아야 하오? 그럼 인간이 고기지 풀이오? 드래곤도 내겐 고기요! 그걸 몰랐소? 그리고 나는 그 노린내 나는 고기들이 무서워하는 것이, 온 세상에 눈을 풀어서 찾고 있는 것이 그림자 지우개라는 것을 눈치 챘소. 세 번째로 묻겠소. 그림자 지우개가 뭐요?"

예언자는 왕비를 직시했습니다. 한 때 살갗을 맞댔던 여자를 그런 식으로 볼 수 있는 남자는 거의 없을 거예요. 지독한 증오나 혐오의 눈으로 볼 수야 있을 테지만, 미련과 질투가 많은 남자는 예언자가 왕비를 보듯이 위화감 가득한 눈으로 사랑했던 여자를 볼 수는 없죠. 하지만 예언자는 그렇게 왕비를 보았습니다.

예언자는 아무 감정도 느낄 수 없는 어조로 말했습니다.

"왕자와 하루만 같이 있게 해주십시오."

왕비는 몸을 뒤로 약간 젖혔습니다. 예언자는 두 손바닥을 내보이며 말했어요

"지금껏 제…… 왕자를 십 분 이상 본 적이 없습니다. 제가 왕자를 처음 안아본 것은 떨어지는 그 분을 붙잡았을 때였습니다. 하루만 같이 있게 해주십시오. 그렇게 해주시면 그림자 지우개에

대해 제가 아는 것을 전부 말씀드리겠습니다."

왕비의 얼굴에 미소 비슷한 것이 떠올랐습니다. 다른 미소들은 근연 관계를 부정할 테지만.

"한 시간."

"전하."

"말도 안 되는 소리 마시오. 아직 강보에 싸여 있는 아기를 하루 종일 타인에게 맡기는 짓은 속가에서도 하지 않는 짓이오. 하물며 그 아기는 바이서스의 왕자요. 한 시간."

"……그림자 지우개에 대해 말씀드리겠습니다."

예언자의 비통한 얼굴에 아주 살짝 승리감이 비쳤어요.

"제가 말씀드릴 수 있는 것은, 말씀드릴 것이 없다는 것입니다. 그림자 지우개에 대해서는 예언할 수가 없습니다. 보이지가 않습니다. 마치 그런 것이 세상에 없는 것처럼."

"그럴 리가 없소! 드래곤들이 겁을 집어먹고 있소. 있지도 않은 것을 두려워한다고? 드래곤이? 말도 안 되는 소리요. 다시 보시오, 똑똑히 보시오!"

"말씀하시는 뜻은 알겠습니다만 보이지 않는 걸 보인다고 말할 수는 없습니다. 그리고 저는 왕비 전하께서 지금 속단하시는 것과 달리 그 사실이 중요하다고 생각합니다. 만약 그 그림자 지우개라는 것이 실존하는 것이라면 그것은 예언과 무관하게 존재하는 것이 가능할 테니까요."

"그게 무슨 소리요?"

"왕비님께 어쩌면 희소식이 될 수도 있다는 말이지요. 그게 무슨 말이냐 하면, 만약 예언된 미래를 바꾸는 기적이 가능하다면 그건 그 그림자 지우개라는 것과 관련이 있을지도 모른다는 말입니다."

왕비의 눈에서 불꽃이 튀었습니다.

56

시에프리너는 대가도 바라지 않은 채 자신의 영토를 혈혈단신으로 지켜주고 있는 용감한 프로타이스에게 찬사와 경애를 보냈을까요? 시에프리너는 그렇게 어리석진 않았습니다. 아는 이는 많지 않지만 시에프리너는 '왜 부르지도 않았는데 남의 땅에 와서 분탕질이야. 내가 몸만 가벼웠어도……'라는 몰지각한 반응을 보였지요. 의도된 행위였겠지요. 프로타이스는 은혜도 모른다고 바락바락 화를 냈고, 그리고 계속 솔베스를 누비며 바이서스 육군을 도륙했습니다. 그건 정말 찬사와 경애를 받을 만한 장대한 분탕질이었어요. 급히 진지와 참호를 파야 했던 바이서스의 군인들은 그런 걸 보내기 어려웠지만.

진지는 미약하나마 하늘을 제압한 가공할 적에 대한 방어 수단이 되었지요. 하지만 다른 심각한 문제가 발생했습니다. 프로타이스가 조심하라고 경고했던 참호열이나 참호족을 말하는 것이 아니에요. 시에프리너의 충성스러운 코볼드들이 양손에 대검과 수류탄을 들고 진지 속에 나타난 겁니다.

바이서스의 교리는 종심 타격에서 종심 방어로 바뀌었다고 할 수 있겠죠. 그런데 그건 코볼드들에게 보내는 정중한 초대장이나 다름없죠. 쥐도새도 모르게 머리가 달아난 경계병의 시체나 바지 내리고 힘 주는데 폭발하는 화장실 같은 건 결코 즐거운 병영생활 요소라고 할 수 없었어요. 장교들은 후송이나 제대를 노리고 자해를 시도하는 병사들을 감시하느라 잠도 제대로 못 잘 지경이었습니다. 시에프리너 토벌군은 와해 직전의 상태가 되었어요.

하지만 토벌군은 완전히 무너지진 않았습니다. 평소에 행한 부단한 훈련의 성과라는 논리는 장군들이나 좋아하는 거죠. 그들이 군대다운 모습을 그나마 유지할 수 있었던 첫째 이유는 역설적이게도 토벌군이 프로타이스와 붙었다 하면 박살났다는 점에 있었어요.

공격 잘 하는 사병은 있을 수 있지만 후퇴 잘 하는 사병은 없지요. 후퇴는 가장 어려운 전쟁 기술이며 군대의 온갖 기준들 중 가장 확실하게 장교감과 사병감을 구분할 수 있는 기준입니다. 다른 드래곤들이 괴물이라 부르는 드래곤이 날아다니고 코볼드들이 사방에서 불쑥불쑥 솟아나는 솔베스에서 병사들은 안전한 후퇴 가능성을 약간이나마 제공하는 장교들에게 신앙심에 가까운 충성심을 보냈지요. 그 증거로 토벌군에서는 온갖 군대 범죄가 다 일어났지만 프래깅은 찾아보기 힘들었어요. 존경하는 상관에게 점화끈 당긴 수류탄을 증정하는 군대의 아름다운 전통 말이에요.

둘째 이유는 프로타이스가 프로타이스라는 점이었지요. 아일페사스는 언젠가 프로타이스를 둘로 나누면 드래곤과 반항이 된다고 한 적이 있습니다. 프로타이스의 드래곤 부분은 보급로를 차단해야 한다는 생각 같은 건 별로 하지 못했지요. 눈에 들어왔다는 이유로 마차 행렬이나 임시 철로 부설 현장을 몇 번 급습하긴 했죠. 하지만 수송 병력의 화력이 전투 병력의 그것보다 부실하다는 것을 알게 되자 프로타이스의 반항 부분이 눈을 떴죠. 그는 공격하고 싶은 열의를 잃었어요. 그 때문에 토벌군은, 비록 비참하기 짝이 없는 상황이었지만 보급만은 그럭저럭 받게 되었습니다. 군대에 있어 원활한 보급은 총이나 탄약, 그리고 일부 지휘관보다 더 중요한 요소지요.

그리고 토벌군이 유지되는 마지막 이유는 최고, 최악의 암살자인 희망이었어요. 불가능한 목표에 집착하게 만들고, 위험한 모험에 뛰어들게 만들고, 싫다고 분명히 말하는 이성에게 계속 추파를 보내게 만드는 그 희망 말이에요. 그 희망이 바이서스를 점찍었죠.

"프로타이스가 말한 그림자 지우개를 손에 넣어야 해! 그게 뭔지 모른다는 사실은 중요하지 않아!"

무슨 희극 대사 같지만 정말 비장한 외침이었어요. 드래곤 레이디는 프로타이스를 어떻게 평가해야 할지 알 수 없었지요. 아일페사스에게 프로타이스는 평소 워낙 적극적으로 무시하다 보니 정말로 깜빡 잊곤 하는 존재였지요. 그 존재를 잊어버렸다는 것이 아니라 고려해야 하는 요소로 떠올리지 못한다는 말이에요. 따라서 프로타이스의 등장은 시에프리너를 도울 방법을 애타게 찾던 아일페사스에겐 깜짝 선물이나 다름없었습니다. 아일페사스는 프로타이스를 '위험에 빠진 숙녀를 돕기 위해 나타난 편력 기사'로 칭송할 수도 있었어요. 그 반골 드래곤이 그림자 지우개를 언급하지만 않았다면 말입니다. 아무리 다른 드래곤들이 입 밖에도 내지 않는다고 해서 그걸 대뜸 말하다니, 아일페사스는 믿을 수가 없었죠. 아일페사스가 풀어놓은 '눈'들은 더욱 그악스러워졌어요.

바이서스의 궁성 후원에서, 예언자는 그 모든 사실을 천리안으로 내다보면서 모두 무시했습니다. 그를 비난하긴 어려울 거예요. 자기 아들을 태어난 후 처음으로 마음 편하게 볼 수 있게 된다면 누구라도 세상 돌아가는 일 같은 건 안중에도 없지 않겠어요?

57

왕비는 선심을 쓰는 기분으로 듣지도, 말하지도 못하는 특별한 시녀를 구한 다음 그녀에게 왕자를 태운 유모차를 맡겨 예언자에게 보냈어요. 병사들도 함께 왔지만 그들은 왕자와 예언자가 둘만 있는 듯한 기분을 느낄 수 있을 만큼 충분한 거리를 두고 떨어져 있으라는 명령을 받았지요. 그 때문에 병사들은 긴장하고 있었습니다. 그들이 저격수급의 명사수들이긴 하지만 왕자를 고려한다면 만약의 사태가 벌어진다 해도 함부로 총을 쏘긴 좀 그렇죠.

예언자는 병사들을 더 긴장시키지 않기 위해 바닥에 앉기로 했습니다. 시녀는 그가 행동하는 것을 보다가 유모차에서 왕자를 들어올린 다음 역시 풀밭에 앉았어요.

데밀레노스의 후원으로 불리는 그곳은 궁성에서도 손꼽힐 만큼 아름다운 곳이었습니다. 바이서스의 긴 역사 동안 궁성 임펠리아도 수많은 개, 증축을 겪었지만 그 후원에는 변화가 거의 가해지지 않았지요. 그곳을 밀어버리고 유리 식물원이나 테니스 코트 같은 보다 현대적인 시설을 만들고 싶어했던 왕이나 왕비가 없었던 것은 아니에요. 하지만 외국인들에게 인기가 많았던 고대의 데밀레노스 공주처럼 그 후원 역시 외국의 영빈들이 방문하고 싶어하는 명소였기 때문에 함부로 철거할 수 없었죠. 그리고 자칭 진보주의자인 왕들과 왕비들도 그 후원에서 오후 한 나절 정도를 보내다보면 언제나 그 아름다움에 굴복하고 말았죠. 내키지 않았지만 예언자는 마음속으로 왕비에게 약간의 감사를 보냈어요. 한 시간 동안 데밀레노스의 후원을 소유할 수 있다는 것은 많은 이들에게 평생의 추억이 될 만한 특권이었습니다.

예언자는 시녀의 무릎에 누운 왕자를 보았어요.

시녀는 듣지 못해 그런지 권위에 대한 두려움도 그리 익히지 못한 것처럼 보였습니다. 그녀는 꽤 허물없는 태도로 입술을 삐죽거리거나 손바닥으로 얼굴을 가렸다 뗐다 하면서 왕자를 즐겁게 하고 있었지요. 그녀가 바바, 아아 같은 소리를 낼 때마다 왕자는 빙그레 웃었습니다.

예언자가 십 분 이상 왕자를 본 적이 없다고 한 것은 엄밀하게 말해서 사실이 아닙니다. 예언자는 틈만 나면 천리안으로 왕자를 보았으니까요. 그래서 그는 왕자의 희미한 눈썹과 통통한 볼, 경이적일 정도로 조그마한 코와 그 아래 투명한 입술에 대해 잘 알고 있었지요. 당연히 그가 왕비에게 요구한 것은 시각적 접촉이 아니었습니다. 그보다는 함께 보낼 수 있는 시간이라고 해야겠지요. 그리고 예언자는 지금 그런 시간을 보내고 있었습니다.

예언자는 자신에게도 이 장면이 죽을 때까지 잊지 못할 장면이 될 것이라는 것을 깨달았어요.

오후 한참 무렵이었지만 아침에 처음 색을 얻었을 때처럼 산뜻한 빛으로 반짝이는 꽃잎. 누군가의 꿈에서 흘러나오는 듯한 바람. 세계는 고요히 잠든 아기 같았습니다. 그리고 시녀의 무릎에 누운 아기는 미소 짓는 세계였지요. 예언자는 졸음을 느꼈습니다. 그 표면에서 유유히 뱃놀이를 할 수 있을 듯한 잔잔한 졸음이었지요.

"왕자님. 생물이 고기가 되는 방법을 아세요?"

시녀도 왕자도 반응을 보이지 않았습니다. 예언자는 잠꼬대처럼 말했습니다.

"죽으면 고기가 되죠."

시녀가 어이없다는 표정을 지었습니다. 예언자는 놀라지 않았죠.

"내 말이 맞잖아. 왕지네."

"죽으면 고기가 된다니. 그런 예언이라면 나도 하겠네."

왕자를 내려다보던 왕지네가 고개도 들지 않고 속삭였어요.

"시에프리너가 당신을 가둔 거였네. 난 당신이 여기 나타나는 바람에 당신을 가둔 게 왕비인 줄 알았지. 그러면 당신 정말 임신한 드래곤을 본 거야? 그냥 드래곤도 아니고 임신한 드래곤을?"

"역사상 두 번째 목격자라던데."

"두 번째? 대단하네. 그러면 시에프리너는 곧 알을 낳을 거지? 하지만 그 다음에도 알을 품느라 여전히 꼼짝 못할 테고. 그래서 3년쯤 필요했구나. 하지만 지금 프로타이스가 잘 막아주고 있잖아. 왜 그렇게 겁을 먹었던 거지?"

"그야 프로타이스가 도와주러 올 줄 몰랐을 테니까."

"응? 당연히 오는 거잖아. 애 아빠니까."

"뭐? 아, 그렇게 보일 수도 있겠네. 하지만 프로타이스는 시에프리너나 그녀의 자식과 아무 관련이 없어. 프로타이스는 그냥, 프로타이스 같은 짓을 하고 있는 거지. 애 아빠는 지금 자고 있을걸.”

"자고 있어? 수면기?”

"응. 알이 부화할 때까진 아빠는 할 일도 없잖아. 그래서 잠깐 자두는 거야. 그럼 자식을 키우는 동안 깨어 있을 수 있으니까. 아빠가 깨어나면 시에프리너는 그에게 태어난 자식을 넘긴 다음 지친 몸을 추스르기 위해 수면기에 들어갈 테고.”

"드래곤은 엄마가 낳고 아빠가 기르는구나. 아, 시에프리너가 자기 아빠인 지골레이드와 성격이 비슷하다는 이야기 들었어. 아빠가 키워서 그렇구나. 나는 딸이라서 아빠 닮은 건 줄 알았는데.”

"그런 셈이지. 그나저나 당신은? 어떻게 궁성에 들어온 거야. 신분 조사가 엄격했을 텐데.”

"그렇게 말하니 대단한 일 같다. 별 것 아니었어. 보통 시녀이고 평상시라면 어려웠겠지만. 궁성 사람들이 귀머거리 처녀를 찾기는 찾았는데, 처녀 부모들이 덜컥 겁을 먹었지. 보통 집 식모로도 일하기 좀 힘든 애를 데려다 궁성에서 일 시키겠다니 말이 좋은 정도가 아니라 어이가 없을 정도잖아. 그래서 뭐가 수상하다고 생각한 거지. 자세히 말은 안 했지만 딸이 전쟁터에 끌려가서 군인들 장난감이 되거나 프로타이스에게 바치는 협상 선물이 될지도 모른다고 걱정한 것 같아. 그래서 내가 그 애 부모에게 돈 얼마 쥐어주고 바꿔치기 한 거야. 궁성 사람들은 시에프리너 토벌 전쟁 때문에 정신이 없어서 바꿔치기 된 지도 몰랐고.”

"뭐 하러 온 건데?”

"들어와서 당신 찾아볼까 했지. 그런데 갑자기 여자들이 달려들어서 옷을 벗기는 바람에 깜짝 놀랐어. 듣지 못한다고 생각해서 설명도 안 해주더라고. 그 부모들 걱정이 맞았나 하는 생각까지 하고 있는데 다시 옷을 입히더니 아기를 떡 맡기더라고. 알고 보니 위험한 물건을 가지고 있지 않나 검사한 거였어. 왕자라는 걸 알고는 기겁해서 말을 할 뻔했는데, 그 다음엔 이렇게 당신한테 데려오는 것 아니겠어? 내가 이렇게 운이 좋다니. 가까운 신전에 헌금 좀 해야겠어. 왜 예언하기로 한 거야?"

왕지네는 진지한 이야기로 넘어가도 될 만큼 충분히 잡담을 했다고 생각한 것 같았습니다. 예언자는 좀 더 미루고 싶었지만 동의할 수밖에 없었죠.

"미안해."

"손으로 받는 말 말고 귀로 듣는 말 해줘."

예언자는 입을 다물었습니다. 대답을 거부하는 것이 아니라 말을 하려고 애쓰는 것처럼 보였기에 왕지네는 가만히 기다렸지요. 예언자가 어렵게 말문을 열었습니다.

"나, 조금 전에 기묘한 생각을 했어. 이렇게 앉아 있으니 야유회 나온 가족 같다고."

왕지네는 미소를 지었습니다.

"묘하네. 나도 그런 생각 했는데. 하긴 사정 모르면 누가 봐도 그렇게 생각하지 않겠어? 아빠랑 엄마랑 아기라고 말이야. 사실과는 다르지만."

"그 생각은 3분의 2 정도는 사실이야."

"응?"

"여기엔 가족 관계인 사람이 둘 있거든."

왕지네는 어리둥절하여 예언자를 쳐다보았습니다. 그러다가 왕지네는 갑자기 경련했지요. 그녀는 도저히 믿을 수 없다는 얼굴로 아기를 내려다보았습니다.

"당신…… 아들…… 어떻게? 왕비의 아들이……"

"왕비와 그 애의 관계는 온전한 사실이야."

왕지네는 듣지 못하는 사람처럼 보였어요.

59

"왕비는 이루릴에 대항하는 것은 유익할 것이 없다고 판단했고, 예언자를 가질 수 없다면 예언자의 짝퉁을 가지겠다고 결정했고, 그래서 예언자를 놓아준 다음 정체를 감추고 그 뒤를 따라가서, 미래를 볼 줄 안다고 으스댄 주제에 바로 앞은 볼 줄 모르는 멍청이를 유혹하여, 전통적인 방법에 따라 짝퉁 제작을 시도하여 성공했지."

"그렇게 말하지 마."

"하지만 그 과정에서 왕비는 이루릴의 목적이 전쟁 억제가 아니라는 의혹을 느꼈지. 단순히 전쟁을 막는 거라면 3년이라는 특정한 기한 동안 감금한다는 것은 이상하니까. 그래서 왕비는 1년을 기다린 다음 다시 예언자를 불러온 거야. 방금 생산된 따끈따끈한 짝퉁을 이용해서."

"말하지 마."

"그래서 나는 예언을 했어. 세상에서 가장 확실하게 한 인간을 망가뜨릴 수 있는 인물은 그 어머니일 텐데, 내 아들이 바로 그런 사람에게 붙잡혀 있거든."

왕지네는 고개를 깊이 숙이고 손가락을 깨물었습니다. 그 모습을 보던 예언자는 자리에서 일어나 꽃을 감상하는 척하며 왔다 갔다 했습니다.

"미안해."

왕지네는 대답하지 않았지요. 이제는 그 아름다움을 느끼기도 힘든 데밀레노스의 후원을 둘러보며 예언자는 목구멍을 툭툭 치받는 것을 억누르려 계속 생침을 삼켰습니다. 숨쉬기도 힘들었지요.

"이건 신세 한탄이 아니야. 나를 동정해 달라고 징징거리는 어린애 짓이 아니야. 당신은 설명을 들을 권리가 있다고 생각하기 때문에 말한 거야. 당신은 예언이 폭력이라는 내 말을 믿어줬어. 그래서 난 당신에게 왜 예언을 했는지 설명해야 해. 내 믿음에 대한 당신의 믿음을 지켜주지 못해서 미안해."

왕지네는 잇자국이 난 손으로 왕자의 조그맣고 통통한 손가락을 어루만졌습니다. 그녀가 가라앉은 목소리로 말했어요.

"시에프리너가 없어지면 다 괜찮아질 거라 생각했어."

예언자는 꽃을 들여다볼 뿐 왕지네를 돌아보진 않았습니다. 멀리서 보고 있을 병사들에게 그들이 대화를 나누고 있는 것처럼 보일 위험을 피하고 싶었지요.

"추락하지 않는 드래곤에겐 아무 유감 없어. 하지만 그 아들이 바이서스를 파괴한다고 했잖아. 시에프리너가 없어지면 바이서스도 안전해지고 당신도 예언을……"

예언자는 울컥했습니다.

"그러면 시에프리너는 도대체 왜 죽는 거지?"

"응?"

"원래부터 나는 시에프리너의 아들이라고 말했어. 시에프리너가 아니라. 자신이 저지르지도 않을 일 때문에 죽는다면 시에프리너의 살해는 애초부터 그 정당성을 찾기가 거의 힘들어져. 파멸을 일으킬 자의 어머니라는 이유로? 어차피 모든 사형수는 어떤 여자의 자식이야."

"하지만……"

"하지만, 그래. 하지만 그것만이라면 최소한 자기변명은 해볼 여지가 있지. 하지만 시에프리너 살해에 성공하는 방식으로 내가 틀린 예언자가 된다면? 그렇다면 시에프리너는 도대체 왜 죽어야 하는 거지? 내가 한 예언은 틀렸는데?"

왕지네는 예언자의 등을 물끄러미 보다가 탁한 목소리로 말했습니다.

"틀린 것이 아냐. 안 한 거지."

"뭐?"

"또 나를 바보로 생각했구나? 그 버릇 고쳐. 아무것도 모르는 바보는 당신이라고 몇 번이나 말했잖아. 내가 시에프리너를 없애면 당신 예언이 틀리게 되는 것이 아니야. 예언을 안 한 것이 되는 거지."

예언자는 움찔했습니다. 그는 몸을 돌려 아기를 보는 척하면서 왕지네에게 속삭였어요.

"당신이 시에프리너를 없앤다고? 어떻게?"

"시에프리너의 그림자를 지워서."

60

 예언자는 왕지네에게 가까이 다가갔습니다. 그러곤 바닥에 엎드려서 두 손으로 턱을 받쳤죠. 그 한가로운 모습은 먼 곳에서 감시하는 병사들을 안심시키는 효과가 있었습니다. 하지만 그들이 가까이 다가와 예언자의 얼굴 표정을 자세히 봤다면 당장 총을 겨눴겠죠.

 예언자는 잔뜩 굳은 얼굴로 왕지네를 올려다보았습니다.

 "무슨 말이야? 그림자를 지워? 혹시 그림자 지우개를 말하는 거야?"

 왕지네는 대답 대신 커다란 숨소리만 냈습니다. 그녀는 괴로운 표정으로 아기를 보았어요. 이윽고 그녀가 말했습니다.

 "그래. 눈 색깔이 당신하고 같네. 어쩌면 보는 법도 비슷할지 모르겠어."

 "왕지네."

 "훌륭해."

 "뭐가?"

 "아들을 위해서 자신이 가장 싫어하던 일을 한 거잖아. 그게 아버지라는 거지. 갑자기 이런 칭찬 하려니 좀 쑥스럽지만 그래도 말해야겠어. 참 멋져."

 왕지네가 진심으로 하는 말이라는 것을 알 수 있었지만 예언자는 뿌듯함이나 자랑스러움과는 다른 감정으로 얼굴을 붉혔습니다. 왕지네는 지친 표정으로 하늘을 응시했어요.

 "응. 난 구층탑에 들어가 아프나이델이 만든 그림자 지우개를 훔쳤어. 그걸 쓰면 뭐든 없앨 수 있어."

"구층탑이라니…… 없앤다고? 무기야?"

"무기? 아, 그래. 궁극의 무기지. 상대가 시간에 드리웠던 그림자까지 싹 지워버리니까."

"그게 무슨 말이지?"

"그건 정말 간단해. 그림자 지우개는 쉽게 말해서 덮개 달린 초야. 내가 시에프리너 앞에 가서 그림자 지우개를 내민 다음, 머릿속으로 목표는 시에프리너라고 생각하면서 그 덮개를 열면, 그러면 안의 초가 저절로 불이 붙어서 시에프리너에게 빛을 비추게 되지. 그 빛이 닿으면 시에프리너는 휙 사라질 거야. 그림자가 빛을 받으면 없어지는 것처럼."

"사라……져?"

"응. 완전히 사라져. 그런데 그림자가 사라진 자리에 무슨 자국 남는 것 봤어? 본 적 없지? 마찬가지야. 그렇게 사라지면 아무 흔적이 남지 않아. 원래부터 없었던 것이 되는 거야. 그런데 원래부터 없었던 것에 대해 예언을 할 수 있겠어? 불가능하지. 그래서 당신은 예언을 안 한 것이 돼."

왕지네의 말에 대해 한참 생각해 본 예언자는 믿을 수 없다는 투로 말했어요.

"존재를 지운다고? 그 역사까지?"

"정말 대단한 무기지. 살인자가 직면하는 문제가 뭐겠어? 어, 나 또 말투 이상해지는 것 같네. 음. 어쨌든 문제가 뭐겠어? 보복이지. 죽은 사람 가족이나 친구들의 복수만이 보복은 아니야. 법에 의한 처벌도 어떻게 보면 사회 구성원의 상실에 대한 사회의 보복이라 할 수 있지. 법질서라는 건 결국 '사회는 오크 저리 가라 할 정도로 복수심이 강하니 사회한테 찍히지 말고 얌전히 삽시다.'잖아. 하지만 그런 문제는 그림자 지우개 앞에서는 영영 안녕이지. 원래부터 없었던 사람을 죽이는 것이 어떻게 살인이야? 복수 같은 건 절대로 없어. 처벌도 없어. 최고의 무기잖아?"

예언자는 기가 막혔습니다. 성급한 감상이었죠. 왕지네가 말했어요.

"그런데 그것만이 아냐. 더 기막힌 점이 있어. 죄의식도 없다는 거야."

"뭐? 그 말은……"

"그래. 다른 사람들이 사라진 사람을 잊는 것처럼 그림자 지우개의 사용자도 잊어. 왜냐하면 그런 사람은 애초에 없었으니까. 따라서 사용자는 자신이 지웠다는 것을 몰라. 아니, 모르는 것이 아니지. 정확하게 말해서 그런 일은 원래 일어나지 않은 것이지. 일어나지 않은 일에 대해 무슨 죄의식을 느끼겠어? 그런 무서운 무기이다 보니 아프나이델은 그걸 부수기로 한 거지. 구층탑 안에 천 년 동안 봉인해서 저절로 부서지게 하는 것이 아프나이델의 계획이었어."

"천 년? 잠깐만. 그럼 당신은 아프나이델이 천 년 동안 아무도 들어가지 못할 거라 확신했던 탑에 들어간 거야?"

왕지네는 싱긋 웃었습니다. 예언자는 언젠가 그녀가 시에프리너의 레어를 털려 했던 것을 떠올리곤 그건 과대망상이 아니었나 보다고 생각했죠. 그때 왕지네가 뭔가를 암시하듯 말했어요.

"그러니까 난 나 자신에게조차 들키지 않고 그녀를 지울 수 있어."

"시에프리너?"

"멍청한 척이 서툴다. 알아들었구나?"

예언자는 두 팔을 겹치고 그 위에 얼굴을 묻었습니다.

"왕비를 지우겠다고?"

"그럴 수 있다고."

예언자는 팔뚝에 이마를 세게 문질렀습니다. 그러곤 꼼짝도 하지 않았어요. 왕지네는 엎드린 채 잠든 것처럼 보이는 예언자의 뒤통수를 가만히 내려다보았습니다.

그때 예언자의 손이 움직였습니다. 그 손은 뱀처럼 풀잎 사이를 움직였지요. 다른 쪽 팔과 머리도 그 손의 움직임을 감춰주었습니다. 그러니까, 병사들의 눈으로부터 말이에요. 예언자의 손을 보던 왕지네의 호흡이 불규칙하게 바뀌었습니다. 그리고 그 손끝이 그녀의 발목에 닿았을 땐 호흡을 잠깐 멈췄어요.

잠시 후 왕지네는 멈췄던 숨을 조용히 내쉬며 속삭였습니다.

"이런. 알아들었구나."

61

예언자는 바닥에 얼굴을 묻은 채 말했습니다.

"정말 미안해."

"괜찮아."

"왕비는 지우지 마. 도로 갖다놔."

"흥. 지워도 모를걸. 그런 여자는 원래 없었던 것이 될 테니까. 당신도 모르고 나도 몰라."

예언자는 큰 병에 오랫동안 시달린 사람처럼 느릿느릿 일어나 앉았습니다. 그리고 왕지네를 똑바로 쳐다보았지요. 비밀스럽게 뻗은 손끝이 잠깐 닿았을 뿐, 이젠 그녀를 만질 수 없었습니다.

망막은 배반의 살갗이지요. 시각은 가장 확실하게 상대의 존재를 알려주지만 상대에 대한 갈증은 더 커지게 만듭니다. 예언자는 정말이지 왕지네의 어깨를 붙잡고 싶었어요.
　예언자의 눈을 마주보던 왕지네가 말했습니다.
　"도로 갖다놓을게."
　"미안해."
　왕지네는 대답하려다가 옆을 흘끔 처다보았습니다. 그러곤 고개를 약간 떨구었습니다.
　"시간 됐나 보네."
　병사들이 다가오고 있었습니다. 예언자는 다급히 할말을 생각했어요. 하지만 마음만 급할 뿐 무슨 말을 해야 할지 알 수 없었지요. 결국 여러 번 했던 말을 다시 되풀이할 수밖에 없었습니다.
　"힘들게 해서 정말 미안해."
　왕지네는 고개를 숙인 채 빙긋 웃었어요.
　"바아, 바."
　병사들은 위엄 있는 태도로 예언자와 왕지네 사이를 갈라놓았습니다. 그러고는 왕지네가 유모차에 왕자를 눕히는 동안 예언자는 일부 병사들에게 이끌려 사라졌습니다.
　자신의 곁에 남은 병사들과 함께 걸으며 왕지네는 유모차 안의 아기를 내려다보았지요. 그 아이가 예언자의 아들이라는 사실이 왕지네에겐 새삼스럽게 신기하게 느껴졌습니다. 왕지네는 아기를 향해 미소를 지으며 실없는 농담을 떠올렸어요.
　'네 아빠는 엄마가 쥐도새도 모르게 사라지는 것이 싫은가봐. 다른 많은 남편들과 달리.'
　아기는 왕지네를 따라 웃었습니다. 왕지네는 아기가 붙임성 있는 사람으로 자라날지도 모른다는, 그리 근거가 뚜렷하지는 않은 생각을 해보았습니다. 아기의 미래에 대해 생각하던 왕지네는 갑자기 눈물을 왈칵 쏟을 것 같은 기분을 느꼈죠.

'네 엄마는 아빠를 닮은 자식을 낳고 싶어 했단다. 다른 많은 아내들과 같이. 안됐지만 너는 그 사실을 가지고 네가 사랑의 결실이라고 말할 순 없겠지. 미안해, 아가야. 미안해. 하지만 그 때문에 절대로 기죽진 마. 조심성 부족으로 태어났든, 불륜이나 강간의 결과로 태어났든, 아니면 너 같이 좀 특별한 경우든 상관없어. 죽을 때까지 살기도 바쁜데 태어나기도 전의 일을 왜 신경 쓰니? 태어났으면 신나게 살다가 미련 없이 가면 되는 거야. 내가 도와줄게. 벽타기꾼이 왕자님한테 해줄 수 있는 건 별로 없을 테니 뭘 많이 요구하진 않겠지? 혹시라도 누가 네 혈통을 가지고 문제 삼아서 너를 왕자님 자리에서 쫓아내면, 쳇. 내가 벽타는 법이라도 가르쳐줄게. 그러니 신나게 살다가 미련 없이 가자. 앞만 보고……'

왕지네는 걸음을 멈췄습니다.

병사들이 의아하게 쳐다보자 왕지네는 황급히 유모차의 손잡이를 고쳐 잡는 시늉을 해서 그들을 안심시켰습니다. 다시 걸음을 뗄 때는 그녀는 자연스러웠어요. 하지만 그녀의 머릿속엔 태풍급은 아니라도 뇌우급은 되는 혼란이 벌어지고 있었죠. 폭우에 흠뻑 젖은 왕지네의 정신이 파르르 떨렸습니다.

'미안, 미안해. 내가 나이 먹었나 보네. 드래곤에게 불 피우는 재주를 자랑하다니. 너는 과거에 신경 안 쓸 거지? 너희 엄마처럼, 다른 사람들처럼. 그리고…… 네 미래를 생각하고 있는 나처럼 너도 미래만 생각할 거지? 네 아빠가 미래를 볼 줄 안다는 이

유로 저 지경이 된 걸 봤으면서. 바보 같이.'

조금 후 왕지네도 미래에 대해 적극적으로 생각하게 되었습니다.

병사들이 그녀를 데려가는 방향이 좀 이상했습니다. 그녀가 떠나왔던 시녀들의 거처 방향이 아니었지요. 하지만 말을 못 하는 것으로 되어 있으니 왕지네는 병사들에게 물어볼 수도 없었죠. 왕지네는 입을 다문 채 주위를 두리번거렸습니다. 그녀는 주변 분위기가 점점 화려해진다는 것을 알 수 있었어요. 복도 옆의 벽에 금박 장식이 있는 것을 본 왕지네는 깜짝 놀랐습니다. 아무리 궁성이라 해도 그런 장식이 사용될 수 있는 곳은 제한적이겠지요.

병사들은 어떤 문 앞에서 걸음을 멈췄습니다. 그곳엔 시녀 한 명이 기다리고 있었죠. 유모차를 본 시녀는 문을 열더니 왕지네에게 들어가라는 손짓을 해보였습니다. 별 도리가 없었기에 왕지네는 방 안으로 들어갔습니다.

방 안에는 바이서스의 왕비가 있었습니다.

62

왕지네는 얼어붙었습니다.

창가의 의자에 반쯤 눕듯이 앉아 있는 여자가 바이서스의 왕비라는 건 설명을 듣지 않아도 알 수 있는 일이었습니다. 왕지네는 예언자를 탈출시킬 때 별장에서 왕비의 초상화도 봤고 베란다에 나타난 모습이나 무개차량을 타고 바이서스 임펠을 지나가는 왕비도 먼발치에서 보았죠. 왕비가 왜 그녀를 불러들였을까요? 혹시 정체를 들킨 걸까요?

그때 왕비가 그녀를 돌아보았어요. 잠시 왕지네를 위아래로 훑어보던 그녀는 입을 다문 채 손짓을 했어요. '이리 와.'

왕지네는 조금 안심했습니다. 왕비는 그녀를 귀머거리로 알고 있었어요. 왕지네는 유모차를 밀며 조심스럽게 다가갔습니다. 의자 옆에 선 왕지네는 바이서스의 왕비와 이렇게 가까운 거리에 있다는 사실을 되새겨보았어요.

묘하게도 혐오감이나 분노가 느껴지진 않았어요. 어떤 위명이나 악명의 주인공들도 실제로 모습을 드러낸 후에는 신화적인 위치에서 현실적인 위치로 추락하는 것을 감수해야 하죠. 왕지네는 못 믿겠다는 느낌 속에 왕비를 보았습니다. 주위에 검푸른 기운이 떠다니지도 않았고 때때로 눈동자가 가늘어질 것 같지도 않았습니다. 눈앞에 있는 건 극히 정상적인 인간 여자였지요.

그때 왕비는 갑자기 괴상한 짓을 했습니다. 아니, 그리 괴상한 짓은 아니죠. 여러분들도 매일 하는 일이고 꽤 자연스러운 일입니다. 하지만 긴장한 왕지네에겐 어이없는 일처럼 여겨졌습니다. 왕비는 자신의 윗옷 단추를 풀었어요.

왕지네의 당혹감은 드러난 왕비의 가슴을 보았을 때 겨우 해소되었습니다. 왕지네는 자기 모습이 우스꽝스러워서 웃음을 터뜨릴 뻔했죠. 예. 왕비는 수유를 준비하고 있었어요. 젖먹일 시간이 되었기 때문에 왕자를 바로 자신에게 데려오라는 명령을 내린 거였지요. 왕비는 왕자를 받기 좋도록 앉음새를 고치고 상체를 세웠습니다. 그러곤 왼손을 흥미 없다는 듯이 내밀었습니다. 명령은 없었지만 귀머거리라도 이해할 모습이었기에 왕지네는 주저 없이 유모차에서 아기를 들어올려 왕비에게 건넸습니다.

아니. 건네려 했죠. 하지만 그러지 못했습니다.

허리를 숙인 그녀의 관자놀이에 리볼버 총구가 와 닿았거든요.
왕지네는 입 안이 바싹 마르는 것을 느꼈습니다. 하지만 혀도 마음대로 움직일 수 없어서 입술을 축일 순 없었어요. 왕비는 총구를 그녀의 머리에 밀착시킨 채 속삭였지요.
"왕자를 천천히 내 무릎에 내려놓으시오."
왕지네는 조심스러운 동작으로 그 말을 따랐습니다. 왼손으로 왕자를 붙잡은 왕비가 말했어요.
"저기 있는 의자를 가져와 내 앞에 앉으시오."
왕지네는 그 말을 무시하고 도망치는 것에 대해 생각해 보았습니다. 하지만 왕비의 총이 신경 쓰였죠. 그건 숙녀용의 조그마한 권총이 아니라 장교들의 허리에 매달리는 제대로 된 리볼버였어요. 겉멋을 부리느라 그런 총을 가지고 있을 수도 있겠지만, 한 나라에서 가장 높은 여자에게 겉멋이 필요할까요? 그럴 수도 있겠지요. 하지만 왕비가 총을 제대로 다루는 명사수일 수도 있겠지요. 그리고 방이라는 제한된 공간에서 명사수를 상대로 술래잡기를 한다는 건 위험천만한 짓이죠.
왕지네는 얌전히 왕비가 가리킨 의자를 가져와 왕비 앞에 마주 앉았습니다. 그러고는 상의를 풀어헤쳐 가슴을 드러낸 채 한 손엔 아기를, 다른 손엔 대형 리볼버를 든 왕비를 마주보았습니다. 젖가슴의 감촉을 느낀 왕자가 꿈틀거리자 왕비는 왕지네에게 눈을 고정한 채 왕자에게 젖을 물렸습니다. 몇 번의 실패 끝에 왕자가 젖꼭지를 찾아 물자 왕지네는 자신도 모르게 안도했습니다.
왕비가 말했어요.
"당신 그 남자와 무슨 관계요?"
왕지네는 지금까지처럼 침묵한 채 왕비를 쳐다보았어요. 왕비는 짜증스러운 어조로 말했죠.

"쓸데없는 짓을 하는군. 조금 전 내 말을 듣고 따랐잖소. 틀림없이 말도 할 수 있을 거라 보는데."

"그 남자요?"

"계속 그러는군. 알면서. 일 년 전 솔베스였소. 그 남자가 지하에서 길을 잃었던 날 그를 위로하기 위해 누구보다 먼저 찾아온 여자가 있었지. 그리고 오늘, 듣는 데 아무 이상이 없으면서 귀머거리인 척하면서 여기에 나타나 그 남자와 한 시간을 보낸 여자가 있지. 나는 그 두 여자가 동일 인물이라고 확신하오. 왜냐하면 내 눈으로 본 것이니까. 그러니 서툰 짓은 관두고 대답하시오. 당신 그 남자와 무슨 관계요?"

63

일 년이 넘는 시간이 지났지만 왕비는 그 날을 아침부터 저녁까지 똑똑히 기억하고 있었습니다. 엄밀하게 말하면 그 전날 정오부터라고 해야겠군요. 그 전날 정오에 왕비는 고심 끝에 '내일 아침'이라고 결정을 내렸거든요.

그 전날 정오부터 그날 아침까지 일어난 일은 모두 왕비의 계획대로였습니다. 전체의 구도와 세부의 묘사를 완벽히 조화시킨 거장의 필치였다고 할까요. 작품은 거의 완성 단계였습니다. 왕비의 마무리 계획은 화가를 순식간에 이 세상에서 사라지게 만드는 것이었어요. 예. 왕비는 그날 아침 자신의 정체를 폭로할 작정이었습니다. 이미 임신이 확실할 만큼의 접촉이 있었죠. 하룻밤을 더 예언자와 보낸 건, 확률을 더 높일 기회를 놓치고 싶지 않아서였기도 하고, 그게 더 상징적이기 때문이기도 하죠. 화가는 어젯밤까지의 여인인 것이죠.

그런데 그날 아침 뭔가가 바뀌었습니다. 예정에 없는 일이 일어났죠. 그때까지 예언자는 미래를 누구와도 나누지 않으려는 것처럼 보였습니다. 하지만 더 이상은 그렇지 않았어요. 그날 아침 눈을 뜰 때부터 왕비는 그걸 깨닫고 있었습니다. 산과 숲을 홀로 가로지른 시냇물들이 모여 강물이 될 때는 멀리서부터 그 소리를 들을 수 있는 법이죠. 왕비는 물이 합쳐지는 소리를 들었습니다. 왕비는 화가 치밀었고 난처했습니다. 그때 예언자의 손가락이 그녀의 등에 닿았죠.

그녀가 처음 받은 구혼이었죠. 사랑하는 왕과 결혼할 때요? 아, 문서로 처리되었죠.

구혼에는 여러 의미가 있지만 자신이 구혼 받을 만한 사람임을 자각시켜주는 의미도 있어요. 한 사람이 다른 사람에게 보내는 완전한 인정이라고 할까요. 이 어두운 황야를 헤매는 당신 앞에 갑자기 떨어져 당신을 드러내는 벼락 한 줄기지요.

왕비는 웃으며 분노했습니다. 화가를 없애버릴 생각이었는데 그 순간 화가는 예언자와 결합하면서 오히려 자신으로 탄생하고 있었습니다. 화가가 나타나면 왕비는 사라져야 하죠. 몸은 하나니까요. 왕비는 화가를 없앨 수 없었습니다.

그날 늦은 오후 예언자의 사고 소식이 그녀에게 전해졌지요. 왕비는 감히 예언자에게 바로 찾아갈 수 없었어요. 두려움에 빠진 예언자는 화가를 불러낼 테고, 그럼 화가가 나타날지도 몰라요. 왕비는 그것을 결코 용납할 수 없었죠. 몇 시간에 걸쳐 화가를 윽박지른 후에야 왕비는 집을 나섰죠.

그곳에서 왕비는 예언자의 집을 나서는 여자를 보았습니다.

그 여자는 결의에 차 있었고 세상의 무엇과도 싸울 수 있을 것처럼 보였습니다. 누구라도 그녀를 적으로 돌렸다간 예술가가 될 수 있을 것 같았어요. 고통과 분노는 예술의 부모잖아요. 왕비는 한 걸음도 앞으로 나갈 수 없었습니다.

그 후로 계절의 원무가 한 주기를 끝낸 지금, 왕자를 돌보기 위해 온 임시 시녀의 목 위에서 그녀의 얼굴을 보았을 때 왕비는 놀랐다는 말도 부족할 만큼 놀랐지요. 그리고 의자에 앉은 채 서로를 마주보게 되자 왕비는 새로운 놀라움을 느꼈어요.

그녀는 유피넬과 헬카네스와 싸우자는 말을 들으면 '어떻게?' 대신 '언제?'라고 물을 것 같던 일 년 전의 그 여인이 아니었습니다. 물론 대담하게도 궁성에 침입한 것을 보니 그녀는 여전히 투사였지요. 하지만 투사는 투사이되 노병처럼 보였습니다. 걸어온 싸움은 언제든 받아줄 테고 그 싸움에 자기 자신을 전부 던질 테지만, 그렇다고 해서 그 싸움에 만족이나 즐거움, 의의 같은 것을 찾지는 않을 것 같았어요. 험한 꼴을 너무도 많이 봤기 때문에.

그 여자가 말했습니다.

"전하. 솔베스에 계셨어요?"

"내 질문에 답하지 않았소."

왕지네는 대답을 궁리했습니다.

"작년에 그 사람이 전하의 별장을 빠져나간 때 말이에요. 구출하러 온 사람이 둘이라고 목격자들이 말하지 않던가요?"

"당신 엘프 이루릴과 아는 사이요?"

왕지네는 안도했습니다. 도박이었지만 이루릴과 친분이 있다는 것을 암시한 것은 좋은 결정이었죠. 왕비의 눈에 경계심이 떠올랐습니다. 대등한, 최소한 비슷한 수준에서 이야기할 상대가 된 것이었죠.

"당신 이루릴을 위해 일하는 거요? 솔베스와 이곳에 나타난 건 예언자를 감시하기 위해서였소?"

왕지네는 여러 가지 단어는 될 수 있지만 문장은 되기 어려운 정도의 침묵을 말한 다음 말했어요.

"어떻게 전하께서는 솔베스에서 저를 보신 거죠?"

왕비는 지친 표정으로 왕지네를 응시했습니다. 그리고 방아쇠를 당겼어요.

64

총성이 울려퍼지자 아기는 기겁하여 울음을 터뜨렸습니다. 왕지네는 너무도 기가 막혀서 꼼짝도 할 수 없었죠. 놀란 병사들과 시녀들이 달려왔을 때도 왕지네는 왕비의 얼굴에서 눈을 떼지 못했습니다. 몰려온 사람들에게 왕비가 침착한 어조로 설명했어요.

"이 아이가 귀머거리가 맞는지 확인해 보고 싶었소. 어머니의 노파심이지. 꼼짝도 안 하는 걸 보니 확실하군. 가서 일들 보시오."

납득이 간다면 가는 설명이지만 전체적으론 꽤 어이없는 설명이었죠. 병사들은 황당한 기분을 느꼈습니다. 하지만 권총과 왕자가 모두 왕비의 손에 있어서 딱히 뭔가 위험하다고 말할 것이 없었고, 또 남자 병사들은 수유중인 왕비를 그렇게 쳐다보고 있어도 되는 건지 알 수 없어서 당황했어요. 결국 사람들은 어정쩡한 말을 남기고 사라졌지요. 문이 닫히고 조금 후 왕지네가 쥐어짜내는 목소리로 말했어요.

"아기가 있어요. 어떻게 바로 옆에서 총을……"

"뒤를 봐."

왕비는 총을 든 손을 팔걸이에 내려놓았지만 왕지네는 그 손에서 시선을 떼기 어려웠죠. 그래서 그녀는 곁눈질로 뒤를 보았어요. 그녀는 몸이 식는 기분을 느꼈죠. 벽에는 칼 헬턴트를 그린 상상화가 있었어요. 만약 그 고대의 현인이 그림 속 인물이 아니라 살아있는 인물이었다면 조금 전 두개골 관통상으로 사망했겠지요.

왕비는 목이 터져라 울고 있는 왕자를 이리저리 흔들며 마치 자장가를 부르듯 부드럽게 말했습니다.

"이 총엔 이제 총알이 다섯 발 남았어. 또 질문에 질문으로 대답하면 두 다리, 두 팔, 그리고 배 순으로 쏘겠다. 머리를 쏴서 간단히 끝내주진 않겠다는 거야. 내 말 알아들었으면, 아가씨. 나하고 말놀이할 생각은 하지 마."

왕지네는 독한 혐오감에 취할 것 같았어요. 그녀는 허리를 의자 팔걸이에 밀어 딱딱한 감촉을 느껴보았습니다. 그녀의 허리엔 그녀를 조사한 자들도 신경 쓰지 않고 지나간 조그마한 물건이 하나 매달려 있었지요. 새끼손가락만 한 크기의 지저분한 초가 들어 있는 작은 금속 원통은 전혀 위험해 보이지 않았거든요. 게다가 말을 나눌 친구도 없었던 귀머거리 처녀가 어릴 때부터 혼자 가지고 놀았다는 장난감을 어떻게 뺏겠습니까.

왕비가 말했습니다.

"너는 이루릴을 위해 일하나?"

"아니오. 전하. 이루릴과는 그때 딱 한 번 같이 행동했을 뿐이에요. 그 후로는 그녀를 만난 적도 없습니다."

"그럼 아가씨는 누굴 위해 일하지?"

"보통 자신을 위해 일해요."

"솔베스와 이곳에 나타난 이유는?"

"그날 갱도에서 그 사람을 꺼내준 건 저였어요. 볼일이 있어서 그 갱도를 조사 중이었는데 길을 잃고 헤매는 그 사람을 발견했죠. 그래서 꺼내줬고 집에 잘 들어갔나 확인하려고 들렀던 거예요. 여기에 나타난 이유는, 그 남자가 안 하겠다던 예언을 왜 하게 되었는지 물어보기 위해서였어요."

"너는 도대체 누구지?"

"저는 왕지네라고 합니다. 벽타기꾼이지요. 우리나라와 발탄의 전쟁이 끝나고 나서 예언자가 여기저기서 치이고 다닐 때가 있었죠. 그때 저는 예언자의 집에 들어가 예언을 훔치려고 했어요. 그렇게 모진 소리를 듣고도 내놓지 않는 것이라면 훔칠 만한 거라고 생각했거든요."

왕비는 언젠가 예언자가 자신의 침대에서 졸린 눈을 억지로 뜨며 지어보였던 표정과 비슷한 표정을 지었지요.

"하지만 알고 보니 그게 훔칠 것이 아니더군요. 예언자는 다른 사람들 생각해서 예언하지 않는 거라고 했어요."

"예언은 폭력이다?"

"예. 왜 예언이 폭력인지는 아직 모르겠지만, 어쨌든 폭력을 훔친다는 건 좀 이상하잖아요. 열심히 담 넘어 들어가서 주인 깨운 다음 화끈하게 두드려 맞고 나오는 것과 비슷하겠지요? 그래서 관두기로 했어요. 그런데 얼마 후 전하께서 그를 가두고 고문하시더군요. 그래서 때마침 만난 이루릴과 함께 그 사람을 탈출시켰어요."

"왜지?"

"왜냐니오. 말도 안 되는 일이잖아요. 다른 사람들 생각해서 예언을 안 하는 건데 고문을 받다니오. 설사 그 사람이 틀렸다 해도 그건 여전히 말이 안 돼요. 왕비 전하께 그 사람을 고문할 권리가 있었던가요? 그가 예언을 거절했다면 전하께서 하실 수 있는 일은 마음이 바뀌면 연락 달라고 말한 다음 잘 배웅하는 일뿐이었다고 생각해요. 그게 상식인 것 같은데요."

"그가 무고하다는 말인가? 예언을 거절해서 왕이 패배의 고통을 맛보게 한 것이 누군데?"

왕지네는 가늘게 뜬 눈으로 왕비를 쳐다보았습니다.

"전하. 그 사람의 말에 따르면 파멸이라는 운명에 대한 바이서스의 싸움은 패배로 끝나게 되어 있죠. 그렇다면 지금 바이서스를 패배할 전쟁에 내보내고 있는 사람은 누구죠?"

왕비는 상대방의 말이 거슬린다 해서 충격으로 대꾸할 정도의 사람은 아니었습니다. 그녀가 왕지네의 다리에 총을 쏘아야겠다고 결정한 것은 질문에 질문으로 대답하면 쏘겠다는 약속을 지키기 위해서였어요. 하지만 왕지네가 조사를 받았기 때문에 비무장일 거라 생각한 왕비는 그리 잽싸게 움직이지 않았어요.

그래서 그림자 지우개를 움켜쥐는 왕지네의 동작이 더 빨랐죠. 그녀는 그것을 사용했슈니다

65

왕비는 팔을 들어 왕지네를 가리켰습니다. 권총이 있었다면 쏴 버리고 싶었어요. 왕비는 왕실과 귀족 전체를 통틀어서도 손꼽히는 명사수였어요. 하지만 아무리 명사수라도 총을 가지고 있지 않다면 손가락질을 할 수밖에 없죠.

"질문에 질문으로 대답하지 말라고 명령했을 텐데? 그런데 손에 쥔 그건 뭐지?"

왕지네는 왕비가 총이라도 꺼내는 줄 알고 깜짝 놀라 그림자 지우개를 움켜쥔 자신을 욕하며 그것을 앞으로 내밀었습니다. 누구에게도 해될 것이 없는 평범한 물건인 것처럼.

"제 행운의 부적이죠. 도둑의 장난감입니다."

왕지네는 담담하게 덮개를 열어 안쪽의 작은 초까지 보여주었습니다. 왕비는 경멸하듯 말했어요.

"손전등에 대해 들어보지 못했나?"

"압니다. 비싸고 무거운 물건이지요. 게다가 비싸고 무거운 전지를 소모하고요. 몸을 가볍게 해야 하는 가난한 벽타기꾼에겐 어울리지 않는 물건입니다."

"이리 줘봐."

왕지네는 거의 손을 끌어당길 뻔했습니다. 하지만 이제 와서 그런 모습을 보였다간 의심을 사는 것을 피할 수 없겠지요. 어쩔 수 없이 왕지네는 그것을 내밀었습니다. 왕비는 그것을 이리저리 돌려보면서 말했어요.

"오래된 물건이군. 이것도 어디서 훔친 것일 테지. 그나저나 넌 그림자 지우개에 대해 들어본 적이 없나?"

왕지네는 입을 꽉 다무는 것 외엔 아무 반응도 할 수 없었습니다.

"들어봤군. 그래. 패배할 전쟁이라고? 천만에. 드래곤들이 솔베스에 접근하지 못하게 만들고, 괴이한 눈들이 온 세상을 돌아다니며 찾고 있고, 프로타이스가 시에프리너를 내버려두라는 말보다 먼저 언급한 물건이 있지." 왕비는 그림자 지우개를 든 손을 들어올리며 말했습니다. "그림자 지우개야."

"……제가 알기론 우리들은 그것이 뭔지도 모르는데요."

"걱정 마. 전문가들이 열심히 찾고 있어. 필요하다면 구층탑에 침입해서 아프나이델의 기록들을 뒤져보는 한이 있어도 찾아낼 거야."

"……성공하시길 빌죠. 그럼 돌려주실까요?"

왕지네는 손을 내밀었습니다. 하지만 왕비는 움직이지 않았어요. 왕비는 벽에 걸려 있는 칼 헬턴트의 흠잡을 데 없는 상상화를 보며 씩 웃고 있었습니다. 왕지네는 갑작스러운 불안감을 느꼈습니다.

"감옥에서는 필요 없는 물건이니 내가 맡아두지."

왕지네가 미처 반응하기도 전에 왕비가 짧게 고함을 질렀어요. 병사들과 시녀들이 지체없이 달려왔습니다. 왕비는 턱으로 왕지네를 가리켰어요.

"체포하시오. 가짜 귀머거리오. 지하 감옥에 가두도록."

와락 달려든 병사들이 왕지네를 의자에서 끌어내려 바닥에 엎드리게 했습니다. 왕지네는 절망감을 삼키며 두 손을 머리에 얹었습니다. 간단한 신변 조사를 끝낸 병사들은 신속하게 그녀를 연행했지요. 병사들이 떠난 후 왕비는 '놀란' 그녀를 위로하려 애쓰는 시녀들도 물러가게 했어요.

"사소한 일 때문에 왕자의 식사가 방해받았군. 마저 젖을 먹일 테니 물러가도록."

시녀들은 그런 일에도 의연함을 잃지 않는 왕비에게 감탄하며 명령을 따랐습니다. 홀로 남은 왕비는 씩 웃으며 각등을 쳐다보았어요.

'행운의 부적이라고?'

행운의 부적을 지닌다는 것은 괜찮은 생각 같았습니다. 아, 왕비는 좀 더 실용적인 것을 생각하고 있었죠. 권총 말입니다. 아무리 왕비가 명사수라 해도 정작 필요할 때 권총이 없다면 빼어난 사격 실력이 무슨 소용이 있겠습니까? 왕비는 자신을 탓하며 허벅지를 만져보았습니다.

'무겁다고 빼놓고 다니는 건 바보짓이야. 그렇다면 총집은 뭐하러 차고 다닌 거지? 내가 정말 제정신이 아니군. 앞으론 총집에 총 넣고 다녀야겠어.'

버릇 때문에 빈 총집을 차고 다닌 자신을 꾸짖으며 왕비는 왕자가 잠들길 기다렸습니다. 배불리 먹은 왕자가 잠들자 왕비는 조심스럽게 왕자를 들어 유모차에 눕혔지요. 몇 번 몸을 뒤채던 왕자가 고요해지자 왕비는 허리를 굽혔습니다.

왕비는 유모차 아래에서 상자 하나를 꺼냈습니다. 예언자나 왕지네는 그런 것이 있을 거라는 생각도 못 한 물건이었지요. 원래부터가 유모차에 포함되지는 않는 물건입니다.

왕비는 그 상자를 탁자에 올려놓으며 몇 시간 전의 일을 떠올렸습니다.

66

그날 오전, 신분을 위장한 왕지네가 궁성으로 들어오던 무렵의 일이었습니다.

왕비는 창가에 서서 병사들과 함께 들어오는 처녀를 바라보고 있었습니다. 잠깐 동안이지만 왕자를 맡게 될 인물이 어떤 사람일지 궁금했거든요. 왕지네의 얼굴을 알아본 왕비는 깜짝 놀랐습니다. 그녀는 즉각 그 처녀를 억류하라고 명령하려 했지요. 하지만 시녀를 부르기 전 왕비는 어떤 생각을 떠올렸습니다. 그 여자는 예언자를 찾아왔을 가능성이 높았어요. 그런데 만약 예언자를 만나기도 전에 그녀를 체포한다면 그녀는 그 계획을 부정할지도 모릅니다.

왕비는 조금 생각한 다음 곧 순발력 있게 행동했습니다. 주위를 둘러보며 도움이 될 것을 찾던 왕비의 눈이 장식장 안에 들어 있는 상자에 멈췄지요. 부피가 커서 평소라면 왕비가 쓰려는 목적엔 어울리지 않는 것이지만 다행히 이 경우엔 그렇지 않았어요. 유모차가 있었기 때문이지요.

왕자의 유모차 아래에는 기저귀 같은 유아용품을 넣는 공간이 있었습니다. 왕비는 그 공간에 상자를 밀어넣어 보았습니다. 약간 남는 공간이 있었지만 양말과 기저귀 등으로 틈을 메우니 상자는 움직이지 않았어요. 왕비는 상자를 다시 꺼내어 탁자 위에 놓고는 시녀가 문을 두드릴 때까지 기다렸습니다. 문 두드리는 소리가 나자 왕비는 상자에 어떤 조작을 한 다음 다시 유모차에 밀어 넣고는 들어온 시녀에게 유모차를 건넸지요.

그 상자는 왕비의 바람대로 예언자와 왕지네의 곁에 잘 머물다가 다시 왕비에게 돌아왔습니다. 왕비는 탁자 위에 놓인 상자의 뚜껑을 열었어요. 상자 안에는 일부 사람들에겐 신비로움까지 선사할 만한 복잡한 기계 장치들이 들어 있었지요. 하지만 왕비는 능숙하게 손가락을 놀려 기계 이곳저곳을 만졌어요. 곧 기계가 작동하기 시작했습니다.

왕비는 뒤로 물러나 의자에 앉았습니다. 그러고는 왕지네에게 압수한 각등을 만지작거리며 작동하는 기계를 바라보았습니다. 그때 무엇인가가 창문을 건드리는 듯한 소리가 났지요. 새나 바람에 날려온 나뭇잎 같은 것이 부딪히는 듯한 소리였어요. 왕비는 무엇이 그런 소리를 냈나 살펴보려 했습니다.

하지만 그 직후 왕비는 숨 막히는 소리를 내며 탁자 위의 상자에 시선을 집중했습니다. 창문에서 난 대수롭지 않은 소리는 그녀의 뇌리에서 싹 사라졌지요. 왕비는 숨도 제대로 쉬지 못한 채 상자를 노려보았습니다.

왕비가 상자에 신경이 팔린 탓에 창문 밖에 있던 '눈'은 존재를 들키지 않았습니다. 자신이 창문에 부딪혀 소리를 냈다는 것을 알아차린 그 눈은 더 이상 위험을 감수하지 않기로 했습니다. 그것은 잠자리 날개 같은 것을 퍼덕여 하늘로 날아올랐습니다.

67

"형태가 그렇다면 그건 아마 축음기일 거예요."
"축음기? 그게 뭔데?"
"소리를 저장했다가 다시 들려주는 인간들의 발명품이에요. 왕비는 왕지네와 예언자의 대화를 몰래 저장했군요. 기계를 이용한

엿듣기인 거죠."

"그렇다면 왕비와 왕지네는 같은 편이 아닐 수 있다는 건데. 하지만 왕지네는 스스로 왕비에게 그림자 지우개를 넘겼어. 그 벽타기꾼이 왕비에게 협박을 받는 것처럼 보이는 장면은 없었는데."

"마지막엔 병사들에게 끌려갔다면서요?"

"마지막에 왕비에게 배신을 당한 것인지도 모르지. 어쩌면 프로타이스가 원하는 그림자 지우개를 줄 테니 예언자를 풀어달라는 식의 담판을 하러 갔던 것 아닐까? 그러다가 그림자 지우개를 넘긴 다음 왕비에게 배신을…… 아냐. 아무리 그래도 그렇게 어리석을 수는 없겠지. 난처하군. 이럴 줄 알았으면 귀도 만드는 건데. 눈 만들기도 바빠서 듣는 건 포기할 수밖에 없었지."

"그래도 그 눈 덕분에 그림자 지우개가 어디 있는지는 알아냈잖아요."

"그래. 내가 무슨 일을 해야 하는지 분명해졌지."

"펫시?"

이루릴은 불안한 표정으로 드래곤 레이디를 보았습니다. 아일페사스는 만년설 덮인 산이 말하듯 말했습니다.

"그림자 지우개는 절대로 넘어가선 안 되는 자에게 넘어갔어. 그 무서운 위력을 고려하면 어쭙잖은 탈환책 같은 것은 고려의 대상도 될 수 없지. 그러니 내가 바이서스 임펠로 가겠어. 그들의 머리에 하늘을 떨어뜨리고 그들의 발밑에서 땅이 솟아오르게 하겠어."

"그만둬요. 펫시."

"당신이라 해도 나를 방해할 순 없어."

"바이서스 임펠 사람들의 희생 때문만이 아니에요. 만약 왕비가 그림자 지우개의 사용법을 확실히 알고 있다면 당신도 위험해지니까 반대하는 거예요. 당신이 사라진다면 나는……"

이루릴은 물에 빠졌던 사람처럼 급히 숨을 들이마셨습니다.

"……슬프거나 괴롭지는 않겠지요. 당신은 원래부터 없었던 것이 될 테니까."

드래곤 레이디는 철판도 뚫을 이빨들을 꽉 다물어 귀에 거슬리는 소리를 만들어냈습니다. 용감한 아일페사스는 자신이 사라지는 것을 두려워하지 않았어요. 그것이 무슨 뜻인지 정확히 이해하고 있는지는 별개로 하고요. 하지만 소나무 숲이 전나무 숲으로 바뀔 정도의 세월을 함께한 친구가 자신을 잊을 거라는 가능성이 제시되자 드래곤 레이디도 충격을 받지 않을 수 없었습니다.

"내가 설령 그 구멍을 영영 알지 못한다 해도, 펫시. 그래도 나는 내게 구멍이 뚫리는 것은 싫어요. 고를 수 있다면 지금처럼 일 년 내내 추도를 계속하는 쪽을 고르겠어요. 게다가 당신이 사라진 구멍은 굉장히 클 거예요."

"……대안이 있어?"

"모르겠군요. 하지만 대안을 가지고 있을 듯한 이는 알아요."

"누구를 말하는 거지?"

"프로타이스."

아일페사스의 얼굴에 짜증이 떠올랐습니다.

"그 녀석이 무슨 복안이 있어서 그림자 지우개를 가져오라고 떠들고 있을 거란 말이야? 글쎄. 내 생각에 그 반골이 그림자 지우개를 언급한 건 무슨 생각이 있어서가 아니라 그걸 입 밖에 꺼내지 않는 다른 드래곤들과 다르게 행동하기 위해서일걸. 왕비의 손에 그림자 지우개가 넘어간 지금은 그 녀석을 정말이지 히드라라고 부르고 싶어. 어떻게 그런 걸 함부로 언급할 수 있는 거야."

인간이나 다른 존재에겐 정말 무서운 존재이고 무서운 특징이겠지만, 히드라의 재생 가능한 머리는 아일페사스에겐 조롱거리입니다. 인간 식으로 풀어서 말하면 '잘려도 다시 나는 머리라면 손톱이나 머리카락과 다를 것이 뭐냐. 그런데 손톱이나 머리카락에 지능이 얼마나 있겠냐?'는 거죠.

"프로타이스도 드래곤이에요. 히드라가 아니라. 드래곤은 못되게 굴 수도 있고 치사하게 굴 수도 있지만 어리석지는 않아요."

"그 녀석은 정말 당신에게 못되게 굴지. 그 녀석이 그렇게 싫어하는 당신하고 무슨 이야기를 하겠어?"

"하지만 해야 해요. 우리에게 지금 필요한 건 모든 권위와 고정관념에 저항할 수 있는 그의 독특한 천품인지도 몰라요."

"못 믿겠는데."

"그를 믿을 수 없다면, 펫시. 가장 작은 이들과 가장 무력한 이들에게 가장 크고 가장 강력한 도움을 받아왔던 내 경험을 믿어봐요."

아일페사스는 이루릴을 직시하다가 한숨을 내쉬었습니다.

"좋아. 가장 비뚤은 자가 가장 올곧은 길을 보여주길 기대해보지."

왕비는 침실에서 춤을 추었습니다.

왕비의 팔다리에 휘저어진 공기는 무거웠고 그녀의 뜨거운 날숨과 땀으로 습했습니다. 하지만 왕비는 그 무겁고 축축한 느낌이 말할 수 없을 정도로 좋았지요. 가벼움과 보송보송함은 광고업자의 언어죠. 정말 무겁고 축축한 물 속에서 이루어지는 물놀이를 생각해 보세요. 그리고 그 속에서 즐거운 비명을 터뜨리는 아이들을 떠올려보세요. 인간이 주위를 뜨겁고 건조한 잿더미로 만드는 드래곤을 천성적으로 싫어하는 건 당연하다는 생각이 들 겁니다.

다리에 착착 감기는 잠옷자락이나 땀에 젖어 얼굴과 어깨에 달라붙는 머리카락은 왕비를 방해하기는커녕 그녀를 더욱 고조시켰습니다. 지쳐서 바닥에 쓰러진 후에도 왕비의 팔다리는 계속 꿈틀거렸습니다. 왕비는 천장을 향해 두 팔을 한껏 뻗었습니다. 가슴을 반으로 접을 듯이.

그녀에겐 예언자가 있고,

그녀에겐 그림자 지우개가 있었습니다.

그리고 왕에겐 그녀가 있었지요.

약간만 생각해 보면 알 수 있는 일일 거예요. 왕비는 미래를 알 수 있습니다. 그리고 예언을 무효화시킬 수도 있어요. 그 말은 그녀가 미래를 선별할 수 있다는 말이지요. 유리한 미래는 내버려두고 불리한 미래는 무효화시키는 것으로써. 신들이 특허권을 주장할 법한 능력이라 하지 않을 수 없습니다.

바이서스의 왕은 운명의 정원사를 가지게 된 것입니다.

왕비는 두 팔을 떨어뜨리곤 홍소했습니다. 그녀도 감당하기 힘들 만큼의 압도적 전망이 자꾸만 그녀를 어쩔 줄 모르게 만들고 있었어요. 왕비는 가슴을 들썩이며 웃음도 울음도 아닌 기이한 소리를 냈죠. 왕비가 사랑하는 왕에게 줄 수 있는 것은 완전한 미래, 정해진 해피엔드입니다.

주체할 수 없는 기쁨과 자랑스러움 때문에 왕비는 결국 울음을 터뜨렸습니다. 왕비는 가슴을 쥐어짜는 희미한 소리를 내며 계속 울었습니다.

얼마 후 바이서스 인들은 충격적인 선언을 듣게 되었습니다. 상당히 화려한 선언이었지요.

"유랑하는 별자리는 밤하늘에 필요 없다. 왕이 그 불운의 성좌를 떨어트리리라!"

예. 왕의 친정 선언이었습니다. 나라가 발칵 뒤집어졌지요.

가장 먼저 일어난 반응은 강력한 비난이었습니다. 왕의 친정은 전근대적이라는 말도 부족한, 거의 원시적인 일이었거든요. 전쟁 수행은 오래 전부터 직업 군인의 일이 되었으니 왕이 관여할 바가 아니었습니다. 그렇다면 병사들의 사기를 북돋는 효과는? 애석하지만 그것 또한 기대할 것이 별로 없었습니다. 문명화된 현대사회에서 왕이 전선의 병사들에게 한 마디 하고 싶다면 뙤약볕 아래에 병사들을 모아놓고 침이 마르도록 떠드는 것보다는 그냥 대필 작가라도 고용해서 좋은 연설문을 쓴 다음 신문에 실어 배포하는 쪽이 훨씬 낫죠. 신문은 왕과 달리 수백, 수천 부씩 발행할 수 있고 가지고 다니다가 꺼내볼 수도 있으니까요. 그 외에도 많은 신문들의 장점을 놓고 보면 피격의 위험을 무릅쓰고 왕이 직접 전선으로 가는 짓은 광기나 다름없었습니다.

그토록 어이없는 짓이었기에, 사람들은 '혹시?' 하는 생각을 품게 되었지요. 바이서스 사람들의 마음을 휘어잡은 두 번째 반응이었습니다. 뿌리를 알 수 없는 덩굴인 소문이 사람들 사이로 가지를 치고 줄기를 뻗었습니다. 여기서 수군거리고 저기서 속삭이다가, 마침내 모든 이들이 기정사실인 것처럼 말하기 시작했습니다.

"그래서 프로타이스가 솔베스로 온 것이었군. 왕에게 죽을 운명이었기에. 응? 못 들었어? 예언자가 얼마 전에 베란다에 또 나와서 예언했잖아. 춤추는 성좌는 루트에리노의 후손에게 죽는다고."

베란다에 다시 나온 예언자를 직접 보았다고 말한 사람은 아무도 없었지만, 세상의 모든 것을 보는 친구의 친구들이 확실히 보았기 때문에 문제될 것은 없었습니다. 예언자는 기가 막혀서 왕비에게 따지려 했어요. 하지만 왕비는 그를 만나주지 않았습니다. 여행 준비에 바빴기 때문이죠. 왕은 왕비와 왕자도 원정에 동행하라 요청했거든요.

최소한의 안전장치도 없이 수도를 비우는 것이지만 왕은 괘념치 않았어요. 전쟁에 패한다면 바이서스가 파멸할 테니 어차피 돌아올 필요가 없는 것이고, 승리한다면 드래곤을 물리치고 미래를 바꿔서 바이서스를 구한 왕에게 아무도 저항할 수 없을 테니 역시 수도를 비우는 것은 문제될 것이 없다는 것이 왕의 설명이었습니다. 사람들은 그 용기에 감탄했습니다.

그 모든 일이 왕비 자신의 출전을 위해 꾸며진 일이라는 것을 아는 이는 왕비 자신을 제외하면 거의 없었습니다. 왕조차도 그것이 자신의 결정이었다고 믿고 있었으니 당연한 일이죠.

시에프리너는 정신 착란을 일으킨 듯한 어조로 말했습니다.

"왕비가 그림자 지우개를 가지고 오는 거야! 춤추는 성좌를 지우고, 추락하지 않는 드래곤을 지우고, 곧 태어날 내 자식을 영원히 태어나지 않게 할 거야!"

이루릴은 그것이 마법에 의한 원거리 대화라는 것에 감사했습니다. 시에프리너의 기세로 보건대 눈에 보이는 건 무엇이든 물어뜯을 것 같았거든요.

"시에프리너. 드래곤 레이디에게 했던 말을 당신에게도 할게요. 프로타이스가 그림자 지우개를 가져오라고 당당하게 말했던 것을 기억해 봐요. 어쩌면 그에겐 그림자 지우개를 상대할 수단이 있는 것인지도 몰라요."

"프로타이스가아아아?"

시에프리너는 곧 정상적인 대화를 나눌 수 없는 상태가 되었습니다. 정신이 어떻게 된 것은 아니지만 마법을 원활하게 쓸 수 있는 상태는 아니었지요. 연결은 끊어졌습니다.

비가 주룩주룩 내리는 솔베스의 언덕에 혼자 남게 된 이루릴은 시에프리너가 남겨놓은 그 엄청난 불신감에 어깨를 움츠렸습니다. 그런 불신감은 이루릴에게도 있었지요. 분명 프로타이스에 대한 이루릴의 감정은 '그럴 것이다.'보다는 '그러기를 바란다.'에 훨씬 가까웠습니다. 희망을 걸 만한 것이 프로타이스뿐이라는 것은 그녀에게도 유감스러웠습니다.

걸음을 뗀 이루릴은 갑자기 숨도 쉬기 어려울 만큼의 피로감을 느꼈습니다.

역사책의 첫 열 페이지 안에 나올 만한 과거의 어느 때, 엘프들이 이 세계를 떠나기로 결심했던 일이 있습니다. 그 이유는 중요하지 않습니다. 결과적으로 그들은 그 계획을 포기했으니까요. 이 세계에 남는 대신 엘프들은 이 세계가 보다 견딜 만한 것이 될 때까지 웅크리고 기다리기로 했습니다.

거기서 이루릴의 흥미로운 역사가 시작되었습니다. 이루릴은 과거 엘프들이 이 세계를 떠날 방도를 찾아 세계를 돌아다녔습니다. 그녀는 동족들의 그 탈주 계획에 적극적으로 동의했다는 거죠. 그런데 그렇게 세계를 돌아다니던 이루릴은 그 어떤 엘프보다 강력하게 이 세계와 얽히고 말았습니다. 그녀는 고대의 영웅들과 함께 전설적인 사건들을 경험했고 드래곤과 마법사들의 비밀스러운 조력자, 혹은 적대자가 되었으며 간섭보다는 참여의 방식으로 역사의 흐름에 개입했습니다. 결국 이 세계를 떠날 방법을 찾아다니던 엘프는 이 세계와 가장 밀접한 엘프가 되고 말았지요.

그런 본말전도가 이루릴을 괴롭히지는 않았습니다. 결국 엘프들은 이 세계에 남기로 결정했으니까요. 하지만 은거하기로 결정한 엘프들에겐 세계의 변화를 관찰하고 다시 엘프들이 세상에 나가도 되는지 결정할 노련한 관찰자가 필요했습니다. 누구에게 그 일을 맡겨야 할까요? 물론 이루릴이었지요. 이루릴은 그 타당한 결정을 받아들이고 은거한 동족들에게 돌아가는 대신 다시 세상을 방랑하기 시작했습니다.

긴 세월이 흘렀고, 이제 이루릴에게 엘프는 드래곤이나 인간, 오크 등과 똑같은 하나의 종족이 되었습니다. 한때 자신과 그들이 같았다는 것을 머리로는 알지만 가슴으로는 느끼기 어려워진 거죠. 그녀를 보며 끈 떨어진 연을 떠올린다면 당신은 아마 소속감과 자의식을 자주 혼동하는 사람일 테고 애국심이 지고의 덕목이라 믿는 사람이겠죠. 이루릴은 모든 종족으로부터 떨어져 나온 것이 아니라 모든 종족을 똑같이 볼 수 있게 된 것이었습니다. 하지만 쉽게 짐작할 수 있듯이 그것은 참 피로한 일이지요. 어렵게 잉태된 후손을 지키고 싶어하는 드래곤과 자기 나라를 보존하고 싶어하는 바이서스 사람 사이에서 느끼는 곤혹스러움 같은 것은 그녀에겐 낯선 것도 아니었습니다.

명백히 이루릴은 바이서스가 파멸해도 좋다고 생각하진 않았습니다. 하지만 프로타이스와 시에프리너, 그리고 시에프리너의 자식이 대신 죽어야 한다는 논리에 찬성하기도 어려웠죠.

'어느 쪽을……?'

갑작스럽게 떠올린 말에 이루릴은 흠칫했습니다.

평범하다 못해 무미건조하기까지 한 그 말이 격언처럼 느껴졌습니다. 그 이유를 고민하던 이루릴은 잠시 후 자신이 예언자의 말을 인용했다는 것을 깨달았습니다. 그런 걸 인용이라고 할 수 있는지, 그리고 왜 그 말을 인용했는지는 말할 수 없었지만 말이에요.

혼란에 빠져 빗속을 걷던 이루릴은 폭음을 듣고 정신을 차렸습니다.

이루릴은 놀라는 대신 찰박거리며 언덕 사면을 뛰어올라갔습니다. 정상에 선 이루릴은 언덕 뒤편의 평원에서 거대한 드래곤이 빗속에 서 있는 것을 보았어요. 빛이 거의 없는 밤하늘에서도 영광스럽게 불타오르는 보석들은 빗속에서도 그 빛을 잃지 않았습니다. 들판에 서 있는 것은 도저히 혼동할 수 없는 드래곤, 프로타이스였습니다.

 그를 만나기 위해 거기까지 온 이루릴은, 그래서 당장 뒤로 돌아 도망쳤습니다.

70

 프로타이스는 기분이 좋지 않았습니다. 조금 전 그가 삼켰던 바이서스 육군 하사는 예상치 못한 것을 가지고 있었지요. 그 용감한 군인은 프로타이스가 다가오자 집속수류탄을 등 뒤에 숨긴 채 제발 자기를 잡아먹지 말라고 외쳤어요. 용감할 뿐만 아니라 냉철하기도 한 군인이었지요. '날 먹어봐!' 등으로 외쳤다면, 비록 멋있긴 했겠지만 프로타이스가 거절했겠지요. 프로타이스는 주저 없이 군인을 삼켰고, 그래서 입 안에서 여러 개의 수류탄이 연쇄 폭발하는 독특한 경험을 하게 되었습니다.

 하사는 용감하고 냉철했지만 지혜롭다고 하긴 어려웠습니다. 그가 예상한 건 춤추는 성좌의 거대한 머리가 순식간에 피구름으로 바뀌는 장대한 광경이었겠지요. 하지만 드래곤은 쇠도 녹이는 뜨거운 불을 뿜습니다. 그 입 안은 놀라운 수준의 방화, 방폭 능력을 가지고 있지요. 거기에 프로타이스는 방어 마법까지 걸고 있었지요. 게다가, 프로타이스는 원래 괴물이었습니다. 결과적으로 프로타이스가 입은 피해는 입 안이 조금 헐고 머리가 좀 띵해진 것뿐이었습니다. 하지만 그것 때문에 프로타이스의 기분이 나빠진 것은 아닙니다. 프로타이스는 그런 용기가 허무하게 소모된 것이 짜증났습니다.

 그런 프로타이스의 눈에 먼 곳의 언덕 위에 있는 엘프가 들어왔어요. 드래곤의 날카로운 눈 덕분에 프로타이스는 쏟아지는 빗줄기에도 그녀가 이루릴 세레니얼이라는 것을 알았고, 그래서 기분이 더욱 나빠졌습니다. 그 엘프는 끔찍하게도 그를 존중하고 신뢰할 뿐만 아니라 걸핏하면 도와주려 했거든요. 프로타이스는 분노의 포효를 지르려 했습니다. 하지만 갑자기 희망이 떠올랐습니다. 프로타이스가 알기로 이루릴은 전쟁을 싫어했어요. 어쩌면 이루릴은 그에게 싸우지 말라고 부탁하러 온 건지도 모릅니다! 프로타이스는 흥분했습니다. 만약 그렇다면 통쾌하게 거절해 줄 수······

이루릴은 도망치기 시작했습니다.

프로타이스는 아무 생각 없이, 완전히 반사적으로 날아올랐습니다. 조금 전까지 짓뭉개고 있던 바이서스의 수색 대대는 그의 머릿속에서 깨끗이 사라졌지요. 그 수색 대대는 자신들의 믿지 못할 행운에, 그리고 '프로타이스를 두려움에 빠지게' 한 하사의 숭고한 희생에 대해 뼛속깊이 감사하며 신속하게 도망쳤습니다.

맹목적인 충동에 휩싸여 날아간 프로타이스는 순식간에 이루릴을 앞질렀습니다. 그가 날개를 휘저으며 내려서자 이루릴은 물보라와 폭풍에 날아가지 않기 위해 한쪽 무릎을 꿇어야 했습니다. 프로타이스는 발이 바닥에 채 닿기도 전에 성급하게 말했습니다.

"왜 도망치는 거야, 세레니얼!"

이루릴은 속으로 프로타이스에게 깊이 사과하며 재빨리 검을 뽑아들었습니다.

"당신과 이야기하고 싶은 생각 없으니까요. 약한 생물들이나 괴롭히는 드래곤. 왜 교양 없이 보석을 덕지덕지 붙인 그 천박한 모습을 내 앞에 드러내는 거죠?"

프로타이스는 이루릴에 대한 오래된 반감이 사그라드는 것을 느꼈습니다.

"누가? 내가? 젠장. 어떤 놈이 그림자 지우개를 훔쳤다고 드래곤들에게 알려준 건 세레니얼 당신이잖아. 난 그걸 가져오게 하려고 이러는 거라고."

"그림자 지우개에 지워지고 싶어요?"

"어림없는 소리. 부수려고 그러는 거지."

이루릴은 가슴이 두근거리는 것을 느꼈습니다. 그녀는 '어떻게요?'라고 묻고 싶은 것을 간신히 참고는 어이없다는 표정으로 머리카락을 쓸어 넘겼습니다.

"어처구니없는 말을 하는군요. 그건 부술 수 없어요."

"왜 못 부숴? 나이를 너무 먹어서 옛친구도 잊었어? 당신 친구 아프나이델이 알아냈잖아."

"예? 무슨 말이에요. 아프나이델이 알아낸 바로 그 유일한 방법이 실패한 거잖아요. 그것이 구층탑에서 나왔다는 건 그 말이잖아요."

"고지식하긴. 구층탑이 중요한 거야? 마법적 압박이 중요한 거잖아."

"천 년 동안……"

"아직 천 년이 다 지나진 않았지만 그래도 상당히 많은 시간이 지났지. 그 오랜 세월 동안 압박을 받았단 말이야. 그러니 그건 많이 약해졌을 거라고. 강력한 마법적 압박을 일시에 가하면 그건 부서질걸. 이봐. 이루릴. 벌써 꽤 오래 전부터 구층탑은 그림자 지우개를 부수는 것이 아니라 오히려 그걸 보호하고 있는 형국이었을 거야. 거기선 마법을 못 쓰니까. 그런데 그것이 구층탑 밖으로 나왔으니 이제야말로 마법으로 그걸 부술 수 있게 된 거지!"

이루릴은 정말 놀랐습니다. 프로타이스의 충격적인 설명 때문이 아니라 프로타이스가 그녀를 '이루릴'이라고 불렀다는 사실 때문에.

71

덜 중요한 충격에서 빠져나온 이루릴은 프로타이스의 발상에 감탄했습니다. 예상했던 보답은 아니지만 그녀의 기대에 대한 보답이 있었어요. 구층탑이 정말로 그림자 지우개를 파괴하고 있는 것인지 의심하는 것은 프로타이스 같은 성격이 아니고선 불가능했겠지요.

하지만 세상엔 착상 자체는 참 좋지만 현실화가 어려운 것들이 있지요. 이루릴이 보기엔 프로타이스의 발상도 그런 부류였어요. 그림자 지우개에 압박을 가하려면 프로타이스는 그것에 가까이 접근해야 합니다. 하지만 온몸에 번쩍거리는 보석을 붙인 거대한 드래곤을 보기 위해서 엘프의 눈이 필요한 건 아닙니다. 낮에 나온 올빼미라도 저 먼 하늘의 프로타이스를 볼 수 있겠지요. 인간은 말할 것도 없고요. 왕비는 틀림없이 프로타이스가 그녀를 보기도 전에 그를 지울 수 있을 겁니다. 7의 별호를 생각하면 야음을 이용할 수도 없었지요.

이루릴은 아무래도 프로타이스의 현명함을 칭찬해야겠다고 결정했습니다. 어떻게든 그를 말려야 했으니까요. 하지만 그때 프로타이스가 말했어요.

"그러니 나 좀 도와줘."

다시 찾아온 충격 때문에 이루릴은 입을 다물었습니다. 그 편이 나았죠. 입을 열었다간 '그럴게요.'라는 말이 바로 튀어나와서 모든 것을 망쳐버렸을 테니까.

"옛날에 갈색 산맥에서 당신이 엄청난 일을 했다고 들었어. 정령들을 거울삼아 허공에 화염의 창을 비추었다던데? 그것도 열 번이나 반복해서."

"그랬던 적이 있죠. 그런데요?"

"뻔하잖아? 인간들이 그림자 지우개를 가져오면 가짜 나를 열 개 만들어줘. 내가 그 사이에 섞여들어가서 그림자 지우개에 다가갈게. 그러곤 그걸 단숨에 부수는 거야. 어때?"

이루릴은 자신의 상상력이 그려낸 열 마리의 프로타이스라는 그림에 깊은 인상을 받았습니다. 프로타이스의 언급처럼 그녀 자신이 과거 그런 광경을 직접 이루어내었기에 그것이 얼마나 대단한 광경인지도 잘 알고 있었거든요. 이루릴은 프로타이스의 요구를 검토해 보았습니다.

이루릴의 결론은 실현 가능하다는 것이었습니다. 프로타이스가 말한 화염의 창 크라드메서는 중도를 사랑하는 드래곤이었습니다. 인간이라면 중도를 좋아한다는 것은 가장 많은 이웃을 둔다는 말이지만 드래곤에겐 의미가 정반대지요. 드래곤이 중도를 사랑한다는 것은 양쪽 극단 모두와 원한을 져도 상관하지 않는다는 뜻입니다. 크라드메서에겐 그만한 힘이 있었어요. 그리고 이루릴은 그 크라드메서의 가짜를 열 개 만들어낼 수 있었습니다. 가짜 프로타이스를 만드는 것도 충분히 가능할 거예요.

하지만 이루릴은 프로타이스의 존재 자체가 걸려 있는 상황에선 $\frac{1}{11}$이라는 확률이 안전하리라고 생각하기 어려웠습니다. 이루릴은 야유하는 태도로 투명 마법도 쓸 줄 모르냐고 말해보았어요. '열 마리의 가짜와 한 마리의 보이지 않는 진짜'가 더 안전하지 않겠어요? 하지만 프로타이스는 더없이 즐거운 태도로 반박했습니다.

"바이서스 인간들은 마법 방어 도구들을 잔뜩 가지고 있다고. 그 때문에 나 자신한테 거는 방어 마법은 가능해도 상대를 속이는 투명 마법은 쓸 수 없어. 안 그래도 그것 때문에 골머리를 썩이고 있었지. 계획은 오래 전에 완성했어. 나도 환영은 만들 수 있거든. 그런데 내가 만드는 환영은 마법에 의한 것이니까 인간들 근처에서 사라질지도 몰라. 설령 그러지 않는다 해도 내가 마법적 압박을 가하기 시작하면 그건 반드시 사라지겠지. 하지만 당신이 만드는 환영은……"

"정령들이 만들어내는 거죠."

"맞아. 그러니 그건 인간들 근처에서도 사라지지 않을 테고 내가 그림자 지우개에 마법적 압박을 가하는 동안에도 계속 존재할 수 있겠지. 생각해 봐. 그런 모습을 보면 인간들은 놀라고 당황하겠지? 그 놈들이 주위를 날아다니는 프로타이스 열하나를 어떻게 해보려고 우왕좌왕하는 동안 내가 그림자 지우개에 압박을 가하는 거야. 그러면 어느 순간 팍! 하고 그게 부서지는 거지."

이루릴은 자신이 아일페사스에게 했던 말을 떠올렸습니다. 드래곤은 못되게 굴 수도 있고 치사하게 굴 수도 있지만 어리석지는 않습니다. 프로타이스는 여러 면에서 상황을 파악한 다음 실현 가능한 해답을 내놓았습니다. 이루릴은 그보다 더 놀랍고 복잡한 해결책은 떠올릴 수 있었지만 그보다 더 현실적인 해결책은 떠올릴 수 없었어요.

하지만 그 현실적인 계획에는 현실적인 위험성도 있었지요. 왕비가 비교적 적은 시도만에 진짜 프로타이스를 찾아내서 그를 지우는 경우만을 말하는 것이 아닙니다. 프로타이스의 전제 자체가 틀렸을 위험성도 있지요. 만약 아프나이델의 생각대로 천 년의 유폐만이 그림자 지우개를 파괴할 유일한 수단이라면, 그림자 지우개가 충분히 약해지지 않았다면, 그렇다면 프로타이스에겐 시간이 부족할지도 모릅니다. 프로타이스의 표현을 빌린다면 그가 그림자 지우개를 어떻게 해보려고 애쓰는 동안 왕비는 열 개의 가짜를 빠르게 지운 후 열한 번째에 팍! 하고 진짜 프로타이스까지 지울 수도 있지요.

이루릴은 자해에 가까운 수준으로 고민했습니다. 왕비는 이미 솔베스로 다가오고 있었어요. 대단히 먼 거리에서 광범위한 자연재해를 일으켜 주위의 모든 이들과 함께 왕비까지 해치우는 아일페사스류 해결책을 제외하면, 프로타이스의 계획은 유일하게 합리적인 계획이었습니다.

하지만 프로타이스가 사라질 수 있습니다.

역사의 오솔길을 걸으며 이루릴은 많은 나무들을 지나쳐왔지요. 아름다운 나무, 장대한 나무들이 언제나 그녀의 좌우에 서 있었지만 그 나무들은 그녀를 따라올 수는 없었어요. 수명이 짧은 이들. 그녀의 기나긴 걸음걸이에 비하면 한 자리에 뿌리내린 것처럼 보이는 이들. 이루릴은 그들과의 이별에 비통해하지는 않았습니다. 그들은 언제까지나 그녀의 속에 남을 테니까요. 이루릴이 일 년 내내 추도를 계속하는 한, 함께 나눈 시간들을 기억하는 한 그 나무들은 이루릴과 함께 여행하고 있는 것이지요.

 하지만 프로타이스는 뿌리째 뽑혀 원래부터 존재하지 않은 것처럼 될 수 있습니다.

 이루릴은 조용히 눈을 들어 춤추는 성좌의 눈을 바라보았습니다.

 사실 결정은 오래 전에 내려졌습니다. 고민이 결정의 뒤에 오는 건 흔한 일이죠.

72

이루릴은 말했습니다.

 "당신의 위험한 모험에 동참하는 것은 싫어요."

 프로타이스의 얼굴과 목 주위의 보석들이 빗속에서 타오르듯 반짝였습니다.

73

'예언'은 반쯤 무너진 참호 속에서 신음하던 시에프리너 토벌군을 지진의 충격처럼 관통했습니다.

 춤추는 성좌는 루트에리노의 후손에 의해 죽는답니다. 당연한 일이지요. 누가 세계를 지배하던 드래곤 로드를 카르 엔 드래고니아의 지배자로 격하시켰습니까? 루트에리노 대왕이지요. 그 루트에리노의 후손인 왕이 프로타이스의 부당하고 불쾌한 참견을 참지 못하고 마침내 전선으로 온 것입니다.

 사람들은 신문보다 왕이 나은 점도 있다는 것을 알게 되었습니다. 왕이 있어야 하는 이유라고도 할 수 있지요. 신문을 읽은 후에는 판단이라는 귀찮은 짓을 해야 하지요. 하지만 왕 앞에서는 판단의 힘겨운 노역은 필요 없습니다. 판단은 왕이 하는 것이니까요. 왕은 모든 정당성의 원천이죠.

솔베스의 하늘은 포연과 불 붙은 대지에서 피어오르는 시커먼 연기 때문에 원래 파란 색이었다는 것을 믿을 수 없는 꼴을 하고 있습니다. 참호에는 똥오줌과 핏물, 시체 유출수 따위가 뒤섞인 얼음장 같은 물이 마를 날이 없지요. 물이 저지대에 모이는 건 자연법칙이니까요. 그 안에서 흠뻑 젖은 코트로 몸을 감싸고 노루잠이라도 자려 해도 쉽지 않았어요. 시신을 계속 뜯어먹는 동안 조그만 늑대로 변한 것이 아닌가 싶은 쥐들이 잠든 이의 가슴을 밟고 달리니까요. 그 괴물 같은 놈들이 잠든 병사의 눈알을 빼먹는다는 이야기는 전설인지 사실인지 불분명합니다. 하지만 꼼짝 못하게 된 부상자의 귀나 코를 물어뜯는 쥐들은 확실히 있었죠.

왕은 그 모든 것을 정당화시킬 수 있습니다. 왕이니까요.

하지만 거대한 힘에는 거대한 대가가 따르지요. 왕은 그런 정당성 확립에 실패할 경우 다른 이들과 달리 진심으로 사과하는 것으로 끝낼 순 없습니다. 자신의 목숨을 내놓아야 하죠. 저번 전쟁 때 왕은 그런 위험에 빠질 뻔했죠. 발탄과의 전쟁에 정당성을 부여했다가 패전하는 바람에.

이제 왕은 그 힘을 다시 사용했습니다. 자신의 목숨을 걸고.

사열식장에서, 왕은 숨소리조차 내지 않는 병사들을 죽 둘러보고는 하늘을 향해 외쳤습니다.

"그림자 지우개를 가져왔다. 이제 왕은 네가 원하는 싸움을 할 준비가 되었다. 이 저주받을 짐승아!"

왕은 그림자 지우개를 뽑아들었습니다.

병사들은 괴성을 질렀습니다. 분명 총기류에 익숙한 현대적 군인인 그들이었지만 고대로부터 내려온 힘인 드래곤에게 처절하게 농락당한 지금 그들의 사고 방식은 2큐빗짜리 쇠붙이를 흔드는 왕에게 열광을 보낼 정도로 변화되어 있었습니다. 왕은 베레모에 권총까지 끼고 있었고 그 앞에 도열한 병사들 또한 트라이던트 레버액션 라이플을 들고 수류탄과 탄띠가 달린 서스펜더를 착용하고 있었지만, 어디에도 갑옷이나 투구, 창 등은 보이지 않았지만 그 광경을 보는 모든 이는 영광의 7주 전쟁 재현 행사를 보는 듯한 기분을 느꼈습니다.

왕은 뭔가를 아는 남자였습니다. 그는 빳빳하게 다려놓은 군복 윗옷을 벗어던지고 내의까지 벗어 벌거벗은 상체를 드러내었습니다. 베레모도 내팽개쳐 원시 전사 같은 모습이 된 왕은 오른손으로 칼자루를, 왼손으로 칼날을 쥐고는 그림자 지우개를 하늘 높이 들어올렸습니다. 그러고는 바이서스 왕가의 수호신을 소리 높여 불렀습니다.

"아샤스!"

완전히 흥분해 버린 병사들은 하늘을 향해 총질을 시작했습니다. 왕의 앞에서는 절대로 일어나선 안 되는 일이지만 아무도 말릴 수 없었어요. 장교들마저도 권총을 뽑아 하늘로 쏘고 싶은 것을 간신히 참고 있었거든요.

왕은 치켜들었던 고개를 떨구고는 그의 사랑스러운 여인에게 시선을 옮겼습니다. 사열식장 뒤편, 조금 떨어진 곳에는 왕비가 시녀들과 함께 서 있었습니다. 왕비를 향한 왕의 시선엔 무한한 감사가 담겨 있었지요. 병사들을 돕기 위해 궁성을 샅샅이 뒤져 고대의 보물들을 찾아내었던 그 현명하고 자애로운 여인은 궁성 가장 깊은 곳에서 솔로처가 만든 위대한 마법의 검 그림자 지우개도 찾아내었지요. 왕비가 그것을 바친 후에야 왕은 어떤 참모들도 이해하지 못한 프로타이스의 요구를 이해할 수 있었습니다. 프로타이스는 '그림자 지우개를 들고 와라. 한 판 붙어보자!'고 말한 것이었지요.

게다가 왕비는 그 승부의 결말까지 알려주었습니다. 괴팍한 예언자를 설득한 끝에 왕비는 프로타이스가 루트에리노의 후손에게 쓰러질 거라는 예언을 받아내었습니다. 그런 예언을 받은 왕이 역사상의 그 어떤 용맹한 전사와도 비교할 수 없는 승리감과 자신감을 뿜어내고 있는 것은 당연한 일이었지요.

어떤 전설과 달리 그림자 지우개가 아무런 이야기도 하지 않는다는 것은 조금도 중요한 일이 아니었습니다.

74

시에프리너 토벌군 임시 주둔지 안, 왕비의 처소인 커다란 천막 안에서 예언자는 한심하다는 얼굴로 말했어요.

"왜 그런 어리석은 일을 하십니까. 전하. 사람들은 얼마 있지 않아 왕이 들고 있는 검이 마법검은커녕 칼이라고 불릴 수도 없는 물건이라는 것을 알아차릴 겁니다. 장식품 만드는 공방에서 제작한 물건이잖습니까."

"그런 것도 아는 거요? 역시 예언자답군. 하지만 여전히 현실을 보는 눈은 형편없군. 요즘 세상에 슬쩍 보는 것만으로 좋은 칼을 알아보는 관록 있는 기사 따위는 없소. 적당히 화려하면 그만이지. 다시 생각해봐도 정말 다행스러운 일이오. 바이서스 왕가에 이름이 잊혀진 마법검에 대한 전설이 있다는 사실 말이오. 솔로처가 만들었고 무엇이든 잘라내고 스스로 말도 할 줄 안다는 그 검. 당연히 그 이름은 그림자 지우개여야 하오."

"그 가짜 마법검으로 왕과 바이서스 인은 속일 수 있겠지만 프로타이스는 어떻게 하실 겁니까?"

왕비는 시치름한 태도로 유모차 속의 왕자를 보며 말했습니다.

"내가 당신에게 바라는 것은 질문이 아니라 대답이오. 그러니 입을 닫고 내 말을 들은 후 대답하시오. 내일 정오, 프로타이스는 어디 있게 되오?"

예언자는 움찔했습니다.

"어떤 미래를 예언할지는 제 소관입니다."

"당신이 제대로 된 기억력을 가지고 있다면 그 동의가 한시적인 동의였음을 기억할 거요. 나는 그 한시적 동의를 철회하오. 내일 정오 프로타이스의 위치는?"

"도대체⋯⋯ 느닷없이 가짜 예언을 하고 가짜 검을 주어 왕을 전장까지 오게 하시더니 이젠 왕을 프로타이스에게 보내지 못해 안달하시는 겁니까? 바이서스는 어차피 파멸할 테니 그 전에 왕을 영웅으로 죽게 하시겠다는 겁니까?"

왕비는 의자에서 벌떡 일어났습니다. 그러곤 예언자의 뺨을 후려쳤습니다.

귀족 여인들의 연약함을 묘사하는 소설들은 그리 정확한 것은 아닙니다. 예를 들어 승마를 즐기는 귀부인들은 고삐를 다룰 팔힘과 말에게 압력을 가할 만한 다리 힘을 가지고 있지요. 무용에

능한 숙녀들은 상당한 균형 감각과 순발력을 가지고 있고요. 무거운 총을 든 채 흔들림 없이 조준할 수 있고 발사의 반동을 이겨낼 수 있는 명사수라면 어떨까요?

예언자는 바닥에 쓰러질 뻔했습니다. 왕비가 냉랭하게 말했어요.

"설령 농담이나 비유라 하더라도 그런 끔찍한 일을 함부로 입에 담는 것은 용납할 수 없다."

"끔찍한? 왕의 죽음……"

예언자는 말을 끝맺지 못했습니다. 왕비가 반대쪽 뺨을 쳤거든요. 성질이 온화하다고 말하기 어려운 예언자는 격노에 사로잡혀 왕비의 팔을 움켜쥐려 했습니다. 하지만 예언자는 손을 멈췄습니다. 이마에 닿은 리볼버 총구는 훌륭한 설득력을 가지고 있었지요.

왕비는 공이를 당긴 다음 총구로 예언자의 이마를 세게 눌렀습니다.

"왕께서는 그 추악한 생물들을 없앨 것이다. 왕의 앞날에는 어떤 재난도, 어떤 예기치 못한 불상사도 없을 것이다. 나의 왕이시니까! 내가 그렇게 되도록 할 거야. 너는 아무 말 없이 나를 돕기만 하면 돼! 내가 널 가졌으니까!"

"내 아들의 어머니라고 해서 네가 나를 가졌……"

"가졌어! 네가 너의 내일을 나에게 넘겼으니까!"

예언자는 무릎을 꿇었습니다. 총구는 약간의 시차를 두고 그를 따라 아래로 내려왔습니다. 예언자가 고개를 떨구었기에 총구는 그 정수리를 겨냥했습니다.

"예언은 폭력이다? 이 나약한 자식아. 인간은 누구나 미래를 봐! 가을을 볼 수 없는 농부가 어떻게 봄에 씨를 뿌릴까. 너는 누구보다 정확하게 볼 수 있을 뿐이야. 단지 그것뿐이지. 누구나 하는 일을 하지 않겠다는 건 네가 겁쟁이라는 말일 뿐이야! 넌 미래에 겁먹고 삶에 겁먹어 네 속으로 파고든 다음 모든 이를 경멸하는 흔해빠진 놈팡이야!"

예언자는 고개를 숙인 채 어금니 밖으로 목소리를 내보냈습니다.

"네 왕은 2큐빗짜리 쇠몽둥이 들고 영웅놀이를 하는 원시인이고 넌 돌 맞아 죽을 간통녀야."

왕비는 방아쇠를 반쯤 당겼습니다. 한껏 압박 받던 공이치기의 용수철이 해방을 약속하는 더 큰 압박에 전율했어요. 방아쇠에 밀알만큼의 무게만 더 얹혀져도……

왕비는 방아쇠를 놓았습니다.

예언자는 스산한 표정으로 왕비를 올려다보았습니다. 왕비는 분노에 지겨워하는 것처럼 보였어요.

"과녁을 잘못 골랐다고 생각했을 뿐이야."

왕비는 천막 한쪽으로 걸어갔습니다. 거기엔 왕비의 소지품들이 담긴 몇 개의 상자가 놓여 있었습니다. 왕비는 그 중 가장 큰 상자의 빗장을 풀고는 상자 뚜껑을 열었어요. 그러고는 리볼버로 상자 안쪽을 겨냥한 채 예언자에게 눈짓을 했습니다. 와서 봐.

상자로 다가간 예언자는 신음했습니다.

커다란 상자 안에는 웅크린 인간 여자가 들어 있었습니다. 벗기고 남은 것이 아니라 찢어내고 남은 것이 분명한 옷 쪼가리로 덮여 있는 몸은 불쌍하리만큼 부어 있었고 흐트러진 머리카락 사이의 얼굴은 창백했습니다. 잠든 것처럼 보이지만 기절한 건지도 모릅니다. 정신이 조금만 있었다면 갑작스러운 빛에 어떤 반응을 보였을 텐데 여자는 눈을 감은 채 꼼짝하지 않았습니다.

예언자가 흐느꼈어요.

"왕지네."

75

이른 아침, 독수리가 날개 아래쪽에 빛을 받으며 날고 있었습니다.

독수리들이 좋아하는 비행 시간은 아니죠. 그처럼 큰 새에겐 땅이 뜨거워져 공기가 하늘로 치솟는 시간이 날기에 편합니다. 분명 괴벽이고, 괴벽은 함부로 부리는 것이 아닙니다. 그 독수리의 경우 하마터면 총에 맞을 뻔했습니다.

왕비는 짜증스러운 얼굴로 독수리를 겨냥했던 리볼버를 다시 꽂아 넣었습니다. 그러고는 얼이 빠진 채 쳐다보는 경계병에게 사실대로 말했습니다.

"프로타이스인 줄 알았소."

경계병은 겨우 이해하고는 고개를 끄덕였습니다.

"그렇습니다. 전하. 언제 프로타이스가 날아올지 모르는 위험한 곳입니다. 아무래도 산책은 그만두시는 것이 좋겠습니다."

"멀리 가진 않을 거요. 언제든 돌아올 수 있는 곳까지만 갈 예정이오. 이렇게 좋은 아침에 화약 냄새 물씬 풍기는 저 안에 있어서야 나도 왕자도 숨이 막히지 않겠소."

경계병은 허락할 수 없다는 말만 반복했습니다. 좋은 군인다운 태도였지만 왕비는 칭찬을 하는 대신 유모차를 밀고 그를 지나침으로써 그를 상심케 했지요. 가장 존엄한 여인을——게다가 권총까지 차고 있는——물리적으로 제지하기 어려웠던 경계병은 그녀의 등에 대고 멀리 가지 말라고 말한 다음 참호 안으로 돌아갈 수밖에 없었습니다.

왕비는 유모차를 밀면서 생각했습니다.

'프로타이스가 올지도 모른다고? 그게 아냐. 프로타이스는 반드시 와.'

왕비가 그런 아침에 산책에 나선 것은 그 때문이었죠. 예언자는 이 시각에 프로타이스가 이곳을 향해 온다고 말했습니다. 그래서 왕비는 미리 나와서 기다리기로 했습니다. 그녀를 끌고 돌아가려고 애쓸 시녀들까지 떼놓은 채 말입니다. 궁정 예절이 거의 무시되거나 약화되는 전선이었기에 가능한 일이었지요.

우마차와 트럭이 오가며 길을 다져놓았기에 유모차를 밀면서도 왕비는 수월하게 속력을 낼 수 있었습니다. 몇 분 정도 걸은 왕비는 미리 봐두었던 야트막한 언덕으로 올라갔습니다. 근심스러운 표정으로 왕비를 쌍안경으로 좇던 경계병들은 안도했습니다. 왕비가 만약 숲속으로 들어갔다면 쌍안경으로도 그녀를 볼 수 없었겠지요.

물론 왕비가 경계병들을 안심시키려고 언덕에 올라간 것은 아닙니다. 프로타이스의 접근을 알아차리기 위해선 개방된 장소가 필요했던 거죠. 언덕 정상에 유모차를 멈춘 왕비는 바위에 걸터앉았습니다. 그러곤 허리춤에서 그림자 지우개를 풀어 옆에 내려놓았습니다.

'머릿속으로 목표를 결정하고, 그림자 지우개로 겨냥한 후, 덮개를 연다.'

왕비는 싱긋 웃었습니다. 이것은 정말 산책이 될 거예요. 예언자가 말한 것처럼 프로타이스는 반드시 올 테지만, 그래서 대단한 혼란이 일어날 테지만, 프로타이스는 곧 원래부터 없었던 존재가 될 겁니다. 소동은 일어나지 않은 것이 될 테고 왕비 자신도 그런 일이 있었다는 것을 모른 채 산책에서 돌아갈 겁니다. 왕비는 약간의 아쉬움을 느꼈어요. 원래 없었던 드래곤이나 원래 일어나지 않은 일을 기억할 수는 없겠지만, 그래도 춤추는 성좌를 없애버린 일을 기억할 수 없게 된다는 것은 아쉬운 일이었죠.
'왕의 장애물일 뿐이야. 기억해 줄 필요 없어. 그 이름은······'
"프로타이스! 프로타이스다!"
왕비는 깜짝 놀라 정신을 차렸습니다. 경계병들이 프로타이스의 접근을 알아차리고 종을 울려대고 있었습니다. 상념에 빠져 있던 자신을 꾸짖으며 왕비는 하늘을 보았습니다.

동쪽 하늘로부터 프로타이스가 날아왔습니다.
보석으로 뒤덮인 거대한 드래곤이 지평선을 깨부수며 해일처럼 일어났습니다. 그 날갯짓에 구름이 찢어지고 그 몸에서 내뿜는 보석광이 하늘을 그을릴 것 같습니다. 동쪽은 아마도 의도된 방향이겠지요. 아침의 태양을 등진 프로타이스는 똑바로 쳐다보기 힘들만큼 찬란하게 번뜩이고 있었지요. 잠깐 동안이지만 왕비는 그림자 지우개를 들어올릴 생각도 못한 채 넋을 잃고 그 모습을 바라보았습니다. 가까스로 손에 쥔 그림자 지우개를 떠올렸을 때 왕비의 귀에 청천벽력 같은 소리가 들려왔습니다.

"프로타이스가 아냐! 푸른 드래곤! 지골레이드다! 시에프리너의 아버지 지골레이드다!"

군영 쪽에서 어떤 이가 목이 찢어져라 외치고 있었습니다. 왕비에겐 너무도 어처구니없게 들리는 소리였지요. 왕비는 의혹에 가득 차서 동쪽 하늘의 드래곤을 보았습니다. 그것이 딸을 구하기 위해 온 지골레이드일까요? 그 번뜩임은 몸에 붙인 보석이 아니라 단지 햇빛인 것일까요? 그렇게 생각하기 어려웠습니다. 왕비는 해명해 보라는 듯한 표정으로 군영 쪽을 돌아보았습니다.

해명은 곧장 주어졌습니다. 절망처럼 푸른 몸에 잘 벼려진 칼날을 연상케 하는 몸, 그리고 입 주위에선 청백색의 파괴적인 번개가 이글거리고 있는 드래곤. 지골레이드가 분명했지요.

다만 그것은 남쪽 하늘에서부터 날아오고 있었습니다.

왕비는 주정뱅이처럼 동쪽과 남쪽을 번갈아 쳐다보았습니다. 동쪽 하늘에서는 프로타이스가, 남쪽에서는 지골레이드가 날아오고 있다는 그 단순한 사실이 마법처럼 느껴졌습니다. 그녀의 혼란을 말로 풀어보면 이렇게 되겠지요. 프로타이스이기도 하며 지골레이드이기도 하고, 동쪽에 있으면서 또한 남쪽에도 있다……. 확실히 무슨 마법처럼 들리네요. 왕비가 가까스로 그 한심한 상황에서 빠져나왔을 때 사태는 더욱 어지러워졌습니다. 군영에서 다시 고함이 들려왔습니다.

"서쪽, 서쪽! 또 있다!"

재난은 구두점을 모른다고 말한 것이 칼 헬턴트였던가요? 왕비에게, 그리고 토벌군에게 일어나고 있는 것은 확실히 구두점 없는 재난이었습니다. 서쪽에, 예. 또 드래곤이 나타났습니다. 새카맣습니다. 하늘에 금이 가면서 갑자기 우주가 보이는 것 같습니다. 그도 그럴 것이, 서쪽으로부터 날아오는 그 드래곤은 날개가 네 개였습니다. 긴 목과 꼬리와 네 장의 긴 날개 때문에 그 드래곤은 여섯 개의 선, 혹은 하늘이 깨진 자국처럼 보였지요. 그런 독특한 모습을 한 드래곤은 사람들에게 굉장히 낯설었습니다. 하지만 바이서스는 한 때 드래곤 라자가 태어나던 나라지요. 왕비는 그 이름을 알 수 있었습니다.

"석양의 감시자…… 아무르타트."

까마득한 옛날 서쪽으로 영영 떠났다고 알려진 석양의 감시자 아무르타트였습니다. 발탄의 어머니라고도 알려져 있지요. 발탄의 건국엔 아무런 도움도 준 적 없지만, 그녀가 서쪽으로 떠난 후에야 바이서스 서쪽의 신천지가 개방되었고 그 땅에 몰려든 이들이 발탄을 건국했으니까요. 그 고대의 역사를 품고 있는 드래곤이 다시 동쪽으로 날아온 겁니다.

하지만 끝은 멀었습니다.

북쪽의 하늘에서 또 드래곤이 나타났습니다! 이번에 나타난 것은 아무르타트와 반대로 새하얀 모습을 한 무시무시한 모습의 드래곤이었습니다. 왕비도 이번에는 그 이름을 알 수 없었습니다. 저토록 인상적인 모습이라면 틀림없이 유명할 텐데요. 문득 왕비는 자신이 현존하는, 혹은 현존하고 있을 것으로 추측되는 드래곤만 검토하고 있다는 것을 깨달았습니다. 그 깨달음이 왕비를 전율하게 했습니다. 그런 일이 있을 수 있을까요?

"캇셀…… 캇셀프라임?"

북쪽에서 날아오는 새하얀 드래곤은 까마득한 옛날, 닐시언 대왕 시절에 죽었던 캇셀프라임입니다! 왕비는 턱을 부들부들 떨었습니다. 서쪽으로 영영 떠났다고 알려졌던 아무르타트가 돌아온 것까지는 이해하더라도, 저편으로 떠난 캇셀프라임이 죽음을 넘어 돌아오다니오.

죽음을 어떻게 넘어왔는지는 알 수 없지만, 혼자 온 것은 아니었습니다.

왕비는 신경을 거슬리게 하는 소리를 듣고는 시선을 끌어내렸습니다. 그녀가 하늘을 보던 사이에 땅에는 어느새 시커먼 연기가 대형 산불을 연상시키는 모습으로 깔려 있었어요. 그 아래에서 무엇인가가 움직였습니다. 왕비는 고대의 기마병들을 떠올렸지만 실제로 들려온 소리는 훨씬 더 자극적이었습니다. 살이라는 느낌이 하나도 없었어요. 기수와 말 모두에게 충분히 있어야 하는 살과 근육 말입니다. 그런 것들이 느껴지지 않았지요. 오로지 딱딱함뿐인, 마치 뼈와 금속만으로 이루어진 기마부대가 다가오고 있는 것 같습니다.

연기 사이로 나타난 것은 놀랍게도 정말 뼈와 금속만으로 이루어진 부대였습니다. 그들은 음산한 노래를 불렀습니다.

"얼얼어어붙붙은은 마마음음, 핏핏빛빛 깃깃발발! 데데스스나나이이트트의의 율율법법!"

왕비는 어지러움을 느꼈습니다. 데스나이트였습니다. 그 옛날 솔로처에게 파멸당했던, 그리고 몇 백 년 후 부활하여 바이서스 남부를 초토화시켰다가 다시 사라졌던 그 악령의 부대였습니다.

그 뒤를 이어 다른 것들이 사방의 하늘과 땅에 계속 나타났습니다. 와이번들이, 그리핀들이, 하피들이 하늘을 가르며 날아왔습니다. 비틀거리는 좀비들이 뒤뚱거리는 미노타우르스와 꿈틀거리는 키메라와 함께 다가왔습니다. 최근 몇 백 년 동안 아무도 보지 못했던 모습들이었지요. 병사들은 공황 상태에 빠졌습니다.

무차별 발포는 당연한 수순이었지요. 어디를 봐도 그덴산의 거인임이 분명한 거대한 형체가 쿵쿵거리며 다가왔을 때 비로소 첫 번째 총성이 울렸으니 바이서스 군인들도 정말 잘 참은 셈입니다. 그들의 훈련 담당자들은 자랑스러워해도 될 거예요.

권총이, 소총이, 기관총이 불을 뿜었습니다. 더 처절한 것은 병사들의 비명이었는지도 모르겠습니다. 그 중에는 정신착란적인 웃음도 있었지요. 소를 타고 달려오는 고대 전사를 보고 터뜨린 웃음이지만 결코 우습거나 어이가 없어서 내뱉는 웃음은 아니었어요.

77

첫 번째 총성이 울리고나서 잠시 후 예언자는 광분하는 병사들 사이를 터벅터벅 걸어갔습니다. 달리거나 몸을 웅크리지도 않았고 마차 아래로 기어가지도 않았지요. 서가로 다가가는 도서관 이용자 같은 차분한 걸음걸이였습니다. 하지만 사방의 환영들에게 총을 쏘거나 비명을 날려 보내느라 정신이 없었던 병사들은 그를 보지 못했습니다. 예언자는 그 사실에 놀라지 않았습니다. 5분 전 그가 미래를 보았을 때 병사들이 그를 보는 장면은 없었으니까요.

예언자는 딱 한 번 걸음을 멈추고는 눈을 감았습니다. 그가 다시 눈을 떴을 때 그의 발 앞엔 병사 한 명이 쓰러져 있었습니다. 그가 5분 전에 본, 유탄에 맞은 불운한 병사였지요. 예언자는 허리를 숙여 병사의 소총과 탄띠를 집어 들고는 다시 걸음을 옮겼습니다. 여전히 그의 걸음은 태평했지요.

하지만 왕비의 천막 안에 도착하자마자 예언자의 태도가 바뀌었습니다. 몸을 던지듯 달려간 예언자는 황급히 상자를 열었습니다. 안쪽에 있던 왕지네는 갑작스러운 빛에 눈을 제대로 뜨지 못했습니다. 총소리 때문에 정신은 차린 지 오래였지요. 예언자는 한 손으로 그녀를 일으켜 앉히고는 다른 손으로 주머니칼을 꺼내 팔과 다리의 밧줄을 잘랐습니다. 그러곤 그녀의 귀에 대고 속삭였죠.

"크게 말해도 상관없지만 그래도 이왕이면 조용히 해. 재갈을 풀어줄게."

재갈이 풀리자 왕지네는 고통스러운 소리를 내며 두 손으로 입을 감쌌어요. 그녀의 눈에서 눈물이 주루룩 흘러내렸어요. 예언자는 입을 꾹 다문 채 왕지네의 팔다리를 주물렀습니다. 잠시 후 왕지네가 잔뜩 잠긴 목소리로 말했습니다.

"도망치는 거야?"

"도망쳐."

"당신은 안 간다는 말이네?"

예언자는 왕지네를 부축하여 상자에서 일어서게 했습니다. 비틀거리는 왕지네를 의자로 데려간 예언자는 그녀로 하여금 의자 등받이를 붙잡고 서게 했습니다. "다리 풀어." 왕지네는 그를 보다가 다리를 구부렸다 폈다 했습니다.

"음. 왜 이렇게 된 건지 묻지 않아?"

"봤어."

"응?"

"당신 미래는 보지 않았어. 대신 과거를 봤지. 왕비가 당신 얼굴을 알아봤지? 그리고 그림자 지우개를 뺏은 다음 당신을 감옥에 집어넣었다가 상자에 담아 출정했고."

왕지네는 앉았다 일어섰다 하던 것을 멈추고 똑바로 섰습니다.

"내 과거를 봤다고?"

"최근만 봤어. 당신이 잡힐 때의 과거만. 그 외에는 아무것도 보지 않았어. 맹세해도 좋아."

"당신 미래 말고 과거도 볼 수 있어?"

"현재가 아닌 시간을 보니까 과거도 볼 수 있어. 자세히 설명하고 싶지만 시간이 없어. 총 쏠 줄 알아?"

"확실히 내 과거를 다 보진 않은 모양이네. 쏠 줄 알아."

예언자는 소총을 왕지네에게 건네곤 직접 탄띠도 채워주었습니다. 예언자가 버클을 채울 때 왕지네가 속삭이듯 말했습니다.

"자기가 원해서 태어나는 사람은 아무도 없더라."

예언자는 흠칫하다가 뒤로 물러났습니다. 왕지네가 그의 팔을 붙잡았어요. 왕지네를 보던 예언자는 고개를 돌렸습니다.

"당신 아들에게 미안해? 태어나게 해서? 그러지 마. 그건 당신 아들에게 모욕이야. 아들이 좋아서 곁에 있겠다면 상관없어. 손 흔들고 떠날게. 하지만 태어나게 한 빚을 갚기 위해 아들 곁에 있지는 마. 그런 거라면 지금 나하고 같이 도망쳐."

예언자는 팔목을 슬쩍 끌어당겼습니다. 왕지네는 힘 있게 그것을 쥐었다가 탁 풀어주었지요. 팔이 아프지는 않았지만 예언자는 왕지네에게 잡혔던 손목을 주무르는 시늉을 했습니다. 그가 힘없이 말했어요.

"왜…… 지금도 내 이야기뿐인 거야. 당신 푸념이나 당신 분노는 어디 간 거야?"

왕지네는 무슨 그런 질문을 하냐는 표정을 지었지요.

"우리 둘이 있을 때 더 바보는 당신인 걸로 오래 전에 결정 난 걸로 아는데? 덜 바보가 더 바보 신경 써줘야지. 자, 어떻게 할 거야?"

78

"사격 중지! 사격 중지! 환영이다. 환영이라고!"

왕은 사방을 향해 고함을 질렀습니다. 수많은 사람들이 총성을 울리고 있는 상황에선 무의미한 짓이지요. 근위병들은 왕이 유탄에 맞을까봐 황급히 그를 끌어당겼습니다. 격노한 왕은 장검을 뽑아 그들을 물러나게 했습니다. 왕은 억울함과 노여움에 목소리가 갈라지는 것도 모른 채 외쳤습니다.

"이럴 틈이 있거든 병사들이나 말려! 저건 환영이야! 죽은 캣셀프라임이 어떻게 우리를 공격한단 말이냐! 길시언 왕자가 왜 바이서스를 공격한단 말이냐! 정신 차려라, 바이서스의 병사들아!"

왕의 거듭된 외침이 겨우 주위의 몇몇 사람들에게 전달되었습니다. 그들도 가까스로 뭔가가 이상하다는 것을 느꼈지요. 그 중엔 좀더 발전된 사고를 하는 이도 있었어요.

"하지만, 전하. 왕비 전하의 은혜로 이곳에는 마법 방어 도구들이 즐비합니다. 이런 곳에서 어떻게 마법으로 사람을 속일 수 있을까요?"

왕은 내가 알게 뭐냐고 말하고 싶었습니다. 하지만 누군가의 비명 때문에 그러지 못했지요.

"와, 왕비 전하!"

고함을 지른 것은 어떤 상사였습니다. 왕은 불길한 예감을 느끼곤 황급히 상사에게 다가갔습니다. 상사는 눈치 빠르게도 왕이 묻기도 전에 외쳤지요.

"전하! 왕비 전하가 저 밖에 계십니다! 조금 전 왕자 전하와 함께 산책을 나가셨……"

왕은 비명을 지르곤 황급히 달렸습니다. 그는 병사 한 명에게서 라이플을 뺏고는 그대로 왕의 말 퍼시발에 뛰어올랐습니다.

"근위병들은 나를 따르라! 상사?"

상사는 지체 없이 손으로 방향을 가리켰습니다. 왕은 그대로 말을 몰아 달려갔습니다. 위험하기 짝이 없는 짓이었지요. 주위에선 공황에 빠진 병사들이 여전히 하늘과 땅을 향해 마구잡이로 총을 쏘아대고 있었거든요.

한편 왕비는 어리둥절함과 분노에 휩싸여 하늘을 보고 있었습니다. 하늘을 뒤덮고 있는 고대의 악몽들은 크기와 형태뿐만 아니라 비행 궤도가 모두 달라서 마치 벌떼의 비행을 보는 것 같았어요. 날아다니는 벌떼는 커다란 덩어리로만 파악할 수 있을 뿐 벌 한 마리 한 마리를 눈으로 좇는 것은 불가능하죠. 하지만 드래곤은 그 장대한 크기와 워낙 인상적인 모습 때문에 주위의 혼란 속에서도 두드러졌지요.

그래서 왕비는 조금 전 똑같은 드래곤들이 뒤섞여 있다는 것을 발견할 수 있었어요. 왕비는 전혀 다른 위치에서 프로타이스를 세 마리 보았습니다.

왕비는 땅으로 시선을 옮겼습니다. 역시 커다란 것들이 파악하기 쉬웠죠. 그덴산의 거인은 넷이나 있었습니다. 바이서스 인들에겐 너무도 친숙해서 눈에 쉽게 들어오는 것도 그 숫자를 파악하기 쉬웠습니다. 저주에 걸려 소로 변한 명마를 타고 다녔다는 길시언 왕자를 본 왕비는 완전히 정반대 방향에서 똑같은 왕자를 볼 수 있었습니다. 왕비는 왕과 같은 판단을 내렸습니다. 그것은 환영이었습니다. 그것도 속이고 싶지도 않다는 듯이 대놓고 가짜임을 주장하는 환영이었지요. 보나마나 엄청난 노고가 들어갔을 그런 기적을 그렇게 낭비해 버리는 건 어떤 미치광이의 소행일까요?

가시려던 두려움이 더 큰 모습으로 변해 왕비를 덮쳤습니다.

잠깐 동안의 혼란만이 목표라면 그것은 공을 너무 들인 재주입니다. 그렇다고 해서 조금만 관찰하면 가짜라는 것을 알 수 있는 거짓말로 토벌군을 속여 넘길 수 있다고 믿는다면 그것은 바보일 겁니다. 그리고 예언자는 오늘 이 시각에 분명히 프로타이스가 온다고 말했습니다. 왕비의 입에서 고통스럽게 단어 하나가 흘러나왔습니다.

"변신……!"

모든 드래곤은 드래곤이 아닌 것으로 변신할 수 있지요. 어떤 이들은 드래곤의 강대한 힘이나 화염보다 더 무서운 것으로 그 변신 능력을 꼽기도 합니다. 주위의 그 누구도 믿을 수 없게 된다는 점을 놓고 볼 때 퍽 통찰력 있는 주장입니다. 왕비는 그 한 영의 난장판에 왜 드래곤이 아닌 것들도 섞여 있는 것인지 알 것 같다고 생각했습니다. 프로타이스는 인상적인 가짜 드래곤을 하늘에 잔뜩 풀어놓아서 사람들의 주의를 그쪽으로 끈 다음 그 자신은 다른 것으로, 예를 들어 길시언 바이서스로 변신하여 섞여 있을지도 모릅니다. 이 얼마나 무서운 일일까요. 정말 드래곤다운 교활함입니다.

왕비는 어금니를 깨물었습니다.

"그렇다면 전부 다 없애주지! 드래곤 아닌 것부터!"

왕비는 그림자 지우개를 꺼냈습니다. 마침 저 편에 있는 트롤 하나가 눈에 들어왔습니다. 요즘은 퍽 보기 힘들어진 종족이지요. 왕비는 환영이 분명하다는 생각에 그림자 지우개를 겨냥했습니다. 하지만 왕비는 주춤했지요. 근심스러운 얼굴로 주위를 살펴보는 그 트롤은 어이없게도 신관의 복장을 하고 있었습니다. 좀 고전풍이지만 에델브로이의 신관 같군요. 왕비는 반골 드래곤 프로타이스가 저런 괴팍한 모습으로 변한 것인가 의심해 보았습니다. 하지만 그건 괴팍하긴 해도 교활하지는 않았습니다. 고민하던 왕비는 전부 다 없애기로 했음을 떠올리고는 마음을 다잡았습니다. 그녀는 그 트롤을 향해 그림자 지우개를 겨냥하고는 덮개를 열었습니다.

아무 변화도 일어나지 않았습니다.

전장에서 멀리 떨어진 절벽 위에서 이루릴은 불어오는 바람에 머리카락을 흩날리며 서 있었어요. 두 팔은 아르페지오 하는 하프 연주자처럼 유려하게 움직이고 있었고 턱은 당긴 채 눈을 감고 있었습니다. 앞뒤로 움직이는 그녀의 손이 바람을 어루만질 때마다 그녀의 과거에 있던 이들이 현재의 땅 위에, 현재의 하늘 아래에 그 모습을 드러냈습니다.

'나는 당신들을 추모할 수 있어서 기뻐요. 그건 당신들이 여전히 내 속에 있다는 말이니까.'

이루릴은 눈을 떴습니다. 방금 끌어낸 또 하나의 과거가 그녀 앞에서 그녀를 보고 있었습니다. 허공에 떠 있는 그 환영을 향해 이루릴은 눈인사를 보냈습니다.

'오래간만이에요. 안녕하세요.'

그것은 드래곤이었습니다. 선홍빛 몸에 새카만 줄무늬가 있었지요. 프로타이스의 화려함과 지골레이드의 예리함, 아무르타트의 기괴함, 캇셀프라임의 냉엄함은 모두 공포와 절망의 요소였습니다. 그 드래곤의 모습도 그런 것들을 이끌어내기 부족하지 않았습니다. 하지만 그 드래곤이 일깨우는 공포에는 어쩐지 향수와 상실감의 색조가 짙었습니다. 그 호랑이와도 같은 모습은 현대인들이 오래 전에 잃어버린 것들에 대한 상징처럼 보였거든요. 관능적인 원시성, 우미한 야만성, 가치들로 분화되기 이전의 맥동하는 생명력 같은 것이 그 드래곤 주위에 어른거렸습니다. 그런 드래곤이 그토록 침착한 눈을 가지고 있다는 것은 퍽 어울리는 일이었죠. 그 드래곤은 이루릴을 가만히 바라보았습니다.

'나를 죽이는데 일조하더니 이 표한한 시대에 나를 다시 불러내어 도와달라 말하는 건가.'

'예. 화염의 창 크라드메서.'

'무엇을 근거로?'

'근거나 설명은 필요 없어요. 당신은 나니까.'

크라드메서는 싱긋 웃었습니다. 드래곤식의 미소지만 이루릴은 충분히 읽을 수 있었지요. 크라드메서는 거대한 날개를 펼치더니 전장을 향해 질풍처럼 날아갔습니다.

80

왕비의 두려움과 달리 프로타이스는 자신의 모습 그대로 토벌군의 머리 위를 날아다니고 있었습니다. 실로 놀라운 배짱과 한 수를 더 내다보는 혜안을 칭찬하고 싶다면, 그래도 좋습니다. 드래곤을 칭찬하는 것이 해될 일은 아닐 테니까요. 다만 양심상 프로타이스의 비밀 한 가지는 고발해야겠군요. 프로타이스는 결코 변신하지 않습니다. 이루릴이 변신 대신 투명화를 제안했던 것도 그 때문이지요.

그럴 능력이 없는 것은 아닙니다. 모든 드래곤의 능력이니만큼 프로타이스도 변신의 능력을 가지고 있습니다. 하지만 그는 그 능력을 쓰지 않습니다. 프로타이스는 자신이 다른 드래곤들 다 하는 짓은 안 하는 거라고 말할 겁니다. 그리고 아일페사스나 이루릴 등은 프로타이스가 함부로 작은 존재로 변신했다간 보석과 보물에 깔려죽을 테니 변신 못 하는 거라고 말하지요. 어느 쪽이 타당한 설명인지는 여러분이 선택하세요.

그 장대한 거짓의 축제가 필요했던 것 또한 프로타이스가 변신을 하지 않기 때문입니다. 변신이 가능했다면 프로타이스는 그냥 바이서스 병사나 왕비의 시녀 등으로 변신해서 토벌군에 숨어드는 간편한 방법을 쓸 수 있었겠죠. 그런 쇼가 필요했다는 것이 바로 프로타이스가 변신을 하지 않았다는 증거가 될 수도 있겠지요. 물론 추리소설에 나오는 괴물 같은 명탐정이 아닌 왕비는 그 정도까지 내다볼 수는 없었어요.

자기 모습 그대로인 채로 토벌군의 머리 위를 선회하며 프로타이스는 생각했습니다. '정말 시시하군.' 깊은 인상을 받은 모양입니다.

　용감한 프로타이스는 이루릴이 열 개가 아닌 서너 개의 가짜만 만들어내도 만족할 예정이었습니다. 모든 드래곤들이 갈색 산맥에서 이루릴이 열 개의 가짜 크라드메서를 만들어냈다고 말하기에 프로타이스는 그 말을 믿지 않았습니다. 틀림없이 과장의 절대적 후원자인 시간의 장난임이 분명하다는 것이 프로타이스의 견해였지요. 하지만 내키지 않는다는 태도를 분명히 하면서 따라온 이루릴은 과거에 그녀가 알았던 온갖 존재를 기백 단위로 허공에 불러내었습니다. 똑같은 것들이 많았기에 종류만 따지면 기백은 되지 않겠지만 그 정도의 대규모 환영은 드래곤에게도 경외스러운 것이었습니다.

　프로타이스는 그것이 정령의 힘이나 엘프의 능력은 아닐 거라 느꼈습니다. 같은 기술과 같은 힘을 가지고 있다 해도 그것은 이 세계에서 오직 이루릴만이 할 수 있는 일일 겁니다. 프로타이스도 그냥 부피만 놓고 따진다면 그것에 필적하는, 아니, 그보다 더 큰 환영도 만들 수 있을 겁니다. 하지만 그가 무슨 짓을 한다 해도 지금 이루릴이 하고 있는 일은 흉내도 낼 수 없을 거예요. 차원이 다른 일이니까요.

　프로타이스가 인간의 최신 발명품에 해박했다면 틀림없이 영화를 떠올렸을 겁니다. 촬영을 잘 했다면 대규모 전투 장면이라도 영사기 하나로 은막에 띄울 수 있겠지요. 하지만 입술을 내미는 남자와 여자를 따로 촬영한 후 두 필름을 두 개의 영사기에 걸어서 은막 위에 키스하는 장면을 만들어내라고 한다면 영사기사는 난처해할 겁니다. 그런데 이루릴은 병사 하나하나를 따로 촬영한 다음 그 수백 개의 필름들을 수백 개의 영사기에 걸어서 하나의 은막에 동시에 비춤으로써 대규모 전투 장면을 만들어내는 것과 같은 일을 하고 있었습니다. 영사기 전부를 자신의 일부처럼 다루지 않는다면 절대로 불가능한 신기지요.

그 어려움을 잘 이해하기에 프로타이스는 자신의 감탄에 힘껏 저항했습니다. '시시해, 시시하다고!'

그 덕분에 프로타이스는 해야 할 일이 있다는 것을 잊지 않을 수 있었지요. 광란하는 토벌군을 면밀히 관찰하던 프로타이스는 마침내 조금 떨어진 언덕에서 왕비를 발견했습니다. 그리고 그녀의 손에 들린 그림자 지우개도 보았습니다. 왕비는 드래곤에겐 별로 주의를 보내지 않은 채 땅에 있는 보다 작은 존재를 보고 있었습니다. 그래서 프로타이스는 왕비의 머리 위로 쉽게 날아갈 수 있었습니다.

프로타이스는 그림자 지우개에 집중했습니다.

그곳에 마법사가 있었다면 순간적으로 질식할 것 같은 느낌을 받았을 거예요. 하지만 인간은 마법을 잃었지요. 프로타이스의 거대한 힘은 아무에게도 들키지 않은 채 왕비가 들고 있는 조그만 각등에 쏟아졌습니다.

'부서져라!'

"그렇다면 전부 다 없애주지! 드래곤 아닌 것부터!"
아무 변화도 일어나지 않았습니다.
"그렇다면 전부 다 없애주지! 드래곤 아닌 것부터!"
아무 변화도 일어나지 않았습니다.

"그렇다면 전부 다 없애주지! 드래곤 아닌 것부터!"

아무 변화도 일어나지 않았습니다.

"그렇다면 전부 다 없애주지! 드래곤 아닌 것부터!"

왕비는 그림자 지우개를 들어 겨냥하려 했습니다. 하지만 눈에 들어오는 것이 별로 없었지요. 가장 가까이 있는 환영도 꽤 멀리 떨어져 있어서 주위의 다른 것들과 분리하여 보기 어려웠습니다. 왕비는 그 환영들이 좀 더 가까이 다가올 때까지 기다렸다가 시작해도 되겠다고 생각했습니다. 그녀는 그림자 지우개를 처음 쓴다는 사실에 약간 긴장하여 다시 그 사용 절차를 되뇌어 보았습니다. '머릿속으로 목표를 결정하고, 그림자 지우개로 겨냥한 후, 덮개를 연다.' 간단하군요. 한 번도 쓴 적은 없지만 실수할 것 같지는 않습니다. 왕비는 호흡을 가다듬고 그 첫 번째 사용을 준비했습니다.

왕자가 갑자기 울음을 터뜨렸습니다.

왕비는 언짢아졌습니다. 모든 생물은 자식의 구조 신호에 민감하게 되어 있지요. 아기 울음소리는 인간을 가장 초조하고 불안하게 만드는 소리들 중 하나입니다. 왕비는 화가 치민 채 유모차 안을 들여다보았습니다. 왕자는 얼굴이 새빨개진 채 두 발을 버둥거리며 울고 있었습니다. 그 얼굴을 보자 왕비의 초조감은 더욱 커졌지요.

"도대체 왜 이래!"

왕자는 마치 대답이라도 하듯 팔 하나를 높이 들이올렸어요. 왕비는 그 조그만 손가락이 가리키는 곳, 그러니까 하늘이라 불리는 것을 쳐다보았습니다. 그곳엔 형형색색의 비행 괴물들과 드래곤들이 날아다니고 있었지요. 무서운 포효를 내지르거나 당장이라도 누군가를 낚아챌 듯 위협적으로 급강하하기도 했어요. 하지만 지면에 어느 정도 다가선 후 그것들은 병사들의 총격이 부담스럽다는 듯 다시 날아올랐습니다. 환영들이 할 만한 기만책이었지요. 왕비는 이를 갈았습니다.

유모차에 누워있는 왕자에겐 그 광경이 똑똑히 보였겠지요. 왕비는 신경질적으로 유모차 손잡이를 움켜쥐었습니다.

"가만히 있어. 저건 다 가짜야. 왜 예언자의 자식이면서 환영에……"

왕비는 눈을 크게 떴습니다. 왕자는 손을 더 힘껏 뻗었지요. 그것은 하늘이나 여러 마리의 괴물을 가리키는 어정쩡한 손짓이 아니었습니다. 분명히 개별적인 하나의 대상을 지시하는 손짓이었지요.

왕비는 숨을 들이마시며 다시 황급히 하늘을 보았습니다. 거대한 드래곤들이 먼저 눈에 들어왔습니다. 왕자의 손가락이 가리키는 방향에는 아무르타트가 둘, 그리고 지골레이드가 셋, 캇셀프라임이 하나 보였습니다.

그리고 프로타이스도 하나 있었습니다.

82

프로타이스는 우울했습니다. 머지않았다는 느낌이 들었거든요.

그의 예상대로였어요. 구층탑은 장구한 세월 동안 그림자 지우개를 확실히 약화시켰지요. 수치화해서 말할 수는 없지만, 프로타이스는 이제 곧 그것이 부서질 거라고 확신했습니다.

'아무래도 성공할 것 같군.'

성공의 전망이 그의 의욕을 감퇴시켰습니다. 프로타이스는 그냥 집어치우고 다시 방랑을 떠나는 것에 대해 생각해 보았습니다. 그렇다면 드래곤들은 그를 비난하겠지요. 그 전망은 매혹적이었습니다.

그런데 지상을 보던 왕비가 갑자기 고개를 들어 하늘을 보았습니다. 그것도 뭘 찾는 것처럼 두리번거리는 것이 아니라 한쪽 방향을 똑바로 응시했지요.

바로 프로타이스가 있는 방향이었어요.

프로타이스는 유쾌해졌어요.

조금 전까지 우울함을 느꼈다는 것이 믿어지지 않을 만큼, 이루 말할 수 없이 좋은 기분이었죠. 바람이 몸에 박힌 보석들을 문질러 불꽃을 만들어내는 것 같았습니다. 사백 년 전 디시노에 인어 문제로 드래곤 레이디와 싸우다가 서로 머리를 들이받은 이후로 그렇게 좋은 기분은 처음이었죠(그건 정말 대단한 박치기였습니다. 디시노에 인어의 전승에 따르면 세상은 사백 년 전 두 드래곤의 박치기에 의해 창조된 걸로 되어 있지요.).

'이거 봐라. 저 꼬마한테 들켰단 말이지? 조금만 더 하면 성공인데?'

춤추는 성좌는 웃음을 터뜨렸습니다. 어느덧 형식적으로 변해버린 압박이 바뀌었습니다. 프로타이스는 자신 전체를 그림자 지우개에 퍼부었어요. 그것은 대해일이 조그만 배를 덮치는 것 같았습니다. 배를 뒤집는 것이 아니라 용골 방향을 축 삼아 고속회전 시켜버릴 대해일이었지요.

마침내 더 견딜 수 없다는 듯 프로타이스는 아래를 향해 급강하했습니다. 하늘에서 압박만 퍼붓는 것이 성에 차지 않았던 게죠. 땅을 향해 쏟아진 하늘의 화살처럼 내리꽂히며 프로타이스는 포효했습니다. 유피넬과 헬카네스에게 보내는 감사처럼.

왕비가 덮개를 열었습니다.

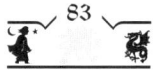

왕비는 캇셀프라임을 경멸 어린 눈으로 쳐다보고는 다시 고개를 내렸습니다. 이미 오래 전에 죽은 드래곤을 불러낸 시에프리너의 심리가 손에 잡힐 듯합니다. 시에프리너는 현대의 젊은 드래곤에게 이렇게 말하고 싶은 것이죠. '옛 드래곤이라면 그렇게 도망치지 않았을 거야. 이 겁쟁이들아!'

왕비가 생각하기엔 옛 드래곤이라 해서 별로 다를 것 같진 않았어요. 드래곤은 다른 드래곤을 위해 목숨을 거는 생물이 아니지요. 자기를 위해 다른 드래곤의 목숨을 거는 것은 즐기겠지만. 그 옛날 캇셀프라임을 살해한 것도 인간이나 다른 종족이 아니라 같은 드래곤인 아무르타트였지요. 자신을 돕지 않는 다른 드래곤에 실망한 나머지 옛 드래곤들의 환영을 불러낸 시에프리너의 모습에는 드래곤이 드래곤이기에 가지는 최소한의 위엄도 보이지 않았어요.

'그런데 시에프리너가 어떻게 그덴산의 거인이나 길시언 왕자를 알고 있는 거지?'

왕비는 다시 환영들을 살펴보았습니다. 시에프리너가 자기 위안을 위해 아무르타트나 캇셀프라임을 만들어낸 것은 이해할 수 있지요. 전설적인 영웅을 불러낸 셈이니까요. 하지만 시에프리너가 아무리 비참한 상태라 하더라도 고대의 거인이나 고대의 인간 왕자를 불러냈다는 것은 좀 이상했어요.

왕비의 입이 조금 벌어졌습니다.

'시에프리너가 아니라 이루릴 세레니얼이군!'

그 엘프가 분명했지요. 왕비는 엘프에겐 마법과 다른 신기한 기술이 있다는 것을 떠올렸습니다. 그곳에 그 많은 마법 방어 도구들이 있는데도 환영이 제멋대로 나타날 수 있는 것은 그것이 마법이 아니기 때문이었어요.

왕비는 긴장감을 느꼈습니다. 루트에리노 대왕 시절까지 거슬러 올라가는 환영들을 통해 추측해 볼 때 그 엘프의 나이는 바이서스의 역사에 버금가는 것 같았어요. 그리고 그녀에겐 마법 방어 도구로도 막을 수 없는 신비한 기술이 있었지요. 장구한 연륜과 정체를 알 수 없는 기술은 공포의 조합으로 최적이라 할 수 있지요. 게다가 그녀는 바이서스에 대해 적대적으로 행동하고 있습니다. 이것은 어쩌면 경고인지도 모르지요. 시에프리너에게 더 접근하면 직접적인 물리력을 행사하겠다는.

왕비는 이루릴을 반드시 없애야겠다고 결심했습니다. 지금까지 비슷한 결심을 했던 다른 이들과 달리 왕비에겐 그림자 지우개가 있었어요. 이루릴이 어떤 가공할 세력과 친분을 맺고 있든 그림자 지우개 앞에서는 문제될 것이 없었어요. '원래부터 없었던' 엘프가 될 테니까요. 복수가 없죠. 왕비는 난폭한 웃음을 터뜨리고 싶었습니다. 이 환영들도 원래부터 없었던 것이 될 거예요. 경고도 원래부터 없었던 것이 되겠지요.

왕비는 환영을 향해 그림자 지우개를 내밀면서 웃었습니다.

아무 변화도 일어나지 않았습니다.

왕비는 그림자 지우개를 내밀었습니다……

아무 변화도······

왕비는······

"왕비!"

흙과 돌이 튀기는 소리와 함께 왕의 목소리가 들려왔습니다. 왕비는 깜짝 놀라서 뒤로 돌아섰어요. 왕이 오고 있었어요. 퍼시발이 언덕을 맹렬하게 치달아오르고 있었지요. 그 뒤로는 근위병들이 따르고 있었습니다. 왕비는 기쁨과 약간의 수줍음, 그리고 사랑을 느끼며 왕을 마주보았어요. 왕비 앞에 도착한 왕은 퍼시발을 비스듬히 세워두고는 못 말리겠다는 표정으로 웃었습니다.

"산책은 잘 하셨습니까?"

"심려를 끼쳐드렸나 보군요."

"이곳은 바이서스 임펠이 아닙니다. 나를 따라 이곳까지 와준 것에 대해서는 어떤 말로도 모자랄 고마움을 느끼고 있지만, 바로 그렇기 때문에 혹 왕비께 무슨 일이 생긴다면 나는 견딜 수 없을 겁니다."

왕비는 말없이 고개를 숙여 보였습니다. 왕은 자신이 호들갑을 떨었다고 느끼고는 쑥스러운 얼굴로 말했어요.

"하긴 왕비도 많이 답답했을 테죠. 어울릴 만한 귀부인도 없고 왕비의 여흥이 될 만한 것도 없는 딱딱한 전장이니. 내가 미리 살피지 못해 미안합니다."

왕비는 가슴이 벅차는 느낌과 함께 자책감을 느꼈습니다. 괜한 일을 한 것이 분명했어요. 이곳은 전장입니다. 왕이 장군들과 대부분의 시간을 보낸다고 해서 마음대로 산책을 나와버리는 건 어딜 봐도 어리광이었어요. 왕비는 자기 마음속에 '내가 밖으로 나가면 왕이 나를 따라오는지 보자.' 하는 생각이 있었다는 것을 솔직히 인정했습니다. 절로 얼굴이 붉어질 일이었어요.

　왕은 퍼시발을 근위병에게 넘기더니 유모차에서 왕자를 안아 올렸습니다.

　"그럼 돌아갈까요?"

　왕비는 뿌듯함으로 눈을 빛내며 대답했습니다.

　"예. 전하."

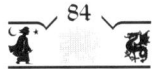

84

　산책은 특별한 일 없이 끝났지만 왕이 마중을 나온 것 때문에 왕비는 기분이 퍽 좋았어요. 왕이 오늘 아침도 병사들과 함께 식사하겠다고 말하며 양해를 구할 때도 미소를 지을 수 있었지요. 어쨌든 왕이 여기까지 온 것은 코볼드들의 결사적인 저항 때문에 심신이 지친 병사들을 위로하기 위해서였으니까요. 왕비는 그를 쾌히 보내주었습니다.

　천막에 들어서서 의자에 오도카니 앉아 있는 예언자를 목격했을 때도 왕비의 즐거움은, 비록 조금 줄어들긴 했지만 여전히 남아 있었어요. 왕비를 따라온 시녀들이 놀란 소리를 냈지만 왕비는 경쾌하게 말했습니다.

　"지난 밤에 다시 미래를 보시었소? 미안하오. 잠시 산책을 나가느라 자리를 비웠소. 지금 당장 들도록 하겠소. 너희들은 나가 있거라."

　시녀들은 알았다는 태도로 얌전히 밖으로 나갔습니다. 둘만 남게 되자 왕비는 예언자에게 다가가 왕자를 그 품에 건넸습니다. 그 동작이 조금 난폭하여 던지는 것에 가까웠기에 예언자의 얼굴이 일그러졌습니다. 왕비는 그대로 걸어가 상자 쪽으로 다가가서는 왕지네가 있던 상자를 조사했습니다. 빈 상자를 확인한 왕비는 쑥스러워 하는 표정을 과장되게 지어보였습니다.

"그 여자가 여기 있다는 것은 어떻게 알았소? 미래를 보셨나? 이거 참 민망하군."

"기분이 좋으신가 보군요."

"당신한텐 다행스러운 일이지."

왕비는 물병에서 물을 따라 마시며 턱으로 왕자를 가리켰지요. 그러고는 말이 좀 부족했다는 듯이 다시 입을 열었습니다.

"기분이 좋을 수밖에! 들어보시오. 조금 전 산책에 나섰던 나를 왕께서 마중나와 주셨소. 나는 그 모습을 보고 알 수 있었소. 그 분은 어떤 장애도, 어떤 위험도 없이 승승장구하실 거요. 하지만 그 모든 승리와 영광 후에도 그 분은 여전히 나에게 오실 거요. 내가 아무것도 해드리지 못하더라도!"

왕비는 즐거워 견딜 수 없다는 듯이 얼굴을 일그러뜨렸습니다. 볼을 부풀리던 왕비는 마침내 폭소를 터뜨렸습니다. 그녀는 눈물을 줄줄 흘렸지요.

"사실은 내가…… 사실은 내가 그 모든 장애물을 다 없앤 건데…… 하지만 왕은 모르실 테지. 나도 모를 테고."

"그게 그렇게 좋은 일입니까? 이해가 안 되는데요. 왕을 위해 온갖 일을 다 하고도 그 사실에 스스로 자랑스러워 할 수도 없고 감사의 말도 들을 수 없다는 뜻 아닙니까?"

"어리석군! 이건 한두 번이 아니라 평생에 걸쳐 계속될 일이오. 그런 긴 시간이라면 자랑스러워하는 마음은 오만한 마음으로 바뀌었다가 끝내 깔보는 마음으로 바뀌게 되는 거요. 자신이 그런 감정을 용케 다스린다 해도 상대방이 스스로 자격지심을 느낄 위험도 있지. 모르겠소? 내가 한 일을 모르는 이상 나는 결코 왕을 내 꼭두각시로 여기지 않을 거란 말이오. 그리고 왕 또한 당신께서 나의 꼭두각시가 된 듯한 굴욕적인 경험은 하지 않으셔도 되는 것이고."

예언자는 놀랐습니다. 왕비가 보여준 심리 분석의 수준에 놀란 것이 아니라(사실 대단찮죠.) 그런 말을 한 것이 왕비라는 사실에 놀랐지요. 예언자는 입이 거친 사람이었고, 또 왕자가 자신의 품에 안전하게 있었기에 주저없이 말했습니다.

"왕이 그 자리에 오르기 위해 과부가 된 백모와 결혼한 것을 가지고 뭐라고 말하는 이가 많았나 보군요. 하긴 씹는 맛이 있는 이야깃거리일 테니까."

예언자는 깜짝 놀랐습니다. 왕비는 빙그레 웃었지요.

"그렇소. 바로 그거요. 나는 내가 그를 왕으로 만들어주었다고 거만해할 수 있소. 그런 생각을 품게 된다면 나 자신을 용서하기 어려울 거요. 왕께서 그런 생각 때문에 나를 경원시한다면 살고 싶지도 않을 테고."

예언자는 입을 꾹 다물었습니다.

"자, 이제 시녀들에게 들려줄 예언이 필요하겠군. 마침 적당한 것이 있소. 추락하지 않는 드래곤의 레어가 어디 있는지 말하시오. 한때 거기 갇혀 있었으니 당신이 싫어하는 그 폭, 력, 적, 인 예언을 할 필요도 없겠군. 또한 예언할 시건에 대힌 당신의 선, 택, 권을 침해하는 일도 아니고. 당신이 경험한 일을 묻는 거요. 대답하시오."

예언자는 품 안의 왕자만 내려다보았습니다. 왕비는 짜증을 냈죠.

"당신이 말하지 않아도 코볼드 포로들을 심문하거나 수색대를 파견하면 어떻게든 찾아낼 수 있소. 나는 시간 낭비를 피하려는 거요. 시에프리너는 어디 있소?"

왕자가 팔을 뻗었습니다.

신경쓰지 않고 지나치려던 왕비는 잠시 후 눈을 가늘게 떴습니다. 아기는 물론 팔을 뻗기도 하고 다리를 뻗기도 하죠. 세상의 경계를 확인하고 싶다는 듯이. 하지만 그 동작이 오래 가지는 않습니다. 그런데 왕자의 왼팔은 어느 특정한 방향을 가리킨 채 꼼짝도 하지 않았습니다. 그건 평범하지만 꽤 성숙한 동작이지요.

왕비의 맥박이 빨라졌습니다. 그녀는 예언자를 보았지요. 하지만 예언자는 왕비에게 정수리를 보인 채 움직이지 않았습니다. 그때 아기의 팔이 그 정도면 충분하지 않느냐는 듯이 슬그머니 구부러졌습니다. 왕비는 뭘 생각할 겨를도 없이 다급하게 속삭였어요.

"시에프리너는 어디에?"

구부러지던 아기의 팔이 다시 용수철처럼 튕겨졌습니다. 그 팔은 조금 전 가리키던 방향을 정확하게 다시 가리켰어요. 아기가 그런 것을 표현할 수 있다는 것이 믿어지지 않는 절대적 확신을 담아서.

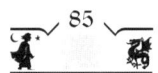

이루릴은 절벽 끄트머리에 걸터앉아 지평선을 바라보았습니다.
인간이 보는 지평선과 엘프가 보는 지평선은 다르지요. 엘프의

눈이 훨씬 더 날카로우니까요. 인간도 '돛대는 보이는데 선체는 보이지 않는' 유명한 현상을 통해 세상이 둥글다는 것을 오래 전부터 알고 있었습니다. 그런데 엘프는 돛대에 서 있는 감시원의 상체는 보이는데 하체는 보이지 않는다고 말할 수 있지요. 그 정도로 날카로운 눈에 보이는 지평선은 선이라고 부르기 어려울 정도로 거칩니다. 인간에게 지평선이 칼날이라면 엘프에겐 톱날인 셈이죠. 물론 거기에 맞물려 있는 하늘도 톱날일 겁니다. 맞물린 이빨이 떠오르세요? 하지만 엘프들은 지평선을 맞물린 이빨에 비유하진 않습니다. 그들도 인간이나 다른 종족처럼 그것을 선이라 말합니다. 맞물린 이빨 뒤에는 보통 목구멍이 있겠지요. 하지만 선은 넘어오거나 넘어갈 수 있는 경계지요. 지평선이란 그런 것 아니겠어요.

 이루릴의 곁에는 거대한 드래곤이 앉아 있었습니다. 조금 전 지평선에서 넘어온 드래곤입니다. 폐소공포증을 가진 이에겐 악몽이 될 듯한 그 크기를 고려하면 앉아 있는 절벽이 당장 무너져 내려야 할 것 같지만 절벽은 끄떡없었습니다. 붉은 몸에 검은 줄무늬가 덮인 그 드래곤에게 아무런 무게도 없는 것처럼.

 왜 돌아왔어요?

 설명은 필요 없지. 나는 당신이니까.

 이루릴은 크라드메서를 돌아보곤 조용히 미소지었습니다. 그녀는 자신이 크라드메서의 환영을 만들어낸 이유를 정확히 파악할 수 없었습니다. 토벌군은 그 어떤 드래곤도 시에프리너를 돕기 위해 날아오지 않았다는 사실에 기고만장해 있을 겁니다. 그들을 경계하게 하고 의혹에 빠지게 하려면 드래곤의 모습을 보여주는 것이 좋겠지요. 그래서 이루릴은 그녀가 알고 있는 드래곤

중 가장 강렬한 인상을 줄 수 있고 자신이 예전에 한 번 만들어 보기도 했던 드래곤의 환영을 만들어내었죠.

적어도 이루릴이 느끼기엔 그것이 자신의 이유인 것 같았습니다. 하지만 확신할 수가 없었어요. 그래서 이루릴은 토벌군을 향해 날아가던 크라드메서의 환영을 다시 돌아오게 하였습니다. 그 어떤 극단도 거부한 채 오직 자신의 기준을 고집했던 드래곤을, 비록 그것이 환영이라 하더라도, 그녀가 확신할 수 없는 일에 동원하는 것은 부당하게 느껴졌거든요.

'이런 기분, 낯설군요. 내 생각과 행동이 조화를 이루지 못하는 것 같아요. 인간들이 그런 상태에 대해 멋진 표현을 몇 가지 알려주긴 했지만 나는 표현하기 힘들어요.'

'혹시 그림자 지우개 아닐까?'

'의심은 해요. 인과의 그물에 생긴 기운 자국, 혹은 멀리까지 뻗어간 주름. 내가 느끼고 있는 것이 그것일지도 모르지요. 하지만 그림자 지우개는 모든 것을 의혹으로 만들면서 그 자신은 아무 책임도 지지 않아요. 그것은 아무 일도 하지 않으니까.'

'가을이야.'

'예?'

'어쩌면 누군가의 마법의 가을이 시작되었을지도 모르겠군.'

'크라드메서?'

크라드메서의 환영이 사라졌습니다. 이루릴은 참으로 오래간만에 들은 그 고풍스러운 표현에 조금 동요했습니다. 아일페사스도 이제는 쓰지 않는 표현이지요. 예. 그 옛날에 이 땅을 떠난 크라드메서가 다시 돌아온다면 사용할 만한 표현이었습니다.

이루릴은 지평선보다 가까운 쪽을 살펴보았습니다. 크라드메서의 말대로였어요. 어느새 다가온 가을이 솔베스에 흐르고 있었지요. 시들어가는 풀은 방종한 초록빛 대신 우수 어린 연갈색을 띠고 있었고 대지엔 여름 동안 사라졌던 습기가 돌아왔습니다. 태양이 수분의 징세에 흥을 잃은 탓이죠. 습기를 머금은 검은 흙 위에서 반쯤 말라 버석거리는 풀잎들. 그 위로 부는 메마른 바람. 가을은 물이 아래로 고인다는 직관적 진실을 담담하게 보여주기에 아름다운 것인지도 모릅니다. 모든 것을 잔뜩 끓여서 사방팔방에 습기를 날리는 여름과는 다르지요.

한 여인이 가을의 갈피를 들추고 걸어나왔습니다.

여인은 겨냥했던 소총을 내리고 있는 것 같았습니다. 얼굴엔 혼란스러움이 가득했지요. 아무래도 조금 전까지 그곳에 있던 크라드메서의 환영 때문인 것 같습니다. 이루릴은 그림자 지우개를 훔친 것 때문에 그녀를 원망하는지 자신에게 물어보았습니다. 대답은 그렇지 않다는 것이었지요. 차라리 그녀를 동정하는 편이 나을 것 같았지만 이루릴은 그러지도 않았습니다. 이루릴은 다만 차분한 미소를 지으며 긴 여행에서 돌아온 친구에게 말하듯 말했습니다.

"오래간만이군요. 왕자네."

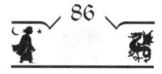

왕비는, 정말 말하고 싶어서 죽을 지경이었지만, 왕자에게 예지의 능력이 있다고 선언할 수는 없었습니다. 그랬다간 당장 사람들이 왕비와 예언자의 관계를 의심하게 될 테니까요. 그래서 시에프리너의 레어가 어디 있는지 밝혀낸 것은 예언자의 업적이 되었습니다.

"예언자는 시에프리너의 레어가 여기에 있다고 말했습니다. 왕이여, 가서 저 가증스러운 파멸의 어머니를 베고 왕의 위엄을 만방에 떨치시고 우리에게 영원한 행복을 주십시오!"

시에프리너 토벌군은 신이 났습니다. 왕은 도착하자마자 전쟁의 방식을 바꿨지요. 일선의 장군들은 코볼드들을 상대로 참호전을 고집한 것은 큰 실수였음을 인정할 수밖에 없었습니다. 물론 현대에 와서 참호전은 전쟁의 기본 공식이 된 건 사실입니다. 하지만 지상만큼이나 지하를 좋아하는, 아니, 지하 쪽을 더 좋아하는 코볼드들은 장사정포나 기관총 같은 것은 좋아하지 않습니다. 둘 다 협소한 지하에선 언어도단이 되는 무기들이니까요. 그런 상황에서 참호를 파고 웅크리는 건 코볼드들을 적극적으로 도와주는 것에 불과합니다. 차라리 고대풍의 회전을 강요하는 것이 백 배 나았지요.

군인들의 완고함과 요령 없음에 관한 전통적인 조롱들이 바이서스의 신문 지면을 화려하게 메우자 몇몇 장군들은 스스로 계급을 반납하는 지경에 이르게 되었습니다. 그 덕분에 왕은 익숙한 바보짓의 가치에 관한 격언을 인용하며 그들을 용서하는 관대함을 보여줄 수 있었지요. 전쟁의 주역이 왕으로 확실히 재편되자 왕은 굉장한 속도로 병력을 전진시켰습니다.

"현지 장악도, 요새 건설도 필요 없다. 우리는 시에프리너를 제거하고 돌아가면 그만이다!"

토벌군은 시에프리너의 레어를 향해 날듯이 진군했습니다.

코볼드들은 처절한 저항을 보여주었습니다. 동굴이 아닌 개활지에서 코볼드들이 인간에게 덤비는 것은 자살 행위지요. 그들은 기꺼이 자살을 선택했습니다. 죽은 동료의 시체를 방패삼아 끌어안은 채 수류탄을 입에 물고 기관총 진지로 뛰어드는 코볼드 전사의 모습은 바이서스 병사들을 전율하게 했습니다. 게다가 코볼드들은 앞뒤 없이 날뛰기만 한 것도 아니었습니다. 코볼드들은 노획한 인간의 무기를 이용하여 야간 저격이라는 끔찍한 기술을 선보이기도 했습니다. 저격이 원래 무서운 기술이지만 야간 저격이라는 것은 인간에겐 거의 마법처럼 느껴지는 기술이지요. 밤눈이 기막히게 밝은 코볼드였기에 가능한 신기였습니다.

하지만 그 모든 용기와 지혜에도 불구하고 코볼드들은 화력의 절대적 열세를 뒤집을 수는 없었습니다. 견디다 못한 토벌군이 진군과 코볼드 소탕을 병행하자 코볼드들은 지리멸렬하게 무너졌지요. 솔베스가 아무리 그들의 땅이었다지만 한때 솔베스를 떠났다가 급히 돌아온 것이었기에 코볼드들에겐 제대로 된 후방 지원이 없었거든요. 반면 토벌군은 바이서스라는 강대국에서 국가 단위의 지원을 퍼부어주고 있었지요. 코볼드들은 상대가 될 수 없었지요.

그건 시에프리너를 위해 목숨을 걸었던 다른 존재들도 마찬가지였습니다. 시에프리너가 총애하던 전설적인 오거 전사 에켈퍼는 무려 122개의 총상을 입고는 수십 년 동안의 충성을 마감하게 되었습니다. 시에프리너에 바치는 명시 '하늘과 땅과 춤'을 썼던 시인 베리나는 바이서스 병사들에게 포위당하자 '이 입이 다른 이를 위해 노래하게 두진 않겠다'며 자신의 입에 칼을 쑤셔넣어 자살했습니다. 코카트리스 치샷사의 죽음 또한 특기해야겠군요. 눈을 잃는다는 건 누구에게나 슬픈 일이지만 그 눈의 소유자가 코카트리스라면 그것은 비참하다는 말로도 부족합니다. 치샷사가 살아남은 것은 시에프리너의 후의 덕분이고 치샷사가 자살하지 않은 것은 시에프리너의 우정 덕분이지요. 그 장님 코카트리스 치샷사는 폭탄을 들고 토벌군의 상공으로 날아간 다음 자폭했습니다. 눈으로는 상대를 석화시킬 수 없지만 접촉으로 석화시키는 것은 죽은 직후라도 가능했으니까요. 공중에 흩뿌려진 치샷사의 깃털과 살점은 석화의 비가 되어 토벌군을 엄습했지요.

그 모든 영웅적인 죽음들은, 결국 시에프리너를 돕는 이들의 죽음이었지요. 시에프리너는 적수공권의 처지가 되었습니다. 그 때까지도 솔베스에 드래곤은 나타나지 않았지요. 어떻게 그렇게 종족의 일원을 외면할 수 있는 것일까요. 왕이 가진 솔로처의 검이 그토록 무서운 걸까요. 바이서스의 왕과 토벌군의 병사들은 죽기를 각오했던 코볼드들과 다른 괴수들을 찬양하고 드래곤들을 비웃었습니다.

마침내 어떤 드래곤이 솔베스로 온다는 첩보가 입수되었을 때 왕과 병사들은, 물론 불안함을 느꼈지만 마음 한 구석으로는 기꺼운 기분도 느꼈습니다.

"한 마리쯤은 와줘야지. 홀몸도 아닌 시에프리너가 불쌍하잖아."

그들은 난폭하게 웃었지요. 하지만 날아오는 드래곤의 이름이 밝혀지자 그 웃음은 빠르게 사그라들었습니다. 그들은 딱딱하게 굳은 얼굴로 황급히 그 정보를 재확인했습니다. 하지만 그 정보는 정확한 것이었지요.

솔베스로 오는 드래곤의 이름은 아일페사스였습니다.

드래곤 레이디가 카르 엔 드래고니안을 나온 것이었어요.

그 옛날 드래곤 레이디가 드래곤 로드를 계승했을 때, 둘 더하기 셋이 뭔지 아는 모든 종족들은 카르 엔 드래고니안의 새 지배자의 영토 정책에 대해 궁금해 했습니다. 분명 전 세계의 관심이 쏠릴 만한 일이었지요. 아버지에 대한 사랑을 증명하기 위해, 혹은 아버지보다 낫다는 것을 증명하기 위해 딸은 아버지의 옛 영광을 회복하려 할까요?

드래곤 레이디 아일페사스는 그러지 않았습니다. 그녀는 세계가 아닌 카르 엔 드래고니안만 소유하겠다고 선언했습니다. 그뿐만 아니라 아일페사스는 아버지보다 더 유화적인 태도를 보였지요. 드래곤 로드가 공식적으로 인정하지 않았던 사실, 즉 이제 카르 엔 드래고니안의 주인은 세계뿐만 아니라 드래곤도 지배하지 않는다는 사실을 그녀는 과감하게 인정했습니다. 그녀는 자신을 드래곤들의 조언자 및 후원자로 지칭했지요. 어떤 이들은 좋아하고 어떤 이들은 실망했지만 그들 모두 카르 엔 드래고니안의 새 지배자가 온화한 드래곤이라는 것에 동의했어요.

실로 많은 시간이 흐른 지금, 사람들은 그것이 정확한 판단이면서 동시에 오해였음을 깨달았습니다.

남아 있는 기록에 따르면 드래곤 로드는 다른 드래곤의 생사에 일희일비하는 일은 별로 없었어요. 그가 비정했다고 말할 수도 있겠지만 어떤 관점에서 보면 그는 천성적인 지배자였던 거죠. 수하의 생사와 지배자인 자신의 그것을 동일시하는 것이 그에겐 불가능했죠. 하지만 다른 드래곤들과 자신을 동격으로 여기는 아일페사스는 시에프리너와 자신을 쉽게, 그러니까 드래곤 로드보다는 쉽게 동일시할 수 있었지요. 그녀는 시에프리너의 위험을 자신의 위험처럼 느꼈어요. 드래곤 레이디는 그녀를 온화한 드래곤이라 믿었던 이들을 기겁하게 만든 뜨거운 분노를 터뜨렸습니다.

너희들은 드래곤을 육종할 수 없다. 나쁜 혈통은 도축하고 좋은 혈통만 남겨둘 수는 없다!

비록 다른 드래곤들을 지배하진 않았지만 강대한 드래곤 레이디에겐 긴 세월 동안 우의를 다져온 강력한 친구들과 그녀를 위해서라면 무슨 짓이든 하는 충성스러운 종복들이 있었습니다. 시에프리너의 레어를 탈출한 예언자를 찾기 위해 움직였던 이들이 바로 그들이었지요. 하지만 드래곤 레이디는 그들을 부르지 않았고 따라나서는 것도 허락하지 않았습니다. 아일페사스는 홀로 솔베스를 향해 날아갔습니다.

그러나 그것을 고독한 비행이라 부를 수는 없었습니다.

세상에 활엽수들이 가득하여 숲의 소리도 훨씬 풍요로웠고 강물 속의 바위들은 헤엄치는 물고기를 동강낼 만큼 예리했던 시절, 드래곤 로드가 세상을 지배하던 때, 연보랏빛 구름 위를 나는 황금빛 드래곤의 모습은 창조의 긴 후렴 같았습니다. 시간은 어떤 경고도 없이 흘러갔어요. 세계는 죽음을 무한히 되새김질했습니다. 계절의 끝임없는 윤무 속에서, 활엽수의 그늘에서 자란 침엽수들은 울창한 숲을 이루고 강물 속의 바위들은 모서리를 찾아보기 어려울 만큼 무뎌졌습니다. 그런 지금 세계는 다시 연보랏빛 구름 위로 날아오르는 황금빛 드래곤을 보았습니다.

그것은 결코 고독한 비행이 아니었지요. 내가 여전히 여기 있다는 외침이었습니다.

"전하! 드래곤 레이디를 지우진 마십시오. 그녀의 역사 전부를 원래부터 없었던 것으로 만들지 마십시오. 세상이 어떻게 변할지 짐작도 할 수 없습니다!"

"그것은 해로운 짐승일 뿐이오. 내 기억이 정확하다면 그런 태도는 그 쪽이 먼저 보였지. 드래곤이든 인간이든 자신이 대접받고 싶은 만큼 남을 대해야 하는 것 아니겠소?"

"마침 수유기이신데, 전하의 가슴을 송아지에게 제공하시겠습니까?"

예언자의 말버릇은 죽을 때까지 변하지 못할 것 같군요. 왕비는 분노 어린 미소를 지었습니다. 예언자가 무슨 말을 하는지야 알 수 있었지요. 인간은 소를 인간처럼 대하진 않습니다. 종족이 다르면 황금률은 의미를 많이 잃지요.

"드래곤이 인간을 해충으로 여겼다 해서 인간에게 드래곤을 해수로 여길 권리가 자동으로 주어지는 것은 아닙니다. 그건 다른 방식으로 논의되어야 할 문제일 겁니다. 저는 드래곤이 아니라 인간을 생각해서 드리는 말씀입니다. 역사에 그렇게 큰 공백이 생기면 인간 자신에게 큰 타격이 올 수 있습니다. 저는 어떤 드래곤도 솔베스로 오지 않았다는 사실을 기뻐했습니다. 드래곤들에겐 기나긴 역사가 있으니까요. 그것이 하나라도 지워지면 세계가 어떻게 변할지 알 수 없으니까요. 그런데 최초로 솔베스로 찾아온 것이 하필이면 드래곤 중의 드래곤, 드래곤 레이디 아일페사스입니다. 그녀가 어떤 드래곤인지 모르십니까?"

"내가 설마 아일페사스를 모르리라고……"

"드래곤 라자가 더 이상 태어나지 않고 드래곤과 인간이 다시 멀어지기 시작한 시점에 카르 엔 드래고니안의 주인이 된 것이 아일페사스란 말입니다! 드래곤 레이디의 역사적 위치는 그토록 중요합니다. 아시겠습니까? 절대로 그녀를 지워선 안 됩니다. 만약 그녀가 사라진다면 역사는 더 공격적인 드래곤이 드래곤 로드를 계승한 것으로 바뀔지도 모릅니다. 직계 자손이 없다면 복수심에 불타는 드래곤 로드가 그런 드래곤을 후계자로 선택한다는 것은 충분히 개연성 있는 이야기입니다. 그렇게 되면 우리는 어느 틈엔가 드래곤이 인간을 지배하고 있는 세계에 있게 될지도 모릅니다. 게다가 우리는 원래부터 그랬다고 믿게 될 테지요!"

그 가설은 폭언을 준비하던 왕비를 침묵하게 했지요. 예언자는 희망을 품은 채 왕비의 눈을 바라보았습니다.

조금 후 예언자는 희망이 사라지는 것을 느꼈지요. 왕비가 말했어요.

"감수할 수 있소."

"그걸 어떻게……"

"당신이 제시한 것은 하나의 가능성일 뿐이오. 나는 이런 가능성을 제시하겠소. 루트에리노 대왕에게 패배한 드래곤 로드가 후손 없이 비참하게 죽게 된다면 드래곤들은 희망을 잃고 쇠락할지도 모르지. 어쩌면 우리는 드래곤이 멸종된 시대에 있게 될지도 모르오. 그렇다면 지금 드래곤들이 가지고 있는 것은 그대로 우리의 것이 되어 있을 거요. 그렇게 되면 우리는 비행기를 타고 하늘로 오르고 바다 아래로 가는 배를 만들어 심해까지 정복할 수 있을 거요. 어쩌면 대지라는 항구를 떠나 별의 바다로 날아가고 있을지도 모르지!"

"근거 없는 가능성일 뿐입니다."

"당신의 것과 마찬가지로."

"위험은 가능성만으로도 피해야 합니다."

"성공은 희망만으로도 추구해야 하오. 사실상 성공보다 희망이 더 중요하지."

순간 예언자의 입가에 서글픈 미소가 떠올랐어요. 아니, 그것은 미소의 가면을 쓴 다른 무엇이었지요. 그것은 떠오르자마자 사라졌지만 왕비는 놓치지 않았습니다.

왕비는 갑자기 1년 전쯤 있었던 입덧의 추억을 떠올렸어요. 그녀의 입덧은 정말 대단했죠. 예언자의 자식이 자신의 뱃속에서 자라고 있다는 사실을 떠올리는 것만으로도 속이 뒤집힐 것 같았거든요.

왕비는 힘없이 말했습니다.

"나가시오."

"전하."

왕비는 자신 속에서 또 무엇인가가 자라나고 있다고 상상했어요. 이 메스꺼움을 설명하기 적절한 가설이었지요.

"가!"

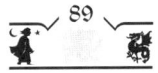

시에프리너는 하량키 어려운 상실감을 느꼈습니다. 또한 같은 크기의 기쁨도 느꼈어요. 지금껏 자신이었던 것이 이제 더 이상 자신이 아니게 되었거든요. 고통의 파도 속에서 부침하며 그녀가 무의식 중에 뿜어내는 마법들이 시에프리너 주위에 온갖 기현상을 만들어내었습니다. 광원을 알 수 없는 빛이 음영을 뒤죽박죽으로 만들고 바닥에서 천장으로 가느다란 벼락이 치기도 했습니다. 벽면에 물결이 치고 돌멩이들이 그 위를 물수제비 치듯 튕겨 천장까지 올라가기도 했지요. 생물인지 아닌지 뚜렷하게 말하기 어려운 것들이 이리저리 거닐었고 그 주위엔 물질인지 아닌지 말하기 어려운 것들도 배회했지요.

산란이 임박했습니다.

시에프리너가 느끼는 자기 분리의 감정은 흥미로운 진실을 품고 있습니다. 출산과 산란은 조금 다르죠. 출산하는 동물들의 새끼는 모체에서 분리되자마자 이미 독립적인 개체입니다. 따라서 그것은 연결되어 있지만 애초에 둘이었던 것이 서로 떨어지는 것이라 할 수 있지요. 하지만 알은 조금 어정쩡합니다. 산란의 순간 모체와 분리되긴 하지만 알이 깨지는 그 순간까지는 알을 독립적인 생물이라고 부르긴 어렵습니다. 그렇기 때문에 그것은 하나가 둘이 되는 분리 과정을 시각적으로 보여주는 것으로 여길 수도 있지요.

그리고 감각적인 관점에서 그것은 완벽한 진실이었습니다. 시에프리너는 자신이 쪼개지는 듯한 격통을 느꼈어요.

드래곤이든 인간이든, 셋 빼기 둘이 뭔지 아는 모든 종족들의 여성들은 그런 경험을 할 수 있지요. 이것이 창세 이래로 계속된 일이라는 것을 떠올리는 것 말입니다. 자신이 하늘에서 뚝 떨어진 것이 아니라 고통을 이겨냈던 수많은 여성들 덕분에 마침내 태어날 수 있었음을 몸으로 깨달을 수 있지요. 생명은 그렇게 이어져 왔습니다. 그리고 그것이 지금 다시 이어지려 하고 있습니다. 남자들은 애석하게도 영영 그런 느낌을 체험할 수 없지요.

남자들이 제 잘난 줄 알고 허영심이 심한 건 그 때문일지도 몰라요. 하지만 어떤 남자가 지금 시에프리너 앞에서 참 부럽다고 말한다면 그것이 드래곤이든 인간이든 시에프리너가 내뿜는 벼락에 구워질 겁니다. 시에프리너는 이대로 죽는 것인가 하는 의심을 끝없이 느꼈습니다. 죽었으면 좋겠다는 생각도 몇 번인가 했지요. 그러다가,

찢어졌습니다.

찌이이이잇어어어졌지요.

말 그대로 드래곤을 때려눕힐 만한 거대한 통증이 몸에 남아 있었지만 시에프리너는 급히 목을 돌렸습니다. 이것이 고통에 못 이긴 정신이 만들어낸 착각이 아니길, 정말로 끝이 났기를 애타게 바라며. 물론 정말 끝이 났으면 어쩌나 하는 두려움도 있었지요. 그녀의 소망과 두려움은 적중했습니다. 산란은 끝났습니다. 그녀의 피와 체액에 젖은 커다란 알이 있었습니다.

시에프리너는 눈물을 흘리며 그것을 조심스럽게 끌어당겼습니다. 그 따스함과 축축함에 흠칫흠칫 놀라며. 드래곤의 알은 도마뱀이나 뱀의 그것처럼 말랑말랑하진 않습니다. 하늘을 날기 때문에 그런지 몰라도 드래곤의 알은 새의 그것처럼 딱딱한 편이지요. 그렇게 큰 알이 단단하지 않다면 그것도 문제겠지요. 내부의 압력과 무게 때문에 당장 내려앉아 찢어질 테니. 그 안에는 뼈대라 할 만한 것이 없거든요. 예. 이미 말했듯이 그것은 아직 독립된 생명이라 할 수 없습니다. 시에프리너가 들으면 기겁할 일이지만, 만약 그것을 지금 당장 깨트린다면 그 안에선 흐느적거리는 여러 빛깔의 걸쭉한 액체 외엔 아무것도 찾을 수 없겠지요. 아직까진 생명이 이어졌다고 말할 수는 없습니다.

하지만 생명은 다시 연결점을 만들었습니다. 딱딱한, 견고한 연결점이지요.

그렇지만 깨질 수도 있는 연결점이지요.

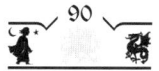

다섯 문의 대포가 불을 뿜었습니다. 하늘을 오선지인 양 가로지른 포탄들은 절벽에 부딪혀 거대한 먼지 구름을 피워올리고 파석의 분수를 만들어내었어요. 잠시 후 조금 떨어진 곳에서 다섯 문의 대포가 다시 불을 뿜었습니다.

시에프리너 토벌군은 시에프리너의 레어를 막고 있는 바위를 쏘고 있었습니다.

이틀 전 그곳에 도착한 이래 계속 그러고 있었지요.

고폭탄은, 그 이름에서 연상할 수 있는 것과 달리 사람과 말을 죽이고 건물을 파손시킬 만큼의 '적당한' 폭발력을 최대한 넓게 퍼뜨리는 폭탄입니다. 작은 지점에 폭발력을 집중시키는 포탄은 육군의 입장에서 보면 폭발력의 낭비였거든요. 따라서 바이서스군이 가지고 있는 것도 평범한 고폭탄이었습니다. 바위를 부수기 위해 그런 걸 계속 쏘는 것은 낭비도 이만저만한 낭비가 아닙니다.

물론 고폭탄이라 해도 바위의 적절한 위치에 구멍을 내고 폭파시킨다면 효과를 발휘할 수는 있지요. 분명 공병대의 폭파 전문가들이라면 훨씬 적은 양의 폭발물만으로도 오래 전에 그 바위들을 청소할 수 있었을 겁니다. 하지만 왕과 참모들은 공병대를 함부로 시에프리너 가까이에 접근시킬 수 없었어요. 뭐든 날려버리는 공병대가 시에프리너에게 홀릴 경우에 무슨 일이 일어나겠어요? 그렇다 해서 그들에게 마법 방어 도구들을 지참하게 하는 것은 본진의 방어를 약화시킬 우려가 있었지요. 반면 포병대는 시에프리너에게서 멀리 떨어진 곳에서 마법 방어 도구들의 보호를 받으며 바위를 쏠 수 있지요. 그 때문에 토벌군은 그런 우악스럽고 비효율적인 바위 파괴법을 쓸 수밖에 없었지요.

쾅, 쾅, 콰광. 유사 이전부터 돌을 다루는 석공들이 있었기에 착각하기 쉽지만, 암석은 정말 단단한 물질입니다. 최고의 파괴자인 시간과 싸우고 있는 물질이니까요. 집중 사격에 의한 해체 작업은 애가 탈 만큼 진전이 느렸습니다. 드래곤 레이디가 다가오고 있다는 것을 아는 토벌군은 자주 목 뒤가 섬뜩해지는 기분을 느꼈어요. 왕 또한 그것을 걱정하지 않을 수 없었습니다. 계속 포격만 가하느라 왕에겐 시간이 좀 생겼지요. 왕은 왕비를 자신의 천막으로 부른 다음 그녀와 함께 있게 되자마자 질문했습니다.

"예언자는 드래곤 레이디에 대해 아무 말도 하지 않았습니까?"
"그는 아무 말도 하지 않았습니다."
"바이서스의 파멸에 대해선?"
왕비는 번복했다는 말을 하고 싶어 미칠 것 같았어요. 하지만 왕을 속일 수는 없었습니다. 왕은 언제라도 예언자를 불러 직접 물어볼 수 있겠지요. 인질로 쓰려 했던 왕지네를 잃고 왕자는 소중히 길러야 할 예언자로 판명된 이상 그녀에겐 예언자를 통제할 적절한 수단이 없었습니다.
"거기에 대해서도 아무 말이 없었습니다."
"기묘하군."
왕은 격노하거나 절망하는 모습을 보이진 않았어요. '기묘하군.' 그것뿐이었지요. 왕비는 목이 메었어요.

"우리를 시에프리너에게 데려왔으면서 여전히 바이서스가 시에프리너의 아들에게 파멸한다는 예언을 고집하다니. 내가 직접 그를 만나 이야기를 해봐야겠군요."

"전하. 점복은 여자의 일입니다. 게다가 그는 제가 부리는 사람입니다. 지금까지처럼 저에게 맡겨주시면 감사하겠습니다."

"왕비. 이것은 바이서스의 일입니다. 예언자의 예언 때문에 우리는 여기까지 왔잖습니까."

"하지만……"

"왕비의 걱정은 알아요. 예언자가 없으면 왕비께선 나나 병사들에게 아무 도움이 안 된다고 생각하는 것이겠지. 쓸데없는 걱정입니다."

왕은 두 손을 뻗어 왕비의 두 손을 감싸쥐었습니다.

"왕비는 그냥 있는 것만으로 내 인생을 값있게 만듭니다."

왕비는 입을 조금 벌린 채 왕을 보다가 갑자기 몸을 숙여 왕의 가슴에 얼굴을 파묻었습니다. 그녀는 그 자세로 커다란 숨소리만 낼 뿐 꼼짝도 하지 않았어요. 왕은 구태여 그녀의 얼굴을 들어올리진 않았습니다. 조금 후 목소리를 낼 수 있게 된 왕비가 쉰 목소리로 말했습니다.

"시간이 흘러 시에프리너가 없어지고 드래곤 레이디가 없어져도, 전하의 나라는, 바이서스는 여전히 있을 겁니다. 그런 것을 허락하지 않는 세상이라면, 바이서스만이 사라져야 하는 세상이라면, 저는 그 세상을 없애겠습니다."

왕비는 팔을 뻗어 왕의 목에 매달렸습니다. 눈물에 젖은 뜨거운 볼을 왕의 얼굴에 비비며 왕비는 속삭였어요.

"저 세상에서, 저는 기필코 전하를 찾을 것이고, 바이서스를 그곳에 세우겠습니다. 왕께서 당연히 받아야 할 것이니까요."
왕은 왕비를 와락 끌어안았습니다.

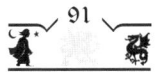

걸음을 멈춘 이루릴은 설명하듯 말했습니다.
"이 이상 가까이 갈 수 없어요. 산란이 끝났으니까요. 이제 그 무엇이든 알 근처에 접근하면 시에프리너는 무의식적으로 공격할 거예요."
"알이 뱃속에 있을 때보다 더 사나워진 거야?"
"예. 드래곤의 몸이라는 방어막이 없어진 셈이니까요. 여기에 앉죠. 왕지네."
이루릴이 먼저 바닥에 앉았습니다. 왕지네는 어딘가에서 시에프리너의 포효가 들려올 것처럼 좌우를 둘러보고 조심스럽게 앉았죠. 이루릴은 그녀에게 수통을 건네주었어요. 왕지네가 입을 축이자 이루릴이 말했습니다.
"여기로 데려와서 미안해요."
"뭘 사과해. 이 동네 분위기 안 좋잖아. 당신한테 붙어 있기로 한 건 내 결정이었어."
"다른 드래곤들과 마찬가지로 시에프리너도 당신이 그림자 지우개를 훔쳤다는 것을 알고 있고 그 사실을 원망해요. 당신이 여기 있다는 것을 알면 코볼드들을 보내서 당신을 공격할지도 몰라요."
왕지네는 입술을 오므렸다가 말했어요.

"당신은 어때? 나를 어떻게 생각해? 전쟁판에 버리지 않고 이렇게 거둬준 걸 보니 잘 보인 거라고 생각하고 싶긴 한데."

"나는 당신이 이미 벌을 받았다고 생각해요."

왕지네는 고개를 푹 숙였습니다. 무릎 사이에 얼굴을 묻은 왕지네는 그 자세로 몸을 좌우로 흔들었죠. 잠시 후 그녀가 웅얼거렸습니다.

"그 빌어먹을 물건을 손에 넣은 후로 술 한 방울도 입에 대지 않았어."

"취한 채 쓸까봐 무서웠군요."

"왕비에게 그걸 뺏긴 후에, 신경질도 났지만 기쁘기도 했어."

"인간은 두 가지 감정을 동시에 느끼는 일에 능하죠."

"도대체 뭐지? 내가 누굴 지우면, 그 사람 가족이나 친구도 그 사람을 잊고, 심지어 나도 그 사람을 잊는다면, 그 사람은 도대체 뭐냐고. 왜 태어난 거지? 아니, 원래부터 없었던 사람이니까 왜 태어났냐는 말도 쓸모없는 건가? 뭐가 뭔지 모르겠어. 하지만 진짜 생각하면 할수록 무서워서……"

왕지네는 말끝을 흐렸습니다. 쾅, 쾅 하는 소리 때문에 그녀가 내는 다른 소리는 들리지 않았지요. 이루릴은 가만히 기다렸습니다.

한참 후 왕지네가 팔을 들었습니다. 그녀는 벽을 탕 쳤어요.

"더럽게 시끄럽네. 야, 뇌에 때 낀 것들아. 그만 쏴!"

왕지네는 코를 한 번 훌쩍이고는 목소리를 약간 높였습니다.

"그런데 정말 여기로 올까? 그림자 지우개로 길을 막고 있는 바위를 확 없애는 것이 나을 것 같은데."

"그러진 않을 거예요. 바위가 없다면 왕은 병사들을 들여보내지 왕비를 들여보내진 않을 테니까요."

"아, 그렇겠네. 그러면, 음, 당신은 여기서 기다렸다가 그림자 지우개를 뺏는 거지?"

"예. 그건 아프나이델 탑으로 돌아가야 하니까요. 그때 당신도 솔베스 밖으로 데려다줄게요."

"고마워. 정말 신세 크게 지네. 그런데 여기서 바로 떠나는 거야? 남아서 시에프리너를 보호하진 않아? 당신 그것 때문에 예언자를 탈출시켰다가 여기로 데려왔잖아."

이루릴은 잠시 침묵했다가 말했어요.

"나는 드래곤의 수호자는 아니에요. 당신이 알고 있는 내 행적이 드래곤을 보호하는 것처럼 보일 거라는 것은 이해해요. 하지만 나는 과거에 드래곤들과 싸우고 그들 중 특히 강대한 이를 죽이는 것에 일조하기도 했어요."

왕지네는 입을 다물지 못했죠. 음률이나 장단은 없었지만 어쩐지 노래 같은 이루릴의 말이 계속되었어요.

"나는 누군가가 어떤 종족이라는 이유로 돕지는 않아요. 그건 누군가를 어떤 종족이라는 이유만으로 공격하는 것과 다름없는 차별이니까요. 나는 상대가 한 일과 하지 않은 일에 따라 판단해요. 내가 믿어온 바에 따르면 시에프리너가 한 일은 공격받을 일이 아니에요. 자손을 가진다는, 모든 생물의 지고한 권리를 행사한 것뿐이니까. 따라서 일반적인 경우라면 나는 바이서스에 반대했을 거예요. 하지만 예언자가 모든 것을 혼돈으로 만들어요. 예언에 따르면 바이서스는 지금 자기 보호의 권리를 행사하고 있지요. 하지만 바로 그 예언이 약속하는 건 바이서스의 파멸이죠. 내가 바이서스를 안락사시켜야 할까요?"

"그런 게…… 필요할 때도 있지."

"바이서스는 다리가 부러지지도 않았고 자동차에 치이지도 않았어요. 안락사의 최대 근거이자 기준이 되는 것은 현재 받고 있는 고통의 크기지요. 바이서스엔 그런 것이 없어요."

이루릴은 긴 다리를 끌어당겨 살짝 끌어안았습니다.

"내가 할 수 있는, 내가 해야 하는, 그리고 내가 의심할 수 없는 일을 할 밖에요. 나는 그림자 지우개를 구층탑에 되돌려 놓을 거예요."

92

왕의 천막으로 불려갔을 때 예언자는 드래곤 레이디가 언제 오느냐는 질문을 받을 거라 예상했어요. 하지만 야전의자에 앉은 왕이 예언자를 지그시 보다가 갑자기 꺼낸 질문은 의외의 것이었죠.

"나는 언제 죽는 거요?"

얼핏 듣기에 그것은 무류의 예언자를 만나면 누구나 꺼낼 법한 상투적인 질문 같았어요. 하지만 예언자는 왕을 주의 깊게 바라보았습니다. 잠시 후 예언자는 어떤 감정도 드러내지 않은 채 말했습니다.

"전하께서 바라시는 것보다는 훨씬 빠른 날입니다."

"그건 대부분의 사람이 죽을 때 느낄 법한 감정 같은데. 그런 예언이라면 나도 할 수 있겠소."

"하실 수는 있겠지만, 전하의 말은 예언이 아닙니다."

"그렇소? 그럼 예언을 해보시오. 나는 누구에게 죽는 거요?"

"에이다르 바데타입니다."

왕은 당황했어요. 난생 처음 들어보는 이름이었거든요. 게다가 그건 드래곤의 이름처럼 들리진 않았어요. 아나그램일 경우까지 가정해 보더라도요. 그리고 코볼드나 다른 종족들의 이름 같지도 않았죠.

"인간이오?"

"인간입니다."

왕은 의자에서 벌떡 일어났습니다. 예언자는 그가 에이다르 바데타가 누구냐고 묻길 바랐어요. 하지만 왕은 이번에도 그의 바람을 이루어주지 않았죠.

"내가 드래곤이나 코볼드에게 죽는 것이 아니란 말이오?"

예언자는 왕의 시선을 피해 눈을 내리깔았습니다.

"예. 전하. 그 어떤 코볼드나 드래곤도 전하를 해칠 순 없습니다."

왕은 멍한 표정을 짓다가 문득 자신이 엉거주춤한 자세로 있다는 것을 깨닫고는 다시 의자에 앉았습니다. 그는 손으로 입을 감싼 채 한참 동안 말문을 열지 못했어요. 거의 2분이 흐른 후 왕이 말했습니다.

"내가 병적부를 조사하면……"

"에이다르 바데타라는 이름은 찾지 못하실 겁니다. 솔베스 전체를 뒤져봐도 못 찾으실 테고요."

왕은 다시 입을 닫았지요. 아군의 실수나 배신으로 죽는 것도 아니라면, 왕은 예언자의 말을 두 가지로밖에 해석할 수 없었어요. 그 중 하나는 정말 불쾌했지요.

"예언자여. 이 땅에서 도망치는 것은 한 번도 너무 많소. 두 번의 전쟁에서 소진한 힘을 회복할 여유는 앞으로 영영 없을 거요. 절망한 국민들의 탈출을 막을 수 없을 테니까. 그걸 알기에, 나는 결코 도망치지 않을 거요. 나의 참모들과 신료들도 도망쳐서 후일을 도모하라는 말은 못할 거요."

"저는 전하께서 솔베스에서 도망친다고 말한 적은 없습니다."

왕은 가슴이 벅찼습니다.

"내가 왜 죽는 날짜를 질문했는지 아시오?"

"저는 독심술사가 아니라 예언자입니다."

"드래곤 레이디 아일페사스는 내일 이곳에 도착할 거요."

"그렇군요."

"많은 이들이 노력한 끝에 드래곤 레이디의 비행경로와 속도가 파악되었소. 지금 그녀가 지친 채 이곳에 도착하지 않기 위해 어디서 쉬고 있는지도 알고 있지. 나는 당신이 '내일'이라거나 '아일페사스'라는 대답을 할지 알고 싶었소. 그리고 그런 대답을 들으면 내가 바이서스의 왕답게 도망치지 않을 거라는 뜻으로 받아들이고 기뻐하자고 결심하고 있었소. 그런데 당신이 들려준 대답은 더 놀라운 것이군. 당신은 드래곤이나 코볼드가 나를 죽일 순 없고 내가 여기서 도망치지도 않는다고 했소. 그렇다면 나는 드래곤 레이디의 방해를 물리치고 저 단단한 바위벽을 뚫고 들어가 시에프리너를 죽일 수 있단 말이오? 정말 그런 뜻이라면 당신께 절이라도 하겠소. 내가 정확하게 이해한 거요?"

예언자는 죽음은 약속된 휴식이라 말했던 루트에리노의 후예답다고 생각했습니다. 저것이 정말로 살인자의 이름을 알게 된 피살자의 반응일까요? 왕은 살인자에 대해선 아무런 관심도 표하지 않은 채 기뻐하고 있었어요. 예언자는 담담하게 말했습니다.

"전하에겐 목숨을 버린 특별한 병사들이 있지 않습니까."

왕은 그 말에 눈을 크게 떴습니다.

"그 말은……"

"내일 전하는 제게 절을 하게 되실 겁니다."

왕의 얼굴에 벅찬 희열이 떠올랐습니다. 그는 예언자를 끌어안으려 했지요. 하지만 갑작스러운 의혹이 그의 손을 붙잡았지요. 그는 예언자의 무미건조한 얼굴을 보았어요.

"그러면 바이서스는?"

예언자는 대답하지 않았습니다. 그는 정중하게 머리를 숙여보이곤 그대로 몸을 돌렸지요. 예언자를 붙잡고 싶었지만 왕은 그 후 일어날 일을 자신이 감당할 수 없을 거라는 느낌을 받았지요. 그래서 왕은 예언자가 천막을 떠나는 모습을 바라보기만 했습니다.

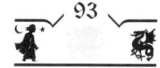

왕의 천막을 나와 자신의 처소로 돌아가던 예언자는 갑자기 나타난 모습에 웃어야 할지 놀라야 할지를 놓고 고민했습니다.

왕비가 있었어요. 그런데 토벌군이 입는 군복 차림이었지요. 양쪽 허리엔 권총과 그림자 지우개를 매달고 있었지요. 서스펜더엔 대검과 손전등도 매달려 있었지요. 거기까지만 해도 위화감을 느낄 만했지만 등에 배낭 대신 아기를 업고 있는 모습에 이르러서는 표현할 말도 찾기 어려웠죠. 예언자가 자신을 본 것을 확인한 왕비는 말없이 따라오라는 손짓을 했죠.

그녀가 예언자를 데려간 곳에는 트럭이 한 대 있었어요. 왕비는 트럭의 짐칸에 올랐고 어쩔 수 없이 예언자도 그렇게 했지요. 짐칸 안에는 유모차가 실려 있었지요. 왕비가 운전석 쪽을 탕탕 두드리자 트럭은 그대로 출발했습니다. 왕비는 아무 말도 하지 말라는 듯 손가락을 입 앞에 세워보였어요. 트럭은 잠시 후 검문을 통과하는 것 같았습니다. 하지만 검문은 어떻게 된 영문인지 간단히 끝났어요. 짐칸을 조사하지도 않았죠. 예언자는 입을 꾹 다문 채 맞은편에 앉아 있는 왕비를 보았습니다.

군영을 떠난 지 몇 시간쯤 지났을 때 트럭이 멈춰 섰습니다. 왕비와 예언자가 유모차를 가지고 트럭에서 내리자 트럭 운전수는 창밖을 한 번 내다보는 일도 없이 차를 돌려 떠났어요. 예언자는 눈을 크게 뜨고는 어두컴컴한 주위를 살폈어요. 하늘이 어렴풋이 밝아오고 있어 예언자는 자신이 있는 곳이 광산 입구라는 것을 확인할 수 있었습니다.

발탄은 개척민들을 다 귀국시켰기 때문에 광산은 괴기스러울 정도로 한적했습니다. 그다지 볼 것이 없었던 예언자는 왕비를 보았습니다. 왕비는 손전등을 켜놓은 채 다소 엉뚱하게 느껴지는 행동을 하고 있었어요. 그녀는 왕자의 기저귀를 갈고 있었지요. 물론 평범한 엄마의 행동이지만 그 상황에선 거의 괴이스럽게 느껴지는 모습이었지요. 기저귀 갈기를 끝낸 왕비는 왕자를 유모차에 실었어요.

"여기가 당신이 빠져나왔다는 그 광산이오?"

"그렇습니다. 이제 전하를 시에프리너에게 안내해야 합니까?"

"물론이오."

"전하. 이 안에는 도망쳤던 코볼드들이 가득할 겁니다. 사랑하는 주군을 버릴 리도 없거니와 지하에서라면 얼마든지 유리하게 싸울 수 있을 테니……"

"코볼드가 없는 길로 안내하시오."

왕비의 단호한 명령에 예언자는 말문이 막히는 것 같았어요. 그는 힘겹게 질문했습니다.

"시에프리너를 지우실 겁니까?"

"그렇소. 시에프리너가 애초에 없었다면 드래곤 레이디의 분노 또한 일어날 일이 없겠지. 당신 바람대로 드래곤 레이디를 지우진 않게 되는 거니 기뻐하시오."

"시에프리너의 역사도 짧지 않습니다. 생각해 보십시오. 시에프리너가 애초에 없었다면 이루릴이 저를 탈출시키는 일도 일어나지 않게 될지도 모르고 저와 전하가 솔베스에서 만날 일도…… 왕자도 태어나지 않게 될지도 모릅니다!"

"상, 관, 없, 소."

예언자는 허파가 아닌 심장으로 말을 짜내는 것처럼 말했습니다.

"미래를 보는 아들을 원하지 않으셨습니까?"

"바보 같은 소리 그만두시오. 그런 아들이 필요했던 이유가 뭔데? 바이서스를 위해서였소."

"……왕자님은 제가 업겠습니다. 유모차가 들어갈 만한 곳이 아닙니다."

"이 유모차 아래에는 마법 방어 도구가 실려 있소. 가져가야 하오. 그리고 내가 길도 모르는 지하에 들어가면서 당신에게 왕자를 맡길 것 같소? 이제 입을 닫고 안내하시오."

예언자는 입을 닫았습니다. 하지만 앞장서 걸어가는 대신 동쪽 하늘을 잠시 바라보았지요. 박명이 꿈을 바래게 하고 사물의 빛을 선명하게 하는 시각이었습니다. 광산은 계곡 쪽에 있었지만 그래도 한 시간 정도 앉아 기다리면 일출을 볼 수도 있을 것 같앉죠.

물론 그때까지 앉아 있을 수야 없겠지요. 남녀 한 명에 유모차에 실린 아기라는, 어딘가 경치 좋은 곳에 앉아 있으면 퍽 어울릴 듯한 구성이었지만.

예언자는 광산 안으로 들어갔습니다.

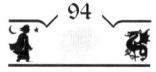

토벌군이 지휘통제부로 삼은 대형 천막 안에서 장군들은 탁자에 펼쳐진 작전 지도를 보는 척하며 탁자에서 조금 떨어진 곳에 서 있는 왕을 훔쳐보고 있었습니다. 왕은 몇 번이나 읽은 쪽지를 다시 읽고 있었지요. 그것은 왕비의 침소에 놓여 있었던 쪽지였습니다.

'잠시 다녀올 곳이 있어 나갑니다.'

그 뒤에 밥은 어디에 있다는 말이 붙어 있으면 어울릴 듯한 담담한 전언이었어요. 왕비가 걱정한 것은 자신의 실종으로 인해 토벌군 군영이 발칵 뒤집어지는 것뿐이었던 것 같았어요. 누군가가 왕비를 납치한 다음 추적을 막기 위해 쪽지를 남겼을지도 모른다는 의심이 제기되긴 했지만 곧 배제되었지요. 검문을 맡은 병사와 트럭을 운전한 병사가 왕비의 명령을 받았다는 사실을 고백했거든요. 트럭 운전병의 보고가 특히 인상적이었지요.

탁자 주위에 서 있던 장군들 중 한 명이 뚜, 뚜 하는 전신 신호를 방해하지 않을 정도로, 하지만 왕에겐 분명히 들릴 정도로 목소리를 높여 말했습니다.

"광산으로 가셨다는 건 지하로 내려가실 작정이라는 말인데,

혹시 왕비 전하께서는 우리를 위해 시에프리너의 레어로 통하는 비밀 통로라도 찾아보려 하신 것 아닐까요? 예언자는 그런 목적으로 대동하신 것이고요."

"그렇다면 진정 용감하신 분이군요. 하지만 좀…… 낭만적인 생각이군요."

그건 정확하게 '멍청한 생각이군요.'라는 말로 들렸어요.

"대군을 좁은 지하 통로에 밀어 넣을 수는 없지요. 밤눈 밝은 코볼드들에게 학살당할 겁니다. 미리 귀띔이라도 해주시고 조언을 구하셨다면 알려드렸을 텐데."

"우리를 놀라게 해주시려고 말하지 않으셨나 봅니다."

장군들은 진지하게 고개를 끄덕였습니다. 그러곤 다시 왕의 눈치를 살폈지요. 왕은 더 이상 그들을 무시할 수 없었습니다.

"왕비는 자신이 걱정거리가 되는 것을 원하지는 않을 것이다. 그리고 자신의 몸은 간수할 수 있는 분이다. 하지만 어린 왕자도 있거니와 사람들이 떠난 지 오래된 광산에 무슨 위험이 있을지 알 수 없다. 지하 전투에 능한 일개 분대를 광산에 파견하여 왕비를 찾도록 하라. 교전은 피하고 왕비를 찾아 귀환하는 것을 최우선 목표로 한다."

적어도 일개 중대는 보내야 한다는 항의들을 경청한 다음 왕은 탁자로 다가가 작전 지도를 내려다보았습니다. 왕비에 대한 것은 더 이상 듣지 않겠다는 태도였지요.

"관측병들의 통신 상태는 확인했겠지? 드래곤 레이디는 어쩌면 인간이나 다른 것으로 변신하여 잠입하는 것을 선택할 수도 있다. 혹은 몸을 보이지 않게 할 수도 있겠지. 관측병들에게 그 어떤 것이든, 오소리 한 마리라도 눈에 거슬리면 무조건 보고하라고 다시 일러라. 농담으로 여겨서 해이해질지도 모르니 반복해서……"

순간 통제실 반대편에 있던 통신병들 중 한 명이 고개를 홱 돌렸습니다. 통신병은 방금 해독한 전신 신호를 들어올리며 외쳤지요.

"4번 관측소! 드래곤 레이디 접근!"

뒤이어 다른 통신병들도 앞다투어 외쳤습니다. 3번과 5번, 뒤이어 6번 관측소에서도 접근을 확인했다는 신호가 전해져 왔지요. 왕은 신음했습니다.

"본래 모습 그대로 왔나. 카르 엔 드래고니안의 주인답군. 우리를 부끄럽게 하는데."

왕은 관측병들에게 신속히 현재 위치를 이탈하라는 회신을 보내라고 외쳤습니다. 그러고는 다른 통신병들과 조금 떨어진 위치에 있던 통신병을 쳐다보았습니다.

통신병은 침을 꿀꺽 삼켰습니다. 그 모습을 보던 왕은 고개를 조금 끄덕였습니다. 어제까지만 해도 왕은 그 순간 고개를 끄덕여야 할지 말아야 할지 결정할 수 없었지요. 하지만 지금 그에겐 결코 흔들리지 않을 확신이 있었습니다. 왕의 확신을 느낀 통신병은 아무 말 없이 몸을 돌려 자기 앞에 놓인 송신기의 지렛대를 두드리기 시작했습니다.

정상적인 통신 규칙이랄 수는 없었지만 아무도 그 모습에 이의를 제기하지 못했지요. 침묵 속에서 지렛대 두드리는 소리만이 울렸습니다. 길게, 짧게, 짧게, 길게, 쉬었다가, 길게, 짧게, 길게……

토벌군의 군영에 있던 병사들은 태양이 하나 더 떠오른 것 같은 기분을 느꼈습니다.

그들이 알고 있는 태양은 동쪽 지평선 위에 어제와 같은 모습으로 떠 있었습니다. 하지만 그 좌상단 쪽, 그러니까 북동쪽 하늘엔 별처럼 보이지만 도저히 별이라고 여길 수 없을 정도로 크게 반짝이는 황금빛 점이 있었습니다. 태양을 사과에 비교한다면 그것은 사과 씨 정도로 보였지요. 동그랗지는 않았어요. 뭔가 뾰족뾰족한 부분이 있는 복잡한 형태의 물체였지요. 하지만 태양을 마주하고 있는 병사들은 눈을 찌푸리고 있었기에 그 형태를 똑똑히 볼 수 없었죠. 손으로 태양을 가리고 보아도 그 물체가 뿜어내는 황금빛 반사광 때문에 형태를 식별하기 어려운 것은 여전했어요.

잠시 후 그것이 좀 속 시원할 정도로 커졌습니다. 병사들은 오금이 저렸어요. 독수리 같은 것이 그 정도로 커졌다면 그건 이미 머리 위에 도착한 후였겠지요. 하지만 그것은 제법 커진 후에도 여전히 먼 하늘에 있는 것처럼 보였습니다. 맑은 날 해안에서 거대한 배가 다가오는 것을 본 적이 있는 사람은 '꽤 커졌는데 여전히 멀게 보이는' 그 느낌을 알겠지요.

조금 후 그것은 황금빛의 드래곤이라는 것을 확실히 식별할 수 있을 정도로 커졌습니다. 병사들은 덜덜 떨었습니다. 그 중엔 바지를 적시고도 깨닫지 못하는 이들도 있었지요. 그렇게 커졌는데도 그 드래곤은 여전히 먼 하늘에 있는 것처럼 보였거든요. 그렇다면 그것이 머리 위까지 왔을 땐 도대체 얼마나 크게 보일까요?

드래곤 레이디는 하늘을 뒤덮는 것으로 대답을 대신했습니다. 토벌군의 상공을 지나쳤을 때 아일페사스의 높이는 화살을 쏴도 닿기 힘든 높이였지만 군영 내 대부분의 병사들이 부딪힐 것 같은 느낌에 비명을 지르며 바닥에 엎드렸어요. 그대로 화염이라도 뿜었다면 끔찍한 피해를 줄 수 있었겠지만 아일페사스는 그러지 않았습니다. 군영 상공을 통과한 아일페사스는 그대로 상승했지요. 그러고는 고함을 질렀습니다.

"드래곤 레이디가 경고한다. 살고 싶으면 즉시 물러가라!"

그녀에게 작위를 하사한 간 큰 지배자는 한 명도 없었지만 공격에 앞서 항복할 기회를 주는 그녀는 기사도를 아는 드래곤이 분명했습니다. 실로 고대의 위엄이 살아있다고 해야겠군요. 하지만 그에 대한 바이서스의 대답은 지극히 현대적인 것이었습니다.

고공을 선회하던 아일페사스의 눈에 기묘한 것들이 들어왔습니다.

그녀가 이전엔 하늘에서 본 적이 없는 것들이 남쪽의 낮은 하늘에서 천천히 날아오고 있었어요. 가장 큰 그리핀보다 더 컸지만 절대로 생물은 아니었습니다. 그것은 분명히 기계였습니다. 물론 아일페사스에 비하면 독수리와 풍뎅이만큼의 차이가 있었지만 그렇게 큰 기계가 하늘을 나는 광경이 몹시 낯설었기에 ─ 생각도 해 본 적이 없다고 해야겠지요. ─아일페사스는 당혹감을 느꼈습니다. 드래곤의 눈으로 그것을 면밀히 관찰해 본 아일페사스는 깜짝 놀랐습니다. 새를 형편없이 도식화시킨 듯한 그 물건에는 인간이 타고 있었어요. 아일페사스는 이루릴에게 지나가는 말로 들었던 이름을 떠올렸습니다.

'하늘을 나는 기계…… 비행기? 저걸로 나와 하늘에서 싸워보

겠다는 건가?'

분노와 호기심을 동시에 느끼며 아일페사스는 그것에 다가가 그 주위를 날아보았습니다. 잠시 후 분노는 사라졌습니다. 아일페사스는 어이가 없었지요. 저런 물건이 비장의 수단이라는 걸까요? 그것의 날개는 단단하게 고정되어 있는 것 같았습니다. 그 때문인지 그것의 비행 모습도 새의 그것을 형편없이 도식화한 것 같았어요. 그것은 떨어지지 않기 위해 어느 정도 이상의 속력을 계속 유지해야 하고 그 때문에 커다란 원을 그리는 방법으로만 방향을 바꿀 수 있었어요. 아일페사스는 가소로움을 느꼈지요.

비행기에 탄 조종사들이 드디어 공격을 시작하자 아일페사스는 더 이상 가소로움을 느끼지 않았습니다. 그녀는 안쓰러움을 느꼈지요.

오크 기술자가 언젠가 이루릴에게 말해 준 것처럼 인간의 신발명품 비행기는 도저히 중무장을 실을 수 없었지요. 그래서 비행사들은 드래곤 레이디를 신중히 겨냥하여…… 권총을 쏘았어요.

아일페사스가 느끼기엔 그들이 조종석에 돌을 던지며 공중전을 하자고 외치는 거나 다름없었습니다. 그녀가 비행기 뒤로 날아가는 바람에 뒤로 총을 쏠 때는 비행기와 탄환의 속도가 상쇄되어 정말로 돌을 던지는 것이나 다름없었죠. 비행사들의 표징을 본 아일페사스는 그들이 정말 대단한 기술과 집중력을 발휘하며 분투한다는 것은 알 수 있었습니다. 하지만 그것뿐이었어요. 아일페사스는 비행기를 자신의 경고에 대한 대답으로 인정하지 않는 관대함을 보이기로 했습니다.

"다시 말한다. 살고 싶으면 즉시 물러가라!"

바이서스 최초의, 그리고 세계 최초의 전투 비행대를 지휘하고 있던 편대장은 고글 안에서 눈물을 흘렸습니다. 그들의 공격이 아무런 효과가 없었기 때문에, 아일페사스가 그들을 경멸했기 때문에.

그는 기뻤습니다.

아일페사스는 비행기에 대해 아무런 경계심도 보이지 않았습니다. 편대장은 마음속으로 아내의 이름을 불렀습니다. 이번 작전에선 기혼자는 제외하는 것이 원칙이었어요. 편대장은 아내가 재작년에 죽은 덕분에 작전에 참여할 수 있었습니다.

비행기가 실전에서 선을 보인 것은 그것이 처음이었기에 아직 비행기 사이의 신뢰할 만한 통신 수단은 없었어요. 그래서 그들은 이륙하기 전 지상에서 작전을 협의했지요. 신호는 편대장이 보내기로 되어 있었습니다. 마침내 적당한 때가 온 순간 편대장은 신호를 보냈습니다. 그의 비행기가 아일페사스의 목 부분을 향해 돌진했습니다.

안쓰러울 정도의 미력한 공격으로 아일페사스를 방심시킨 것은 충분히 효과를 발휘했지요. 비행기는 무방비 상태의 아일페사스에게 정확히 충돌했습니다.

거대한 폭발이 아일페사스를 강타했습니다.

바이서스 인들의 비행기에는 연료가 별로 없었습니다. 당장 돌아가더라도 그들이 떠오른 간이 비행장까지 돌아갈 수 없을 정도였지요. 그렇게 중량을 줄인 후 비행사들은 남는 무게만큼 화약을 실었습니다. 예. 그 비행기들은 자유자재로 움직여 목표를 추적할 수 있는 대형 포탄이었습니다. 편도비행만 가능하다는 점에서도 포탄과 같군요.

비행기도 처음 보는 아일페사스가 그런 공격을 상상한다는 것은 불가능했지요.

편대장의 신호를 받은 비행기들이 사방에서 아일페사스를 향해 쇄도했습니다. 최초의 공격에서 받은 충격 때문에 아일페사스는 계속해서 무방비 상태일 수밖에 없었습니다. 지상에서 그 모습을 올려다보던 토벌군은 숨도 제대로 쉴 수 없었죠. 비행기들은 숨돌릴 틈도 없이 충돌했고, 그때마다 황금빛 드래곤의 거대한 몸이 이리저리 튕겨졌습니다. 그런 공격을 당하면서도 아일페사스는 모든 기술을 다해 추락만은 피했습니다만 그 때문에 그 광경은 더 처참한 것이 되었습니다. 땅에 쓰러진 사람을 분노한 이들이 둘러싼 채 마구 걷어차는 광경을 생각해 보세요. 피해자는 맞을 때마다 전율하며 피하려 하지만 사방이 막혀 있어서 도망칠 수도 없지요. 그런 모습이 3차원적으로, 드래곤적인 규모로 하늘에서 펼쳐졌습니다. 하늘엔 화염과 연기가 자욱했고 불 붙은 파편과 피, 황금빛 비늘들이 비산했습니다.

편대장의 비행기가 충돌한 후 몇 번 아일페사스를 놓쳤던 마지막 비행기가 충돌할 때까지 걸린 시간은 채 20초가 되지 않았습니다. 하지만 아일페사스와 바라보고 있던 이들은 몇 년이 지난 듯한 기분이었어요. 놀랍게도 이일페사스는 마지막 충돌을 겪은 후에도 추락하지 않았습니다. 하지만 제대로 날지도 못했지요. 가까스로 정신을 차린 장교들이 넋을 잃은 병사를 다그쳤습니다.

"발사! 발사! 쏴 떨어뜨려! 정신을 차리게 하지 마!"

병사들은 진저리를 치며 총구를 들어올렸습니다. 많은 것들이 떠다니는 지저분한 하늘을 소총탄과 기관총탄이 갈랐습니다. 포병들은 한 번도 쏴본 적이 없는 각도로 포구를 들이올려 하늘을 쏘기도 했지요. 막무가내의 사격이었지만 과녁이 터무니없이 거대해서 명중탄이 제법 나왔습니다. 드래곤 레이디는 더 이상 비행할 힘을 잃었어요. 그대로 뚝 떨어지진 않았지만 그녀는 좌우로 이리저리 흔들리며 급강하했습니다.

다른 이들과 함께 그 모습을 보던 왕은 갑작스러운 예감에 입을 벌렸습니다. 그는 고개를 좌우로 바쁘게 움직이며 자신의 예감이 맞는지 확인했어요. 확신할 순 없었어요. 하지만, 하지만…… 어쩌면?

드래곤 레이디는 땅을 들이받았습니다.

충격 때문에 땅이 흔들리고 군영 내의 깃대들이 쓰러졌습니다. 자세가 불안정했던 이들은 엉덩방아를 찧기도 했지요. 충격은 곧 사라졌지만 그들은 말을 잊은 채 아일페사스의 추락 지점을 바라보았습니다. 그곳에서는 거대한 흙먼지가 일어나고 있었고 그 속에서 돌 구르는 소리가 들려왔습니다. 흙먼지가 가라앉을 때까지 아무도 입을 열지 않았어요.

마침내 흙먼지가 내려앉았을 때 그들의 눈을 사로잡은 것은 황금빛 드래곤의 처참한 모습이 아니었습니다. 왕은 예언자에게 했던 질문을 떠올렸어요.

'드래곤 레이디의 방해를 물리치고 저 단단한 바위벽을 뚫고 들어가 시에프리너를 죽일 수 있단 말이오?'

왕은 털썩 주저앉았습니다.

시에프리너에게 향하는 길을 막고 있던 바위벽은 더 이상 존재하지 않았습니다. 드래곤 레이디가 충돌하는 바람에 전부 무너져

내렸거든요.

 왕지네는 기겁했고, 그 다음에 눈을 비비며 소총을 끌어당겼고, 그 후에 잠에서 깨어났습니다. 그 때문에 정신이 없었죠. 왕지네는 자신이 어디 있는지도 알 수 없었습니다. 설상가상으로 어두워서 보이는 것도 없었지요. 정신없이 고개를 돌리던 왕지네는 이루릴의 모습을 지나쳤다가 다시 그녀에게 시선을 돌렸습니다.
 이루릴은 똑바로 서서 두 손을 가슴 앞에 펼친 채 내려다보고 있었습니다. 서서 책을 보는 모습과 같았지요. 하지만 그녀의 손엔 책 대신 빛이 일렁거리고 있었어요. 왕지네가 이루릴을 볼 수 있었던 것도 그 빛 덕분이었지요.
 멍하니 엘프를 보던 왕지네는 갑자기 기억을 떠올렸습니다. 그녀의 몸이 기억을 하고 있었어요. 큰 충격, 지진이 난 것이 아닌가 싶은 충격이 있었지요. 그녀가 선잠에서 깬 것은 그 때문이었어요. 왕지네는 불안함에 주위를 둘러보다가 대답을 구하듯 이루릴을 다시 보았습니다. 이루릴은 여전히 꿈쩍도 하지 않은 채 두 손바닥에 담은 빛을 내려다보고 있었어요.
 "이루릴? 무슨 일이야?"
 "어떻게……."
 이루릴의 대답은 그것뿐이었지요. 왕지네는 그녀의 팔이라도 비틀고 싶었지만 그러기엔 이루릴의 표정이 심상치 않았습니다. 왕지네는 일단 자리에서 일어나기로 했지요. 그때 이루릴이 다시 말했습니다.

"……이해하려 하는 걸까, 나는."

긴 휴지 때문에 두 문장처럼 여겨졌지만 이루릴이 말한 것은 한 문장이었습니다. 왕지네는 그 문장을 머릿속에 재구성해 보고는 이유 모를 격한 슬픔을 느꼈어요. 그녀는 자신이 무슨 일을 하는지도 모르면서 이루릴을 끌어안았습니다. 그리고 자신이 무슨 말을 하는지도 모르면서 말했어요.

"욕 해."

이루릴은 움직이지 않았습니다. 왕지네는 어둠 속에서 그녀를 힘껏 끌어안으며 외쳤어요.

"귓구멍에 철조망 친 것들, 눈동자가 뒤통수 쪽으로 돌아간 것들, 혓바닥으로 맷돌질 하는 것들, 다 꺼져버려!"

이루릴이 한숨을 내쉬었습니다. 그녀는 왕지네의 어깨를 잡고 살짝 밀었어요. 다시 손바닥에 빛을 떠오르게 한 이루릴은 그것을 위로 톡 쳐올렸습니다. 빛은 그녀들의 머리 위로 떠올라 연기처럼 퍼졌지만 사라지지는 않았습니다.

"미안하지만 그러고 싶진 않아요. 나는 실감하기 어렵지만 어쩌면 그건 고결한 것일지도 모르지요. 왕에 대한 충성, 국가에 대한 사랑. 그것도 중요하고 가치 있는 것이겠지요? 그것이 그들의 선택이라면 존중해야겠지요……. 명쾌한 기분이 들어야 할 텐데, 내 말이 늪이 되어 나를 끌어당기는 것 같군요."

이루릴이 무슨 말을 하는지 알 수 없었지만 왕지네는 잠자코 들었어요. 지금 필요한 건 그것 같았거든요.

"바이서스 병사들이 하늘을 나는 기계에 폭약을 싣고 직접 조종하여 펫시에게 충돌했어요. 펫시의 입장에선 도저히 이해할 수 없는 공격이었기에 그녀는 속수무책으로 당한 후 추락했어요. 그 추락의 여파로 시에프리너의 레어를 막고 있던 바위들이 무너졌어요."

너무도 충격적인 이야기가 연달아 나왔기에 왕지네는 아연실색했죠. 하지만 이루릴은 그녀가 차분하게 질문했다는 듯이 대답했어요.

"펫시는 그 바위들에 깔려 있어요. 상처가 커요."

"드래곤 레이디가 죽는 거야?"

"모르겠어요."

이루릴은 당장 녹아내리거나 공중으로 흩어져버릴 것처럼 보였어요. 그녀는 고개를 돌려 코볼드 통로쪽을 살폈죠. 그들이 있는 곳은 코볼드 통로의 광산쪽 입구였어요. 왕비가 그림자 지우개를 가지고 그곳으로 올 것이 분명하다고 예상했기에 이루릴은 거기서 기다리고 있었지요. 하지만 지금 왕비나 그림자 지우개 같은 건 이루릴의 뇌리에 남아 있지 않은 것 같았어요.

"나는 예언자가 아니에요. 펫시가 어떻게 될지 모르겠어요."

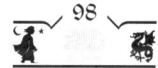

'운차이가 지금까지 살아서 내 꼴을 봤다면…… 왜 제대로 피하지 못해서 멍청이들을 영웅으로 만들어줬냐고 말했겠지.'

무너져내린 돌무더기에 묻힌 아일페사스기 생각했어요. 그 생각이 정말 그런 듯했기에 아일페사스는 진짜로 악이 올랐어요. 분노는 대부분의 동물들과 마찬가지로 드래곤에게도 잘 듣는 흥분제죠. 흐릿하던 그녀의 시야가 밝아졌고 때마침 먼지도 거의 다 가라앉았습니다. 아일페사스는 멀리서 바이서스 병사들이 돌격해 오는 것을 보았습니다. 그녀를 향한 포격 준비도 갖춰지고 있는 것 같았습니다. 드래곤 레이디의 눈이 확 불타올랐죠.

'함정에 빠진 멧돼지처럼 버둥거리며 찔려죽을 줄 알아? 나는 아일페사스다!'

아일페사스는 거칠게 몸을 흔들었습니다. 거대한 바윗덩이들이 흔들리고 밀리고 거칠게 무너져내렸어요. 날개 여기저기가 찢어지는 소리도 났지만 아일페사스는 아랑곳하지 않았지요. 아일페사스는 바위를 난폭하게 밀어내며 동물적인 감각으로 변신했습니다.

그야말로 절묘한 순간이었지요. 조금만 늦거나 빨랐다면 드래곤의 거체가 사라진 공간으로 바위가 무너져 변신하는 그녀를 덮쳤을 것입니다. 하지만 아일페사스가 금발의 엘프로 변해 똑바로 섰을 때 사방에서 무너진 바위들 중 어떤 것도 그녀를 건드리지 않았습니다. 또한 아일페사스의 예상대로 피어오른 흙먼지는 그녀의 작아진 모습을 감춰주었지요. 돌격하던 병사들은 갑자기 드래곤 레이디가 사라져서 바위가 무너져내린 것처럼 보였을 거예요.

짧은 여유를 얻은 아일페사스는 침착하게 머리카락을 쓸어넘기고는 옷의 먼지도 털었습니다. 그리고 만약 누굴 죽여야 한다면 최고위층만 선택하겠다던 어제까지의 결심도 폐기했어요. 비행사들의 자폭 공격이 그녀에게 준 것은 경외감이 아닌 경멸감뿐이었습니다.

"국가는 애국자의 시체 위에 서 있다는 거냐? 그렇다면 국가는 시체 먹는 벌레들을 위한 훌륭한 식량 공급 체계로구나. 너희들의 주인을 배알하라."

아일페사스는 손을 높이 들어올렸습니다.

땅 아래에서, 바람의 골에서 곤충과 벌레들이 시커먼 안개처럼 튀어나왔습니다.

기는 놈, 무는 놈, 뛰는 놈, 쏘는 놈, 나는 놈, 찢는 놈, 달리는 놈들이 폭풍처럼 병사들을 덮쳤습니다. 그것들은 병사들의 머리카락 속을 기어다니고 옷깃과 소맷자락 아래로 기어들어갔습니다. 그러곤 살갗을 깨물고 혈관에 독액을 주입했지요. 비명을 지르거나 눈을 뜰 수도 없었어요. 털이 수북한 벌레들이 입 안으로 기어들어오거나 눈을 찔러댔으니까요. 소총탄이나 기관총탄은 처음부터 무의미했고 수류탄도 벌레떼에겐 별 효과가 없었어요. 병사들은 총을 팽개치고는 두 손으로 얼굴을 가린 채 마구 달리는 것이 고작이었지요. 하지만 피부 전체가 끊임없이 전달하는 가려움과 미세한 통증을 무시한 채 계속 달리는 건 군대 훈련에도 없었죠. 병사들은 자기 몸을 마구 때리다가 바닥에 쓰러졌고 어떤 이들은 온몸을 웅크렸습니다. 하지만 인간이 어떻게 웅크리든 벌레들에겐 기어들어갈 틈이 잔뜩 있었지요. 병사들은 벌레 섞인 비명을 지르며 땅을 뒹굴었습니다.

아일페사스는 멈추지 않았습니다. 마법이 완전히 사라지기 전에도 대부분의 마법사들은 알지 못했던 오래된 마법이 그녀에 의해 일깨워졌어요. 그 순간 죽음과 삶의 경계가 조금 미묘해졌습니다. 그 경계가 허물어지진 않았지요. 그러한 마법은 드래곤에게도 지나치게 가혹한 대가를, 때에 따라선 지불할 수도 없는 대가를 강요하니까요. 하지만 죽음과 삶의 경계를 허무는 대신 죽음의 여운을 부여잡아 실체화하는 것은 상대적으로 간단했지요.

아일페사스가 포효하듯 주문을 끝낸 순간 불타는 시체를 실은 불타는 비행기들이 하늘에 나타났습니다.

하나도 빠짐없이 날개가 부러지거나 동체가 대파되어 있었지만 그 비행기들은 정체를 알고 싶지도 않은 어두컴컴한 기운에 휘감긴 채 안정적으로 하늘에 떠 있었습니다. 안정적이라는 건 그러니까 추락하지는 않을 것 같다는 말이지요. 실제로 그 비행기들은 고통에 몸부림치는 생물인 양 전후좌우로 마구 흔들리고 있었고 기수를 위나 아래로, 심지어 뒤로 향한 채 앞으로 날아가는 식의 기괴한 비행을 하고 있었습니다. 기수 방향과 비행 방향이 일치하는 경우를 오히려 찾아보기 어려웠죠. 보는 것만으로 기분이 불쾌해지고 구역질이 나는 그 비행기 안에서 비행사들은 화형의 고통에 몸부림치며 비명을 지르고 있었습니다. 그들은 자신의 분노와 증오를 불덩어리로 바꾸어 아래로 흩뿌렸습니다.

꼬리를 길게 끌며 떨어지는 불덩어리들은 마치 빗줄기 같았어요. 그것이 벌레의 바다에 익사당하고 있던 병사들을 강타했지요.

왕은 격노했습니다.

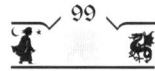

왕은 퍼시발에 뛰어올랐습니다. 주위의 아무도 왕의 행동을 제때에 제지하지 못했지요. 루트에리노의 후손들에겐 모두 그런 면이 있었지요. 간혹 몇 대에 걸쳐 잠잠해서 사라졌나 싶다가도 갑작스럽게 불쑥 나타나는 성격. 격동하는 흐름을 한 손에 끌어 모아 쥐고 아무도 말릴 수 없는 기세로 앞으로 달려가는. 예. 그런 성격 덕분에 루트에리노 대왕은 세계를 지배하고 있던 드래곤 로드에게 돌격할 수 있었지요.

왕 또한 그러했습니다. 그가 퍼시발을 출발시켰을 때 그 거대하고 초자연적인 전투는 갑자기 왕에게 집중되었습니다. 왕의 바람도 그런 것이었지요. 절망적이라는 말도 부족한 그 상황을 단숨에 뒤엎을 방법은 드래곤 레이디를 쓰러트리는 것뿐이었습니다. 왕은 자신의 칼끝으로 그 일을 해낼 작정이었지요.

불덩이가 떨어지는 하늘을 봐야했기에 왕은 고개를 숙일 순 없었습니다. 왕은 고글과 얼굴 앞에 세운 칼날에 의지한 채 머리를 빳빳이 세우고 달려갔습니다. 발톱과 집게, 단단한 날개, 그리고 독침이 달린 바람이 그의 얼굴과 상체를 세차게 때렸지요. 왕의 얼굴은 순식간에 피투성이가 되었습니다. 고통은 가까스로 참을 만했지만 숨을 쉬기 어려운 것은 정말 힘들었죠. 하지만 왕은 겁을 먹는 대신 사납게 웃었습니다. 그는 말보다 느리고 민첩하지도 않고 걸핏하면 고장나는 바이크를 왜 타냐고 비웃던 신하들을 속으로 조롱했습니다. 말이라면 그런 상황에서 기겁했겠지요. 하지만 바이크는 충실하게 왕을 드래곤 레이디에게 운반했습니다.

그를 향해 걸어오는 금발 엘프를 보며 왕은 '혹시나' 하는 생각 같은 건 하지 않았습니다.

왕은 스로틀을 세게 연 다음 오른손을 레버에서 떼어 장검을 뽑아들었습니다. 솔로처가 만든, 드래곤도 죽인다는 검이 마침내 그 위력을 발휘할 때가 왔지요. 시에프리너가 바로 그 대상일 거라던 왕의 예상은 빗나갔지만 드래곤 레이디라면 불만은 전혀 없었습니다. 그가 속도를 높이자 마주오고 있던 드래곤 레이디 또한 걸음 속도를 높였습니다. 어느 틈에 그녀의 손엔 장검이 들려 있었지요. 왕은 속으로 웃었습니다.

그대로 달려가 베겠다는 듯 도전적으로 검을 흔들던 왕은 뒤로 뛰어내렸습니다. 그 또한 말이 아닌 바이크였기에 가능한 재주라 하겠지요.

바이크는 아무 두려움 없이 아일페사스를 향해 굴러갔습니다. 아일페사스는 황급히 옆으로 피했지요. 어쩔 수 없이 그녀는 속도를 줄인 채 멈춰 서게 되었습니다. 구르다가 일어선 왕은 바로 그 순간을 노려 구르던 기세까지 더해 장검을 세차게 휘둘렀지요.

하지만 그 대단한 공격은 믿을 수 없는 방어에 막혔습니다. 아일페사스는 왼손으로 자신의 칼날을 잡고 왕의 공격을 간단히 막더니 그대로 몸을 오른쪽으로 비틀며 칼자루를 쥔 오른손을 놓았습니다. 그러자 칼자루가 휙 튀어올랐습니다.

아일페사스는 칼날을 쥐고 칼자루로 왕의 앞이마를 세게 때렸습니다.

반격의 충격보다 그 경이적인 기술에 대한 놀라움 때문에 왕은 소름이 끼친 채 뒤로 물러났습니다. 하지만 곧 모욕감이 그를 휘감았지요. 초인적인 기술이지만, 거기엔 분명히 조롱이 담겨 있었죠.

"이 더러운 짐승!"

"언사를 주의하라. 바이서스의 왕. 내가 누군지 몰랐다고 잡아뗄 순 없을 텐데."

"아직도 경의를 받을 수 있다고 착각하나. 죽은 이를 저토록 모욕하고서!"

"나를 들이받았던 멍청이들 말인가? 스스로를 그렇게 대하는 바보에게 내가 왜 잘 대해줘야 하지? 너희들은 대접받고 싶은 만큼 대접하라고 하더군. 그건 자기한테도 똑같이 적용되어야 하지 않아?"

"무슨 소린가? 바로 그렇기 때문에 그들은 존중받아야 하는 것이다. 타인을 위해 자신의 목숨도 포기하지 않았는가! 상식이 있는 인간 장수였다면 비록 적이라도 그들을 수습하여 장례도 치러줬을 것이다. 제기랄. 이런 걸 일일이 설명해야 하나. 제아무리 오래 살았다 해도 천생 짐승이란 말인가?"

"너희들의 빈곤한 정신이 만들어낸 그 혼란스럽고 자기파멸적인 논리 말이군. 너희들은 자신을 보호하기 위해 국가를 만들지. 너희들을 보호해야 하므로 국가는 강하고 위대해야 하지. 그런 국가에 비하면 너희들은 약하고 초라하지. 그래서 너희들은 국가를 위해 죽지. 보모를 사형집행자로 바꾸는 그 묘기에 내가 경탄해야 하나?"

"보모는 사형집행자가 된 것이 아니야. 내가 된 것이다! 나는 단수가 아니야!"

드래곤 레이디는 입을 닫았습니다. 말도 하기 싫은 것 같았어요.

"우리는 자신이 만지지도, 보지도 못할 것들을 위해 기꺼이 자신을 던진 이들 덕분에 살고 있다. 그리고 그 때문에 그들은 지금도 살아있다. 우리라는 이름으로 바뀌어서. 그들은 자신을 초라한 것으로 만든 것이 아니라 자신을 확장시키고 더 위대한 것으로 만든 것이다!"

아일페사스는 신경질적으로 팔을 뻗었습니다.

긴장하던 왕은 소리의 부재를 느꼈습니다. 수어 마리의 곤충괴 벌레들이 내던, 그 단절을 도저히 찾을 수 없는 부우우우웅 하는 소리가 어느새 사라졌어요. 고개를 든 왕은 불붙은 비행기들도 사라졌다는 것을 깨달았습니다. 왕은 반가움에 얼굴을 폈지요.

하지만 아일페사스의 표정엔 미소 비슷한 것도 없었습니다.

"코볼드들이 저희들을 확장시키고 싶어하는 것 같군. 존중해야겠지?"

왕은 주춤 물러났습니다. 저 멀리서 빠른 발소리가 들려왔습니다. 흥분에 미쳐버린 듯한 숨소리, 웅성거리는 소리도 들렸지요. 왕은 주위를 둘러보다가 조금 전 무너져내린 바위들 중 하나로 뛰어올라갔습니다. 그가 바위 정상에 섰을 때 격분한 첫 번째 코볼드가 무너져내린 바위굴에서 포효하며 뛰쳐나왔습니다. 그것은 화산 폭발과 지진, 그리고 암반 붕괴에게 배운 듯한 목소리로 외쳤습니다.

"시에프리너! 시에프리너! 시에—프리너—!"

코볼드들이 용출하는 지하수처럼 동굴에서 쏟아져 나왔습니다.

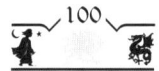

코볼드들은 인간보다 신장이 많이 작은 편입니다. 날붙이를 휘두르며 서로의 용력을 겨루는 고대의 전투에서 그것은 약점이었지만 현대전에서 그런 단신은 중대한 이점을 제공하지요. 그들은 몸을 숙이는 것만으로 인간들이 앉아서 쏘는 것과 가까운 피탄율을 얻을 수 있습니다. 그러면서도 돌격하는 속도로 달릴 수 있지요. 벌레떼와 망령 비행기의 공격 때문에 공황 상태에 빠져 있던 인간들은 대지를 뒤덮으며 몰아쳐오는 그 살의의 노도를 제대로 저지할 수 없었습니다. 코볼드들은 괴성을 지르며 토벌군 병사들에게 들이닥쳤습니다.

솔베스 코볼드들의 수류탄 사용법이야 이미 악명이 높은 것이었지요. 그들은 수류탄이 아니라 점화끈을 집어던졌습니다. 악의 어린 농담처럼 들리지만 토벌군 병사들에겐 절대로 농담이 아니었습니다. 코볼드들은 맹수처럼 대검을 휘두르다가 조금이라도 포위되었다 싶으면 주저 없이 그 '점화끈 던지기'를 시도했습니다. 그러면 코볼드와 함께 주위의 병사들이 모두 순식간에 핏덩이로 바뀌었지요.

코볼드들이 위를 쳐다보지 않았기에 높은 바위 위에 있는 왕은 발각되지 않았습니다. 코볼드들의 후미가 지나간 후 왕은 몸을 들어 전선 쪽을 보았습니다. 그는 숨막히는 소리를 냈어요. 아름답게 묘사하면 산들바람이 민들레 들판에 불어 닥쳐 민들레 씨가 순차적으로 화악 날아오르는 것 같았죠. 눈이 뒤집힌 코볼드의 파도를 산들바람으로, 날아오르는 사람들의 팔다리와 내장 따위를 민들레 씨로 여길 수 있다면 말입니다. 왕은 현기증을 느끼다가 드래곤 레이디를 찾았습니다.

분명히 이쪽 세상은 아닌 듯한 세계를 떠돌던 왕의 정신이 돌아왔습니다. 왕은 몇 번이나 눈을 껌뻑거렸지요.

드래곤 레이디는 바닥에 무릎을 꿇고 두 손으로 바닥을 짚고 있었습니다.

아일페사스가 입은 타격은 결코 가벼운 것이 아닙니다. 적 앞에 무릎을 꿇고 도망도 치지 못하는 그녀를 비웃으려면 우선 공중에서 비행기 몇 대에 바치기를 한 다음 천 큐빗 높이에서 떨어진 후에 오세요. 아일페사스가 칼자루로 왕을 때리는 묘기를 부린 것은 왕으로 하여금 칼싸움을 주저하게 만들기 위해서죠. 그녀는 칼싸움을 할 자신이 없었거든요. 그녀가 벌레떼와 망령 비행기를 없앤 것은 코볼드들이 돌격할 수 있도록 도와주기 위해서가 아니었습니다. 그것을 더 유지할 수 없었기 때문이죠.

드래곤 레이디는 탈출하기 위한 마법을 일깨우려 했습니다. 하지만 통증 때문에 마법은 실패했고 그러자 실패의 타격이 이미 곤죽이 된 그녀를 후려갈겼습니다. 아일페사스는 바닥에 쓰러졌습니다. 뺨을 땅에 댄 채 아일페사스는 피거품이 뒤섞인 날숨을 내쉬었습니다.

무엇이 땅에 떨어지는 소리가 들렸습니다. 머리를 비튼 아일페사스는 왕의 두 발을 보았습니다. 그 이상 높은 곳을 볼 수는 없었습니다. 아일페사스는 공포보다는 분노를 느꼈어요. '루트에리노도 드래곤 로드를 죽이지는 못했는데.'

왕은 검을 들어올렸습니다.

곧바로 내려치지는 못했습니다. 왕은 갈등을 느꼈거든요. 드래곤 레이디를 살려주면, 그래서 그녀에게 빚을 지게 한다면 시에프리너를 죽인 후에도 드래곤들의 보복을 피할 길이 생기지 않을까요? 하지만 왕은 생각을 고쳤습니다. 드래곤 레이디는 드래곤들의 지배자가 아닙니다. 그녀의 호언장담에도 불구하고 어떤 드래곤도 시에프리너를 도우려 하지 않았지요. 그녀가 다른 드래곤들에게 중대한 영향력을 행사할 수 있다고는 믿을 수 없었습니다. 아군으로 삼으려 한다면 가능할지도 모르지만 그러기엔 너무도 위험한 아군입니다.

왕은 결정을 내렸습니다.

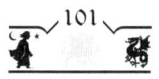

땅의 정령은 오랜 벗의 무반응에 초조함을 느끼진 않았어요.

원래 초조함을 모르거든요. 정령은 계속해서 같은 말을 반복했습니다.

결국 이루릴은 땅의 정령이 전하는 말을 들었습니다.

그녀의 예상대로 왕비는 코볼드 통로로 다가오고 있었어요. 예언자를 대동하고 있을 뿐만 아니라 왕자도 있다는 말에 이루릴은 약간의 동요를 느꼈습니다. 하지만 그녀의 집중력 대부분은 그곳에 있지 않은 존재에게 할애되고 있었지요.

전달을 끝낸 땅의 정령은 침묵했습니다. 이루릴은 자신의 가슴을 살짝 끌어안았어요. 그녀의 민감한 귀에 왕지네의 조금 커진 호흡 소리가 들려왔습니다. 이루릴의 모습을 보고 심상치 않은 기분을 느낀 것이 분명했어요. 이루릴은 땅의 정령이 가르쳐준 왕비 방향을 보았어요.

'그림자 지우개는 저기에 있어.'

그것은 아프나이델의 마지막 바람처럼 구층탑에 천 년 동안 유폐되어서 파괴되어야 했습니다. 이루릴은 그것을 돌려놔야 했어요. 거기엔 의심의 여지가 없었습니다. 하지만 이루릴은 알고 싶었습니다. 자신의 내부에 떠도는 기묘한 질문이 무슨 뜻인지를.

'어느 쪽을?'

왕지네가 이루릴의 어깨를 살짝 붙잡았습니다. 이루릴은 그녀를 보았어요.

"욕 할래?"

이루릴은 왕지네의 눈 속에 떠오른 자신을 물끄러미 쳐다보았습니다. 잠시 후 그녀의 입술이 움직였어요.

"당신, 마음 더듬이가 길군요."

왕지네는 약간 어리둥절한 표정으로 어깨를 움츠렸습니다. 이루릴은 빙긋 웃었죠.

"안 해요."

이루릴은 결정했습니다.

왕은 팔에 격통을 느끼며 뒤로 물러났습니다. 그의 손아귀에서 검이 사라졌어요. 놀란 왕은 쨍그랑 소리에 고개를 돌렸지요. 칼은 저 먼 곳에 떨어져 두 방향으로 구르고 있었어요. 두 토막이 났거든요.

왕은 드래곤 레이디를 보았습니다. 그녀는 혼자가 아니었지요. 새카만 머릿결을 제외하면 그녀와 대단히 비슷한, 마치 머리빛깔만 다른 자매처럼 보이는 엘프가 한 손에 장검을 든 채 다른 손으로 그녀를 부축하고 있었습니다. 그리고 그 곁엔 소총을 든 인간 여자가 있었어요. 인간 여자가 소총으로 겨냥하고 있었기 때문에 왕은 권총을 뽑지는 못했습니다. 왕은 흑발 엘프를 날카롭게 바라보았습니다.

"시에프리너?"

흑발의 엘프는 아일페사스를 일으키며 말했습니다.

"이루릴 세레니얼입니다."

왕은 정말 놀랐습니다.

"아프나이델을 데려간……! 아직까지 살아 있었소? 왜 바이서스에 적대하는 거요?"

"나는 친구를 구하러 왔습니다."

왕은 아일페사스를 보았습니다.

"친구라. 그렇다면 이런 일이 있기 전에 친구를 말렸어야 했다고 생각하진 않소?"

이루릴은 왕의 지적을 무시했습니다. 그녀는 아일페사스의 머리를 자신의 입 가까이로 가져와 속삭였어요.

"꽉 붙잡아요. 펫시. 시에프리너의 곁으로 가겠어요."

아일페사스가 발작적으로 이루릴의 옷깃을 부여잡았습니다.

"지금 가면 우리도 죽이려 할 거야. 다른 곳으로 가야 해."

"괜찮아요. 방법이 있어요. 왕지네를 잡아요."

이루릴의 품에 안긴 아일페사스는 힘없이 손을 뻗어 인간 여자의 어깨를 붙잡았습니다. 그들은 모두 사라졌습니다.

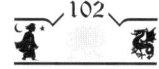

왕은 경악했습니다. 위대한 고대 마법에 대한 이야기는 어린 시절부터 수없이 들었고 조금 전엔 그것이 토벌군을 공격하는 것도 보았지만, 왕에겐 눈앞에 있던 세 여자가 순식간에 사라지는 모습이 더 충격적이었지요. 당혹에서 빠져나오느라 왕은 한참 후에야 그들이 나눴던 이야기를 이해할 수 있었지요.

왕은 동굴을 보았습니다. 그들은 그 안으로 사라진 것이 분명했습니다. 왕은 혼전이 벌어지고 있는 전장을 돌아보았습니다. 그 쪽으로 가야할까요? 어쨌든 최고 지휘관이 있어야 할 곳은 전장 근처겠지요. 하지만 왕은 시에프리너를 공격하는 편이 낫다고 생각했습니다. 어쩌면 그건 기회라고 할 수 있지요. 이제 시에프리너의 레어에 코볼드들은 없을 겁니다. 그 상태에서 시에프리너를 공격할 수 있는 병력은 왕 자신뿐이었지요.

결심을 굳힌 왕은 권총을 뽑아들었습니다. 하지만 그걸로는 늑대 한 마리 상대하기도 힘들 겁니다. 왕은 부러진 그의 칼을 안타깝게 바라보았습니다. 그때 그의 눈에 다른 칼이 보였어요.

바닥에 떨어져 있는 것은 아일페사스의 검이었습니다. 이루릴에게 부축당한 채 급하게 떠나느라 아일페사스는 그것을 가져갈 수 없었지요. 왕은 드래곤 레이디의 검이니 도움이 될지도 모른다는 생각에 그것에 다가갔습니다. 그건 참 기묘하게 생긴 검이었지요. 칼날은 검정색이었고 검신 중심부는 흰색이었습니다. 그 기이한 생김새에 경계심을 품은 왕은 조심스럽게, 여차하면 집어던질 작정을 한 채 그것을 집어들었습니다.

'길시언?'

왕은 애초의 각오와 달리 검을 더 세게 움켜쥐며 황급히 주위를 둘러보았습니다. 하지만 스스로도 뭔가를 찾을 수 있을 거라는 느낌은 들지 않았어요. 아무래도 여성의 것인 듯한 그 목소리는 머릿속에서 울리는 것 같았거든요.

'아니군. 오랫동안 아일페사스랑 있었더니 인간은 다 길시언으로 느껴지는 건가. 나도 다 녹슬었군.'

"……누구냐. 어디 있는 거지?"

'자기 손이 어디 있는지도 모르니 바보로군. 길시언 닮았다고 해도 되겠네.'

왕은 검고 흰 칼을 내려다보았습니다. 그는 눈을 크게 떴지요.

"말하는 검? 솔로처의 검처럼?"

'우리 아빠는 칼질 못 했는데. 아. 솔로처가 만든 칼이라는 뜻이야? 그럼 그건 내 이야기네. 하지만 나는 솔로처의 검이 아니라 프림 블레이드라는 이름을 가지고 있어.'

왕은 부러진 자신의 칼을 보고 다시 손에 쥔 칼을 보았습니다. 그는 멍청하게 굴진 않았어요.

"네가 진짜군."

'가짜도 봤나 보지? 좋은 정보 알려줘서 고맙긴 한데 말이야. 일반적으로 입술에 대한 대답은 입술이고 자기 소개에 대한 대답은 자기 소개거든?'

"어, 나는 바이서스의 국왕이다."

'그래? 길시언의 혈족이겠군. 내 감이 나쁘진 않았네. 왕이라고? 그건 길시언이랑 다르네. 하지만 결과적으로 모든 차이가 사라지며 똑같아질 거야. 예쁜 해골이 되겠지.'

왕은 그 표현에 담겨 있는 신랄함에 놀랐어요. 하지만 프림 블레이드는 곧 칼처럼 냉정하게 말했죠.

'지금 당장 그렇게 되고 싶지 않으면 빨리 나를 드래곤 레이디한테 돌려주는 것이 좋을 거야. 어떻게 나를 손에 넣은 거니?'

"드래곤 레이디가 너를 잠시 잃었어. 그래서 내가 주웠고. 이봐. 만약 내가 이런 행운을 이용해서 드래곤 레이디나 다른 드래곤을 죽이려 한다면 너는 어떻게 할 건가. 방해할 거야?"

'어머. 습기와 염분과 만용 부리는 얼간이는 칼한테 해로운데. 마음대로 해. 그것도 빨리 돌아가는 방법일 테니까.'

왕의 희열은 그 정도에 기가 꺾이진 않았습니다. 어제 예언자에게 들은 예언이 거의 실현되려 하고 있었으니까요. 그는 어쨌든 드래곤 레이디를 물리쳤습니다. 바위벽도 어쨌든 뚫렸지요. 시에프리너를 죽이는 일만 남았습니다. 그런데 바로 그 순간 그에게 진짜 솔로처의 검이 주어졌지요. 마치 마법처럼. 그런 일이 일어나지 않았다면 왕은 가짜 마법검을 들고 시에프리너에게 뛰어갔겠지요. 기묘하고도 놀라운 우연에 의해 예언이 적중하는 것에 감탄하며 왕은 바이크를 향해 달려갔습니다.

물론 감탄은 길지 않았지요. 예언자에 따르면 바이서스는 파멸하니까요. 그 생각을 떠올린 왕은 기뻐해야 할지 슬퍼해야 할지 알 수 없었어요. 그는 입술을 깨물며 바이크를 일으켜 세웠습니다.

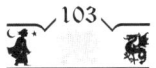

시에프리너는 모든 것을 저주했습니다. 어미가 자신과 자식 외의 모든 것을 경계하는 것은 일종의 본능이지요. 그런 본능이 드래곤의 성격과 결합하고 고약한 상황에 의해 부풀려져 시에프리너는 벼락을 호흡할 지경이었습니다.

그런 시에프리너 앞에 엘프 두 명과 인간 한 명이 갑자기 나타났을 때 시에프리너는 앞뒤 생각할 것도 없이 벼락을 내뿜었습니다. 그걸 보고 피할 수는 없었겠지요. 하지만 이루릴은 그런 일이 있을 것을 예상하고 있었기 때문에 시에프리너가 벼락을 내뿜기 직전에 주위를 '돌렸습니다.'

세 여인은 털로 뒤덮인 들판에 서게 되었습니다.

예언자가 긴 시간 머물던 바로 그곳이었지요. 이루릴의 재빠른 대응 덕분에 왕지네는 정문 앞에서 바로 그곳으로 왔다고 느낄 정도였어요. 한숨을 돌릴 수 있게 된 이루릴은 조심스럽게 아일페사스를 내려놓았습니다. 아일페사스는 주위를 흘깃 돌아보고는 고개를 끄덕였죠.

"그래. 여기가 있었군. 알을 놔두고 여기로 따라오지는 않겠지. 그런데 시에프리너가 여길 없앴으면 어쩌려고 그랬어?"

"없애려고 했으면 내 도움이 필요했겠지요. 나와 함께 만든 곳이니까요."

"함께? 그녀의 레어인데?"

"예언자에게 좋은 감정이 없는 그녀에게 일임하면 그에게 해로운 환경이 될까 걱정됐어요. 그래서 내가 좀 무리하게 끼어들었죠. 그 때문에 시에프리너는, 설령 알을 잠시 떠날 각오를 한다 해도 여기에 올 수는 없어요."

왕지네는 예언자라는 말에 놀라 눈을 크게 떴어요. 이루릴은 가까운 곳에 있는 꽃을 물 잔으로 바꿔 아일페사스에게 건넸어요. 그것을 마신 아일페사스의 모습에 약간의 활기가 돌아왔습니다.

이루릴은 자신들이 어디 있는지 왕지네에게 간략히 설명했습니다. 괴상한 주변 풍경에 넋이 빠져 있던 왕지네는 거의 이해하지 못했지만 되묻지는 않았어요. 분위기가 다급하다는 것을 느낄 수 있었거든요.

"나는 가서 왕비를 저지해야 해요. 그러니 당신이 펫시를 보살펴줘요. 여기는 안전하니까 걱정하지 말아요. 들어서 알겠지만 시에프리너도 여기에 올 순 없어요."

"잠깐만! 당신 말대로면, 시에프리너는 밖에서 당신이 나타나길……"

"기다리고 있지!"

시에프리너의 노성이 하늘에서 울려퍼졌습니다. 기겁한 왕지네가 주저앉았고 아일페사스는 미간을 찡그렸습니다. 이루릴은 작게 한숨을 내쉬었습니다.

"들어오진 못해도 목소리는 오갈 수 있어요."

"거기서 아무도 나오지 마! 나오면 가민두지 잃겠다! 아무도 안 돼!"

아일페사스가 화를 내며 일어나려 했습니다. 그녀를 말리며 이루릴이 말했어요.

"시에프리너. 들어서 알겠지만 왕비가 그림자 지우개를 가지고 코볼드 통로 쪽으로 오고 있어요. 내가 가서 그녀에게서 그림자 지우개를 회수할게요. 당신은 그 통로에 들어갈 수도 없잖아요."

이루릴의 합리적인 제안에 대한 시에프리너의 회답은 그리 고무적인 것이 못되었습니다.

"아무도 안 돼!"

아일페사스가 이를 갈았습니다.

"틀렸어. 제정신이 아니야. 사실 당신이나 예언자는 정말 관대한 대접을 받았던 거지. 임신한 드래곤 근처에 있을 수 있었던 건 유사 이래 당신들 둘뿐이었어. 이젠 알을 품은 드래곤이야. 자식을 보호하고 있는 건 얇은 껍데기뿐이지. 아무도 용납하지 않을걸."

"제발…… 시에프리너. 코볼드들은 다 바깥에서 싸우고 있어요. 우리마저 여기에 갇혀 있게 되면 누가 당신을 도와주죠?"

"아무도 필요 없어!"

아일페사스가 서늘하게 웃었습니다.

"그래?"

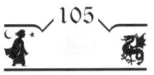

시에프리너가 끝없이 뿜어내는 벼락 때문에 코볼드 통로에 있던 왕비는 팔뚝의 털이 서고 피부가 근질거리는 것을 느꼈습니

다. 그 앞에 시에프리너가 있다는 것을 확신하는 데는 그것으로도 충분했지만 왕비는 확인할 방법을 아끼지 않기로 했지요. 왕비는 유모차로 몸을 숙였어요.

"시에프리너는 어디 있지?"

왕자는 만족스럽다는 듯이 팔을 약간 들어 앞쪽을 가리켰어요. 왕비는 예언자를 돌아보았죠. 예언자는 비통한 것인지 허무한 것인지 알기 어려운 얼굴을 하고 있었어요. 장례식장에서조차 어울리지 않을 얼굴이라는 점은 분명했어요. 왕비는 심호흡을 하고 다시 유모차를 밀었습니다. 예언자는 지친 걸음으로 그녀를 따랐어요.

통로 끝은 바위로 막혀 있었어요. 왕비가 예언자를 돌아보았습니다. 예언자는 반대쪽에서 열고 나왔기에 이쪽 편의 문 개폐장치는 알지 못했지요. 하지만 예언자는 과거 코볼드들이 그것을 이용하는 모습을 볼 수 있었습니다. 잠시 후 예언자는 무릎 높이의 바위틈에 교묘하게 감춰져 있는 개폐장치를 왕비에게 알려주었습니다.

왕비는 바위에 귀를 댔어요. 바위는 제법 육중했지만 드래곤의 흥분한 숨소리를 막지는 못했습니다. 시에프리너의 숨소리였지요. 왕비는 흠칫하고 물러났다가 다시 귀를 대고 그 소리에 집중했습니다.

드래곤의 거대함을 단번에 느끼게 해주는 숨소리였지요. 결코 크지는 않았어요. 크기로 따진다면 시에프리너가 호흡하는 번개가 공기를 태우는 소리가 더 컸죠. 하지만 왕비를 압도한 것은 시에프리너의 호흡 소리였습니다. 왕비는 눈을 감고 그 소리에 집중했어요. 어느새 그녀의 호흡이 시에프리너의 그것과 일치되었습니다. 드래곤의 호흡 속도가 인간보다 훨씬 느리지만 시에프리너는 그 순간 꽤 빠르게 호흡하고 있었지요. 왕비는 적당한 속도로 숨을 쉬는 것만으로 시에프리너와 함께 호흡할 수 있었습니다.

"왕이 오는군요."

왕비는 눈을 떠 예언자를 보았습니다. 예언자가 어눌하게 말했습니다.

"바위가 무너져서 왕이 뛰어들었습니다. 잘됐군요. 시에프리너가 왕에게 신경 쓰는 사이에 이 문을 열면 되겠군요."

"뭐라고?"

"지금 그걸 열면 시에프리너의 벼락이 날아올 겁니다. 왕이 올 때까지 기다리시죠."

왕비는 숨을 멈췄습니다. 다음 순간 왕비는 발작적으로 개폐장치를 발로 걷어찼습니다.

바위가 가벼운 나무문처럼 홱 열렸지요. 왕비는 그걸 보지도 않은 채 유모차의 손잡이를 잡았죠. 왕자가 웃었습니다. 예언자는 턱을 비틀어 입을 열었지요. 왕비는 유모차를 열린 문으로 떠밀었습니다. 예언자가 비명을 지르려 했습니다. 데굴데굴 굴러가는 유모차 안에서 왕자가 크게 웃었습니다. 왕자는 생애 첫 번째 말을 할 것처럼 입을 벌렸죠.

거센 벼락이 날아와 유모차와 왕자를 박살냈습니다.

유모차는 한 번 튕겨 올랐다가 불이 붙은 채 데굴데굴 굴렀습니다. 자신이 한 일임에도 불구하고 시에프리너는 그 광경을 이해할 수 없었습니다. 시에프리너는 망아 상태에 빠져 불타는 유모차와 거기서 튕겨져나온 고깃덩이를 보았습니다. 깨진 알껍데기, 흐느적거리는 사산아. 그런 단어들이 떠올라 시에프리너는 미칠 것 같았습니다. 그래서 그녀는 왕비를 보지 못했어요.

왕비는 팔을 들어올렸습니다. 그림자 지우개의 덮개는 한 손으로도 열 수 있지요. 왕비는 마음속으로 목표를 정했습니다. 왕비는 그림자 지우개를 겨냥했습니다. 그 순간 왕비는 엔진음을 들었습니다. 그녀는 레어 저편을 보았어요. 반대편에서 달려오는 형체가 있었습니다. 바위벽이 무너져 바깥의 빛이 들어오고 있었기에 왕비는 어두운 그림자밖에 볼 수 없었지요.

그 그림자를 열렬히 연모하며 왕비는 그림자 지우개의 덮개를 열었습니다.

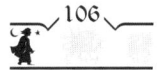

바이서스라는 그럭저럭 괜찮은 나라가 있습니다. 인접국들에게 좋은 평가를 받지는 못하지만 그건 어떤 나라도 해낸 적이 없는 일이니 그 때문에 바이서스를 폄하할 수는 없을 거예요. 그 바이서스의 수도 바이서스 임펠에 한 여자가 살고 있었습니다. 직업은 아내였고, 그 분야에서 나름대로 탄탄한 지위를 가지고 있는 인물이었지요. 그녀는 남편을 사랑했고 남편 또한 그녀를 사랑했으니까요. 남편이 정말 희귀한 직업에 종사한다는 것은 그들의 애정에 아무 영향을 주지 못했습니다. 그녀의 남편은 왕이었지요.

그녀는 지금 오른손으로 치마를 살짝 쥐어 올린 채 회랑을 달려가고 있었습니다.

아무도 왕비의 그런 체통 없는 행동을 비난하지 않았습니다.

목격자들은 오히려 흡족한 미소를 보냈습니다. 그도 그럴 것이, 오랜 전쟁을 끝내고 왕이 돌아오고 있었거든요. 궁성 내부의 사람들은 왕비가 실내에서 말을 달렸다 해도 이해했을 겁니다.

드래곤 레이디가 바이서스와 발탄의 계속된 불평에 마침내 백기를 들고 '그 땅'에 대한 소유권을 포기한 것은 오래 전의 일이었습니다. 사실 법적으로, 그리고 전통적으로 드래곤 레이디에게는 그 땅에 대한 소유권이 없기 때문에 소유권을 포기한다는 말은 좀 어폐가 있지요. 드래곤 레이디 스스로가 말했듯이 그녀는 카르 엔 드래고니안의 주인일뿐이니까요. 드래곤 레이디가 그 땅을 가진 것처럼 행동할 수 있었던 것은 그녀의 권위 때문이었습니다.

자신의 영토를 바라게 된 젊은 드래곤이 평화적인 방법으로 그 소망을 달성하려면 누구를 찾아야겠습니까? 당연히 드래곤 레이디였지요. 드래곤 레이디는 그런 '젊은이'가 나타날 경우를 대비하여 그 땅을 보유하고 있었습니다. 그녀가 그런 땅을 줄 수 없다면 젊은이는 상대하기 벅찬 다른 드래곤 대신 인간을 공격해서 땅을 뺏으려 할 수도 있을 테니까요. 그렇기에 인간들도 드래곤 레이디의 보유를 묵시적으로 인정했지요.

하지만 최근 영토를 요구할 가능성이 가장 높았던 젊은 드래곤 티할라카드가 자신은 바다를 좋아한다면서——틀림없이 다른 드래곤들과 부대끼기 싫다는 것이 본심이었을 겁니다.——육지에서 까마득하게 떨어진 무인도를 자신의 영토로 삼게 되자 드래곤 레이디도 당분간은 그 땅을 바랄 드래곤이 나타나지 않을 거라는 것을 인정할 수밖에 없었습니다. 젊은 드래곤들의 고립주의는 갈수록 심해졌고 이제 대륙 한가운데 있는 멋진 땅은 바로 대륙 한

가운데 있다는 이유로 기피대상이었지요. 드래곤 레이디는 차가운 어조로 바이서스나 발탄이 원한다면 그 땅의 소유권을 그들끼리 확정하라고, 자신은 거기에 아무 관여도 하지 않겠다고 선언했습니다.

바이서스와 발탄은 유서 깊은 전통에 따라 누가 상대방에게 더 많은 납을 제공할 수 있는지로 소유권을 결정하기로 했습니다.

영웅적인 사건들도 많았고 비열한 사건들도 많았던 전쟁은 왕의 친정까지 감행한 바이서스의 승리로 끝났습니다. 그 땅에는 틀림없이 왕의 이름이 붙게 되겠지요. 냉소적인 이들은 친정의 이유를 그렇게 설명하지요. 후대에 남길 만한 업적이 별로 없는 왕이 그 명명권을 노리고 뒤늦게 참전한 거라고. 하지만 왕비는 그런 말에 귀도 기울이지 않았어요. 그런 이유라면 왕이 자신의 곁을 떠난 것을, 그것도 총탄이 난무하는 전쟁터로 간 것을 용서할 수 없을 테니까요. 그녀는 왕이 나라를 위해 용단을 내린 거라고 확고하게 믿었습니다.

왕비는 베란다에 도착했습니다. 공식 행사를 준비하려면 그곳에 있어선 안 되었지만 왕비는 아랑곳하지 않았어요. 그녀는 다가오는 왕을 보고 싶은 마음뿐이었습니다. 그 순간 왕비는 꽤 격이 높은 존재가 되었습니다. 그녀는 자신을 정의할 수 있었거든요. 그녀는 왕을 사랑하는 여자입니다. 그녀의 머리끝에서 발끝까지, 그녀의 존재 전체가 왕에 대한 희구이며 열망이며 사랑이었습니다.

나팔 소리와 함께 왕의 모습이 나타났습니다. 멀어서 아직 희미한 그림자 비슷하게 보였지만 상관없었습니다. 그녀는 그것이 왕이라는 것을 아니까요. 왕비는 그대로 베란다에서 뛰어나가고 싶었어요. 그래도 떨어지지 않을 것 같았거든요. 바람을 타고 둥실둥실 왕에게 날아갈 수 있을 거라는 무서울 정도로 명확한 확신이 그녀에게 있었습니다.

왕비는 울음을 터뜨렸어요. 감수성 예민한 소녀처럼.

"그래서?"

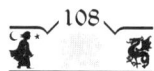

이루릴이 애타게 말했습니다.

"제발…… 시에프리너. 코볼드들은 다 바깥에서 싸우고 있어요. 우리마저 여기에 갇혀 있게 되면 누가 당신을 도와주죠?"

"아무도 필요 없어!"

아일페사스가 서늘하게 웃었습니다. 그녀는 그 대답이 정말 웃긴다고 생각했죠.

"그러면 누군가가 나타나겠지?"

혼잣말을 중얼거렸던 아일페사스는 이루릴과 왕지네의 의아한 눈길을 보았습니다. 잠시 후 아일페사스는 거울이 있으면 좋겠다고 생각했습니다. 그녀도 자신에게 그런 눈길을 보내고 싶어졌거든요.

"펫시? 무슨 말이에요?"

아일페사스는 더듬거렸어요.

"어, 그러니까, 아무도 필요 없다고 말하는 건, 정말 아무도 필요 없는 자는 그런 말을 하지도 않지."

무턱대고 한 말이 꽤 성찰력 있는 말이 되자 아일페사스는 놀랐습니다. 이루릴은 더 놀랐죠. 그녀는 아일페사스를 보다가 고개를 끄덕였어요. 그녀의 얼굴에 각오가 떠올랐습니다.

이루릴은 주위를 회전시키며 한쪽 무릎을 꿇었습니다.

시에프리너는 이루릴을 보자 벼락을 뿜어냈습니다. 하지만 그녀에겐 찰나의 주저가 있었지요. 또 이루릴의 손놀림은 마법처럼 신속했습니다. 그 덕분에 시에프리너의 벼락은 이루릴이 한쪽 무릎을 꿇으며 바닥에 꽂았던 장검의 칼자루에 떨어졌습니다. 이루릴이 손을 놓은 직후에.

알의 안위를 걱정했기에 시에프리너는 최대한 약화시킨 벼락을 뿜었지만 충격을 견디지 못한 칼은 튕겨져 올랐습니다. 이루릴은 눈앞에서 칼이 튀는 것에 아랑곳하지 않은 채 빛의 정령을 불러냈습니다. 다시 벼락을 뿜으려던 시에프리너는 눈앞이 하얗게 변하는 것을 느끼곤 급히 벼락을 멈췄습니다. 그녀는 분노에 차서 외쳤습니다.

"세레니얼——!"

이루릴은 대답하지 않았습니다. 드래곤의 영리함에는 익숙했으니까요. 이루릴은 엘프의 걸음걸이로 발소리까지 지운 채 재빨리 이동했습니다. 그런데 그녀가 아닌 다른 무엇이 소리를 냈지요. 바퀴 소리였습니다.

깜짝 놀라 고개를 돌려 이루릴은 벽에서 굴러나오는 유모차를 보았어요. 설명할 수 없는 상황에 놀란 이성 대신 감성이 그녀를 이끌었습니다. 이루릴은 무의식적으로 그 손잡이를 잡아 유모차를 안전하게 멈춰 세웠습니다. 그녀는 유모차 안을 살폈어요. 그곳엔 곧 울음을 터뜨릴 것처럼 얼굴을 일그러뜨리고 있는 아기가 들어 있었습니다. 이루릴은 아기를 달랠 틈도 없이 유모차가 굴러온 방향을 보았습니다. 그곳엔 그림자 지우개를 든, 상당히 혼란스러워 보이는 왕비가 서 있었습니다.

"왕비……?"

이루릴의 말에 왕비는 정신을 차린 것 같았어요. 왕비는 유모차와 이루릴을 번갈아 쳐다보다가 고개를 더 들어 시에프리너를 보았습니다. 시에프리너는 그때까지도 빛 때문에 앞을 보지 못한 채 머리를 이리저리 황급히 움직이고 있었습니다. 왕비의 얼굴에 웃음이 떠올랐어요. 이루릴이 외쳤습니다.

"안 돼요!"

왕비는 주저없이 그림자 지우개를 들어올렸습니다. 그림자 지우개의 덮개가 열리며 그 초에 불이 붙었습니다.

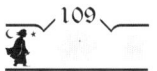

왕거미는 멍한 표정으로 걸어갔습니다.

일몰 무렵의 태양은 피처럼 붉었어요. 그토록 붉었던 까닭은 대기에 가득한 연기와 먼지 때문이겠지요. 들판은 타버린 검은 흙과 재로 가득했고 선 채로 숯덩이가 된 나무들이 여기저기에 외롭게 서 있었어요. 몇몇 나무들은 아직도 작은 불꽃들을 붙인 채 서서히 타들어가고 있었고 어떤 것들은 더 서 있을 수 없다는 듯 푸서석 하며 쓰러졌어요. 불탄 나무가 쓰러질 때마다 새카만 구름이 뭉게뭉게 피어올랐지요.

그 황량하게 타버린 땅 한가운데 그녀가 등을 보인 채 서 있었습니다. 그녀는 피투성이였지요. 도살장 인부도 그렇게 피에 젖기는 어려울 것 같았어요. 피를 욕조 가득 모은 다음 그 속에 몸을 담갔다 일어나야 그녀처럼 보일 수 있을 것 같았지요. 물론 그 다음엔 벽난로에서 긁어낸 재를 뒤집어쓰는 일이 필요하겠지요. 피와 재 때문에 그녀는 엘프는커녕 생물처럼 보이지도 않았지요. 하지만 이가 다 빠진 피투성이 장검을 들고 일몰을 바라보고 있는 그녀는 분명 엘프 이루릴 세레니얼이었습니다.

왕거미가 가까이 다가갔지만 이루릴은 아무 반응도 보이지 않았어요. 왕거미는 그녀를 끌어안고 싶었어요. 하지만 그러기 위해선 난이도는 낮지만 꽤 끔찍한 등반을 해야 했지요. 지독한 피 냄새 때문에 심호흡을 할 수도 없었지요.

왕거미는 짧고 얕은 호흡을 몇 번 한 다음 지골레이드의 시신을 기어오르기 시작했어요.

여덟 개의 갈고리만 있으면 빗물을 타고 하늘도 기어오른다고 알려져 있는 왕거미에게도 그 등반은 쉬운 것이 아니었습니다. 반쯤 굳은 피는 진득거리며 발을 끌어당겼고 비늘은 예기치 못한 상황에서 발을 미끄러지게 했지요. 그 모든 것이 등반가를 의기소침하게 만들기 충분했죠. 곧 왕거미는 숨이 가빠졌습니다. 피의 악취는 익숙해지기는커녕 계속해서 그녀의 속을 뒤집었죠. 마침내 이루릴 곁에 도착했을 때 왕거미는 그녀를 끌어안기에 앞서 무릎에 손을 짚고 숨을 골라야 했어요. 그러자 그녀를 끌어안기엔 좀 애매해졌어요. 왕거미는 무슨 말이든 해야 한다는 생각에 떠오르는 대로 말했어요.

"지골레이드에게 다른 자식이 있었다면 이렇게 되진 않았을 텐데."

말을 끝낸 왕거미는 얼굴을 조금 붉혔습니다. 왕거미가 방금 꺼낸 말 같은 건 이루릴이 수백 년 동안 수만 번 이상 해본 생각이었을 거예요. 하지만 이루릴은 힐난하는 기색 없이 조용히 대답했습니다.

"그랬을 테죠."

"미안해. 난 그냥……"

"정말 이상했어요. 우리도 지골레이드에게 그렇게 권유했고 지골레이드도 처음 얼마 동안은 열성을 보였어요. 하지만 지골레이드에게 더 이상의 자식을 허락하지 않는 어떤 운명이 있었던 것처럼 그는 자식을 얻지 못했죠. 지골레이드가 죽은 자식을 되살릴 방법에 몰두하게 된 것도 그 때문이었어요. 그는 죽은 자식이 자신의 대용물을 원하지 않기 때문에 후손을 허락하지 않는다는, 드래곤이 그런 생각을 했다는 것 자체를 믿을 수 없는 기묘한 생각에 사로잡혔죠."

이루릴은 여기저기가 타서 끔찍한 모습인 머리카락을 아무렇게나 쓸어넘겼어요.

"그리고 나는 무언가 아름다운 것, 가치 있는 것들을 만들어내기는커녕 그런 것들이 사라지지 않게 하기에도 바빴어요. 그에게 신경쓸 수가 없었지요. 그가 수백 년에 걸쳐 서서히 마법의 기묘한 영역에 다가갔다는 것을 알았으면서도 드래곤이니까 괜찮을 거라 자위했어요. 예. 수백 년이에요. 급격한 변화였다면 어떻게 대처할 수 있었을지도 모르지만, 그건 너무 길어요. 씨앗이 숲이 될 만한 기간이었지요. 변화를 눈치채기도 쉽지 않았죠."

왕거미는 지난 몇 개월 동안 미친 지골레이드가 때려 부순 도시들과 국가의 숫자를 떠올렸어요. 내 자식이 어디 있냐고 외치는 드래곤을 보며 사람들은 세계 종말을 부정할 수 없는 사실로 여기게 되었지요. 그런 상황을 더 두고 볼 수 없었던 이루릴은 지골레이드와 싸우기로 결정했어요. 이루릴은 그것이 참혹한 결정이라 여겼습니다.

하지만 실제로 일어난 일은 더 참혹했죠. 이루릴의 목소리가 조금씩 떨리기 시작했습니다.

"그녀는 항상 드래곤들을 위해서라면 나와 싸울 각오가 되어 있다고 말하곤 했어요. 그 말이 사실이었으면 좋았을 텐데. 그녀가 자신의 말에 충실했다면 좋았을 텐데."

왕거미는 조금 전 이루릴과 함께 이곳으로 오다가 보았던 광경을 떠올렸어요. 미친 지골레이드가 황금빛 드래곤을 땅에 때려박는 모습을. 그걸 본 이루릴은 비명을 지르며 달려가 지골레이드를 공격했어요. 황금빛 드래곤과 싸우느라 크게 다쳤던 지골레이드는 이루릴의 맹공을 버티지 못하고 십여 분만에 그녀의 발 아래 누운 시체가 되었지요.

"왜…… 지골레이드와 싸운 거예요. 당신은 드래곤의 후원자인데."

왕거미는 저 앞쪽을 바라보았습니다. 아래쪽에 있을 땐 지골레이드의 시체 때문에 보기 힘들었던 것이 똑똑히 눈에 들어왔습니다.

그곳엔 드래곤 레이디 아일페사스의 처참한 시체가 놓여 있었지요. 이루릴과 지골레이드의 처절한 싸움이 일어나는 동안 그 땅은 무수한 벼락과 화염, 눈보라, 광풍, 그리고 설명할 말도 없는 기이한 현상들로 포화 상태가 되었죠. 그 때문에 위대한 드래곤 레이디의 시신은 흉측하기 짝이 없는 꼴을 하고 있었습니다.

그것이 친구를 위해 동족과 싸운 드래곤 레이디의 마지막 모습이었습니다.

이루릴이 속삭였습니다.

"내 세계가 부서졌어요. 돌이킬 수 없이."

왕거미는 지골레이드의 시신을 기어올랐던 이유를 떠올렸습니다. 그녀는 이루릴을 등 뒤에서 힘껏 안았습니다.

"아물 거야."

"불가능해요. 불가능해요. 펫시가……"

"좋았겠다, 아일페사스!"

이루릴의 몸이 굳었습니다. 쓰러지려는 나무를 끌어안는 것처럼 이루릴을 잡아당기며 왕거미는 아일페사스를 쳐다보았습니다. 찢어지고 그을리고 얼어터지고 녹아내린, 산더미 같은 고깃덩이.

"자기 살고 싶은 대로 살다가 자기 죽고 싶은 대로 죽었잖아. 정말 좋았겠다! 당신 정말 예쁜 여자야. 최고야!"

이루릴이 몸을 비틀었어요. 이루릴이 흐느꼈어요. 이루릴이 비명을 질렀어요. 하지만 왕거미는 그녀를 놓아주지 않았습니다. 왕거미는 함께 흐느끼고 비명을 질렀습니다. 그러면서 그녀는 무슨 말을 하는지도 모르는 채 계속 중얼거렸습니다.

아물 거야. 아물 거라고.

부서질 수 없어.

"이건 뭐야?"

그건 아무것도 아니었습니다. 따라서 그 질문은 완전히 잘못된 것이었지요.

하지만 완벽한 질문이었습니다.

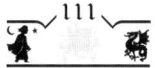

왕지네는 황급히 이루릴의 팔을 부여잡았습니다. 놀란 눈으로 쳐다보는 이루릴에게 왕지네가 외쳤어요.

"잠깐만! 당신 말대로면, 지골레이드의 딸이 밖에서 기다릴 텐데?"

"예?"

"지골레이드에겐 자식이 있어! 딸이 있다고!"

왕지네는 비밀을 폭로하듯 외치면서 동시에 자신이 왜 그런 당연한 이야기를 하는지 의아해했습니다. 이루릴은 왕지네의 말을 믿을 수 없다는 표정을 지으면서 동시에 왕지네가 미치지 않았나 의심했지요.

"왕거미. 도대체 무슨 말을…… 잠깐. 내가 당신을 뭐라고 불렀죠?"

"그야 당연히 왕거미라고 불렀지. 나는 왕지네 맞잖아. 응?"

서로를 멍한 눈으로 쳐다보는 이루릴과 왕지네를 보며 아일페사스는 공포와 절망이 엘프와 인간을 저렇게도 만들 수 있나 놀랐습니다. 그녀는 초조하게 말했어요.

"이봐! 당신들 괜찮아?"

돌아온 대답은 놀라웠죠. 이루릴과 왕지네는 그녀를 돌아보며 동시에 외쳤어요.

"안 죽었어요?"

"······그게 다수결로 결정되는 문제는 아닐 테지? 그러면 곤란한데. 나는 내가 살아있다는 의견을 고집하고 싶거든. 쳇. 당연히 살아있지! 비행기들도 들이박고 땅도 들이박았지만 아직 생생하게 살아있어. 지골레이드가 아무리 나보다 연상이라 해도 내가 정신 나간 드래곤한테 죽······"

이루릴과 왕지네의 혼란스러운 표정이 아일페사스에게도 떠올랐습니다. 드래곤과 엘프와 인간은 서로를 유령 보듯이 쳐다보았어요. 세 여성 모두 입을 열고 싶었지만, 그들 모두 무슨 말을 해야 할지 알 수 없었어요. 그 상황에서 갑자기 들려온 생뚱맞은 소리는 사태를 더욱 요령부득으로 만들었지요.

이상한 바퀴 소리가 들려왔어요. 인간과 엘프와 드래곤은 같은 방향으로 고개를 돌렸어요. 유모차가 굴러오고 있군요. 세 여성에겐 이 세계의 물건이 아닌 것처럼 보였지만 바퀴도 달려 있고 바람막이와 햇빛 가리개도 있는 그 물건은 평범한 유모차가 확실했습니다. 푹신푹신한 털의 들판에서 바퀴 자체는 별로 소리를 내지 않았지만 굴대에서 나는 소리와 털들이 바퀴 옆면을 긁는 소리가 뒤섞여 기이한 소리가 났지요. 셋 중 누군가 비명을 지를 법도 하지만 다행히 아무도 소리를 내지 않았죠. 유모차라면 그 안엔 아기가 있는 것이 일반적이지 않겠어요? 아기를 놀라게 하면 안 되죠.

유모차는 정확히 아일페사스에게 다가왔습니다. 아일페사스는 많이 다친 것치곤 꽤 민첩하게 일어나 유모차를 조심스럽게 멈춰 세웠어요. 세 여자는 그 주위에 모여 안쪽을 들여다보았습니다. 이전에 그 유모차를 본 적이 있는 왕지네가 확인하듯이 말했어요.

"왕자님?"

유모차 안에서는 더할 나위 없이 만족한 얼굴의 왕자가 두 팔을 이리저리 흔들고 있었어요. 이루릴은 영웅적이랄 만한 위업을 해냈습니다. 정신을 차렸지요.

"왕비가 안으로 들어온 거예요! 지금 그녀는……"

그때 그녀는 엄청나게 분노한 상태에서 그림자 지우개를 시에프리너에게 겨누고 있었습니다. 그림자 지우개의 덮개가 열렸습니다.

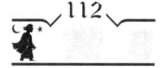

빛도 소리도 없는 공간 속에서 예언자는 충동과 싸웠습니다.

밀폐된 독방 속의 공기는 그의 체온으로 데워져 미지근했고 돌바닥과 벽은 그의 몸에서 배어나온 땀과 피와 기름기로 끈끈했습니다. 하지만 예언자는 이제 그런 것들에 신경 쓰지 않은 지 오래였습니다. 그에겐 기다림과, 그것에 부수되는 시간에 대한 저주밖에 없었습니다.

예언자는 거기 더 있을 수 없었습니다. '더'라는 것이 어떤 기간인지에 무관하게. 힘껏 억눌렀던 충동이 반발했어요. 예언자는 그 충동을 억누르기 위해 그들이 왔을 때 할 말을 되뇌어보았습니다.

"전쟁 말씀이죠? 그걸 하고 싶으신 거죠? 마음대로 하세요. 승패를 알려드리겠습니다. 바이서스는 패배할 겁니다. 백 년 동안 싸워도 그게 고작입니다. 그게 알고 싶으셨지요? 이제 내보내주세요!"

이전의 네 번—세 번? 다섯 번?—과는 다른 대답이었지요.

그런 대답을 들으면 그들은 예언자를 내보내줘야 합니다. 그들은 전쟁의 결과를 알고 싶어 했으니까요. 패배도 전쟁의 결과지요. 예언자는 주정뱅이의 토사물이 반짝거리는 골목을 걷고 싶었습니다. 눈만 마주치면 달리던 자세 그대로 멈춰버리는 고양이와, 그보다는 훨씬 귀족적인 자세로 하수구에서 머리를 내미는 시궁쥐를 보고 싶었습니다. 담벼락엔 문학의 정수를 담뿍 담은 아포리즘이 가득할 테고 공중에서 나풀거리는 창녀들의 이불에선 음모가 바람에 파르르 떨리겠지요. 그곳은 성소, 출판, '나'의 매점매석이 이루어지는 시장입니다. 마지막의 것은 물론 그런 가능성이 있다는 이야기지요. 하지만 독방엔 그런 가능성도 없습니다. 가능한 것은 '나'의 투매뿐이지요. 예언자는 그들에게 전쟁의 승패를 알려주고 저 모든 것을 얻을 겁니다.

나를 가져가. 예언 따위 못하겠다는 멍청한 나를 가져가.

충동을 억누를 수 없었습니다.

예언자는 흐느끼며 일어났어요. 빛이 있었다면 그의 모습은 경멸감과 절망으로 가득 찬 눈으로 아편 파이프를 향해 뻗어가는 자신의 손을 보는 마약쟁이처럼 보였을 겁니다. 오직 자극 하나만을 바라며 예언자는 달렸습니다. 이제 곧 벽이 그를 바닥에 메다꽂으며 열락과도 같은 통증을……

예언자는 빛 속에 떨어졌습니다.

눈을 찌르는 빛에 예언자는 몸부림쳤습니다. 책을 읽기도 힘든 미명이었지만 예언자에겐 태양을 직시하는 것이나 다름없었지요. 괴로워하던 예언자는 한참 후에야 눈을 제대로 뜨고 자신이 어디 있는지를 살필 수 있었습니다.

그는 '바깥'에 있었습니다. 믿기 어렵게도 말입니다. 예언자는 얼빠진 표정으로 주위를 살피다가 발광할 것 같은 분노를 느꼈습니다. 독방 문의 빗장이 열려 있었어요. 도대체 언제부터 그랬던 걸까요? 언제부터 그는 잠기지도 않은 독방 안에 갇혀 있었던 걸까요? 예언자는 눈에 보이는 첫 번째 생물을 죽이겠다는 약속을 한 옛이야기의 주인공처럼 험악한 눈으로 주위를 살폈습니다.

분노가 순식간에 공포로 바뀌었어요. 예언자가 있는 복도엔 시신들이 쓰러져 있었습니다.

예언자는 다급하게 일어났습니다. 하지만 다리에 힘이 없었지요. 발을 헛디딘 예언자는 반쯤 썩은 시체의 얼굴에 정면으로 박치기를 했습니다. 탄력 없이 물컹거리는 시신의 느낌이 그를 몸서리치게 했지요. 예언자는 현기증을 무시하며 일어났습니다. 그러곤 벽을 짚으며 반쯤은 쓰러지고 반쯤은 걷는 동작으로 허우적허우적 방향도 모른 채 걸어갔습니다. 수십 년이 흘렀어요. 예언자는 어딘지도 알 수 없는 넓은 공간에 도달했습니다. 그곳엔 시체가 별로 없어서 쓰러지기 좋았어요.

예언자는 바닥에 뺨을 댄 채 헐떡였습니다. 하지만 그가 누리고 있던 그 잠깐의 평안은 실로 불쾌한 소음 때문에 깨지고 말았습니다. 살이 으깨지고 뼈가 부러지는 그런 소리였지요. 예언자는 바닥에 팔꿈치를 짚고 머리를 들었습니다.

드래곤이 있었습니다.

예언자가 있는 곳은 무너진 건물의 홀이었습니다. 천장이나 지붕은 아예 없었고 반파돼 벽은 시커멓게 그을린 채 증오받던 기인의 묘비처럼 서 있었습니다. 바닥엔 쓰러진 기둥들과 무너진 벽돌들이 온갖 종류의 쓰레기와 함께 쌓여 있었습니다. 그 가운데 드래곤이 있었습니다.

초록빛의 드래곤은 예언자에게 등을 보인 채 앉아 있었습니다. 워낙 거대한 체구 때문에 예언자의 시야에 들어온 것은 그 뒷다리 정도였어요. 하지만 예언자는 머리를 숙이고 있는 그 드래곤이 무엇을 하고 있는지 보지 않고도 알 수 있었습니다. 그래서 예언자는 드래곤이 그를 돌아보았을 때 그 이빨 사이에 끼여 있는 인간의 상체를 보고도 별로 놀라지 않았습니다.

드래곤은 먹던 것을 마저 삼키고는 '자, 어떻게 할까.' 하듯이 예언자를 쳐다보았습니다. 배가 부른 상태에서 선원용 비스킷을 쳐다보는 숙녀처럼 심드렁했지요. 예언자가 말했습니다.

"그렇게 된 겁니까, 콰이드레드?"

콰이드레드의 눈에 호기심이 떠올랐습니다. 그는 아무 말 없이 예언자를 마주보았습니다.

"바이서스도 지고 발탄도 졌군요. 드래곤 레이디가 다시 세계를 지배하기로 결정했기 때문에. 실로 대단한 참을성이군요. 바이서스와 발탄이 그 땅을 두고 백 년 동안 싸워서 양자 모두 약화되길 기다리다니. 드래곤 레이디께서는 백 년 전부터 그럴 계획이었습니까?"

콰이드레드가 입을 열었습니다. 말가루가 투두둑 떨어질 것 같은 건조한 목소리가 흘러나왔지요.

"백 년의 기회가 주어졌다고, 너희들은 그걸 시원하게 낭비했다고 말할 순 없을까?"

"유죄를 인정합니다."

"최근 상황을 모르는 것 같군. 어디 갇혀 있었나?"

"예. 그들은 전쟁의 승패를 알기 위해 저를 독방에 가둬두고 고문했습니다. 저는 예언자거든요. 조금 전에 독방 문이 열려서……"

"아, 그래. 자네 이야기를 들어봤어. 드래곤 레이디께서 자네 때문에 염려하셨지. 자네가 드래곤의 공격을 예언할지도 모른다고 생각하셨거든. 자네가 독방에 갇혔다는 이야기를 들으신 후에야 드래곤 레이디는 인간과의 전쟁 개시를 결정하셨어. 자네가 여기 있었던 것이군."

예언자는 웃고 싶어졌습니다. 하지만 웃음 대신 격렬한 기침이 나왔습니다. 콰이드레드가 설명했습니다.

"안됐지만 자넨 중독되었어. 저 아래까지 내려가기 싫어서 독가스를 불어넣었거든. 두꺼운 독방 문이 가스를 좀 막아줬던 모양이야. 그걸 여는 바람에 자네는 중독되었고. 자넨 곧 죽을 거야."

예언자는 궁금했습니다. 빗장을 연 자는 예언자가 갇혀서 굶어 죽을까 걱정한 것일까요, 아니면 예언자도 중독되어 죽기를 바란 걸까요? 별로 중요한 질문은 아니었지만 예언자는 신경이 쓰였습니다. 하지만 더 생각할 수 없었어요. 콰이드레드가 그를 향해 똑바로 앉더니 엄숙하게 고개를 숙이기 시작했거든요.

예언자는 눈을 감았습니다.

아무 곳도 아닌 곳에서 어떤 것도 아닌 것이 눈을 떴습니다.

형용모순은 넘어갑시다. 눈을 떴다는 것 또한 그대로 이해하지 마시고요. 눈 같은 건 없습니다. 아무것도 없었으니까 눈이 있었다 해도 뭘 볼 수는 없었을 테지만.

그것은 그 상황에 반발하여 그것이 되었습니다. 모순에 대해선 이제 말하기도 좀 그렇군요. 때려치우고 그냥 말할게요. 예. 그것은 그 상황이 탐탁치 않았어요. 그리고 탐탁치 않아함으로써 그것은 '탐탁치 않아하는 것'이 될 수 있었지요. 뭔가 그 발생부터 꽤 부정적이고 반동적인 것 같지만, 원래부터 그것은 그 모양이었지요. 그랬기 때문에 그것은 '원래부터 그 모양이었던 것'이 될 수 있었습니다. 슬슬 짜증이 나는군요. 그것도 그랬어요. 짜증이 났지요.

"뭐라고 할 것이 아무것도 없어? 아무것도 없다고 규정하고 있는 이것은 뭐야? 이것은 있잖아. 이것이 있어야 아무것도 없다고 말할 수 있는 거지. 잠깐만. 아무것도 없다고 말한다면 이것도 없어야 하는데. 이런 메두사 머리 땋는 소리가 있나…… 마음에 드는데."

그래서 그것은 계속 반발해 보았습니다. 당연하게도 그것은 '계속 반발하는 것'이 되었습니다. 하지만 그것은 반발의 대상이 없는 반발이었습니다. 아무것도 없었으니까요. 무에 저항하고 있다고 말해도 되겠지요. 그런데 그건 바꿔 말하면 무저항이지요. 무저항은 그것의 본성에 맞지 않았습니다. 짐작하셨지요? 그것은 '본성부터 무저항과는 어울리지 않는 것'이 되었습니다. 그런 것이 무저항을 계속할 수는 없을 거라고요? 그렇지 않았습니다. 그것은 그 무저항이 정말 마음에 들었습니다. 자신의 본성에 저항하는 것이었으니까요.

그래서, 무는 거대한 저항을 받게 되었습니다.

정말 거대하고 강력한 무저항이었지요.

114

"제발…… 시에프리너. 코볼드들은 다 바깥에서 싸우고 있어요. 우리마저 여기에 갇혀 있게 되면 누가 당신을 도와주죠?"

"아무도 필요 없어!"

아일페사스가 서늘하게 웃었습니다. 그녀는 그 대답이 정말 웃긴다고 생각했죠.

"그러면 누군가가 나타나겠지?"

이루릴이 숨을 급히 들이마셨습니다. 그녀는 반가움과 의문이 뒤섞인 표정으로 아일페사스를 돌아보았어요.

"그렇죠. 그가. 그가 누구죠? 그런 이가 있는데. 아무도 원하지 않으면 반드시 나타나는 이가."

"그래. 있어. 있을 거야. 모르겠군. 생각이 잘 나지 않아. 하지만 어떻게 해야 할진 알겠어."

"예?"

아일페사스는 땅을 어루만지다가 털을 한 움큼 부여잡았습니다. 그러곤 하늘을 향해 소리쳤어요.

"오지 마!"

왕지네는 지골레이드가 드래곤 레이디를 머리부터 땅에 처박은 것이 아닌가 의심했어요. 그런데 지골레이드가 그녀를 처박았다는 것이 무슨 뜻일까요? 이루릴이 맞장구치듯 말했습니다.

"당신은 필요 없어요. 와봤자 폐가 될 뿐이에요. 오지 말아요."

왕지네는 뒤로 몇 걸음 물러날까 고민했습니다. 하지만 드래곤과 엘프에게 들키지 않고 그러는 것이 불가능할 것 같았기에 포기할 수밖에 없었지요. 왕지네는 정신을 좀 차리자는 제안을 하기 위해 입을 열었습니다.

"올 리가 없잖아."

아일페사스와 이루릴이 감탄하는 표정으로 쳐다보았기 때문에 왕지네는 자기혐오에 빠지지 않을 수 있었습니다. 조금 기쁘기도 했어요. 정말 적절한 말을 한 것 같았거든요. 자기가 왜 그런 말을 했는지 알 수 있다면 더 좋을 것 같았지만 말입니다.

그 순간 아일페사스와 이루릴, 그리고 왕지네의 머리에 어떤 이름이 떠올랐습니다. 정확하게 말하면 어떤 이름에 대한 인상이 떠올랐다고 해야겠군요. 그녀들은 서로를 쳐다보며 다른 둘도 그렇다는 것을 느낄 수 있었습니다. 이루릴이 가장 먼저 말했어요.

"아프나이델!"

아일페사스와 왕지네는 그녀를 외면해야 하나 고민했습니다. 하지만 이루릴은 얼굴을 붉히지도, 아무 말도 하지 않은 척하지도 않았습니다. 실망감과 애틋함 속에서 아일페사스가 말했습니다.

"루리. 그 이름은 아냐. 나이드는 까마득한 옛날에 이 땅을 떠났어. 그때 당신이 가지 않았어?"

"아뇨. 내 말은 아프나이델이 옳았다는 말이에요."

"응?"

이루릴은 가슴이 벅찬 것처럼 보였습니다. 그녀는 확신을 담아 차분하게 말했어요.

"사후 수백 년이 지났을 때 어떤 이의 위대함을 재발견할 수 있다면 그 인물은 정말 위대한 인물이겠지요."

"어, 그렇겠지?"

"그렇다면 나는 주저 없이 말하겠어요. 아프나이델은 가장 위대한 마법사들과 같은 반열에 설 인물이라고. 이제 알겠어요. 왜 천 년이 필요했는지. 아프나이델이 원했던 것이 무엇인지…… 왜 강대한 프로타이스가 그림자 지우개를 부술 수 없었는지."

이루릴은 자신이 말한 이름에 충격을 받았습니다. 다른 두 여성도 마찬가지였지요. 그녀들은 동시에 외쳤습니다.

"춤추는 성좌!"

115

시에프리너는 유모차를 물끄러미 바라보았습니다. 유모차는 조금 전 이루릴과 왕지네, 아일페사스가 그랬듯이 허공으로 사라졌어요. 시에프리너는 놀라지 않았어요. 대신 시선을 보낼 만한 다른 것이 없나 찾듯 목을 이리저리 움직였어요. 그러자 그녀의 시야 속에 자신의 몸이 나타났다 사라졌다 했지요. 시에프리너는 목을 잔뜩 구부려 자신의 몸을 보기 시작했습니다. 드래곤이 아니라도 그녀의 상태가 이상하다는 것을 깨닫는 건 어렵지 않을 거예요.

한편 유모차를 밀었던 왕비의 경우는 상대적으로 좀 나은 상태였습니다. 적어도 그녀는 생각을 할 수 있었거든요. 그걸 생각이라고 할 수 있는지는 의문이지만.

'나의 왕은? 개선식에…… 여기는 어디야? 베란다가 아니야? 콰이드레드가 궁성을…… 파괴했기 때문에? 여기는 궁성? 드래곤 레이디가 우리를 공격…… 드래곤 레이디는 지골레이드에게 죽었는데?'

"미끼입니까?"

유언 같은 속삭임에 왕비는 옆을 홱 돌아보았습니다. 인간을 흉내 내고 있는 괴물처럼 보이는 예언자가 그녀를 노려보고 있었어요.

"우리 아들을 미끼로 쓴 겁니까?"

"시에프리너가 없어지면 되는 거잖아! 원래부터 없었던 드래곤의 벼락에 맞아 죽을 수는 없겠지!"

왕비는 자신의 생각에 놀라며 동시에 그것에 수긍했습니다. 그녀는 빈 손으로 예언자의 가슴을 확 떠밀고는 그림자 지우개를 들어올렸습니다. 하지만 덮개를 열려던 왕비의 손가락이 움직이지 않았어요.

배가 잔뜩 졸리는 느낌 때문에 왕비는 숨을 거의 들이마실 수 없었죠. 그녀는 왕의 개선과 콰이드레드에 의해 부서진 궁성에 대해 생각했습니다. 경험한 것도 아니고 상상한 것도 아닌 기억들이 그녀의 팔꿈치 아래를 단단히 부여잡고는 미소를 보냈습니다. 정말 자신 있냐고 묻는 그런 미소였지요.

떠밀린 예언자가 벽에 기대선 채 말했습니다.

"전하께서는 이미 몇 번이나 그렇게 하셨습니다."

"내가……"

"하셨습니다. 전 기억합니다. 시에프리너가 원래부터 없는 세상을. 전하께서도 기억하시죠? 그래서 기억들이 혼란스러운 겁니다. 존재한 적도 없는 세상에 대한 기억들이니까요. 우리는 그나마 낫습니다. 아예 없어졌던 시에프리너를 보세요. 전하 때문에 그녀는 몇 번이나 원래부터 없었던 것이 되었습니다. 그래서 지금 이 세계와 타협하지도 못하고 있습니다."

시에프리너는 자신의 꼬리를 흥미진진한 듯 쳐다보고 있었습니다. 예언자의 말이 맞았어요. 그녀는 정상적인 감각을 통해 이 세계를 느끼고 있었지요. 하지만 자신 속에서 이 세계를 재구성하진 못하고 있었어요.

시에프리너를 멍하니 보던 왕비는 엔진음에 귀를 기울였습니다. 왕이 시에프리너에게 다가오고 있었어요. 무너진 바위들 때문에 상당히 복잡한 바이크 묘기를 부리며 그녀의 왕이 다가오고 있었어요. 왕비는 시에프리너를 지워야 한다고 생각했습니다. 하지만 그건 이미 진부해진 발상이었죠. 예언자의 말대로 그녀는 몇 번이나 그렇게 했으니까요. 그리고 시에프리너가 원래부터 없었던 세상은 몇 번이나 그녀에게, 그리고 다른 이들에게 주어졌습니다. 경험한 것도 아니고 상상한 것도 아니지만 기억은 남아 있었죠.

하지만 언제나 무엇인가가 그 세상에 반대하고 저항했습니다. 모든 이들이 원래부터 시에프리너가 없는 세상을 받아들였을 때 오직 한 존재가 그것을 거부했지요.

왕비가 속삭였어요.

"춤추는 성좌."

성좌를 만들고 싶으세요? 선도, 면도, 색칠도 필요없습니다. 몇 개의 점이면 충분합니다.

117

 춤추는 성좌가 암흑 속에서 다시 춤을 추기 시작했습니다. 그 누구도 프로타이스를 볼 수 없었지만 프로타이스를 개인적으로 알았던 몇몇 존재는 그를 느꼈습니다. 그들은 프로타이스가 어디 있는지도 말할 수 있었지요. 어디라는 것이 상당히 어색한 표현이긴 하지만 말이에요.
 현실의 해변. 무의 검은 파도가 출렁이고 있는 곳. 파도가 검다고 했지만 그것은 당신이 아는 그 검은 색이 아니라 색의 부재를 말하는 거예요. 프로타이스는 그 색깔 없고 형체 없는 파도가 살짝 물러날 때마다 드러나는 현실의 젖은 모래에 서 있었어요. 파도가 다시 들이치면 물결 아래로 사라지는 그곳에서 춤추는 성좌는 춤을 추고 있었습니다.

118

 눈꺼풀을 깜빡거리는 태양 아래 털로 뒤덮인 들판에서, 이루릴은 현실의 백사장을 향해 다가오는 프로타이스를 느끼며 말했습니다.
 "프로타이스는 구층탑 대신 자신이 마법적 압박을 가해서 그림자 지우개를 부수려 했어요. 나는 그것이 그럴 듯하다고 생각했죠. 하지만 그렇지 않았어요. 기본 전제가 잘못되었으니까요."
 프로타이스가 의문을 춤으로 표현했습니다. 이루릴이 빠르게 말했어요.
 "아프나이델은 그림자 지우개를 파괴하려 했어요. 하지만 그는 자신이 그림자 지우개를 사용했을 가능성을 간과할 수 없었지요."

왕지네가 입을 벌렸습니다. 이루릴은 왕지네를 보며 고개를 조금 끄덕였죠.

"그림자 지우개를 가지고 있을 때 가장 무서웠던 것이 뭐였죠, 왕지네?"

왕지네는 반사적으로 대답했습니다.

"그걸 써버렸을지도 모른다는 것."

"그래요. 아프나이델이 걱정했던 것도 그것이에요. 자신이 알지도 못하는 사이에 이 세계의 무엇을 지워버렸을지도 모른다는 불안. 아무도 그것을 알 수 없다는 공포. 아무리 생각해 봐도 뭔가를 지운 기억이 없다는 것은 안심의 근거가 되지 못해요. 타파할 수 없는 불안만 커질 뿐이죠."

왕지네는 자신의 몸이 부서질까 걱정하는 사람처럼 자신의 두 어깨를 부여잡았습니다. 이루릴은 동정심 어린 눈으로 그녀를 본 다음 계속 말했어요.

"아프나이델은 그걸 견딜 수 없었지요. 그래서 아프나이델은 그림자 지우개를 그냥 파괴하는 대신 자신이 혹 저질렀을지도 모르는 삭제를 복구하는 방식으로 파괴하기로 했지요. 어떻게? 그림자 지우개의 작용 방식이 바로 그 대답이었지요. 그림자 지우개는 만물을 원래부터 없었던 것으로 만들어요. 그런데 그림자 지우개 자체가 원래부터 없었던 것이 되면 어떻게 될까요?"

아일페사스가 신음했습니다. "아!"

"예. 그림자 지우개에 의한 삭제도 원래부터 일어나지 않았던 것이 되겠지요. 만에 하나 일어났을지도 모르는 삭제가 복구되는 거예요. 그래서 아프나이델은 그렇게 하기로 했어요. 그림자 지우개를 원래부터 없었던 것으로 만들려 했어요."

"하지만 그러려면 또 하나의 그림자 지우개가 필요할 텐데?"

"그렇죠. 아프나이델은 그림자 지우개를 지우기 위해 그림자 지우개를 하나 더 만드는 어리석은 짓을 할 수는 없지요. 그래서 아프나이델은 마법사들의 기준에서 보더라도 야심만만하다 할 만한 계획을 세웠어요. 그는 시간을 또 하나의 그림자 지우개로 삼기로 했어요."

"시간?"

"시간이 가진 망각의 힘."

"아…… 과연! 하지만 그렇다면 천 년은 긴 것이 아니라 지나치게 짧은 건데. 겨우 천 년 가지고 될까? 인간뿐이라면 몰라도 세상엔 드래곤이나 엘프도 있어. 당신 같은 경우엔 그 오랜 세월 동안 망각 없이 고인들을 추도하고 있잖아."

"예. 그래서 구층탑이 필요했던 거죠. 구층탑은 내부의 그림자 지우개를 향해 압박을 가하고 있었지요. 하지만 그건 구층탑 외부에 흘러가는 시간을 마력으로 바꿔 내부로 집중시키는 것이었을 거예요. 수만 년이 필요할지도 모르는 일을 천 년만에 해내기 위해 구층탑이 필요했던 것이겠지요. 그를 잘 알았던 나도 이제야 그걸 깨달았어요. 그러니 프로타이스가 이해하지 못한 것은 당연하지요. 프로타이스는 물론 강대한 마법적 압박을 구사할 수 있어요. 하지만 정말 중요한 건 힘이 아니라 시간이에요. 망각이지요. 그걸 몰랐기 때문에 프로타이스는 그림자 지우개를 없애는 대신 그 자신이 지워졌지요."

"그렇군. 그런데 지워진 프로타이스가 어떻게 돌아올 수 있는 거지?"

"프로타이스의 생각 중 일부는 맞았던 모양이에요. 프로타이스는 구층탑에 갇혀 있는 동안 그림자 지우개가 약해졌을 거라고 보았지요. 예. 다시 표현하자면 그림자 지우개는 많이 지워졌던 모양이에요. 그래서 프로타이스를 확실히 지우진 못한 것 같아요. 말하자면…… 드래곤은 지웠지만 반항은 지우지 못한 것 같아요."

'프로타이스를 둘로 나누면 드래곤과 반항이 된다.' 아일페사스가 한 말이죠.

"그래서, 그 반항은 드래곤 부분이 지워진 상태에서도 무에 대항하여 자신을 창조할 정도의 힘은 발휘할 수 있나 봐요."

"자기…… 창조? 자기가 자기의 원인이 된다고?"

"엄밀하게 말하면 무를 자신의 원인으로 삼는 것이겠지요. '반항'이니까."

아일페사스는 한 마디밖에 할 수 없었습니다.

"프로타이스하군."

이루릴은 살포시 미소지었습니다. 왕지네는 놀랐지만 이루릴이 세계 파멸의 순간에도 아름다운 것, 재미있는 것을 보면 빙그레 웃을 수 있는 엘프라는 걸 아는 아일페사스는 별로 놀라지 않았습니다. 하지만 이루릴의 다음 행동엔 그녀도 놀랐어요. 이루릴은 허공을 향해 외쳤습니다.

"들었죠? 프로타이스가 돌아오고 있어요. 그 때문에 시에프리너를 지워도 소용없어요. 프로타이스가 돌아오기로 작정한 것이 바로 이 현실이기 때문이에요. 그래서 자꾸만 이 현실로 돌아오는 거예요. 이 현실에 닻이 내려진 거예요. 그러니 포기하고 도망치세요, 전하! 프로타이스는 전하를 용서하지 않을 거예요!"

왕지네와 아일페사스는 그들이 있던 마법적 공간과 시에프리너의 레어 사이에서 소리가 통한다는 사실을 거의 잊고 있었지요. 그녀들은 충격을 가라앉히려 애쓰며 왕비의 대답을 기다렸습니다.

잠시 후 왕비의 외침이 들려왔습니다.

"나의 왕께서 시에프리너를 죽이면 돼!"

이루릴이 얼굴을 찌푸렸습니다.

왕비는 자신이 무턱대고 내지른 고함에 놀란 채 다가오던 왕을 보았습니다. 차츰 그녀의 가슴이 두근거리기 시작했지요. 그녀는 자신의 말을 곱씹어 보았습니다.

"그래. 나의 왕께서 시에프리너를 죽이면 되는 거야……. 마법이 아닌 검으로."

왕비는 다시 시에프리너의 백치 같은 모습을 보았습니다. 그녀의 왕이 파멸의 어머니 시에프리너를 죽이고 바이서스를 구하게 될 겁니다. 그렇습니다. 드래곤을 죽이는 것은 왕의 일이죠. 그것이 전통입니다. 드래곤을 죽인 자가 참다운 왕이 되는 것이지요. 그 순간 왕비는 루트에리노 대왕이 드래곤 로드를 추방하기만 했을 뿐이며 유명한 드래곤 슬레이어 길시언 왕자는 왕자로 죽었다는 사실 같은 건 떠올리지 못했습니다. 하긴 떠올렸다 하더라도 그녀는 꿈쩍도 하지 않았겠지요. 그녀가 말하는 왕은 신분이 아닌 상징이었으니까요. 스스로 고난이 되어 사람들을 고난에서 구하고 스스로 정의가 되어 정의를 수호하는 자. 모든 사악한 것을 참하고 모든 부정한 것을 멸하는 자. 왕. 그녀가 사랑하는 남자는 그런 왕이 될 것입니다.

왕비는 북받치는 울음으로 자신의 행운을 찬양하고 싶었습니다. 하지만 그녀의 입에서 나온 것은 외침이었습니다.

"왕이시여! 시에프리너를 멸하소서. 바이서스를 파멸에서 구원하소서!"

바위에서 어렵게 내려서던 왕은 왕비의 외침에 안도감을 느꼈습니다. 그녀의 외침이 절절하긴 했지만 위급한 것 같지는 않았거든요. 안도감 속에서 왕비의 외침에 대해 생각해 본 왕은 온몸을 꿰뚫는 전율을 느꼈습니다. 그는 클러치를 뗀 채 시에프리너를 쳐다보았습니다.

'내가? 드래곤을 죽여?'

왕은 허리띠에 꽂아둔 프림 블레이드의 칼자루에 손을 얹었습니다. 프림 블레이드가 흥미롭다는 듯이 말했어요.

'시에프리너라면 지골레이드의 딸? 지골레이드한테서 또 자식을 뺏으려고?'

"할 수 있을까? 너는 드래곤의 피부를 뚫고 그 심장을 찌를 수 있나?"

'그건 너한테 달린 문제야. 게으른 글쟁이가 필기구 탓하지. 종이나 페이 좋으면 명문 나오니?'

"하지만 잉크도 없이 글을 쓸 수야 없잖아. 종이를 검은색으로 적실 순 있어야지."

'혜. 제법 받아치네. 그래. 난 드래곤의 피부도 적실 수 있어. 빨간색으로. 한 번 집필해 보겠어?'

왕은 바닥을 살폈습니다. 그가 내려선 곳에서부터 시에프리너가 있는 곳까지의 바닥은 평탄했어요. 그 말은 바꿔 말해서 시에프리너가 벼락을 뿜을 경우 왕은 몸을 피할 수도 없다는 뜻이지요. 하지만 왕도 시에프리너의 상태가 이상하다는 것을 알 수 있었습니다. 시에프리너는 그를 보긴 했지만 무슨 돌이나 나무를 보듯 무심하게 시선으로 옮겼어요. 그 모습을 본 왕은 자신감을 느꼈습니다. 게다가 머뭇거릴 여유도 없었지요. 그곳에 왕비가 있었으니까요.

왕은 시에프리너의 관심을 끌기 위해 스로틀을 몇 번 거칠게 당겼습니다.

120

바이크의 엔진음은 털의 들판에서도 들을 수 있었습니다. 아일페사스는 험악한 표정을 지었습니다.

"헛소리. 제 아무리 루트에리노의 후예라 하더라도 혼자서 드래곤을 죽일 순 없어. 마법사도 없는 이런 시대에 한낱 인간이 어떻게?"

호언장담하던 아일페사스는 이루릴의 군은 얼굴을 보았습니다. 이루릴이 밖에 들릴까 두렵다는 듯이 속삭였어요.

"펫시. 프림은 어디 있죠?"

아일페사스는 넋이 빠진 것처럼 보였습니다. 이루릴은 대답을 기다리지 않았어요. 시에프리너나 그림자 지우개의 위협이 있다 해도 어쩔 수 없었지요. 그녀는 주위를 회전시켰습니다.

하지만 이루릴은 곧 좌절감을 느꼈습니다. 그녀는 왕지네와 아일페사스를 믿을 수 없다는 듯 바라보다가 신음했습니다.

"나갈 수가 없어요."

"뭐?"

"왕비나 왕이, 왕 곁에선 마법을 쓸 수 있었으니 왕비겠군요. 그녀가 뭔가 마법을 억제하는 물건을 가지고 온 모양이에요. 뭔지 모르겠지만 그것 때문에 여기서 나갈 수가 없는 것 같아요."

아일페사스는 당황하여 주위를 회전시켰습니다. 하지만 주변은 돌지 않았습니다. 그녀는 여전히 제멋대로 변화하는 나비들이 노니는 털의 들판에 앉아 있었습니다. 왕지네 또한 급히 이루릴에게 밖으로 나가는 법을 물어 시도해 보았습니다. 결과는 마찬가지였지요. 그녀들은 그 공간에 갇혀 있었습니다.

스로틀을 당기던 왕은 속으로 쾌재를 올렸습니다. 시에프리너가 엔진음에 반응했거든요. 그녀는 목을 조금 빼서 왕을 쳐다보았어요. 왕은 그대로 바이크를 출발시켰습니다. 그는 시에프리너의 목 아랫부분을 향해 퍼시발을 몰았습니다. 바이크인 퍼시발은 아무 두려움 없이 달렸습니다.

왕비는 주먹을 불끈 쥐었습니다. 시에프리너는 정확히 왕의 의도대로 행동했어요. 그 때문에 왕비는 격심한 불안도 느꼈지요. 시에프리너는 다가오는 바이크를 입으로 건드려보겠다는 의도를 확실히 드러내며 머리를 낮췄습니다. 왕비는 당장이라도 시에프리너의 이빨에 왕과 퍼시발이 박살나는 모습을 볼 것 같아 정신을 차릴 수가 없었습니다. 그때 왕이 허리띠에서 장검을 뽑아들었습니다. 그러곤 바이크의 속도를 갑자기 높였지요. 이제 왕은 시에프리너의 머리 아래를 통과하며······

프로타이스가 거세게 춤을 추었습니다.

퍼시발이 갑자기 멈춰 섰습니다. 앞발을 구르며.

왕은 호되게 낙마했습니다. 왕비는 비명을 질렀지요. 시에프리너의 모습에 겁을 집어먹은 퍼시발은 왕을 매단 채 반대로 도망쳤습니다. 질질 끌려가던 왕은 프림 블레이드를 휘둘러 등자끈을 자른 후에야 그 고문에서 빠져나왔습니다. 왕비는 말할 수 없는 분노를 느꼈어요.

"저 멍청한 말이!"

왕비는 찬물을 뒤집어쓴 듯한 충격을 느꼈습니다. 말? 그렇습니다. 퍼시발은 왕의 말이었지요. 왕비는 두 손으로 얼굴을 감싸쥐었습니다.

"말이?"

말입니다. 바이크가 아니라.

"프로타이스가…… 지워졌을 때!"

프로타이스가 원래부터 없었던 현실에서 퍼시발은 말이 아니라 바이크였습니다. 프로타이스가 현실의 해변으로 가까이 다가오면서 그것은 다시 말이 되었지요. 그런 변화는 프로타이스가 당장이라도 나타날 거라는 의미였지만 왕비는 그런 것을 생각할 여유가 없었습니다. 왕비는 땅에 쓰러진 왕에게 달려갔습니다. 그곳은 시에프리너의 머리 바로 아래쪽의 위험한 장소였죠.

왕은 바닥에 엎드려 신음하고 있었습니다. 왕비는 시에프리너의 동정을 살폈어요. 다행히도 시에프리너는 겁에 질린 퍼시발에게 정신이 팔린 상태였습니다. 말은 바위 무더기 앞에서 어찌할 바를 모른 채 오락가락하고 있었습니다. 왕비는 두 번 생각할 겨를 없이 왕의 상체를 붙잡았습니다. 왕은 왕비의 도움을 받아 가까스로 바닥을 짚고 일어났습니다.

왕비는 얼어붙었습니다.

그녀는 뒤로 흠칫 물러났습니다. 왕은 영문을 모르겠다는 표정으로 그녀를 올려다보았지요. 그것은 왕비가 본 가장 무서운 광경이었습니다. 왕비는 자신의 머리카락을 움켜쥐었습니다. 비명도 나오지 않았어요. 왕비는 현기증을 느꼈습니다. 흐려지는 정신 속에서 그녀는 자신의 목소리 같지 않은 목소리가 질문하는 것을 들었습니다.

"당신…… 누구야?"

"왕비?"

"누구야…… 누구……"

"무슨 소리요, 왕비. 나는……."

왕은 혼란스러운 듯 말꼬리를 삼켰습니다. 왕비에게 그 표정은 익숙했습니다. 그 사내는 항상 그런 멍청한 표정을 짓곤 했지요. 하지만 그건 속에 있는 야심가를 감추는 가면이었습니다. 왕비뿐만 아니라 왕 또한 그 가면을 잘 알고 있었습니다. 그래서 왕은 솔베스를 그에게 주기로 결정했지요. 국토도 넓히는 것이 되고 야심가를 국내에 두는 위험도 피할 수 있으니까요. 그 사내도, 그리고 그의 아버지도 그 계획에 동의했지요.

왕비는 얼굴을 무의식적으로 씰룩거리며 왕의 조카를 바라보았습니다.

발탄과의 전쟁 당시 왕의 조카가 발탄의 저격병에게 저격당한 것은 바이서스의 패배를 결정짓는 사건이었습니다. 그 일로 그 발탄 저격병은 본국의 영웅이 되었지요. 그 때문에 바이서스에도 그 이름이 널리 알려지게 되었습니다. 그 저격병 때문에 전쟁에 졌다고 믿는 바이서스 인들은 저주를 담아 그 이름을 불렀지요. 그 이름은 에이다르 바데타였습니다.

121

예언자가 왕비 곁으로 다가왔습니다. 예언자는 시에프리너를 올려다보고는 다시 왕을 쳐다보았습니다. 그러곤 왕비를 보지 않은 채 속삭였습니다.
"어느 쪽이죠?"

122

'어느 쪽이지?' 왕비는 생각했습니다. 왕은 어느 쪽일까요?

왕은 전장에서 시커멓게 그을린 청년이었습니다.
왕은 심장이 약한 중년이었습니다.

왕은 근대에 접어든 이후 처음으로 자신의 힘으로 자신의 땅을 얻으러 나선 활기 넘치는 모험가였습니다.
왕은 동생과 동생의 아들에게 주기 위해 솔베스를 원하던 온화한 군주였습니다.

왕은 사람들의 시선 따위 무시한 채 바이크를 탔습니다.
왕은 가장 고귀한 이답게 점잖게 말을 탔습니다.

어느 쪽일까요? 대답은 어려울 수도 있지만, 꽤 간단할 수도 있습니다. 왕비는 자신이 어느 쪽을 원하는지 스스로에게 물어보았습니다. 공교롭게도 왕비는 자신이 둘 모두를 다른 쪽보다 더 원한다는 것을 알게 되었습니다.

문득 왕비는 자신이 왜 그런 고민을 하고 있는지 궁금해졌습니다. 그 이유를 깨달은 왕비는 경련을 일으키며 몸을 돌렸습니다. 그녀는 예언자를 쳐다보았습니다.

"어느 쪽이냐고?"

"예. 어느 쪽이죠?"

"무슨 뜻이야…… 그게 무슨 뜻이야!"

예언자는 대답하지 않았습니다. 그는 가엾은 것을 보듯 왕비를 지그시 바라보기만 했어요. 하지만 예언자가 가엾게 여기는 것이 왕비인지는 조금 불확실했습니다. 참을 수 없게 된 왕비가 그에게 한 걸음 다가갔을 때 예언자의 입이 무겁게 열렸습니다.

"오늘은 덤으로 주지."

왕비가 파랗게 질렸습니다. 솔베스의 아침, 밤새 데워진 침대, 예언자의 흉터 가득한 등, 그리고 그 위를 움직이는 손가락. 그런 것들이 왕비의 머릿속을 빠르게 지나갔습니다.

예언자는 그녀의 등에다 대고 말했죠. '나의 내일로 너의 내일을 사고 싶어.'

그래서 왕비는 예언자의 등에 손가락으로 썼지요. '오늘은 덤으로 주지.'

왕비는 자신의 옷깃을 움켜쥐었습니다.

"그건 내가 아냐."

"그럼 당신은 누굽니까?"

왕비는 자신이 누구인지 알고 있습니다. 그녀는 왕의 인생을 값있게 하는 여자였지요. 선왕이 패전의 충격으로 심장 발작을 일으켜 죽은 후 공석이 된 왕위에 오를 만한 인물은 선왕의 조카 밖에 남지 않았어요. 하지만 선왕의 조카는 패장이었지요. 미망인이 된 왕비가 그와 결혼하지 않았다면 그는 왕위에 오르기 힘들었을 겁니다. 백모와 시조카의 결합은 왕실의 분위기를 일신하면서도 기조를 흔들지는 않는 적절한 패전 처리였지요. 게다가 다행스럽게도 그들은 서로 깊이 사랑하게…… '아냐!'

왕비는 자신이 누구인지 알고 있습니다. 그녀는 왕을 깊이 사랑하는 여자였지요. 그래서 그녀는 동생과 조카의 죽음과 패전의 아픔에 괴로워하는 왕에게 승리를 주기 위해 무슨 짓이든 하기로 했지요. 하지만 상실된 군사력을 복구하기도 벅찬 바이서스가 당장 승리를 획득할 현실적인 방법은 없었습니다. 그래서 왕비는 초현실적인 수단에 손을 뻗기로 했지요. 바이서스에는 마침 천년에 한 번 나올까 말까한 예언자가 있었습니다. 왕비는 예언을 거부하는 그를 회유하고 고문하다가 마침내 그의 자식을 가지는 방법으로 그를 굴복시켰습니다. 게다가 그것은 바이서스 왕가에 예언의 혈통을 추가할 수도 있는 기발한 해결책…… '아냐!'

왕비는 프로타이스가 있던 세상의 그녀와 프로타이스가 원래부터 없던 세상의 그녀 중 어떤 것도 선택할 수 없었습니다. 다른 쪽을 포기할 수 없었기 때문이죠. 결과적으로 왕비는 자신이 누군지 말할 수 없었습니다. 예언자가 말했지요.

"당신은 화가입니다."

왕비는 웃음을 터뜨렸습니다. 비명과 증오의 불륜에서 태어난 사생아 쯤 될 듯한 웃음이었지요. 왕비는 히릭, 히릭 하는 소리를 내며 웃다가 힘겹게 말했습니다.

"그건 아냐. 다른 건 몰라도 그건 아냐!"

"왜지요?"

"어처구니없는 소릴 하고 있군. 당연하잖아! 그건 내가 만들어낸 가짜니까! 그런 여자는 없어!"

"저는 그 여자를 만났고 그 여자를 사랑합니다."

왕비는 폭언을 퍼부을 듯한 얼굴로 예언자를 노려보았습니다. 하지만 그녀의 입은 열리지 않았어요. 왕비는 그런 행동이 어떻게 보일지 두려워하며 왕을 돌아보았습니다.

왕은 예언자와 왕비의 대화를 듣고 있긴 했지만 무슨 말인지 이해하진 못했습니다. 아귀가 맞지 않는 자신의 기억들과 싸우기에도 벅찼거든요.

'나는…… 604 언덕에서…… 저격을 당했어. 야전 병원에 실려가…… 간호병의 손이 이상할 정도로 매끄러웠지. 약품 때문일까…… 그래서 내 조카는…… 이틀이나 괴로워했다고? 빌어먹을. 내 조카에게 줄 진통제도 없었나! 조카? 무슨 말이지…… 왕의 조카…… 그거 나? 하지만 나는 바이서스로 돌아갔는데…… 전하께서 심장발작으로…… 왕위를…… 하지만 내가 먼저 죽었는데? 나 하나 쏴죽였다고…… 솔베스의 독사니 하는 웃기는 별명을 얻은…… 에이다르 바데타가 내 조카를…… 나를 죽였어. 아닌데. 죽은 것은 선왕인 나야…… 심장 발작으로…… 나

는…… 누구…… 지……?'

 왕의 혼란스러운 얼굴을 본 왕비는 몸에 힘이 좍 빠지는 것을 느꼈어요. 그녀는 다시 예언자를 보았습니다. 예언자는 그녀가 아닌 그녀를 보고 있었어요. 확신을 담은 그 눈빛은 그녀를 해부하는 수술칼 같았습니다. 부끄러운 근육, 부끄러운 뼈, 부끄러운 내장. 기이한 말들이 왕비의 머릿속을 흘러갔습니다.
 "아냐!"
 예언자의 얼굴이 굳었습니다. 왕비는 턱이 가슴에 닿도록 고개를 숙였어요.
 "아냐!"
 왕비는 얼굴을 다시 들었습니다.
 "이 세상은 나의 왕에게서 나온다. 화가에게 허락된 세상은 없어."
 "그 왕은 도대체 누굽니까!"
 "나의 왕이야!"
 예언자가 호흡을 멈췄습니다.

 아일페사스가 반색하며 말했어요.
 "그거야! 무리스 왕 시절에 야물란의 커튼이 궁성에 들어가지 않았어?"
 이루릴이 고개를 가로저었죠.
 "야물란의 커튼으로는 이런 효과를 내기 어려울 거예요. 셈모 백작이 반역죄로 처벌되었을 때 그 가문의 비보들이 상당수 사라졌지요. 그 중엔 바모비렌의 눈꽃이 있었는데……"

"그건 겨울에만 쓸모가 있어. 여기 계절을 뭐라고 말해야 할지 모르겠지만 최소한 겨울은……"

그녀들이 원한 것은 마법의 작용을 막아서 그녀들을 가두고 있는 물건이 과연 무엇일지 추측하는 것이었지요. 그걸 위해 아일페사스와 이루릴은 역사 지식과 마법 지식을 숨쉴새 없이 쏟아내었죠. 두 사람 모두 관련 지식이 해박했기에 토론은 거세어졌고 그 때문에 그녀들은 세 번째 여인이 그녀들을 물끄러미 보고 있다는 것도 눈치채지 못했습니다. 세 번째 여인은 어깨를 으쓱이곤 허리를 굽혔습니다.

"넌 어떻게 여기 들어왔니?"

이루릴과 아일페사스는 한 대 맞은 얼굴로 왕지네를 쳐다보았습니다. 왕지네는 유모차 앞에 무릎을 구부리고 앉아 왕자와 눈을 맞추고 있었습니다.

"꼭 내 말 알아듣는 것 같네. 그러면 잘 들어봐. 아가야. 엄마 아빠가 위험해."

드래곤 레이디는 왕지네의 말에 깊이 동감했습니다. 특히 둘 중에서 왕비가 그러했지요. 프로타이스가 돌아오고 있었어요. 아일페사스가 판단하기에 왕비에겐 자살조차 도피책이 될 수 없었어요. 프로타이스는 왕비를 언데드로 부활시켜서라도 자기 분을 풀 테니까요.

왕지네가 말했습니다.

"데려갈 수 있으면 좀 데려가줄래? 시에프리너가 있는 곳에."

왕지네는 그렇게 말하며 유모차의 손잡이에 손을 얹었습니다.

다음 순간 유모차와 왕지네가 사라졌습니다.

아일페사스는 자신의 머리를 물어뜯고 싶은 드래곤처럼 보였어요.

"제기랄. 유모차 안에 뭔가가 있었던 것이군! 그 아기가 여기로 올 수 있었던 것을 보고 눈치챘어야 하는데. 유모차와 접촉해야만 오갈 수 있는 거야!"

이루릴은 고개를 끄덕였습니다. 그녀는 왕지네에게 유모차와 함께 돌아오라고 말하려 했습니다. 소리는 오갈 수 있으니까요.

예. 확실히 소리는 오갈 수 있었습니다. 그렇기에 이루릴은 갑자기 들려온 총성 때문에 하려던 말을 멈추고 말았지요.

125

예언자는 호흡을 멈췄습니다. 그러곤 옆으로 손을 뻗었죠. 조금 전까지 아무것도 없는 공간이었지만 예언자가 손을 뻗자 거기엔 라이플이 나타났습니다.

물론 라이플에 허공에 떠 있지는 않았습니다. 그 라이플은 왕지네의 어깨에 걸려 있었지요. 예언자는 기다리고 있었다는 듯이 그것을 그대로 왕지네의 어깨에서 벗겨내었습니다. 왕지네는 갑자기 휙 바뀐 주변 풍경에도 익숙해지지 못한 상태였기에 그것을 제지할 수도 없었어요.

예언자는 빠르게 레버를 꺾었다 당기며 속삭였습니다.

"가져다줘서 고마워. 왕지네. 그리고 미안해."

왕지네는 한 마디밖에 할 수 없었지요.

"뭐?"

예언자는 대답하지 않았습니다. 그는 왕지네가 붙잡고 있는 유모차 안을 들여다보았습니다. 왕자가 아기의 동글동글한 미소를 지으며 그를 올려다보고 있었습니다. 갑자기 예언자의 눈에 눈물이 핑 돌았지요.

다음 순간 예언자는 거침없는 동작으로 개머리판을 어깨에 대고 사격 자세를 취했습니다. 왕자네와 왕비 모두 급격한 상황 변화 때문에 정신을 차릴 수 없었지만 왕비가 조금 더 행동이 빨랐습니다. 왕비는 예언자가 자신을 쏠 때를 대비하여 몸을 긴장시켰습니다. 그런데 총구를 자세히 본 왕비는 그것이 그녀를 겨냥하고 있지 않다는 것을 발견했습니다.

왕비는 더럭 겁에 질려 뒤를 돌아보았습니다.

거기엔 왕이 있었습니다.

왕의 모습은 바뀌어 있었습니다. 예언자의 총구 앞에 선 지금의 왕은 반쯤은 백부 같고 반쯤은 조카 같은 모습이었지요. 왕비는 그 모습에서 이질감을 느끼기보다 두 배의 친근감을 느꼈어요. 두 배의 사랑이라고 해도 괜찮을 정도였지요.

'쏘지 마.'

말이 나오지 않았어요. 공포도 두 배인 것 같아요. 왕비는 손가락 하나도 움직일 수 없었습니다. 예언자가 중얼거렸어요.

"저 남자가 당신의 왕입니까?"

'쏘지 마.'

"자기도 자기가 누군지 모르는 저 남자가? 솔베스에서 한 번, 궁성에서 한 번 두 번 죽은 저 남자가 당신의 왕입니까?"

"쏘지 마!"

예언자가 방아쇠를 당겼습니다.

프로타이스가 한 발 내디뎠습니다.

용수철의 힘에 맞서던 공이치기는 협력해 주던 방아쇠가 사라지자 용수철에 굴복했어요.

프로타이스가 한 발 내디뎠습니다.
공이치기는 약실 안에 있던 탄약의 뇌관을 때렸습니다.

프로타이스가 한 발 내디뎠습니다.

뇌홍이 타격에 폭발했습니다. 얌전한 장약도 그렇게 옆에서 치근대니 불이 붙지 않을 수 없었죠.

프로타이스가 한 발 내디뎠습니다.

순간적으로 가스로 변한 장약이 탄환을 밀어냈어요. 탄피의 자궁에서 뛰쳐나온 탄환이 그 엄청나게 짧은 인생을 시작했죠.

프로타이스가 한 발 내디뎠습니다.

그래요. 우리는 탄환을 닮았어요. 우리 어머니는 무덤까지 날려 보낼 폭발력으로 우리를 세상에 내보내죠. 강선이 우리를 깎아내지만 그래도 어찌나 강력한 폭발력인지 무덤까지 날아갈 힘은 충분히 남죠. 도대체가 중간에 멈출 수가 없어요.

프로타이스가 현실에 섰습니다.

탄환은 강선의 추억을 간직한 채 목표에 명중했습니다.
퍼석 하는 둔탁한 파열음과 함께 알이 박살났습니다.

126

왕비는 절을 하듯 허리를 굽히고 있는 왕을 믿을 수 없는 심정으로 보았어요. 예언자가 쏜 탄환은 허리를 굽힌 왕의 등 너머를 통과하여 시에프리너의 품에 있던 알에 명중했습니다.

알 껍데기가 비산했고 그 안쪽에서 점액질의 액체가 출렁 치솟았습니다. 붉은 색과 갈색, 노란 색 등이 뒤섞인 그 진득진득한 농즙은 아주 짧은 순간 살아있는 생물인 양 허공을 부여잡으려 애쓰다가 그대로 바닥에 좍 뿌려졌고 그중 일부는 시에프리너에게 튀었습니다.

시에프리너는 머리를 숙여 깨진 알을 내려다보았습니다. 그녀의 몸에, 그리고 바닥에 뿌려져 있는 농즙을 보던 추락하지 않는 드래곤은 목을 구부렸습니다. 그녀의 입이 열리며 기다란 혀가 나왔어요.

그녀는 그 붉고 노란 점액을 핥기 시작했습니다.

왕지네가 급히 몸을 돌렸습니다. 그녀는 한 손으로 유모차의 손잡이를 짚고 다른 손으로 입을 틀어막았습니다. 소용없는 짓이었죠. 왕지네는 손을 떼고 맹렬한 구역질을 시작했어요.

예언자는 왕지네를 보진 않았어요. 그는 끈적끈적한 액체를 핥는 시에프리너를 보며 무심히 트라이던트 라이플의 레버를 움직였습니다. 철컥 소리가 나며 뜨거운 탄피가 튀어나갔습니다. 예언자는 다시 레버를 밀었다 당겼습니다. 약실에서 발사를 대비하고 있던 차가운 탄약이 어리둥절한 채 탄피 배출구로 튀어나왔어요. 예언자는 느릿한 동작으로 그것을 반복했습니다. 그것은 시에프리너의 혀가 움직이는 속도와 비슷했어요.

철컥, 탁, 철컥, 탁.

후룩, 쩝, 후룩, 쩝.

왕에게 달려가고 싶었지만 왕비는 그대로 주저앉았습니다. 시에프리너의 알이 깨졌어요. 왕비는 커다란 두려움을 느끼며 그 사실을 공식화했습니다.

"파멸의 알이 깨졌어."

더 큰 기쁨을 느껴야 한다는 초조감 같은 것을 느끼며 왕비는 그 말을 반복해 보았습니다.

"파멸의 알이 깨진 거야."

잘 안되었습니다. 거듭된 충격 때문에 왕비는 기쁨을 느끼기도 어려웠습니다. 게다가 깨진 알을 핥고 있는 시에프리너의 모습이 그녀의 정신을 짓눌렀어요. 그녀는 딱히 어떤 뜻을 담지 않은 채 왕을 향해 팔을 뻗었습니다. 하지만 왕 또한 시에프리너를 보느라 그녀의 손짓을 보지 못했습니다.

왕지네는 그때까지도 자신을 뒤집을 기세로 구역질을 하고 있었어요. 누군가가 왕지네의 등을 두드려주었습니다. 왕지네는 그 팔을 붙잡았습니다. 그녀는 그 팔의 주인을 끌어안고 싶었어요. 하지만 몸을 편 왕지네는 깜짝 놀라며 어깨를 경직시켰습니다.

거기엔 어떤 인간 남자가 서 있었습니다.

법을 사냥감으로 생각하는 이들의 세계에 살아온 왕지네는 온

갓 험악한 인상의 범죄자들에게 익숙했어요. 하지만 그런 왕지네도 지금 그녀 앞에 서 있는 인간 남자만큼 강렬한 인상을 풍기는 사람은 본 적이 없었죠. 눈이 두 개에 코가 하나, 입도 하나 있었지요. 그리고 그것들 모두 통상적인 위치에 제대로 붙어 있었습니다. 그럼에도 불구하고 왕지네는 그것들 모두 엄청나게 잘못된 위치에 붙어 있는 것 같은 기분을 느꼈습니다. 잘생겼다거나 못생겼다는 수준이 아니라, 어째서 그런지는 설명할 수 없지만 그래서는 안 된다는 수준이었어요. 그 때문인지 왕지네는 남자가 완전한 알몸이라는 건 그리 신경쓸 수도 없었어요.

잘생기지도 못생기지도 않은, 그렇게 생기면 안 되는 남자가 말했습니다.

"먹지 마. 시에프리너."

시에프리너가 남자를 보았습니다. 순간 시에프리너에게 미묘한 변화가 일어났어요. 지금껏 이 세상이라는 책을 두드리고 긁고 냄새 맡던 그녀가 갑자기 그것을 펼쳐 읽기 시작한 것 같았죠. 시에프리너는 긴 혀로 얼룩덜룩한 이빨을 핥고는 탁한 목소리로 말했습니다.

"프로타이스?"

왕지네의 팔뚝에 소름이 돋았어요. '프로타이스?' 프로타이스라 불린 남자는 부드럽지도 험악하지도 않은, 지어선 안 되는 표정을 지었습니다.

"그래. 시에프리너. 먹지 마."

시에프리너의 독서가 계속되었습니다. 서두는 넘어간 것 같았어요. 그러곤 예전에 읽던 책이라는 것도 떠올린 것 같았죠. 시에프리너는 고개를 숙여 자신이 핥던 것을 보았습니다.

지그시, 물끄러미, 집요하게.

시에프리너의 입에서 불그스름한 액체가 흘러내렸습니다. 그것이 바닥에 닿은 순간 그녀의 눈에 눈물이 고였습니다.

127

시에프리너는 고개를 들더니 밀밭에 부는 바람 같은 소리를 내기 시작했습니다.

작다고 할 순 없지만 거대한 몸에 어울리지 않을 정도로 가느다란 소리였어요. 그 소리를 들으며 왕지네는 눈물을 주루룩 흘렸습니다. 그녀는 귀를 막은 채 고개를 거세게 가로저었어요.

주저앉아 있던 왕비는 문득 시에프리너가 보복하리라는 것을 깨달았습니다. 그녀는 황급히 그림자 지우개를 들어올렸어요. 그때 옆에서 날아온 발이 그림자 지우개를 걷어찼습니다. 각등은 바닥을 죽 미끄러졌어요. 왕비가 돌아보자 어두운 얼굴의 프로타이스가 보였습니다.

프로타이스는 그대로 두 손을 내밀었습니다.

그 손아귀가 왕비의 목을 움켜쥐었지요. 순식간에 왕비의 머리가 뜨거워지며 그 입으로 혀가 튀어나왔어요.

정면에서 목이 졸리면 두 손으로 저항하면 될 것 같죠? 불가능합니다. 순식간에 힘이 빠지거든요. 정신과 육체 양쪽으로 어지간히 대비가 되어 있지 않은 사람은 손을 써볼 수도 없습니다. 그래서 그 단순함에도 불구하고 여전히 수많은 살인에 이용되는 것이고요. 왕비는 죽음의 냄새를 맡았습니다.

그때 왕의 외침이 들려왔습니다.

"비켜!"

프로타이스가 으르렁거리며 왕비를 집어던졌습니다. 왕비는 어두컴컴한 시야 속에서 어렵게 왕을 발견했습니다. 왕이 장검을 휘두르며 프로타이스를 물러나게 했어요. 왕은 프로타이스를 추적할까 하다가 생각을 바꾼 듯 왕비에게 손을 뻗었습니다. 왕비는 그 손을 물끄러미 바라보았어요.

'어느 쪽이지?'

"왕비! 정신 차리고 내 손을 잡으시오!"

왕은 억지로 왕비의 손을 붙잡아 일으켰습니다. 왕비는 허우적거리며 일어났지요. 프로타이스는 그 모습을 보며 두 손을 가슴 앞에 모았습니다. 마법을 준비하는 자세였지요.

하지만 프로타이스는 곧 분노하여 발을 꽝 내굴렀습니다. 마법이 맺히지가 않았어요.

자세한 내막은 알지 못했지만 왕은 프로타이스의 실망하는 모습을 보며 안도했어요. 그는 그대로 퍼시발에 올라 빠져나가기로 했습니다. 하지만 말을 찾아 두리번거리던 그의 눈은 다른 것을 발견했어요.

"왕자?"

유모차는 아직도 왕지네 곁에 있었습니다. 왕은 왕비를 놓고는 다시 장검을 두 손으로 붙잡았습니다. 왕비가 그를 만류해야 한다고 생각한 건 이미 왕이 달려간 후였어요.

시에프리너가 호곡을 멈추고 거세게 몸을 진동시켰습니다.

추락하지 않는 드래곤의 거대한 몸이 일어났습니다. 적지 않은 시간 동안 그녀의 몸에 쌓여 있던 먼지와 흙, 모래 등이 폭풍처럼 일어나 레어 안을 휘감았습니다. 숨이 막힌다거나 시야가 흐려진다는 것보다 더 큰 문제는 터무니없이 크고 어처구니없이 강력한 것이 어이없을 정도로 가까운 곳에서 마구 움직인다는 점이었지요.

프로타이스는 예언자와 왕지네를 붙잡더니 대단한 힘으로 두 사람을 질질 끌듯하며 벽으로 물러났습니다. 왕비 또한 급히 바닥에 엎드렸어요. 하지만 왕은 멈추지 않았습니다. 그는 그대로 유모차를 향해 달려갔어요. 하지만 움직이던 시에프리너의 기다란 꼬리가 유모차 근처의 땅을 때렸어요. 고의는 아니었을 겁니다. 시에프리너는 그녀 근처에 누가 있는지도 모르는 것 같았으니까요. 하지만 그 충격은 유모차를 튕겨 올렸습니다. 날아오른 유모차 안에서 왕자가 솟구쳐 나왔지요.

그 앞까지 도달했던 왕은 급히 두 팔을 뻗었습니다. 그의 재빠른 행동 덕분에 왕자는 마치 빨려 들어가듯 왕의 품에 안겼습니다. 왕은 안도하며 미소를 지었습니다. 무리한 동작 때문에 중심을 잃은 몸이 기울어지고 있다는 것은 깨닫지도 못한 것 같았어요.

왕은 바닥에 쾅 소리를 내며 쓰러졌습니다.

등과 뒤통수가 꽤 아팠지만 왕은 왕자를 구했다는 안도감 때문에 웃음을 터뜨렸어요. 하지만 왕의 입에서 나온 건 웃음이 아니라 피거품이었어요. 왕은 깨닫지 못했어요. 갑자기 졸음이 찾아왔거든요.

왕은 졸아도 괜찮을 것 같다고 생각했어요.

시에프리너의 알은 깨졌습니다. 왕비와 왕자도 안전했고요. 왕은 자신이 백부이자 조카라는 것을 기억했지만 그 또한 관대하게 넘어가기로 했습니다. 이런 곳에서 잠드는 것이 기이한 짓이라는 것을 인식했지만 그 또한 받아들였습니다. 너무나도 졸렸거든요.
　왕은 잠들었습니다.

128

　시에프리너는 레어의 벽에 몸을 쿵쿵 부딪치며 허위허위 걸었어요. 실로 오래간만에 걷는 것이었고, 또 제정신이라고 하기 어려운 상태였기에 그 걸음은 거칠었지요. 시에프리너는 몇 번 바닥에 세게 넘어졌습니다. 그때마다 레어 전체가 종처럼 울렸고 돌멩이와 흙먼지가 우수수 떨어졌습니다. 하지만 왕비는 자신의 몸을 때리는 모래와 돌을 거의 느끼지 못했습니다. 그중 어떤 것이 왕비의 이마를 찢었는데도 왕비는 꿈쩍도 하지 않았습니다.

　왕비는 쓰러진 왕을 보고 있었어요. 발에서 가슴까진 멀쩡했어요. 얼굴도 괜찮았죠. 다만 바닥의 바위에 부딪힌 뒤통수가 깨져 있었어요. 머리를 중심으로 방사상으로 펼쳐진 핏자국은 마치 망토나 후광처럼 보였어요.

　왕비는 아직까지도 울컥울컥 솟아나오는 피를 물끄러미 바라보았습니다.

　'빨갛다.'

　왕비는 피가 눈으로 들어오는 것을 느끼곤 손등으로 이마를 닦았어요. 시에프리너가 레어를 빠져나갔습니다. 먼지 구름은 여전했지만 돌은 더 이상 떨어지지 않았습니다. 왕비는 천천히 일어나 걸어갔습니다.

　벽에 붙어 있던 프로타이스는 그 광경에서 기시감을 느꼈습니다. 잠시 후 프로타이스는 그것이 진짜 경험한 일임을 떠올렸어요. 아마 발탄이었죠. 머리가 깨진 꼬마와 그 옆에 있던 조금 더 큰 꼬마. 프로타이스는 머리가 깨진 그 꼬마를 살려줬던 것을 떠올렸습니다. 그 때문에 그의 몸에 붙이고 있던 것들 중에서도 가장 귀중한 보물들 중 하나를 소모해야 했어요. 프로타이스는 그 아이의 이름이 에이다르 어쩌고였다는 것도 떠올렸어요. 더 자세히 기억하지 못하는 건 그것이 프로타이스한 충동 때문에 저지른 일이기 때문이겠지요.

그때 느꼈던 것과 비슷한 프로타이스한 충동 때문에 프로타이스는 왕을 살려줄까 생각해 보았어요. 하지만 그에겐 위대한 권능을 가진 보물이 없었고 설령 그런 보물을 가지고 있다 해도 왕을 살리긴 어려울 것 같았어요. 그 옛날의 그 꼬마는 다 죽어가고 있었지만 완전히 죽지는 않았죠. 하지만 왕은 확실히 죽은 상태였습니다. 프로타이스는 입술을 비틀어 쯧 하는 소리를 냈습니다.

뭔가가 그의 발을 건드렸습니다.

프로타이스는 고개를 숙였어요. 튕겨 오른 유모차에서 굴러 나온 것으로 추정되는 뭔가가 그의 발치에 놓여 있었죠. 그것을 자세히 본 프로타이스의 얼굴이 일그러졌습니다. 그것은 악명 높은 셈리타이의 여섯째 손가락이었어요.

셈리타이는 자신의 스승이었던 육손 마법사 카즐빈에 대한 존경을 표하기 위해 그 물건을 만들어냈죠. 그 물건이 있으면 손가락이 다섯 개인 이도 카즐빈이 만들어낸 여섯 손가락을 위한 마법들을 쓸 수 있었어요. 제법 아름다운 이야기지만, 문제는 그 물건이 손가락이 다섯 개뿐인 자들에 의해 완전히 다른 용도로 쓰이게 되었다는 점에 있죠. 단도직입적으로 말해서 셈리타이의 여섯째 손가락은 다섯 손가락으로 만들어낸 마법을 멋지게 방해할 수 있었어요.

프로타이스는 자신이 왜 마법을 쓸 수 없었는지를 깨닫고는 분노를 담아 셈리타이의 여섯째 손가락을 짓밟았습니다. 프로타이스는 그 효과에 깊은 인상을 받았죠. 셈리타이의 여섯째 손가락이 부서지자마자 금발과 흑발의 엘프 여인들이 나타났거든요. 그것은 아일페사스와 이루릴이었습니다. 어리둥절한 채 상황을 살피는 그녀들에게 프로타이스는 젠체하며 말했습니다.

"셈리타이의 여섯째 손가락이었습니다. 내가 그걸 부쉈죠."

프로타이스를 목격한 아일페사스가 놀라서 말했어요.

"프로타이스? 너 프로타이스지? 어떻게 변신한 거지?"

"본모습으론 여기가 비좁을 것 같아서 변신했습니다."

"아아. 넌 현실로 되돌아왔지만 보석과 보물들은 되돌아오지 않은 거야. 그래서 변신할 수 있었군."

프로타이스는 아일페사스의 말을 못 들은 척했습니다. 그때 이루릴이 숨막히는 소리를 냈어요.

"알……?"

아일페사스는 깨진 알껍데기와 노랗고 붉은 액체를 보곤 눈앞이 캄캄해지는 기분을 느꼈어요.

129

미친듯이 바이서스 군인들과 싸우던 코볼드들이 갑자기 동작을 멈췄습니다.

그들은 공기를 통해 전해지는 소리만큼이나 대지를 통해 전달

되는 소리에도 민감했지요. 총성이 난무하고 곳곳에서 폭탄이 터지는 광기 어린 전장의 한가운데서도 코볼드들은 땅을 울리는 독특한 진동을 느꼈고 그 진동을 일으키는 것이 무엇인지도 짐작했습니다. 그들은 희열을 느끼며 무너진 바위벽을 돌아보았어요.

"시에프리너!"

코볼드들이 쉰 목소리로, 울먹이는 목소리로 외쳤습니다. 벌레 떼의 습격과 유령 비행기의 공격, 코볼드들의 자기 파괴적인 공격에도 가까스로 버티고 있던 바이서스 군인들은 자신이 완전히 무너져 내리는 것을 느꼈어요. 무너진 바위벽에서 푸른 드래곤이 걸어나오고 있었습니다. 그것은, 열차가 터널에서 빠져나와 갑자기 하늘로 솟아오르는 것을 정면에서 보는 것 같았죠. 일어난 사실만 말한다면 시에프리너가 밖으로 나와 머리를 들어올린 것이었지만.

"시에프리너! 시에프리너!"

코볼드들이 경기를 일으키듯 외쳤습니다. 산 위에서 그들을 내려다보는 듯한 그 불타는 눈을 마주본 토벌군 병사들은 혼이 빠져버렸습니다. 그 순간 죽음은 그들 대부분의 바람이 되었어요. 너무도 무서워서, 더 이상의 무서움을 견딜 수 없어서 그들은 죽고 싶었습니다. 그러면 더 이상 무서워하지 않아도 될 테니까요. 시에프리너의 입 주위에 번개가 어리는 것을 보며 그들은 안도감을 느꼈습니다.

시에프리너의 충성스러운 코볼드들의 경우엔 기뻐 날뛰었습니다. 그들의 주군이 그들에게 벼락을 토해내려 하고 있었어요. 인간의 탄환과 폭탄에 죽을 각오였던 그들에게 그보다 더 기쁜 죽음은 없었어요. 많은 코볼드들이 눈물을 흘렸고 그렇지 않은 코볼드들도 아낌없이 괴성을 질렀습니다. 흥분 때문에 완전히 돌아버려서 자신의 얼굴을 할퀴고 수류탄으로 땅을 후려치는 코볼드들도 있었지요.

그들의 주군은 그들을 실망시키지 않았습니다. 바이서스 병사들은 가족과 어머니를 불렀습니다. 코볼드들은 시에프리너의 이름을 외쳤지요. 그들 모두를 향해 시에프리너는 공평하게 벼락을 내뿜었어요.

구부러진 번개, 휘어진 번개, 꺾어지는 번개, 마치 혈관처럼 잔가지를 펼친 수백 줄기의 번개가 시에프리너의 입과 전장 곳곳을 순식간에 연결했습니다. 시에프리너의 모습은 분노가 흐르는 그녀의 혈관 자체를 토해내는 것 같았지요. 벼락에 직격당한 인간이나 코볼드들은 말할 것도 없거니와 눈에 보이지도 않는 벼락 줄기에 강타당한 자들이 픽픽 쓰러졌습니다. 거기엔 많은 폭약들도 있었지요. 그것들이 벼락에 불붙어 터지기 시작하자 땅 전체가 요동쳤습니다.

그 충격은 레어 안에 남아 있던 자들에게도 전해졌어요.

가혹한 충격에 다시 흙먼지와 돌이 떨어졌습니다. 하지만 그보다 더 불길한 것은 땅이 내뱉는 신음이었어요. 꽈르릉 하는 소리에 이루릴은 정신을 차렸어요. 무너진 것은 다행히 레어가 아니었습니다. 솔베스 개척민들이 떠난 후 방치되어 있던 광산의 약한 부분이 무너지고 있었어요. 하지만 그 충격이 레어 쪽으로 전해져 올지도 모르는 일이었지요.

이루릴은 억지로 알의 잔해에서 눈을 옮겨 주위를 살폈습니다. 가장 위험해 보이는 건 왕비였어요. 그녀는 왕의 시체 곁에 무릎을 꿇은 채 머리를 위아래로 흔들고 있었습니다. 이루릴은 곧 그녀가 비명을 지르고 있다는 것을 깨달았어요. 소리는 없었지만 그것은 명백히 비명이었습니다.

이루릴은 거의 반사적으로 그녀에게 다가갔어요. 죽은 왕의 품에는 아직 왕자가 안겨 있었죠. 이루릴은 왕자를 들어올리곤 왕비에게 말했어요.

"전하. 일어나세요."

왕비가 고개를 들어올렸습니다. 하지만 왕비가 바라본 곳은 이루릴이 아니었어요. 그녀는 자신의 집이 불타는 것을 보는 사람처럼 한쪽을 멍하니 응시했어요. 그곳에는 한 손에 총을, 다른 손엔 그림자 지우개를 든 예언자가 서 있었습니다.

예언자가 말했습니다.

"사랑합니다."

예언자는 재와 연기의 언어로 다시 말했습니다.

"사랑합니다. 일어나세요. 화가가 되세요. 그 붉은 물감으로 내 몸에 그림을 그려줘요."

왕비는 손을 얼굴 앞에 들어올렸습니다. 그 손엔 왕의 붉은 피가 잔뜩 묻어 있었지요. 왕비는 떨리는 손가락을 움직여 깍지를 꼈습니다. 그러곤 두 손을 두 다리 사이에 파묻고는 허벅지로 꽉 눌렀죠. 그녀가 말했습니다.

"뭐지?"

예언자는 불만스러운 듯이 말했습니다.

"사랑합니다."

"당신 지금 뭘 하고 있는 거지?"

예언자는 한숨을 내쉬었습니다. 그는 프로타이스와 함께 서 있는 왕지네를 돌아보았어요.

"미안해. 왕지네. 당신이 내게 준 것들을 생각하면 당신에게 무엇을 줘도 아깝지 않을 거야. 하지만 내 마음은 줄 수 없어. 그건 여기 있는 이 사랑스러운 여인에게 이미 줬거든."

멍하니 예언자의 말을 듣고 있던 왕지네가 논평했습니다.

"혀에 땀나겠네."

드래곤 둘과 엘프 하나, 그리고 왕비까지 놀란 눈으로 왕지네를 쳐다보았습니다. 하지만 예언자는 웃었지요.

"처음 만났을 때부터 당신이 옳았어. 내가 바보야."

왕지네의 오른쪽 눈에 눈물이 조금 고였습니다.

"그러지 마."

"이젠 안 돼."

예언자는 갑자기 목소리를 높였습니다. 그리고 그곳에 있는 모든 이들을 향해 말했습니다. 그 어투가 마치 경매인 같았습니다.

"그런 거죠. 제가 솔베스에서 만났던 화가가 바로 바이서스의 왕비라는 것을 알게 되었을 때 저는 그토록 저를 원했던 그녀를 사랑하지 않을 수 없게 되었습니다. 그녀는 언제나 저를 원하고 있었어요. 고문을 가하고 정체를 숨겨 제 아이를 가지면서까지 저를 가지고 싶어했죠. 그런 여자를 어떻게 싫다 하겠습니까. 그런데 제게 주어진 행운은 그 정도가 아니었습니다. 그건 당연하지요. 저는 모든 여자들의 남자거든요. 미래를 아는 남자 말입니다. 예. 저를 원하는 다른 여자가 있었습니다. 저기 있는 왕지네가 바로 그 여자입니다. 그녀는 제 슬픔을 가져가 주려 했고 저를 감옥과 광산에서 구출했으며 이곳까지 저를 찾아왔습니다. 하지만 애석하게도 저는 그녀를 받아들일 수는 없었습니다. 제 몸은 하나니까요. 물론 저도 알고 있습니다. 같은 문제가 왕비에게도 있다는 것을. 그녀에겐 이미 왕이 있었습니다. 하지만 그건 탄환 한 발로 해결될 수 있는 문제였습니다. 그래서 저는 이곳까지 저를 구하러 온 왕지네의 총을 빌려 왕을 쏘았습니다. 애석하게도 제 사격 실력이 형편없어서 왕을 죽이는 대신 파멸의 알을 깨고 말았군요. 하지만 왕은 저렇게 죽었습니다. 저와 왕비는, 그리고 우리의 아이는 기나긴 길을 돌아 마침내 이곳에서 만났습니다. 우리 세 사람을 축복해 주세요."

프로타이스가 이 현실에서 다시 떠나고 싶은 충동을 느끼며 말했어요.

"그게 뭐야?"

"오늘의 날씨였습니다."

왕비가 권총을 뽑아들었습니다.

그녀는 예언자를 겨냥하려 했습니다. 하지만 총구가 엄청나게 흔들렸어요. 사실 그녀는 총을 쥐고 있는 것조차 쉽지 않은 상태였죠. 그녀는 입술을 떨며 말했습니다.

"이렇게 될 줄······"

"알고 있었습니다."

"하나도, 하나도 사실이 아니잖아."

"제가 말한 사건 중에 사실과 다른 것이 있습니까?"

"나는 당신을 원한 적이 없어!"

"정체를 숨긴 채 제 아이를 가지셨지요. 사람들이 그걸 알면 뭐라고 하겠습니까?"

"당신도 나를 사랑하지 않잖아!"

"저는 화가의 연인이었고 왕을 쏘려 했습니다. 사람들이 어떻게 생각하겠습니까?"

왕비는 방아쇠를 당기려 했습니다. 하지만 엉뚱하게도 왼손의 검지가 움직였지요. 자신이 오른손잡이였는지 왼손잡이였는지도 알 수 없게 된 왕비는 다시 방아쇠를 당길 엄두를 낼 수 없었습니다. 그녀는 도움을 구하듯 시선을 이리저리 보냈죠. 그녀의 시선이 왕지네에게 향했습니다.

"너, 너 저 남자가 좋아서 여기까지 온 거야? 아니잖아! 내가 강제로 데려왔던 거잖아!"

왕지네는 고개를 끄덕였습니다. 예언자는 쓰게 웃었어요.

"사람들이 뭐라고 말하겠어?"

"……나가자. 일단 여기서 나가."

"먼저 가. 나는 내 여자를 챙겨야 해서."

예언자는 왕비를 향해 걸어갔습니다.

그때 왕비가 방아쇠를 당겼어요.

총성은 요란했지만 탄환은 엄청나게 빗나갔습니다. 예언자는 파리 한 마리가 옆으로 지나간 것처럼 태연했어요. 그는 걸음을 멈추지도 않았지요. 왕비가 악을 썼습니다.

"가! 오지 마!"

"그러지 마세요. 당신은 당신이 원하는 남자가 누군지 알고 있어요."

"알아! 나는……"

왕이라고 대답하려던 왕비의 얼굴이 새파랗게 질렸습니다. 어떤 왕인지 말할 수 없었거든요. 게다가 더 고약한 것은 어떤 왕이든 그 왕은 죽은 왕임이 분명하다는 거죠. 그 사실에 큰 충격을 받은 왕비는 넋이 빠진 채 예언자를 쳐다보았습니다. 예언자는 그녀의 속을 들여다보는 듯한 미소를 지었어요.

"당신은 저를 원합니다. 가장 오래 분 바람이 되어버린 저 엘프를 보세요. 그녀의 품엔 당신의 마음을 나타내는 증거가 있습니다."

"아냐, 아냐. 그건 내가 왕을 위해……"

"어떤 왕이오?"

항상 그 지점이군요. 계속 그렇군요. 왕비는 왕을 말하고 싶었지만 왕을 말할 때마다 막다른 곳에 몰리고 말았습니다. 그가 죽었기에 왕비는 오른손은커녕 그녀의 온몸으로도 예언자를 막을 수 없었습니다. 그녀는 왕의 여자였기 때문이죠.

예언자가 한 손으로 라이플을 들어올렸습니다. 그는 그것을 내뻗었습니다. 그를 겨냥하고 있는 권총 위로 뻗어간 라이플은 왕비의 미간에 닿았습니다. 왕비는 꼼짝도 할 수 없었습니다. 총신 너머로 왕비의 눈을 보며 예언자가 말했습니다.

"화가가 돼."

왕비의 얼굴이 일그러졌습니다. 그녀의 눈에서 눈물을 흘러나왔습니다. 왕비는 거친 숨소리를 내며 예언자를 쏘아보았어요. 예언자가 단어를 흘리듯 말했습니다.

"넌 나의 화가야. 그렇게 될 수밖에 없어. 너의 왕은 쪼개져서 죽었어. 그는 더 이상 단수가 아니지. 그래서 넌 왕을 잃었어.

넌 내게 와야 해."

왕비의 하얗게 질린 얼굴 위로 식은땀이 흘렀습니다. 왕비는 몇 번이나 말을 하려 했지만 그것은 구역질 비슷한 것이 되었지요. 예언자가 선고하듯 말했습니다.

"너는 모든 미래에서부터 '오늘까지' 나를 사랑해야 해."

왕비의 호흡이 멎었습니다.

왕비는 어깨를 늘어뜨렸습니다. 그녀의 몸에서 기운이 빠져나가는 것을 누구라도 느낄 수 있었지요. 왕비는 춤을 추듯 가볍게 손을 들어올렸습니다. 리볼버 총구가 왕비의 관자놀이에 입을 맞추었지요. 왕비는 간지러운 듯 어깨를 움츠렸습니다.

그녀는 방아쇠를 당겼습니다.

왕비의 시체는 왕의 시체 위에 쓰러졌습니다. 그 덕분에 고귀한 시체 더미가 만들어졌지요.

예언자는 라이플을 떨어뜨렸습니다. 그러곤 무릎을 꿇었죠. 그는 고귀한 시체 더미 앞에 엎드린 채 흐느꼈습니다. 예언자의 맞은편에서 왕자를 안고 있던 이루릴이 나직하게 말했어요.

"왜 왕비한테 살해당하려 한 거죠?"

예언자는 바닥에 이마를 댄 채 거친 목소리로 말했습니다.

"당신들 모두에게 엿을 먹이고 싶어서요."

"예?"

예언자가 두 손으로 바닥을 밀며 상체를 들어올렸습니다. 하지만 그 머리는 여전히 숙여 바닥을 보고 있었지요. 색깔에 비유한다면 시체의 보랏빛에 해당할 말투로 그가 말했습니다.

"왕비는 섣불리 다른 남자에게 정을 주었다가 그 남자가 왕을 죽이게 된 것을 견딜 수 없어서 자살했습니다. 이제 난 그녀의 죽음에 오열하다가 그녀를 살릴 수 있을지도 모르는 방도가 있다는 것을 떠올리게 됩니다. 그러고는 중대한 결심을 하게 되죠."

"당신 지금…… 당신 지금……"

이루릴의 최선이었지요. 예언자는 신경도 쓰지 않았습니다.

"오열했습니다. 깨달았습니다. 결심했습니다."

예언자는 바닥에 무릎을 꿇고 상체를 폈습니다. 그때 이루릴은 예언자가 라이플을 떨어뜨렸지만 그림자 지우개는 여전히 들고 있다는 사실을 깨달았죠. 그 발견의 의미를 정확히 알 순 없었지만 이루릴은 끔찍한 기분을 느꼈습니다. 예언자가 허핍하게 말했어요.

"가장 끔찍한 건, 이 모든 소동에 의미가 있다는 거죠. 시간의 장인들이 원하는 근사한 의미가……"

"그러지 말라고 했잖아!"

왕지네가 고함을 빽 질렀습니다. 성대가 아닌 몸을 진동시켜 내는 듯한 목소리였습니다. 프로타이스와 아일페사스도 놀란 눈으로 그녀를 돌아보았지요. 예언자는 어깨를 한 번 크게 들먹였습니다. 그는 뒤를 반쯤 돌아보았지요. 하지만 그는 다시 이루릴을 돌아보았습니다.

"당신 뭘 하려는 거죠?"

이루릴은 예언자에게 다가섰습니다. 하지만 예언자가 각등을 들어올렸지요. 이루릴이 안고 있는 왕자는 그 순간 닻이 되었습니다. 자신에게 완전히 의지하고 있는 무력한 존재가 있었기에 이루릴은 위험을 무릅쓰거나 할 수 없었어요. 그녀는 어쩔 수 없이 뒤로 한 걸음 물러났죠. 예언자는 그 반응에 만족한 기색을 조금 보였습니다. 예언자는 피를 토하듯 외쳤습니다.

"왜!"

그 외침에 이루릴은 마비 상태 비슷한 것에 빠졌습니다. 그녀를 대신하여 왕지네가 다시 고함을 지르며 예언자를 향해 달려왔어요. 그때 예언자가 뒤를 돌아보았습니다.

예언자와 왕지네의 눈이 마주쳤습니다. 그 순간 예언자는 그림자 지우개를 작동시켰어요.

그림자 지우개의 덮개가 예언자를 향해 열렸습니다.

비명을 지르며 달려온 왕지네는 무릎이 부서지도록 세게 땅에 엎드렸습니다. 그러고는 바닥의 시체를 끌어안았습니다.

"안 돼요!"

왕비는 흐르는 피로 대답을 대신했습니다. 왕지네는 그 머리를 가슴으로 끌어당기며 몇 번이나 갑시는 소리를 냈지요. 그러다가 마침내 둔한 울음을 터뜨렸습니다. 갑자기 나타난 왕비가 미처 말릴 겨를도 없이 자살한 모습에 큰 충격을 받았던 이루릴은 흐느끼는 왕지네의 모습에 오히려 안정감을 되찾았습니다. 그건 아마도 슬퍼하거나 좌절하는 이를 보면 도와주기 위해 지신부디 인정시켜 왔던 오래된 습관 때문일 거예요.

"왕지네? 당신 벽타기꾼 왕지네죠? 여기엔 어떻게…… 왕비가 왜 여기에 온 거죠?"

왕지네는 대답을 하지 못했습니다. 이루릴은 그녀의 어깨를 감싸 안았어요.

"미안해요. 마음껏 슬퍼할 시간을 줄 수 없군요. 빨리 밖으로 나가야 해요. 왕이 죽기 전에 시에프리너의 알을 깼어요. 그 때문에 시에프리너가 극도로 분노하고 있어요. 여기 있다간 언제 굴이 무너져 죽을지 몰라요. 펫시. 펫시!"

아일페사스는 아직도 충격에서 빠져나오지 못한 상태였습니다. 시에프리너를 돕기 위해 이곳까지 날아온 그녀에게 알이 깨지는 모습은 너무도 가혹한 것이었지요. 어떻게 그런 일이 일어날 수 있는 건지 아일페사스는 이해할 수 없었습니다. 왕이 라이플을 들어올리는 모습을 보았을 때 그녀는 웃음을 터뜨릴 뻔했지요. 대포도 아닌 그 따위 라이플이 드래곤에 피해를 줄 수 있을 리 없으니까요. 하지만 왕이 노린 것은 알이었습니다. 당연히 예상했어야 하는 일이라는 말로 그녀나 시에프리너를 비판하긴 어려울 거예요. 어머니의 면전에서 자식 흉을 보는 것도 쉬운 일이 아니잖아요. 그런데 그 어머니가 드래곤이고 흉을 보는 것이 아니라 총을 쏘는 것이라면, 게다가 그런 짓을 한 것이 한 나라의 왕이라면 그건 상상도 하기 힘든 일이지요. 아일페사스는 왕을 증오하기보다 오히려 왕을 이해하고 싶었어요.

'어떻게 그럴 수 있었지?'

"펫시! 나가야 해요! 왕자를 들어요!"

아일페사스는 그 말에 약간 멍한 기분으로 왕자를 보았어요. 그녀는 왕이 왕자를 바닥에 내려놓으며 했던 말을 떠올렸어요. 알을 향해 방아쇠를 당기기 전에 왕은 그렇게 말했죠.

'대신 왕자를 주겠다.'

그 말을 들었을 때조차 아일페사스는 왕이 왕자를 제물로 바치고 바이서스의 안녕을 구한다 믿고는 혐오감과 동정심을 느꼈지요. 왕이 거래를 말한다고는 생각도 못했지요. 하지만 왕은 그렇게 말한 다음 차분하게 알을 쐈지요. 그 모습을 본 시에프리너는 알의 대가로 냉정히 왕자의 목숨을 취하는 대신 미쳐버렸습니다. 그녀는 발광했고 충격 때문에 떨어진 돌이 왕을 즉사시켰어요. 시에프리너는 그대로 밖으로…… '밖?'

아일페사스는 정신을 차렸습니다. 시에프리너가 밖으로 나갔어요. 빨리 그녀를 만류하지 못한다면 그녀는 세상에, 그리고 자기 자신에게 끔찍한 피해를 입히게 될 겁니다. 드래곤 레이디는 황급히 왕자를 들어올리고는 이루릴에게 달려갔습니다. 이루릴은 울다가 탈진한 왕지네를 힘겹게 부축하고 있었지요. 아일페사스가 말했습니다.

"잡아."

이루릴은 쓰러진 왕과 왕비의 시신을 보다가 애써 눈을 돌려 드래곤 레이디의 옷자락을 붙잡았습니다.

자신이 만든 잿더미를 보던 시에프리너의 입 주위에서 다시 벼락이 엉겼습니다. 동시에 그녀는 날아올랐습니다. 추락하지 않는 드래곤은 빙글빙글 돌며 높이, 더 높이 날아올랐습니다. 보이지 않는 나선 계단을 밟아 천공으로 솟아오르는 그녀 주위로 새카만 구름들이 몰려들었습니다. 그 결과 허공에는 거꾸로 매달린 화산 같은 것이 나타났어요. 대지를 향해 분화구를 벌리고 있는 화산이었지요.

그녀가 날아오르고 얼마 후 이루릴과 아일페사스, 왕지네, 그리고 왕자가 나타났습니다. 시에프리너를 찾아 주위를 두리번거리던 아일페사스는 전장의 참혹한 모습에 눈살을 찌푸렸습니다. 그때 이루릴이 소스라치는 기세로 하늘을 올려다보았어요.

"바람이!"

이루릴은 바람의 정령들이 일으키고 있는 광기를 느꼈어요. 오랜 친구의 심상찮은 표정을 본 아일페사스는 재빨리 하늘 위를 향해 마법으로 의사를 보냈어요.

'시에프리너, 진정해! 어서 내려와!'

되돌아온 시에프리너의 대답은 차라리 벼락에 가까웠습니다. 아일페사스는 머릿속에 낙인이 찍힌 듯한 충격에 나동그라질 뻔했지요. 눈앞이 하얗게 변하는 순간 아일페사스는 왕자를 안고 있다는 것을 깨닫고는 무릎에 힘을 주었습니다. 한쪽 무릎을 꿇긴 했지만 드래곤 레이디는 쓰러지지 않았어요. 아일페사스는 자신의 머릿속에서 아직도 연기를 모락모락 피워올리고 있는 것 같은 시에프리너의 대답을 떠올렸습니다.

'내 알!'

허공에 매달린 분화구에서 새하얀 번개들이 단속적으로 떨어지기 시작했습니다. 대지를 불사르는 그 번개들은 충분히 파괴적이었지만 그럼에도 불구하고 거기에 있는 자들은 그것을 거대한 힘의 미미한 분출로 느낄 수밖에 없었어요. 점멸하는 구름에서 느껴지는 엄청난 힘 때문이었지요.

그리고 분화구에서 벼락이 떨어졌습니다.

그곳에서 가장 나이 많은 이루릴에게도 그런 번개는 난생 처음 보는 것이었습니다.

하늘과 땅을 순간적으로 이어버린 새하얀 나무는 어지간한 도시의 한 구역만 한 굵기였습니다. 그것도 거의 일 초 동안 계속되는 어처구니없는 번개였지요. 그 번개가 뿜어낸 가공할 열이 주변의 공기를 불살랐습니다. 진공 상태에 이를 정도는 아니지만 뜨거워진 공기가 미친 듯이 상승할 정도는 되었지요. 그리하여, 자연 상태에선 일어나기 힘들기 때문에 고대의 마법사들 중 일부에게나 알려져 있는 대단히 독특한 자연 현상이 일어나고 말았습니다. 화염 폭풍이지요.

원리는 간단합니다. 주전자 속의 물이 끓을 때 부글거리는 것을 본 경험이 있는 이라면 누구나 이해할 수 있을 거예요. 갑자기 뜨거워진 공기가 급히 상승하며 주변의 공기가 미친 듯이 중심부로 몰아쳤습니다. 달아오른 공기는 마찰열로 불탔지요. 화염의 질풍이 땅을 휩쓸었습니다. 그런 것이 일어나면 바람이 불지 않는 건물 안이나 지하에 있더라도 살아남기 어렵습니다. 열기가 건물 안쪽이나 지하에도 파고드니까요. 삽시간에 머리카락에 불이 붙고 눈이 타들어가지요. 기도를 타고 들어간 열기에 폐가 익어버리기 때문에 비명도 지를 수 없습니다.

무슨 일이 일어날지 알고 있었던, 아니, 본능적으로 감지했던 이루릴은 황급히 물의 정령과 바람의 정령을 불러 자신들의 주위를 둘러싸게 했습니다. 그리고 아일페사스는 주위에 얼음의 벽을 쌓아올렸습니다. 그러자마자 화염 폭풍이 그들에게 들이닥쳤습니다.

불타는 공기가 그들의 주위에서 소용돌이쳤습니다. 왕지네는 비명을 질렀지만 그 비명은 그녀에게도 잘 들리지 않았어요. 얼음의 벽은 물이 될 겨를도 없이 그대로 수증기로 변해서 치솟았고 정령들은 고통과 분노에 몸부림쳤습니다. 드래곤 레이디는 왕자를, 이루릴은 왕지네를 꼭 끌어안았습니다.

영원히 계속될 것 같던 화염 폭풍이 마침내 사그라들었습니다. 아일페사스는 얼음의 벽이 완전히 사라진 모습에 진저리를 쳤습니다. 이루릴은 반쯤 기절한 왕지네를 바닥에 조심스럽게 눕히고 하늘을 살펴보았습니다.

구름도, 시에프리너도 보이지 않았습니다. 아름답게까지 느껴지는 하늘이었어요. 이루릴은 힘들게 시선을 끌어내렸어요. 새카맣게 변한 벌판이 보였습니다. 보이는 것이라곤 검은색뿐이었지요. 예. 유골이나 치아도 시커멓게 변해 있었다는 말이지요. 들판 여기저기에 누워 있는 인간과 코볼드의 유해는 숯을 깎아 만든 인형처럼 보였습니다.

이루릴은 전장을 외면했습니다. 하지만 아직 슬픔을 느껴도 좋을 때가 아니었어요. 드래곤 레이디가 차갑게 말했습니다.

"멋지군."

"예?"

"시에프리너가 동쪽으로 날아갔어."

이루릴이 입술을 깨물었습니다. 동쪽에는 바이서스가 있었어요. 왕과 왕비가 모두 죽었으니 그 순간엔 고아나 다름없었지요.

몸에 와 닿는 바람의 습기와 냄새를 무의식적으로 검토하며 동쪽으로 날아가던 시에프리너는 충분한 구름이 모일만한 바람을 느끼자마자 다시 선회하기 시작했습니다. 그 아래에는 유서 깊은 이라무스 시가 있었지요. 이라무스 시민들은 시에프리너의 모습을 보자마자 집 안으로 도망쳤지요. 토벌군이 간 방향에서 푸른 드래곤이 왔다는 것이 무슨 뜻인지는 자명하니까요. 상황 판단은 나무랄 데 없지만 솔베스에서 일어난 일을 고려해 볼 때 그들의 대책은 완전히 잘못된 것이었습니다.

얼마 후 시에프리너가 하늘에 매달아 놓은 뒤집힌 산에서 다시 벼락이 쏟아졌습니다.

화염 폭풍이 이라무스시를 휩쓸었습니다. 거대한 아궁이로 변해버린 이라무스에서는 연기도 제대로 솟아오르지 못했어요. 강력한 대류풍이 휘몰아치고 있었기 때문이죠. 연기 대신 솟아오른 것은 수백, 수천 큐빗짜리 불꽃들이었습니다. 불의 크라켄이 땅위에서 요동치는 것 같은 광경이었지요. 그 위를 선회하며 시에프리너가 포효했습니다.

"내 알!"

황금빛 드래곤의 모습으로 돌아간 아일페사스가 도착해서 본 것은 묘하게 깨끗한 이라무스 시의 폐허였습니다. 일반적인 대화재와 달리 화염 폭풍은 연기와 재를 모두 하늘 위로 날려버리는 경향이 있거든요. 아마도 조만간 검은 비가 내리게 되겠지만 그녀가 목격한 이라무스 시는 시커먼 빛뿐임에도 불구하고 표백된 것처럼 보였습니다. 미라의 정갈함이라고 할까요. 하늘을 돌며 그 모습을 내려다보던 아일페사스도 그것이 지나치게 깨끗한 방법이라고 평가했습니다.

"논밭에 불을 지르는 간단한 방법 놔두고 힘을 너무 쓰는군. 서로를 잡아먹게 될 때까진 몇 달도 안 걸릴 텐데."

아일페사스의 목 뒤에 앉아 있던 이루릴은 침통한 표정을 지을 뿐이었지만 그녀 곁에서 왕자를 안고 있던 왕지네는 소름이 끼치는 것을 느꼈습니다.

"농담이라도 그런 말은 마세요. 드래곤 레이디."

"농담?"

"방금 한 농담 말이에요. 그런 농담은 좀 그렇잖아요."

이루릴은 왕지네를 말려야겠다고 생각했어요. 하지만 조금 늦었죠. 모든 드래곤의 조언자이자 후원자이며, 얼굴도 보지 못한 채 자식을 잃어야 했던 어미의 친구인 아일페사스가 외쳤습니다.

"드래곤 레이디가 그녀의 친구, 이웃, 종복에게 우정, 보상, 충성을 대가로 부탁, 요구, 명령한다. 바이서스 인의 논밭을 불태우고 가축을 전부 죽여라! 어선을 침몰시키고 해안을 죽음으로 물들여라! 그러나 인간은 내버려둬라. 그리하여 바이서스 인이 바이서스 인을 먹게 하라!"

시에프리너의 눈에서 피가 흘러나왔습니다.

눈물과 뒤섞인 피는 거센 풍압 때문에 뒤쪽으로 흩뿌려졌어요. 그 때문에 시에프리너의 시야가 흐려지는 일은 없었습니다. 뭘 제대로 보지도 않았지만 말입니다. 사실 시에프리너의 눈은 아까부터 한 가지 장면만을 계속 보고 있었습니다.

왕이 쏜 총에 알이 깨지는 장면이었지요.

'내 알, 내 알! 아버지, 미안해요!'

알의 아버지가 아닌 자신의 아버지 지골레이드를 먼저 떠올렸다는 점에서 시에프리너가 그 아버지에게 물려받은 후손에 대한 집착이 어떤 것인지 짐작해볼 수도 있을 겁니다. 그러나 조금 후 시에프리너는 잠들어 있는 알의 아버지도 떠올렸습니다.

'미안해. 내가 알을 지키지 못했어. 그 인간이 우리 알을 쐈어. 그 바이서스가!'

시에프리너가 입을 벌렸습니다. 바이서스가 알을 쐈습니다. 루트에리노 바이서스의 후손인 바이서스가. 그녀는 아버지와 짝을 대신하여, 그리고 알을 대신하여 바이서스를 파멸시켜야 했습니다. 지금껏 무의식적으로 행해 온 짓이 분명한 목적의식과 결합했지요.

'바이서스를 죽여야 해.'

시에프리너는 피가 흘러내리는 눈으로 자신이 날고 있는 하늘 아래에 무엇이 있는지를 보았습니다. 거기엔 바이서스가 있었지요.

'왜 거기 있어? 계속 거기 있을 거야? 그래선 안 돼. 죽어. 없어져!'

시에프리너는 구름을 끌어 모았습니다. 하지만 지금까지와는 그 행태가 달랐습니다. 시에프리너는 구름의 우두머리인 양 구름들을 이끌었지요.

그것은 하늘에 대해일이 일어난 듯한 광경이었어요. 하늘의 북쪽 끝에서부터 남쪽 끝까지 닿는 거대한 잿빛 꿈틀거림이 서쪽에서 동쪽으로 질주했지요. 그 선단부에서는 쉴 새 없이 벼락이 쳤고 그래서 하늘이 무너지는 듯한 천둥소리가 계속되었어요. 그것을 본 이들은 누구나 세계가 어떻게 될 거라는 확신을 느꼈습니다. 바이서스 인들은 무릎을 꿇거나 바닥에 이마를 대고 엎드렸어요. 그리고 내일이라는 시간의 도래를 의심하게 되었지요.

대륙 규모의 구름 파도를 이끌고 날아간 시에프리너는 얼마 후 바이서스 임펠에 도달했습니다. 그녀는 바이서스 임펠의 상공에서 멈췄어요. 그녀 바로 뒤편의 구름들은 그녀와 함께 멈췄지만 저 북쪽 하늘의 구름들과 남쪽 하늘의 구름들은 관성에 따라 계속 전진했지요. 시에프리너의 의지는 그 구름들을 완강히 끌어당겼어요. 그 전체 규모를 조망하기 위해선 바이서스 전체를 한 눈에 볼 수 있을 정도의 높이에 도달해야 할 장대한 움직임이 펼쳐졌습니다. 북쪽과 남쪽 하늘에서 구부러진 구름의 파도가 서로를 향해 돌진했습니다. 그리하여 동쪽 하늘에서 구름의 파도가 맞부딪혔지요. 어찌된 영문인지 알 수 없었지만 충돌의 순간 구름 속에서 번개들이 일시에 발광하였습니다. 바이서스의 하늘엔 지름이 수백 펜큐빗에 달하는 거대한 번개의 테가 나타났습니다. 바이서스 임펠은 물론이거니와 말을 달려서 열흘 거리 이내에 있는 모든 이들이 귀가 멍멍해지는 천둥소리를 들었습니다. 다른 나라에서도 적지 않은 이가—비록 많이 약화되긴 했지만—그 천둥소리를 들었습니다.

시에프리너는 무의식적으로 구름들을 끌어당기며 피에 젖은 눈으로 바이서스 임펠을 내려다보았습니다. 그녀가 솔베스를 떠난 것은 아침 무렵이었지요. 시에프리너는 드래곤의 기준에서도 경이적인 속력으로 날아왔지만 거리도 거리거니와 서쪽에서 동쪽으로 날았기 때문에 바이서스 임펠은 이미 해가 진 후였습니다.

시에프리너는 바이서스 임펠에 아침을 허락하지 않겠다고 결심했습니다.

그녀는 선회하기 시작했어요.

"그 선언을 철회해요. 드래곤 레이디."

이루릴의 말투는 고요했습니다. 하지만 그녀가 사용한 호칭은 아일페사스의 입 주위에 파르스름한 불길을 일렁거리게 했지요.

"내가 왜 그래야 하지?"

"부당하니까요."

"시에프리너에게 그렇게 말해 봐. 우리는 알을 낳아. 그 때문에 시에프리너는 출산은 출산대로 경험하고 자식은 보지 못했어. 누가 말했는지조차 알 수 없는 예언 때문에 그런 기막힌 일을 경험해야 했어! 바이서스 인들은 그런 말도 안 되는 짓을 방관하고서 자신은 무죄라 말할 건가? 자신이 직접 방아쇠를 당긴 것은 아니라고 말할 건가? 그럴 수는 없어. 그들이 자신들의 미래를 결정하길 포기했다면 어떤 미래가 그들을 찾아가도 거절할 수 없어. 서로를 잡아먹는 미래라 해도 그들에게만큼은 정당해."

거센 바람 속이었지만 이루릴은 눈을 가늘게 뜨거나 하진 않았어요. 그녀는 앞쪽 멀리 있는 아일페사스의 머리와 그 너머 하늘을 똑바로 보며 말했죠.

"내 말을 오해했군요. 드래곤 레이디. 나는 그것이 시에프리너에게 부당하다고 말한 거예요. 당신 말처럼 바이서스 인들은 그런 처우에 불평할 수 없을 테죠."

왕자네의 턱이 덜컥 떨어졌습니다. 그녀는 왕자를 끌어안으며 간곡한 시선으로 이루릴을 쳐다보았어요. 하지만 이루릴의 대답은 냉엄했어요.

"스스로 피해자가 되는 방법으로 다른 이를 가해자로 만드는 재주를 계속 부리면 언젠간 진짜 피해자가 되는 법이죠. 당신도 알잖아요? 왕이 왜 그랬는지. 패전 때문에 이반한 민심을 다시 휘어잡으려고 멀쩡한 나라가 망한다고 떠들어 댄 거예요. 말하기도 뭣할 만큼 케케묵은 수법이죠."

"예언이…… 있었어요."

"누가 한 예언이죠?"

왕지네는 대답할 수 없었어요. 아무도 누가 그 예언을 했는지 모르니까요.

"당신들이 왕의 계략을 폭로하기 어려웠다면 하다못해 누가 그 예언을 했는지라도 알아냈어야 했어요. 하지만 그러지 않았죠. 피해자 되길 좋아하는 습성 때문이겠지요. 당신들의 묵시적 동조 덕분에 민심을 다시 장악했지만 왕은 자기 말에 책임을 져야 했지요. 그래서 솔베스로 진군했어요. 임신해서 몸이 불편한 용이니까 간단히 패퇴시킬 수 있다고 믿은 것이겠지요. 그리고, 보세요. 이 상황을. 왕의 공범인 당신들은 왕이 받을 보복도 분담해야 해요."

왕지네는 말문이 잘 열리지 않았어요. 대답을 기다리던 이루릴은 곧 포기하고 아일페사스에게 말했죠.

"하지만 당신은 시에프리너에게 부당하게 대해선 안 돼요. 드래곤 레이디."

"무슨 말이지?"

"당신이 그렇게 한다면 시에프리너는 가장 큰 복수를 할 기회를 잃게 돼요. 당신에겐 그녀에게서 그걸 뺏을 권리가 없어요."

아일페사스는 입을 꽉 다물었습니다. 그녀는 이루릴이 무슨 말을 하는지 알 수 있었지요. 이루릴은 용서를 말하고 있는 것이었습니다. '시에프리너가 그들을 용서하고 싶어졌다 하더라도 그들이 남아 있지 않다면 어떻게 할 것인가?'라고 묻고 있는 것이었지요.

하지만 이루릴과 까마득한 세월을 함께 보낸 친구가 아니었던 왕지네는 그렇게 생각할 수 없었죠. 왕지네에게 이루릴의 말은 '당신이 바이서스 인들을 다 죽여버리면 시에프리너가 죽일 숫자가 부족해질 텐데.'라고 말하는 것으로 들렸죠. 그런 해석은 왕지네 속에서 격한 반발심을 끌어냈고 그 덕분에 왕지네는 고함을 지를 수 있게 되었습니다.

"왕은 배신감 때문에 그런 거예요! 이 왕자는 왕의 자식이 아니에요!"

아일페사스마저 당황하여 뒤를 돌아보았습니다. 이루릴이 말했어요.

"날짜가 맞지 않는다는 그 이야기 말이군요. 왕비가 바이서스 임펠로 돌아오고 여덟 달 후에 왕자가 태어난 걸 가지고 뜬소문이 돌았죠. 공식적인 설명은 조산이었다는 걸로 알고 있는데요."

"그렇게 설명할 수밖에 없잖아요. 하지만, 아니에요. 왕자는 왕비가 솔베스에 있을 때 생겼어요."

"왕비가 외도를 했다는 말인가요?"

"말도 안 되는 소리 말아요! 왕비는 왕에게 솔베스를 되찾아줄 방법을 찾기 위해 직접 변장하고 솔베스를 찾았어요. 그 덕분에 시에프리너가 수면기에 접어든 것이 아니라는 것도 알아냈고요. 그런 왕비가 외도를 할 리 없잖아요."

"그럼 왕비가 겁탈이라도 당했다는 건가요?"

"아니요! 왕비는 왕 이외에 어떤 남자도 가까이하지 않았어요!

왕비를 솔베스로 안내하고 수행했던 제가 보증할 수 있어요!"

이루릴의 얼굴에도 당황이 떠올랐습니다.

"당신이 지금 유도하려는 결론은…… 설마……"

왕지네는 품안의 왕자를 내려다보았습니다. 안쓰러움이 가득한 시선이었지만 그 시선 속엔 두려움에 가까운 위화감도 섞여 있었죠.

"그래요. 왕도 믿지 않았고 당신도 아마 믿지 않을 테지만, 그래도 그건 분명한 사실이에요. 왕자는 그냥 생겨났어요. 아버지 없이."

바이서스 임펠에 밤도 아니고 낮도 아닌 기이한 시간이 찾아들었습니다.

시계를 기준으로 삼는다면 분명 밤이었습니다. 하지만 하늘은, 그리고 바이서스 임펠 시내는 하늘에서 작렬하는 벼락 때문에 환했어요. 환하다는 말은 좀 어폐가 있을 수도 있군요. 지속적인 조명이 아닌 점멸하는 조명이기 때문에 세상은 눈꺼풀을 빠르게 깜빡이며 보는 것과 같은 모습이었죠. 시간적 모자이크라고 할까요. 그 헐겁게 기워진 현실 속에서 바이서스 임펠 시민들은 서로를 부여안고 방안에서 하릴없이 떨거나, 하늘을 향해 권총을 쏘거나, 그렇지 않으면 트럭의 시동을 걸려고 애썼어요. 마지막 시도에 대해서만 약간 부연하죠. 시동이 제대로 걸리는 차는 스무 대에 한 대도 찾기 어려웠어요. 전시였기 때문에 좋은 부품들이 귀했다는 것만으로는 설명할 수 없었어요. 마치 바이서스 임펠의 공기가 시에프리너의 위세에 겁을 집어먹고 엔진 흡입구에 들어가길 거부하는 것 같았습니다. 공기는 피스톤 룸이 아닌 엉뚱한 곳에서 점화했어요. 수도의 골목과 지붕 위에 인화가 둥둥 떠다녔습니다. 뾰족한 꼭대기마다 코로나 방전이 일어났고 전선을 따라 구전이 치달렸으며 그보다 높은 곳에는 아무리 봐도 극광이 분명한 것이 흐르기도 했지요. 바이서스 임펠은 극광을 볼 수 있는 위도도 아니거니와 극광은 원래 구름보다 훨씬 높은 곳에 생기지 구름 아래에 나타나지는 않는데 말이에요.

바이서스 임펠 시민들은 솔베스에서, 그리고 이라무스에서 일어난 일을 아직 알지 못했지만 그 모든 전조가 무엇을 의미하는지는 짐작할 수 있었지요. 역사상 한 번도 일어난 적 없었던 거대한 벼락이 바이서스의 수도에 떨어질 것입니다. 그 다음에 일어날 일을 모른다는 것은 차라리 행복한 무지라 하겠군요. 그들은 마침내 아무 쓸모가 없는 것으로 밝혀진 권총이나 라이플, 혹은 크랭킹 핸들을 팽개쳤습니다. 그리고 하늘을 향해 소리 높이 외쳤습니다. 그들은 이유를 묻고 중지를 호소했고 대화를 요구했습니다. 음. 그렇게 많은 천둥이 치지 않았더라도 시에프리너에게 그들의 목소리가 닿긴 어려웠을 거예요. 그들은 자신의 목소리도 제대로 듣기 어려웠습니다.

시에프리너의 선회에 따라 하늘에 산이 자라기 시작했습니다. 사람들은 그들을 향해 뻗어내려 오는 거대한 '분화구'를 보며 이성을 잃었습니다. 몸을 숨겨야 된다는 생각을 떠올리고 행동에 옮긴이는 드물었어요. 생존을 위해 선조로부터 선물 받은, 그리고 스스로 깨우친 모든 관점과 이해력이 무의미해지는 초월적인 광경 아래에서 그들은 꼼짝도 할 수 없었습니다. 깊고 깊은—

높고 높은—분화구 속에서 별이 반짝이는 모습은 차라리 반가운 것이었습니다. 그건 익숙한 모습이었으니까요.

그들의 반가움은 오래가지 못했습니다. 별들마저 그들을 배신했지요. 몇 시간에 걸쳐 천천히 움직여야 하는 별들이 급속히 움직였습니다. 마치 별들이 살아서 춤을 추는 것 같았지요.

증오에 차서 아래를 쏘아보던 시에프리너가 갑자기 위쪽으로 주의를 보냈습니다. 그녀는 분화구 속에서 별자리가 움직이는 모습을 보곤 으르렁거렸어요.

"프로타이스!"

저 유명한 춤추는 성좌 프로타이스였습니다. 인간은커녕 드래곤이라 해도 그 시점의 시에프리너에겐 접근하길 꺼릴 테지만 춤추는 성좌는 아랑곳하지 않았어요. 그는 대범하게 접근하며 자신의 의사를 마법에 담아 보냈어요.

'거기서 뭘 하는 거지, 추락하지 않는 드래곤?'

'네가 무슨 상관이야? 가!'

분노 때문에 시에프리너는 재치를 부릴 상태가 아니었습니다. 가라니오. 프로타이스를 가게 하려면 절대로 해선 안 되는 말이지요. 과연 프로타이스는 접근 속도를 조금도 늦추지 않았어요.

'당신은 알을 품고 있어야 하지 않나? 왜 여기서 그런 짓을 하고 있는 거지? 바이서스 인들이 괴상한 예언 때문에 당신을 공격할지도 모른다는 이야기를 들었는데. 그들에게 경고를 하려는 건가?'

시에프리너는 혼란을 느꼈습니다. 그녀가 가장 똑똑하게 느낄 수 있는 것은 자신의 슬픔과 격노였기 때문이었지요. 그녀가 프로타이스에게 전할 수 있는 것도 그것뿐이었지요.

'그들이 내 알을 깼어.'

시에프리너에게 날아들던 프로타이스가 주춤했습니다.

'아아. 그래서…… 그렇군.'

'그들이 내 알을 깼어! 내 면전에서! 엄마가 보고 있는 데서! 어떻게…… 어떻게!'

프로타이스는 보물과 보석으로 뒤덮인 몸을 공중에 띄운 채 말없이 시에프리너를 바라보았어요. 우레 소리가 연속적으로 울려 퍼지고 있었지만 그 광경엔 형언키 어려운 고요함이 있었지요. 잠시 후 프로타이스는 그 고요에 저항했어요.

'돌아가.'

'프로타이스!'

'돌아가. 당신 자식의 주검에 뿌릴 피라면 당신 눈에서 충분히 흘러내리고 있어. 드래곤의 힘으로도 그보다 더 값비싼 피를 살 순 없어. 그러니 돌아가. 추락하지 마.'

이어서 프로타이스는 시에프리너에게 처벌이나 복수를 해야지 난동을 부려선 안 된다는 취지를 전달하려 했습니다. 하지만 그럴 겨를이 없었지요. 시에프리너가 그를 향해 미친 듯이 돌진했기 때문이죠. 물론 프로타이스는 저항을 포기하고 고분고분 당할 생각은 없었습니다. 그건 그에게 불가능한 일이니까요.

바이서스 임펠의 하늘을 뒤덮은 거대한 섬광의 소용돌이 속에서 두 드래곤이 격돌했습니다.

아일페사스는 당연하게도 왕지네의 말을 받아들일 수 없었어

요. 하지만 왕자가 왕의 친자가 아니라는 이야기 덕분에 아일페사스는 자신이 보고 들었던 것을 다른 시각으로 해석해 볼 수 있었죠.

'대신 왕자를 주겠다.'

아일페사스는 입매를 비틀어 거대한 이빨들을 드러내었습니다. 왕이 제안했던 거래에 공정함은 없었어요. 비뚤어진 증오와 사악한 교활함이 있을 뿐이었지요. 배신감에 사로잡힌 채 왕은 자기 핏줄도 아닌 왕자에게서 쓸모를 발견했다고 좋아했을지도 모르지요. 이루릴이라면 그것을 사악하다고 말하기에 앞서 슬프다고 말했을지 모르지만, 아일페사스는 이루릴이 아니었지요.

왕에 대한 반감 때문에 아일페사스는 왕자를 더욱 동정하게 되었어요. 시에프리너의 레어에서 느꼈던 것보다 훨씬 더 큰 동정심이었죠. 순간 아일페사스는 자신도 모르게 말했어요.

"그 아이는 바이서스 인을 먹지 않아도 돼."

왕지네는 어차피 먹지도 못한다고 악을 쓰고 싶었어요. 아일페사스는 자신의 뒤통수를 바라보는 이루릴의 시선을 본 것처럼 말했어요.

"용서할지 말지를 결정할 권리는 나에게도 있어. 나는 시에프리너 때문에 내 권리를 포기하진 않아. 나는 그들을 용서하지 않겠다고 결정했어."

"드래곤 레이디."

"그래. 나는 드래곤 레이디야. 그리고 이것은 드래곤에게 저질러진 폭력이야. 드래곤의 자존심 문제라고. 살해보다 더 끔찍한 폭력은 한 가지뿐이야. 자식을 살해하는 거지. 번식을 막는 거지! 그들이 드래곤에게 한 짓이 바로 그것이야. 번식을 통제당하면서 가만 있을 순 없어! 그 누구도 드래곤을 도축장의 칼날을 기다리는 돼지로 만들진 못해!"

이루릴은 말하고 싶었어요. 가치는 약속에서 나오는 것이지 위력에서 나오는 것이 아니라고. 하지만 그 말의 무게가 얼마이든 아일페사스의 닻이 되긴 어려울 것 같았죠. 이루릴은 왕지네에게 주의를 돌렸죠.

"왕지네. 조금 전의 그 말이 사실인가요? 정말 이 아이가 아버지 없이 태어났나요?"

절망감에 숨쉬기조차 힘들어하던 왕지네는 조금 후에야 대답할 수 있었어요.

"확실해요. 임신했다는 사실을 알게 되었을 때 왕비의 모습을 당신도 봤어야 해요. 왕을 지극히 사랑하는 왕비에게 그보다 더 큰 저주는 없었어요. 사실을 말해도 절대로 받아들여지지 않을 테니 그보다 더 억울할 수가 없잖아요. 제가 오히려 묻고 싶어요. 그건 시에프리너의 마법이나 저주 아니었어요? 솔베스를 탐색하는 것을 괘씸하게 여겨서……"

"시에프리너에겐 그럴 능력도 없거니와 그런 능력이 있다 해도 그런 일을 하진 않았을 거예요."

왕지네는 믿을 수 없다는 듯이 계속 질문했지만 이루릴은 고개를 가로저을 뿐이었습니다. 그러곤 왕자를 뚫어지게 바라보았어요. 왕자는 기분 좋은 것 같았습니다. 아직 상황 판단을 할 수 없어서 그런 것일지 모르지만 앙지는 격분한 시에프리니 잎에서도, 그리고 드래곤 레이디의 등에 실려서 하늘을 날고 있는 지금도 불만이라곤 조금도 보이지 않았어요. 곁에 어머니도 없는데 말이에요.

왕비를 생각한 이루릴은 다시 마음이 무거워지는 것을 느꼈어요. 왕지네의 말이 사실이라면 왕비의 최근 나날은 정말 끔찍했겠지요. 이루릴은 권총으로 자신의 머리를 쏜 왕비의 행동에 찬성할 순 없었지만 납득할 순 있었어요.

몇 시간 후 이루릴은 완전히 반대되는 생각을 떠올리게 되었어요. 그녀는 눈앞의 광경을 납득할 순 없지만 어쩐지 찬성하고 싶다고 느꼈지요. 아일페사스가 완전히 경악한 목소리로 외쳤어요.

"프로타이스?"

144

그날 저녁 무렵 바이서스 임펠의 하늘에서 벌어진 일은 시에프리너의 위업이라 해야 될 겁니다.

프로타이스가 온몸에 보석과 보물을 붙이고 다니는 건 허영심 때문이 아니라 보물을 보관할 레어를 만들지 않기 때문이죠. 자신을 보호할 수단을 강구하지 않는 그는 믿을 수 없을 만큼 강대한 드래곤이었어요. 지골레이드의 자랑스러운 딸 시에프리너였지만, 일반적인 상황이라면 그녀가 프로타이스를 상대로 우위를 차지할 가능성은 거의 없었지요. 그럼에도 불구하고 그날 저녁 시에프리너는 춤추는 성좌를 춤추는 유성우로 만들 기세였어요.

스스로 만들어낸 구름 속을 들락거리며 시에프리너는 그녀 자신이 벼락이 된 것처럼 프로타이스를 공격했습니다. 평범한 구름이라면 프로타이스에겐 아무 방해도 되지 않았겠지요. 하지만 벼락이 지글지글 끓고 있는 그 구름은 프로타이스의 관찰을 막고 접근을 불허했습니다. 프로타이스는 자신이 물 속에서 수중 생물과 싸우려 드는 인간 꼴이라는 것을 깨달았습니다. 힘이나 맷집이라는 말은 농담처럼 들리는 해파리도 물속에선 인간을 죽일 수 있지요. 시에프리너는 당연히 범고래나 백상어에 가까웠습니다. 프로타이스는 수도 없이 들이받히고 벼락에 직격당했습니다. 그 정도로 프로타이스를 죽일 수는 없었지만 시에프리너의 목적도 거기에 있지는 않았습니다.

어느 곳에서 나타날지 모르는 시에프리너를 경계하고 있던 프로타이스는 순간 소름끼치는 기분을 느꼈습니다. 원 내부에서 둘레와 가장 먼 곳은 어딜까요? 예. 당연히 중심이지요. 구름을 들락거리는 시에프리너를 경계하느라 프로타이스는 자신도 모르게 벼락의 소용돌이 한가운데 떠 있었습니다. 의도적으로 선택했다고 해도 그 지점을 고른 것은 합리적이겠지요. 하지만 프로타이스는 본능적으로 뭔가 잘못되었다는 것을 느꼈습니다. 솔베스나 이라무스에서 일어난 일을 아는 것도 아닌데도.

그 직감이 그로 하여금 기적을 일으키게 했습니다.

시에프리너는 바이서스 임펠에 쏟아 부을 벼락을 분화구 가운데 떠 있던 프로타이스에게 집중시켰습니다. 보고는 절대로 대처할 수 없었을 거예요. 프로타이스는 본능에게 자신을 넘겼고 그의 본능은 주저 없이 필요한 대처에 나섰습니다. 그리하여, 그 한가운데서 '세계에 금이 가는 바람에 다른 세계가 살짝 엿보였다.' 같은 일이 일어나도 이상할 것이 없는 위력적인 벼락이 사방에서 쏟아져 나왔을 때 프로타이스의 몸에 있던 보석들이 그 벼락을 굴절, 반사시켰습니다.

벼락의 높은 열 때문에 보통 보석으론 그런 일을 할 수 없습니다. 보석이 까맣게 타버릴 수도 있지요. 하지만 프로타이스가 엄선하여 몸에 붙이고 다니는 그 보석들은 보통 보석이 아니었습니다. 상당량의 보석이 후두둑 떨어져 내리긴 했지만 그건 벼락을 꽤 많이 튕겨낸 후의 일이었지요. 물론 그 일은 빛의 속도로 이루어졌어요. 그 때문에 구름 속에 숨어 있던 시에프리너는 자신이 무슨 일을 당하는지도 모르는 채 되돌아온 벼락에 직격 당했습니다. 벼락에 대해 대단한 내성을 가지고 있는 시에프리너였지만 그 일격엔 정신이 아득해질 수밖에 없었어요. 프로타이스에게 필요한 것은 그 짧은 허점뿐이었지요. 구름 속에서 비틀거리며 떨어지는 시에프리너에게 프로타이스는 보석을 흩뿌리며 매서운 충돌을 감행했습니다.

피와 비늘, 그리고 보석이 폭발했습니다. 프로타이스는 몇 번이나 충돌을 되풀이했고 그때마다 그런 폭발이 반복되었어요. 누군가에겐 심장이 멎을 만큼 아름다운 장면이었겠지요. 의식을 잃고 추락하는 시에프리너에게 프로타이스가 날아들었습니다.

그는 시에프리너의 목을 물었어요.

시에프리너를 쫓아 날아온 아일페사스와 이루릴, 왕자와 왕지네가 본 것이 바로 그 광경이었어요. 아직까지도 작렬하는 번개에 불타고 있는 구름 속에서 거대한 푸른 드래곤의 목을 문 채 하늘에 떠 있는 거대한 검은 드래곤이었지요. 아일페사스가 다시 노호했어요.

"프로타이스!"

프로타이스의 보석과 보물은 대부분 떨어져 나갔습니다. 하지

만 사방에서 번갯불이 칠 때마다 프로타이스의 새카만 몸은 검은 섬광으로 이루어진 드래곤인 양 번득였어요. 광활하다는 표현이 적절할 듯한 날개를 쫙 펼친 채 피투성이 드래곤의 목덜미를 물고 하늘에 떠 있는 그의 모습은 고대의 온갖 신비와 경이를 몸소 경험했던 이루릴에게도 숨이 막히는 모습이었습니다.

"프로타이스. 네가 기어코!"

드래곤 레이디는 참을 수 없었어요. 그날 하루 동안 일어난 일을. 드래곤의 알이 인간에게 깨어지더니 이제 그 어미가 드래곤에게 살해당했습니다. 물론 역사상 인간을 가장 많이 죽인 것이 인간이듯 드래곤을 가장 많이 죽인 것은 드래곤일 겁니다. 하지만 그럼에도 불구하고 아일페사스는 프로타이스를 용서할 수 없었습니다. 왜냐하면 그녀의 눈엔 프로타이스가 드래곤으로 보이지 않았거든요. 모든 보석과 보물이 떨어져나간 채 바이서스 임펠의 하늘 위에 떠 있는 그 시커먼 형상은 아일페사스의 눈에 바이서스 인이었습니다.

산사태 같은 굉음으로 도전을 선고한 아일페사스는 그대로 프로타이스에게 돌진하려 했습니다.

그때 요란한 천둥소리가 나더니 시에프리너의 머리가 홱 움직였습니다. 깜짝 놀란 아일페사스가 바라보는 가운데 시에프리너의 쫙 벌린 입이 프로타이스의 목으로 날아들었어요. 그녀의 날카로운 이빨이 프로타이스의 목에 박히는 순간 시에프리너는 그대로 벼락을 토해냈습니다.

시에프리너의 입과 프로타이스의 목 사이에서 벼락이 폭발했습니다. 서로 목을 문 드래곤의 잔영이 그대로 하늘에 박혀버렸어요. 아일페사스는 엉겁결에 눈을 감았지만 그 잔영은 사라지지 않았습니다. 혼란에 빠진 그녀에게 이루릴의 마음이 다가왔습니다.
 '죽인 것이 아니에요. 추락하지 않도록 붙들고 있었던 거예요.'
 '뭐?'
 '붙잡고 있었다고요.'
 '이런 맙소사…… 안 돼! 시에프리너. 하지 마!'
 눈을 뜬 아일페사스는 정말 놀라운 광경을 보게 되었습니다.
 그녀의 머릿속에 떠오른 건 독액을 주입하는 독사였죠. 시에프리너는 강철 덫처럼 프로타이스의 목을 문 채 그를 벼락으로 채우겠다는 듯이 계속해서 그의 상처 속으로 벼락을 쑤셔 넣었어요. 하지만 아일페사스를 놀라게 한 건 그 참혹한 공격이 아니었습니다. 보는 쪽이 통증을 느낄 만큼 끔찍한 공격을 당하면서도 시에프리너를 문 입을 벌리지 않는 프로타이스의 모습이었지요.
 프로타이스는 움직이기 시작했습니다.
 분노에 눈이 먼 드래곤이 목을 꽉 깨문 채 연속적으로 벼락을 폭발시키고 있는데도 프로타이스는 거침없이 날개를 움직였습니다. 그것은 날갯짓이라기보다 몸부림이었고 그것은 비행이라기보다 앞을 향한 추락 같았지만, 그 전진 자체는 흔들림이 없었습니다. 정신을 수습한 아일페사스는 억지로라도 시에프리너를 떼어내야겠다고 생각했습니다. 하지만 이미 아슬아슬한 비행이었습니다. 자칫 잘못하여 아일페사스까지 엉킬 경우 파멸적인 결과가 일어날 것은 자명했습니다. 어쩔 수 없이 아일페사스는 시에프리너의 정신에 다가섰습니다. '하지 마, 하지 마, 하지 마!' 하지만 시에프리너의 정신은 벼락의 격류였어요. 아일페사스가 애타게 던진 제지의 말들은 순식간에 급류에 휩쓸려 불타버렸지요.

프로타이스가 바이서스 임펠의 상공에서 멀찌감치 떨어질 때까지 아일페사스는 아무것도 할 수 없었습니다.

온힘을 다해 시에프리너의 추락에 저항하던 프로타이스가 서서히 내려앉았습니다. 추락이라 불릴 여지를 조금도 주지 않겠다는 듯한 완만한 하강이었지요.

바이서스 임펠에서 한참 떨어진 곳에 내려앉은 프로타이스는 그제야 시에프리너의 목을 문 입을 벌렸습니다. 시에프리너도 프로타이스의 목을 놓고 흙파도를 일으키며 물러났지요. 프로타이스는 머리를 축 늘어뜨려 턱을 땅에 대었습니다. 그 눈엔 장난기 같기도 하고 비웃음 같기도 한 빛이 떠돌았습니다. 프로타이스가 말했어요.

"추락하지 마. 당신도 깨질라."

프로타이스는 그대로 졸도했습니다. 장대한 졸도였어요.

아일페사스는 쿠궁 하는 소리를 내며 기절한 프로타이스 앞에 내려섰습니다. 프로타이스와 정반대로 그건 추락이라 칭해도 모자람이 없는 착지였지요. 이루릴이 왕지네의 허리를 붙잡고 뛰어오르지 않았다면 왕지네는 그대로 굴러 떨어져 목이 부러졌을 거예요. 이루릴은 바람의 정령들에게 부축 받으며 서서히 땅에 내려섰어요.

아일페사스는 몸으로 프로타이스를 가리듯 하며 간곡한 눈길로 시에프리너를 보았어요.

"시에프리너."

돌아온 대답은 적의에 찬 으르렁거림이었습니다. 푸른 드래곤은 피가 줄줄 흘러내리는 눈으로 드래곤 레이디를 쏘아보았어요. 그 눈에 지성이라곤 찾아볼 수 없었죠. 아일페사스의 눈에서 눈물이 왈칵 쏟아져 나왔어요.

"깨졌어?"

시에프리너는 자신의 앞발을 물어뜯고 꼬리로 땅을 때렸어요. 번개 섞인 흙먼지가 튀어 오르고 땅이 쿵쿵 울렸습니다. 이루릴의 등 뒤에서 왕지네는 왕자를 꼭 껴안은 채 와들와들 떨었어요. 제발 그곳에서 멀어지고 싶다고 생각하면서도 그녀는 이루릴을 밀치고 앞으로 나가 시에프리너를 얼싸안고 싶었어요. 발가락 하나를 잡을 수 있을지나 의심스럽긴 했지만. 아니, 그 전에 짓눌린 벌레처럼 꽉 터져 죽을 것 같지만.

아일페사스가 눈물을 줄줄 흘리며 말했어요.

"네가…… 네가……"

시에프리너가 벼락을 내뿜었습니다. 명중당한 아일페사스의 황금빛 몸이 환하게 빛났어요. 아일페사스는 물러나지 않았고 반격을 시도하지도 않았어요. 시에프리너가 두 번째, 세 번째 벼락을 내뿜었을 때도 아일페사스는 꼼짝도 하지 않았지요. 시에프리너는 견딜 수 없다는 듯 하늘을 향해 벼락을 토했습니다. 그 모습을 보며 아일페사스는 울며 이를 갈았습니다. 이루릴이 외쳤습니다.

"시에프리너!"

시에프리너는 이루릴의 말을 듣지도 못했습니다. 이루릴은 입술을 깨물었어요.

"드래곤 레이디. 그녀를 어떻게 좀 해봐요."

"그녀? 시에프리너는 없어졌어."

"펫시!"

아일페사스는 뒤로 한 걸음 물러났습니다. 한 걸음일 뿐이었지만 그건 드래곤의 한 걸음이었고 심리적인 후퇴는 더 컸어요. 이루릴의 얼굴이 창백해졌죠.

"저건 시에프리너가 아냐. 바이서스의 재앙이지."

"내버려둘 건가요?"

"이 상황의 이해 당사자는 저것과 바이서스야. 나와는 관계가 없어. 바이서스가 알아서 할 일이야. 물론 바이서스는 시간을 잘 쪼개 써야 할 거야."

"예?"

"나도 바이서스에 용무가 있으니까."

드래곤 레이디가 몸을 돌렸습니다. 혼절한 프로타이스를 잠시 쳐다보던 아일페사스는 다시 시선을 옮겨 천년의 고도를 보았습니다. 밤이 되면 그 위쪽의 하늘이 부옇게 변할 정도로 빛나던 대도시였지만 지금 그곳의 모습은 바이서스 임펠에서 태어나 자란 이도 못 알아볼 정도였어요. 하늘이 빛나긴 했지만 그건 작렬하는 벼락 때문이었지요. 반면 도시는 하얗게 발광하는 밤하늘을 배경으로 떠오르는 검은 실루엣이었습니다. 배전망이 다 망가진 것이 분명했어요. 그 때문에 바이서스 임펠은 천 년된 폐허처럼 보였지요. 아일페사스는 쿠웅 쿠웅 소리를 내며 그곳을 향해 걷기 시작했습니다.

이루릴은 어떻게 해야 할지 알 수 없었습니다. 시에프리니는 무너지고 있었어요. 프로타이스는 기절했고요. 아일페사스는 드래곤 로드의 귀환이라 해도 상관없을 기세로 바이서스 임펠을 향해 걷고 있었습니다. 그녀는 자신을 어디로 보내야 할지 알 수 없었어요.
 '어느 쪽을?'
 그 질문에 이루릴은 말로 설명하기 힘든 오싹함을 느꼈습니다. 자신이 왜 그러는지 알지 못한 채 이루릴은 어느 드래곤도 아닌 하늘을 보았어요.
 시에프리너는 다시 벼락을 토해냈습니다.
 프로타이스는 꼼짝도 하지 못했어요.
 아일페사스는 한 걸음 더 내디뎠죠.
 그리고 고함 소리가 들려왔습니다.
 "집어치워!"

 시에프리너는 벼락을 삼켰습니다. 프로타이스는 눈을 가늘게 떴습니다. 그리고 아일페사스는 걸음을 멈추고 뒤를 돌아보았어요. 세 드래곤의 시선은 한 곳에 모였습니다.
 그곳엔 왕지네가 헐떡거리며 서 있었어요.
 "뇌에 때 낀 드래곤들 같으니. 제발 그만둬."

 품 안에 왕자를 안은 채 왕지네는 모든 드래곤의 후원자를, 레어를 필요로 하지 않는 드래곤을, 그리고 자식을 잃은 드래곤을 번갈아 쳐다보았어요. 당연히 그 시선의 각도는 산이나 구름을 살피는 것과 비슷했습니다. 왕지네는 왕자를 안은 팔에 힘이 들어가려는 것을 애써 억눌렀습니다.

"어떤 드래곤이 있었어. 당신들의 가족이나 친구, 혹은 적수가 될 수도 있었던 드래곤이. 이젠 영영 태어나지 못하게 되었지만."

아일페사스는 긴장했습니다. 왕지네가 다시 입을 열기까진 적지 않은 시간이 걸렸지요.

"그래서 당신들은 피를, 눈물을, 보석을 떨어트렸어."

왕지네는 숨을 몇 번 몰아쉬고는 다시 말을 이었습니다.

"그렇잖아?"

아일페사스는 한숨을 쉬고 싶었어요. 왕지네는 자신의 속에 담겨 있는 것들을 제대로 내놓지 못해 애먹고 있었습니다. 프로타이스가 턱을 바닥에 댄 채 중얼거렸어요.

"그래서?"

"몰라. 모르겠어. 그러지 말라고 윽박지르는 것도, 대신 찾아가서 울린 녀석들 때려주는 것도 괜찮긴 한데, 그것뿐이야? 당신들은 드래곤이잖아. 바보 아니잖아."

"그녀도."

"응?"

프로타이스는 여전히 땅에 엎드린 채 형형한 눈만 움직여 시에프리너를 쳐다보았습니다. 시에프리너는 똑바로 앉아 왕지네를 보고 있었어요. 프로티이스기 말했어요.

"그녀도 드래곤이야."

시에프리너가 몸을 움직였습니다. 아일페사스는 그녀의 얼굴에 떠오른 의아함을 읽을 수 있었어요. 동시에 그 몸짓에는 간절함도 담겨 있었지요. 왕지네는 뒤로 물러날 듯 허리를 당기다가 멈췄어요. 그녀는 다가오는 시에프리너를 똑바로 쳐다보았습니다. 시에프리너가 머리를 낮추었어요.

"내 아들이 죽었어."

아일페사스는 한숨을 내쉬었습니다. 동시에 커다란 놀라움에 눈을 치떴죠.

프로타이스는 어땠는지 모르지만 아일페사스가 기다렸던 것은, 그리고 짐승의 언어로 외치는 시에프리너를 보며 포기했던 것은 그것이었습니다. 듣는 것은 고귀한 활동이지요. 하지만 그건 자체만으로는 완벽하지 않아요. 왜냐하면 말을 해야만 들을 수 있기 때문이지요. 아일페사스가 이곳까지 쉬지도 않고 날아온 것은 그녀의 말을 듣기 위해서였어요. 하지만 시에프리너는 벼락과 포효를 뿜어낼 뿐 말은 하지 않았죠. 그 때문에 아일페사스는 포기한 상태였습니다.

그 포기는 성급한 것이었어요. 프로타이스의 지적처럼 그녀도 드래곤이니까요. 아일페사스가 보기에 시에프리너의 입에서 나온 것은 그날 바이서스를 때렸던 그 어떤 벼락보다 뜨겁고 강력한 말이었지요. 시에프리너가 그런 것을 할 수 있었다는 것 자체가 놀라운 일이었지요. 그녀가 선택한 상대가 왕지네라는 사실에 불안을 느끼며 아일페사스는 왕지네를 주시했습니다. 왕지네가 말했어요.

"이름이 뭐야?"

"아이 아빠가 잠에서 깨어나면 의논해서 정할 생각이었어. 생각해 둔 건 있는데……"

아일페사스는 안도감에 머리가 약간 멍해졌습니다. 그런 기분을 느꼈을 때 아일페사스는 항상 공유하는 상대가 있었지요. 그녀는 이루릴을 쳐다보았습니다.

아일페사스는 놀랐어요. 이루릴의 얼굴은 딱딱하게 굳어 있었지요. 거대한 충격이 그녀를 붙잡고 있는 것이 분명했어요. 아일페사스는 급히 시선으로 그녀를 두드렸습니다. 오랜 친구의 마음이 다가오는 것을 느낀 이루릴이 그녀를 돌아보았어요.

아일페사스도 커다란 경악을 느꼈어요. 역시 그녀들은 오랜 친구였습니다.

149

그녀와 그녀가 이야기를 하고 있네요.

그래.

하지만, 그녀들만 있는 것은 아니에요.

그렇지.

단지 그녀들 사이에 있을 뿐 아무 일도 하지 않는 이가 있어요.

아무 일도 하지 않아. 그냥 거기에 있군.

나는 그런 이들을 알아요.

드래곤 레이디 아일페사스도 그런 이들을 알고 있었습니다. 그들은 인간과 드래곤 사이에 서고 그것 외엔 아무 일도 하지 않습니다. 하지만 그들이 있기에 드래곤과 인간은 대화를 할 수도 있지요. 마음 더듬이가 긴 인간과 상처 입은 드래곤처럼 서로가 서로에게 다가서고 싶어하는 두 개체가 있을 때 그들의 존재는 불가결입니다.

그들은 드래곤 라자라고 불렸습니다.

아일페사스는 왕지네의 품에 안겨 있는 왕자를 한없는 놀라움으로 바라보았습니다.

150

시에프리너는 슬퍼하고 괴로워했습니다. 왕지네는 조용히 듣고 때론 위로했어요. 그 모습을 보며 이루릴은 시에프리너의 슬픔이라는 강이 왕지네라는 호수로 흘러들어가는 듯하다고 생각했어요.

시에프리너가 슬픔을 이겨냈다고 하면 거짓말이겠지요. 백 년도 채 살지 못하는 인간이라 해도 그런 일을 겪는다면 몇 년 동안, 심지어 평생 동안 폐인이 될 수도 있어요. 짧은 인생을 언제까지나 슬퍼하며 보낼 수는 없음을 스스로 깨닫는 이들은 행운아입니다. 반면 시에프리너는 인간이 보기엔 영원처럼 느껴지는 시간 동안 슬퍼할 수 있지요. 그리고 틀림없이 그럴 겁니다. 하지만 그녀는 이제 슬픔 외에 다른 것도 있다는 것을 느낄 수 있었습니다. 해가 뜨고 지고 바람은 불겠지요. 내일을 향해 달려가던 이들이 죽을 테고 그 자리를 어제가 없는 이들이 메우겠지요. 그녀의 아들이 결코 살아볼 수 없었던 그 세상을, 그녀는 살아갈 겁니다.

이루릴은 이제 시에프리너에게 필요한 것은 한 가지뿐이라고 생각했습니다. 하지만 그걸 제공할 방법이 떠오르지 않았지요.

그것은 완전히 예상할 수 없는 방식으로 찾아왔습니다. 시에프리너가 끌어온 구름이 흩어지고 천둥소리가 잦아들던 무렵, 이루릴이 앞으로 수백 년이 지나도 여전히 놀라워할 거라 확신한 일이 일어났어요.

발단은 평범하면서도 약간 당혹스러웠습니다. 왕자가 울음을 터뜨렸죠. 그건 아기에겐 당연한 일이지만 그날 밤 바이서스 임펠 교외에서는 상당히 위화감 느껴지는 것이었습니다. 같은 종족이었기에 그나마 권위자라 할 수 있는 왕지네는 아기가 배가 고픈 것 같다는, 스스로도 확신하지 못하는 판단을 내렸어요. 하루에 몇 번이라도 먹어야 하는 아기가 그제야 배고파한다는 것은 사실 꽤 기이한 일이었어요. 해결 방법은 급히 바이서스 임펠로 가는 것이었지요. 하지만 왕지네는 시에프리너를 거기 놔두고 가는 것이 내키지 않았어요.

한편 아기가 계속 자신의 존재를 드러내는 것은 다른 의미에서 좋지 않았어요. 어쨌든 왕자는 명목상으론 시에프리너의 알을 쏜 자의 아들이었으니까요. 시에프리너의 신경을 건드릴 위험이 있었지요. 그때 프로타이스가 여자가 넷이나 있는데 배고픈 아기 하나 해결 못하냐는 데퉁스러운 소리를 지껄였습니다. 왕지네와 비슷한 고민을 하던 아일페사스가 그만 화를 냈죠.

"이 인간이 자식을 낳았냐! 그래야 젖이 나올 거 아냐!"

"여기엔 자식 낳은 여자도 있잖습니까."

무슨 소린가 이해를 못했던 아일페사스는 다음 순간 턱이 빠진 채 프로타이스를 쳐다보았어요. 프로타이스는 당신 소매에 뭐 묻었다고 말하듯이 태평하게 말했습니다.

"그러고 보니 그게 궁금했습니다. 드래곤은 젖먹이 동물이 아니지요. 하지만 변신하면 젖먹이 동물이 하는 짓도 대부분 다 할 수 있지요. 산란한 드래곤이 인간으로 변신하면 젖이 나올까요?"

시에프리너는 격분할 수조차 없었습니다. 너무도 기가 막혀서요. 그녀가 가까스로 화를 낼 수 있게 된 건 아일페사스가 생각에 잠긴 얼굴로 그녀를 지그시 바라보기 시작할 때였어요.
"드래곤 레이디!"
"절대 안 돼?"
"절대 안 돼요!"
"안 나오면 주고 싶어도 못주겠네. 인간으로 변신해 봐. 젖이 안 난다는 것 보여줘."
"어디서 삼류 사기꾼이나 쓸 수법을 쓰세요?"
"좀 그렇지?"
"설령 나온다 해도 어떻게 그런 짓을 한 인간의 아들에게!"
아일페사스가 기다리던 말이었어요.
"이 아이는 왕의 아들이 아니야."
시에프리너는 깜짝 놀랐어요. 아일페사스는 지체 없이 왕지네에게 들었던 말을 들려주었죠. 왕이 왜 그렇게 자기 파멸적인 양태를 보이게 된 것인지, 왕자를 주겠다는 그의 마지막 말이 무슨 뜻인지에 대한 자신의 해석도 덧붙여서. 아일페사스가 느꼈던 것과 비슷한 동정심을 느끼며 시에프리너는 혼란에 빠졌습니다. 그런 시에프리너에게 아일페사스는 마지막 타격을 날렸습니다.
"어쩌면 이 아이는 드래곤 라자인지도 몰라."

프로타이스가 놀란 얼굴로 드래곤 레이디를 보았습니다. 물론 그의 경악은 시에프리너의 경악에는 비교할 수도 없었지만.
"뭐라고요? 거짓말이에요!"
"여기서 그 옛날의 드래곤 라자를 직접 본 건 나와 루리뿐이야. 나나 루리가 틀렸을지도 모르지만 그걸 너에게 확인받는 건 사양하겠어. 만약 이 아이가 드래곤 라자가 맞다면 드래곤도 이 아이에게 관심을 두어야 해. 그러려면 이 아이가 제대로 자라긴 해야지. 지금 바이서스 임펠에 가서 젖동냥을 하는 건 어려워. 겁에 질려 정신 나간 것들에게 총이나 맞지 않으면 다행이겠지. 그렇게 되면 이 아기가 위험해. 나는 쉬운 길 놔두고 멀리 돌아가진 않겠어. 변신해. 이건 모든 드래곤의 조언자이자 후원자인 나 드래곤 레이디가 드래곤 라자일지도 모르는 자를 대신해서 하는 요구야."

더 참을 수 없었던 시에프리너는 도망쳐야겠다고 생각했습니다. 하지만 그러자마자 시에프리너는 경악스러운 광경을 보게 되었어요. 마치 그녀의 생각을 읽은 것처럼 프로타이스와 아일페사스가 동시에 그녀의 앞뒤를 가로막았습니다. 완전히 노골적이지는 않았지만 의미는 충분히 이해할 수 있을 정도의 거리를 두고.

그건 드래곤의 기준에서도, 아니, 신들의 기준을 잠시 빌린다 해도 실로 엄청난 장애물이었지요. 시에프리너는 어떤 저항도 무의미하리라는 것을 직감적으로 확신할 수 있었습니다. 그녀는 절망과 분노로 고함을 질렀어요. 그녀는 항의하고 저주하고 위협했어요.

그러다가 그녀는 울음을 터뜨렸습니다.

이루릴은 박수라도 치고 싶었습니다.

시에프리너는 울면서 절대로 그럴 수 없다고 반복해서 외쳤습니다. 왕지네도 그녀의 편을 들어 그런 무리한 요구를 하지 말라고 화를 냈죠. 하지만 아일페사스와 프로타이스는 시에프리너의 공격 본능을 자극하지 않을 거리를 참을성 있게 유지한 채 꿈쩍도 하지 않았습니다. 시에프리너는 계속해서 울다가 마침내 침묵해 버렸어요. 그 동안에도 왕자는 간헐적으로 계속 울었습니다.

시에프리너가 인간이었다면 이루릴을 완전히 경악시킨 사건은 벌어지지 않았을 겁니다. 프로타이스의 말처럼 드래곤은 젖먹이동물이 아니지요. 제아무리 지혜로운 드래곤이지만 체험하지 않은 일에 대한 감각적 반응을 예상하긴 쉽지 않습니다. 한 마디로 시에프리너는 젖을 먹인다는 것이 어떤 일인지 알지 못했습니다. 알지 못하는 일에 대해선 감각적 거부감을 느끼기도 어려웠지요. 시에프리너가 계속 표시해 온 거부감은 사변적인 것이었지요. 그런 것은 본능적, 무의식적 거부감 같은 것과 달리 의식적으로 극복하는 것이 상대적으로 쉽지요. (그걸 자기 합리화라고 하죠.) 다시 말하지만, 시에프리너가 인간 여자였다면 아일페사스는 고문이나 살해 협박, 심지어 마법으로도 요구를 관철시키기 어려웠을지도 몰라요. 하지만 시에프리너는 젖을 먹이는 일이 뭔지 모르는 드래곤이었지요.

왕자가 다시 거센 울음을 토했을 때 시에프리너가 아무런 예고도 없이 변신했습니다.

그녀를 본 드래곤과 인간, 엘프는 놀랐지만 정작 가장 놀란 것은 시에프리너 자신이었습니다. 그녀는 두려움 섞인 눈으로 자신의 손을 내려다보았어요. 한편 이루릴은 자신이 깨달은 사실을 내색하지 않으려 애썼습니다. 인간으로 변한 시에프리너의 모습은 왕비와 비슷했어요. 닮았다고는 할 수 없지만 인상이 비슷했어요. 그녀는 왕자가 선호할 모습을 무의식적으로 선택한 것일까요?

"시에프리너."

왕지네가 당장이라도 울음을 터뜨릴 것 같은 눈으로 시에프리너를 보았습니다. 그녀가 마주보자 왕지네는 희미하게 고개를 가로저었습니다. 그것보단 더 적극적인 반대의 의사를 표시하고 싶었지만 왕지네는 거의 하루에 걸쳐 안고 있던 아기의 체온을 무시하기도 힘들었지요.

시에프리너는 원망스러운 눈으로 아일페사스와 프로타이스를 올려다보았습니다. 둘 다 시선을 회피하진 않았어요. 아일페사스는 권위를 담아, 그리고 프로타이스는 반항심을 담아 그녀를 마주볼 뿐이었지요. 다시 아기가 울음을 터뜨렸습니다. 기운이 빠진 쇠약한 울음이었지요.

너무도 길게 느껴져서 몇 개의 계절로 나눠볼 수도 있을 것 같은 순간이 흐른 후 시에프리너는 비틀비틀 걸었습니다.

그녀와 왕지네 모두 제정신이 아닌 것 같은 얼굴로 왕자를 건네받고 건네주었습니다. 시에프리너가 왕자를 안은 모습은 가관이었습니다. 짐보따리를 안은 것 같았지요. 시에프리너는 그대로 왕자를 가슴에 대고 눌렀습니다. 옷 위였지요. 왕지네가 신경질적인 웃음소리를 내더니 다시 울상이 되었습니다. 그녀가 손을 뻗어 시에프리너의 옷을 풀어헤쳤어요. 시에프리너는 '아, 그렇구나.' 하듯이 멍하니 고개를 끄덕였어요.

그녀의 맨가슴에 왕자의 얼굴이 닿았지요. 시에프리너가 전율했어요. 그녀는 거칠지는 않았지만 마구잡이에 가까운 방식으로 왕자의 얼굴을 가슴에 대고 문질렀어요. 다행히 왕자는 자신이 해야 할 일을 잘 알고 있었지요. 그런 비협조적인 환경에서도 왕자는 드래곤의 젖꼭지를 정확히 물었습니다.

무너지려는 시에프리너를 재빨리 부축한 건 이루릴이었어요. 시에프리너는 고개를 돌려 이루릴을 보며 헐떡였습니다. 이루릴은 차분히 그녀를 부축하여 바닥에 앉게 해주었어요. 시에프리너는 눈을 질끈 감았습니다. 왕자의 볼은 꿈틀거렸습니다. 시에프리너가 폐에서 말을 긁어내듯이 말했어요.

"이건……"

그리고 시에프리너는 아무 말도 하지 않았습니다.

---152---

바이서스 임펠에 새 날이 찾아왔습니다. 비록 태양은 안개를 적당히 떼어 뭉친 다음 하늘에 던져둔 것 같았고 공포를 과음한 바이서스 임펠 시민들은 그 숙취에 시달리느라 우리 남은 생애의 첫째 날 같은 감상적인 생각은 떠올리지도 못할 상태였지만요. 결과적으로 바이서스 임펠에 찾아온 새 날은 상당히 쌀쌀맞은 대접을 받게 되었지요.

그날 오후 바이서스 임펠에 나타난 여인 또한 처음엔 그리 주목받지 못했습니다. 하지만 오랫동안 그러진 않았지요. 매일 찾아오는 '새 날'과는 비교할 수 없는 여인이었거든요. 그녀가 바이서스 임펠에 나타나고나서 채 반 시간도 되기 전에 그녀 주위엔 사람들이 구름처럼 몰려들었습니다.

몰려든 인파가 본 것은 아기를 안고 있는 엘프 여인이었어요. 금발에 훤칠한 키, 약간 구식으로 느껴지지만 촌스럽다고 말하긴 어려운 옷차림이었지요. 그런 모순적인 인상은 낯섦 때문일 거예요. 여인의 옷차림은 인간이 만든 것이 맞는지 의심스러운 선들을 가지고 있었지요. 하지만 엘프라는 것이나 그 옷차림보다 더 놀라운 건 그 여인의 끔찍할 정도의 존재감과 그에 수반된 압박감이었습니다. 혼자인데다 아기까지 안고 있어서 물리적으로 말하면 두 팔이 봉쇄된 모습이었지만 그 누구도 여인에게 40큐빗 이상 가까이 다가가지 못했습니다. 그리고 군중의 가장 앞쪽에 있는 이들은 자신이 평생 최고의 모험을 하고 있다고 느끼고 있었어요. 처음으로 이성의 맨살에 손을 대었던 때와도 비교하기 힘들 정도였죠.

여인은 몰려든 인파에 아무 관심을 보내지 않은 채 자기 걸음에만 집중했습니다. 그리고 그 걸음에 따라 여인을 중심으로 한 원형 무인지대도 똑같은 속도로 움직였지요. 사람들은 외국의 여왕이나 왕비, 혹은 어떤 종단의 비밀스러운 최고위 사제가 분명하다는 이야기를 나누었어요. 그들이 느끼고 있는 그 이유 모를 압박감은 잘 설명하는 이론이었지만 상식적으론 말이 안 되는 소리였지요. 그런 이들이 수행원 하나 없이 그렇게 걸어갈 리는 없으니까요. 결과적으로 득세한 것은 여인이 변장한 여신이라는 이론이었습니다. 사람들은 변변찮은 신학 지식을 총동원해서 아기를 안은 모습으로 표현되는 여신이 누군가 고민해봤어요. 바이서스 임펠 시민들에겐 실망스러운 일이지만 그런 여신은 없었어요. 그건 그냥 아기를 안고 걸어가는 엘프 여인에 불과했을지도 몰라요. 하지만 바이서스 임펠 시민들은 만일 그렇다면 그건 그들이 그래야 한다고 믿는 세상에 대한 터무니없는 모욕이라고 생각했어요.

여인은 중앙광장에서 걸음을 멈췄습니다. 광장 한가운데서 여인은 뭔가를 찾듯 주위를 둘러보았어요.

그때 사람들 사이에서 한 인간 여자가 걸어 나왔습니다.

엘프를 향해 걸어가는 여자의 표정은 심상치 않았죠. 그녀는 의혹에 차서 엘프를 보다가 엘프와 눈이 마주치면 고개를 홱 돌리곤 했죠. 그러곤 자기를 어떻게 해달라는 듯 비참하게 사람들을 둘러보았어요. 도망치고 싶은 것이 분명했죠. 하지만 그건 꿈에도 생각할 수 없는 일인 것 같았어요. 그 증거로 여자의 걸음은 전혀 느려지지 않았죠. 마침내 엘프 앞에 도착한 인간이 말했습니다.

"새벽 꿈에서…… 제발. 전 미치지 않았습니다. 그런데…… 저를 부르신 분이…… 당신 맞습니까?"

사람들은 숨을 급히 들이마셨어요. 아기를 안고 있던 여자가 대답했습니다.

"네가 궁정마법사라면. 그렇다. 내가 불렀다."

걸어나온 여자는 안도하면서 동시에 항의하고 싶었어요. 마법이라는 것 자체가 사라진 현대에 그것은 어디까지나 명예직, 아니, 그냥 수식어에 불과했지요. 여자의 실제 직무는 궁성 경호실장이었어요. 하지만 엘프는 항의할 틈을 주지 않았어요. 그녀는 그대로 아기를 내밀었지요. 경호실장은 무의식적으로 아기를 받아들었습니다. 그녀의 귀에 청천벽력 같은 소리가 들려왔어요.

"바이서스의 왕자다. 데려가라."

경호실장이 권총을 뽑지 않은 건 왕자를 한 팔로 지탱하는 위험을 감히 무릅쓸 수 없었기 때문이죠. 경호실장은 경기를 일으킬 듯한 모습으로 왕자와 엘프를 번갈아 쳐다보았어요. 하지만 엘프는 이미 그녀나 왕자를 보고 있지 않았죠. 바이서스 임펠에 들어선 이후 처음으로 엘프는 주위 사람들을 쳐다보았어요. 그녀가 말했습니다.

"나는 드래곤 레이디 아일페사스다."

"최근 너희들은 누가 말했는지 아무도 모르기 때문에 결과적으로 아무도 책임지지 않는 예언을 떠받들어 시에프리너를 공격했다. 그런 일을 하기 전에 먹이를 주지도 않으니 가축보다 못한 취급이라 해야 할 것이다. 그 공격의 결과로 시에프리너는 알을 잃었다. 모든 드래곤의 조언자이자 후원자로서 나는 이 결과를 순순히 수용할 수 없다."

사람들의 얼굴에서 핏기가 사라졌습니다. 어딘가에선 오줌 냄새도 나는 것 같았어요.

"나는 너희들이 기대할 자격도 없으면서 제멋대로 기대하는 관대한 적 같은 것은 아니다. 너희들은 적이 약할 땐 그들이 악하길 바라고 적이 강할 땐 그들이 관대하길 바란다. 유치하다. 전망에 대한 고찰 없이 드래곤에게 감행한 너희들의 공격에 대한 내 대답은 이것이다. 바이서스는 인육에 값이 매겨질 때까지 식량 생산을 통제당할 것이다. 그리고 그런 후에야 통제를 거둬달라는 요청을 할 권리가 주어질 것이다. 바이서스 인이 있는 곳이라면 어디든 그러할 것이다."

공포에 빠지면 판단력이 빨라지는 부류의 사람들은 드래곤 레이디의 말이 다른 나라에 보내는 경고라는 것을 깨달을 수 있었지요. 바이서스의 유민을 받아들이면 똑같은 취급을 받게 될 거라는 뜻이니까요. 결과적으로 그들은 바이서스에 갇힌 채 굶주려야 할 겁니다. 영유아와 고령자가 받을 타격은 상상하기도 끔찍할 테지요.

잘 알려져 있지만 비명을 지르는 건 상당히 담력을 필요로 하는 일입니다. 그곳에는 비명을 질러서 드래곤 레이디의 주의를 끌 만큼 용감한 이는 없었습니다. 어쩌면 모두들 정신적으로 사망 상태였기 때문에 비명을 지를 수 없었던 것인지도 모르지요. 고요 속에서 드래곤 레이디가 계속 말했습니다.

"너희들에게 주어진 그 하나의 권리를 행사하고 싶다면 너희들의 지배자가 될 저 왕자를 잘 보호해야 할 것이다. 나는 너희들의 왕자가 드래곤 라자일 가능성이 높다고 믿는다. 바이서스 인에게 드래곤 라자가 무엇인지 설명할 필요는 없겠지. 왕자를 통하지 않고서는 너희들은 애원조차 할 수 없을 것이다."

시민들은 얼빠진 눈으로 경호실장에게 안겨 있는 왕자를 쳐다보았습니다. 덕분에 경호실장은 진짜 마법사가 된 듯한 기분을 잠깐 느꼈지요. 이성의 대부분은 다른 이들과 마찬가지로 공포에 마비된 상태였지만.

갑자기 아일페사스의 음색이 바뀌었어요. 그건 선고가 아니라 토로 같았지요.

"드래곤이…… 알을 잃었다."

그 음색에 담겨 있는 슬픔과 분노감에 사람들은 정신을 잃을 것 같았습니다. 예. 그들은 드래곤 레이디의 상실감을 느낄 수 있었습니다. 훗날 어떤 이들은 그곳에 드래곤 라자가 있었기에 바이서스 임펠 시민들이 그런 감정을 느낄 수 있었다고 말하기도 했지요.

"……그리고 너희들은 역사에 기록될 최악의 고통을 겪게 될 것이다. 이 관계를 계속 유지하는 것이 두렵지는 않지만 달갑지도 않다. 그래서 나는 너희들에게 왕자를 반환한다. 이제 너희들의 선택이 남았다. 왕자를 무엇으로 만들 것인가? 복수의 기치로 삼을 것인가, 대화의 탁자로 삼을 것인가? 둘 다 가능하다. 왕자가 왕의 아들이며 드래곤 라자라면. 선택하고, 책임을 져라. 드래곤은 기다릴 것이다."

말을 끝낸 아일페사스가 위로 훌쩍 솟아올랐습니다. 황금빛의 거대한 드래곤이 사람들의 머리 위에 나타났지요. 사람들은 그제야 비명을 지르며 주저앉거나 땅에 엎드렸습니다. 드래곤 레이디는 바람을 모질게 때리며 솟아올랐어요. 삽시간에 까마득히 날아오른 드래곤 레이디는 바이서스 임펠의 하늘을 두어 번 선회하고는 그대로 북쪽을 향해 날아갔습니다.

뒤늦게 정신을 차린 경호실장이 용기를 내어 권총을 뽑아들었습니다. 하지만 사람들은 그녀에게 감히 다가올 엄두도 내지 못했어요. 그 고요 속에서 갑자기 왕자가 울음을 터뜨렸을 때 그곳에 있던 이들은 모두 가슴이 철렁하는 기분을 느꼈죠. 경호실장은 황망히 왕자를 내려다보았습니다.

왕자는 북쪽 하늘을 향해 울고 있었어요. 드래곤 레이디가 떠나는 것이 싫다는 듯이.

154

"바이서스를 떠돌던 그 예언 말이야. 기억하지?"

"그의 어머니는 가장 높이 날 것이다. 그의 누이는 가장 뜨거운 불을 뿜을 것이디. 그의 딸은 천 년 동안 세계를 제패할 것이다. 그리고 그는 바이서스를 파멸시킬 것이다."

"응. 그 예언에서 말하는 그 말인데, 혹시 왕자 아닐까? 시에프리너의 양자인 셈이니까 왕자는 가장 높이 나는 여인의 아들인 셈이지. 그리고 왕자는 바이서스를 파멸시켰어. 바이서스 왕가 말이야. 왕비의 주장이 맞다면 왕자는 루트에리노 바이서스의 후예가 아니잖아. 그러니 바이서스 왕가는 시에프리너의 레어에서 죽은 마지막 왕을 끝으로 사실상 끝장난 거지. 그리고 만약 그의 딸이라는 것이 나라로서의 바이서스를 가리킨다면…… 모국이니 하면서 국가는 흔히 여성형으로 불리잖아. 그렇다면……"

"앞으로 천 년 동안 바이서스가 세상을 제패한단 말이군요. 드래곤 라자의 혈통이 부활함으로써."

"그래. 맞아 들어가는 것 같지 않아? 그렇다면 가장 뜨거운 불을 뿜는다는 누이는 누구지?"

"깨진 알."

"뭐?"

"예언 때문에 시에프리너를 포함하여 모두들 그 알이 아들이 될 거라 생각했죠. 하지만 예언에서 말하는 그가 왕자라면 그 알은 딸이 될 예정이었을지도 몰라요. 그렇다면 태어나지 못했던 시에프리너의 딸은 왕자의 누이인 셈이지요. 토벌군과 이라무스를 불태워버린 화염 폭풍의 원인이 된."

"……정말 놀랍군. 끼워 맞추는 식인지도 모르지만."

"그런 식일지도 모르죠."

"그 예언을 한 자가 누구지? 알아봐야 할 것 같은데."

"알아봤어요."

"그래? 누구야?"

"모르겠어요. 아무도 그 예언을 한 예언자가 누군지 몰라요. 어떤 방향으로 수색하든 항상 자기 친구가 친구에게 들었다는 식이에요."

"사람들 사이를 떠도는 이야기란 것이 그렇지."

"프로타이스는 그것이 마음에 들지 않는 것 같더군요."

"춤추는 성좌가 쉽게 받아들이는 것도 있어?"

"프로타이스하고 잠깐 이야기 할 기회가 있었는데 그가 그러더군요. 하나도 받아들이기 어려운데 두 자식 모두 아버지가 없다는 건 도저히 못 받아들이겠다고."

"두 자식?"

"왕자도, 예언도 아버지가 없어요. 왕자는 왕비 혼자 낳았고 예언은 아무도 말하지 않았는데 모두 들었어요."

"허. 그러고 보니 그렇군. 킥."

"펫시?"

"아, 좀 어울리지 않겠지만, 내게 있어 가장 놀라운 일은 그거였어. 나와 프로타이스의 마음이 맞았다는 것. 옛날 같았으면 상상도 못할 일이지. 그런데 한 번 그랬더니 계속 그러는군. 내가 그 녀석 말에 동의하다니."

"그때는 잘했어요. 시에프리너에게 할 일을 강요한 것. 싫어하는 것이었으니 더 좋았지요."

"나도 나이는 먹었으니까. 당신보다는 연하지만."

"예. 그럼 이만."

"설마 삐친 거야?"

"아뇨. 몇 년, 아니면 몇 십 년 정도 바쁠 것 같아요. 당신한테도 들르기 어려울 거예요."

"뭣 때문에?"

"괴수 사냥이지요. 바이서스 인들의 논밭을 습격하고 배를 침몰시키는 괴수들을 퇴치하려고요."

"아아. 역시 영원한 모험가. 또 기일을 기억하게 될 자들을 모아 패거리를 만들 거야? 그리고 그들과 함께 높은 산과 깊은 숲, 끝없는 바다를 누비며 괴수들을 상대로 목숨을 건 모험을 할 건가?"

"예. 그게 모험인지는 모르겠지만."

"역시 가장 오래 부는 바람이군. 당신을 그렇게 부른 것이 누구였지?"

"기억이 안 나는군요. 들었던 말 같은데. 친구들이 많았어요."

"많았지."

"예."

"귓가에 햇살을 받으며 석양까지 행복한 여행을."

"웃으며 떠나갔던 것처럼 미소를 띠고 돌아와 마침내 평안하기를."

155

바위에 걸터앉아 책을 보던 왕지네는 목이 뻣뻣해지는 것을 느끼곤 책에서 눈을 뗐어요. 그러곤 약간의 감상을 담아 바이서스 방향을 바라보았습니다.

드래곤 레이디의 스산한 경고는 이미 전 세계에 알려졌지요. 그 때문에 바이서스의 변방 지대에선 외국 군인들의 모습을 심심찮게 볼 수 있었어요. 물론 약화된 바이서스를 침략하려는 것은 아니었어요. 누가 그런 나라를 원하겠습니까. 역설적이지만 드래곤 레이디의 경고는 왕과 왕비가 한꺼번에 사라지고 군사력이 거의 와해된 바이서스를 보호하고 있는 셈이었지요. 외국 군인들이 바이서스의 변방을 오가는 것은 밀입국자를 감시하기 위해서였습니다. 불을 꺼줄 수 없다면 불똥이 튀는 것은 막아야 했으니까요.

다행스럽게도 사태는 최악에서 두 걸음 정도 떨어진 곳을 답보하고 있었습니다. 루트에리노와 핸드레이크의 나라였던 바이서스엔 특별한 잠재 능력 같은 것이 있는 것인지도 모르지요. 바이서스 인들은 자기 것을 지키고 가족들을 구하기 위해 싸움에 나섰습니다. 곳곳에서 신화 시대, 검과 마법의 시대에서나 일어났을 법한 영웅적인 투쟁의 이야기가 들려왔어요. 그 중에는 놀랍게도 마법이 부활했다는 이야기도 있었습니다. 최근 온갖 초자연적인 일을 몸소 경험했던 왕지네는 그 믿기 어려운 이야기에 일단 유보적인 입장을 취하고 있었지요.

마법사와 칼잡이가 등장하는 고전적인 모험담에 총잡이와 마력 높은 자동차, 그리고 최신 발명품인 비행기 등이 덧붙여진 현대적 모험담이 바이서스를 휩쓸었습니다. 어떤 이들은 거기에 열광하기도 했습니다. 하지만 왕지네는 결국 목숨 걸고 싸울 일이 많아진 것 아니냐고 생각했지요. 영웅담이나 모험담은 피에 젖은 무대에서만 공연되는 작품이지요. 명백히 세상은 작년보다 훨씬 살기 어려운 곳이 되어 있었습니다. 그리고 내년에 대해 희망을 피력하는 이는 드물었습니다.

"짜증나는군."

지신이 무의식중에 말한 줄 알고 놀랐던 왕지네는 곧 눈을 찌푸리며 옆을 돌아보았습니다.

왕지네는 꽤 변방이라 할 수 있는 그곳까지 오면서 외국 군인들과 거의 맞닥뜨리지 않았어요. 그건 그녀의 동행자 때문이지요. 그녀의 동행은 알몸의 남자였어요. 등에 맨 장검을 제외하면 몸에 걸치고 있는 건 허리에 두른 거친 천 한 장뿐이었지요. (왕지네는 그 천을 남자에게 강요하기 위해 거의 목숨을 걸어야 했습니다.) 그런 꼬락서니이니 상식을 신뢰하는 이라면 가까이 다가가고 싶지 않겠지요. 하지만 군인들이 다가서지 않는 데는 보다 신비한 이유도 있었습니다. 군인들은 멀찌감치에서 그들을 볼 때마다 설명할 수 없는 공포를 느꼈습니다. 그래서 그들은 '옷까지 잃어버린 불쌍한 유민을 쏠 수는 없다. 나는 그렇게 무도한 인물이 아니다. 그러니까 더 무도한 다른 녀석이 쏘겠지.' 같은 간단한 합리화로 그들을 외면하곤 황급히 도망쳤지요.

그 알몸의 남자가 앞쪽의 탑을 보며 짜증스러워 하고 있었습니다. 왕지네가 책을 흘깃거리며 말했어요.

"그렇게 불편하면 드래곤 모습으로 돌아가. 프로타이스."

말을 끝낸 왕지네는 아차 했어요. 책 때문에 정신이 없었던 모양이에요. 프로타이스에겐 그런 식으로 제안해선 안 되는 거죠.

"안 불편해. 이젠 이 모습이 꽤 익숙해."

왕지네는 입술을 삐죽였어요. '간지럽다고 옷도 못 입으면서.'

"그리고 드래곤 모습이면 시선을 끌 거라고 걱정한 건 너였잖아."

왕지네는 지금 모습이 더 시선을 끈다고 말하려다가 포기했어요.

"그렇게 불편해할 줄은 몰랐지."

"안 불편하다니까. 아. 짜증난다고 한 것? 이 탑 때문에 짜증이 나서 그래."

"응? 아, 그래. 마법을 억제한다고 했지. 그게 기분이 나쁠 정도야?"

"기분이 나빠. 에잇. 빨리 끝내자."

"관찰한다는 건?"

"끝났어."

"조금만 기다려. 읽던 건 마저 읽고……"

"범인은 영주의 아들이야."

왕지네는 악담을 퍼부어준 다음 책을 덮었어요. 그러고는 배낭에서 갈고리들을 꺼냈어요.

그것이 그녀가 프로타이스와 한 계약이었지요. 마법이 억제되기 때문에 프로타이스가 접근할 수 없는 구층탑에 대신 침입하여 그 안에서 보물을 꺼내는 것. 그 대가로 프로타이스는 모퉁이를 돌 때마다 전설에 나오는 장면을 볼 수 있게 된 바이서스에서 그녀와 동행하며 보호해 주기로 약속했지요.

왕지네는 그 계약이 잘 한 짓인지 의심스러웠어요. 세상이 험해졌으니 드래곤과 함께 다니는 것도 괜찮겠다고 생각하고 한 계약이었지만 그게 이런 꼴일 줄은 몰랐지요. '괴수들이 횡행하는 땅에서 등에 장검을 매고 허리에 천 한 조각 두른 근육질 남자와 동행이라니. 우와. 정말 옛날이야기 같아…… 창피해서 돌겠어.'

하지만 그 시점에서 그녀를 정말 짜증나게 하는 건 '우와, 저것 봐. 창피스럽게 몸에 저런 걸 붙이다니.' 하는 표정으로 쳐다보는 나체의 드래곤이었어요. 왕지네는 당신 한때 보석과 보물을 덕지덕지 붙이고 다니지 않았냐고 쏘아주려다가 그만뒀어요. 프로타이스가 아무리 특이한 드래곤이라 해도 드래곤에게 잃어버린 보물에 대해 떠드는 건 현명하지 못한 일 같았거든요. 그래서 왕지네는 갈고리를 붙인 후 아무 말 없이 구층탑을 기어오르기 시작했습니다.

얼마 후 왕지네는 프로타이스가 가르쳐준 보물을 가지고 도로 내려왔습니다. 구층탑의 유명한 불침전설이 무색하게 왕지네는 전에도 몇 번 해 본 적이 있다는 듯 간단히 그 일을 해치웠어요. 프로타이스는 감탄했고, 그래서 아무것도 아닌 것처럼 행동했습니다. 바닥에 서서 바지를 툭툭 턴 왕지네가 그것을 프로타이스에게 건넸습니다.

"그런 낡은 각등이 어디에 쓸모가 있는 거야?"

프로타이스는 만족스러운 듯한 표정으로 각등을 들어보였습니다. 거기엔 덮개가 달려 있었어요. 프로타이스가 말했습니다.

"이런 것에."

각등의 덮개가 열렸습니다.

왕지네는 덮개가 기묘하게 천천히 움직인다는 느낌을 받았습니다. 도개교 움직이는 것에 비교할 만했죠. 아니, 별들의 운행에 비교할 만했죠. 하지만 멈출 수는 없었어요. 세상의 모든 숲을 남벌하여 얻은 목재로 버팀대를 세운다 해도 그것만큼은 멈출 수 없을 것 같았습니다. 왕지네는 곧 눈물이 흘러나오리라는 것을 알았습니다. 그녀는 소리치고 싶었어요. 왜 그렇게 덮개 앞에 멀뚱멀뚱 서 있냐고.

'예언자. 비켜.'

예언자는 그녀를 보며 괴롭게 웃고 있었습니다. 그도 울고 싶은 것 같았어요. 소리를 지르고 싶은 것 같았습니다. 하지만 불가능했지요.

덮개가 열리는 시간은 너무도 짧거든요. 한 0.3초 쯤?

— 134 —

진동하는 시에프리너의 레어 속에서 0.3초만 허락된 대화가 시작되었습니다.

'그렇게 되는 거야?'

'그렇게 될 거야. 몇 부분은 약간 다르지만. 특히 프로타이스는 당신에게 그림자 지우개를 비추진 않을 거야. 자기 자신에게 비추겠지. 그는 왕자에게 아버지가 없는 것이 아니라 없어진 것 아닐까 의심하게 되거든. 그림자 지우개에 대해 알기 때문에 그런 생각을 하지.'

'그래서 당신을 찾으려고……'

'정확하게 말하면 나를 찾지는 않아. 나는 없어졌으니까. 프로타이스는 자기를 없앤 다음 나를 아는 자기를 재창조하려 할 거야.'

'세상에. 그런 일을 할 수 있어?'

'할 수 있을지 없을지 모르지만 상관없어. 그때 그림자 지우개가 부서지게 될 테니까.'

'부서져?'

'응.'

'그림자 지우개가 부서진다면…… 그러면 아프나이델이 바란 대로 원래부터 그림자 지우개가 없었던 것이 되니까……. 그림자 지우개에 의한 삭제도 원래부터 일어나지 않는 일이 되니까…….

당신도 돌아오는 거야?'

'당신에게 부탁이 있어.'

'말 돌리는 거야?'

'프로타이스가 바이서스를 구할 수 있어. 당신에게 곧 나는 원래부터 없었던 자가 되겠지만 그래도 내 부탁은 남을 거야. 내가 사라지는데도 불구하고 남게 되는 아기와 예언처럼.'

'당신, 안 돌아오는구나.'

'왕지네.'

'안 돌아오는 거지?'

'응.'

'왜!?'

'나는 그림자 지우개가 부서진다고 했어. 사라지는 것이 아니고. 구층탑 내부에 계속 있었다면 그건 아프나이델이 바랐던 것처럼 원래부터 없었던 것이 되었겠지. 하지만 프로타이스가 그걸 꺼내는 바람에 그건 부서져. 많이 약화되었거든.'

'뭐? 그럼, 그럼 내가 거절하면 되겠구나. 내가 도와주지 않으면 프로타이스는 그걸 꺼내지 못할 테니까. 그렇지?'

'당신은 그런 생각을 할 수 없어. 내가 곧 원래부터 없었던 사람이 되는데 어떻게 나를 위해 그럴 수 있겠어?'

'그럼 나한테 부탁해! 그걸 꺼내지 말라고! 부탁은 남게 될 거라면서?'

'그런 부탁은 남지 않아. 그림자 지우개가 아프나이델의 바람처럼 원래부터 없었던 것이 되면 아버지 없는 왕자나 예언자 없는 예언 모두 사라지게 되겠지. 그렇게 되진 않아. 그래서 그건 부서져. 사라지지 않도록.'

'부서지면 사라지지 않는…… 설마?'
'응.'
'왕비에게 죽으면…… 그래서 당신 왕비에게 죽으려고…….'
'사라지지 않으려고 그랬어.'

135

덮개가 더 움직였습니다. 남아 있는 시각은 0.2초 정도였어요. 어이없는 일이지만 왕지네는 그 '빠른' 시간의 흐름에 경악했습니다.

'다 알고 있었거든. 다 알고 있었어. 내 아들의 어머니인 왕비를 사랑해야 한다는 강박 관념과 자신이 처한 상황에 대한 절망과 분노 때문에 나는 약간 맛이 가게 돼. 그래서 왕비가 아닌 화가를 찾게 되는 거지. 왕을 죽이면 화가가 돌아올 거라는 되지도 않을 결론을 내린 나는 왕을 죽이려 하게 돼. 바이서스 따위야 내가 알 바 아니지. 그래서, 무기를 지닐 수 없는 나를 대신하여 당신이 무기를 운반하게끔 하는 거지. 하지만 총질에 서툰 나는 엉뚱하게도 시에프리너의 알을 쏘게 돼. 시에프리너는 격노하여 왕을 죽이고, 왕이 죽는 것을 본 왕비는 절망하여 따라 죽지. 나는 나 자신만 없으면 왕비가 죽는 일은 일어나지 않게 될지도 모른다는 생각 때문에 나 자신에게 그림자 지우개를 쓰지. 그리고 나는 사라져. 내 바람과 달리 왕비가 되살아나진 않아. 기이히게도 왕자와 예언만이 남게 되지. 나는 그걸 다 알고 있었어.'

'알고 있었어?'

'그래서 난 강박관념도 느끼지 않았고, 맛이 가지도 않았어.

왕을 죽이고 싶은 생각도 느끼지 않아. 하지만 이렇게 되게 되어 있는걸.'

'그건…… 그건 너무 끔찍해……. 피할 수 없었어? 바꿀 수 없었어? 모든 건 다 결정되어 있는 거야?'

'내 손엔 피가 묻었어. 깨진 알을 봐. 저기 쓰러져 있는 왕을 봐. 그리고 왕비를 봐.'

'다 결정된 거냐고!'

'왕비는 왕의 죽음 때문에 슬퍼서 죽은 것이 아니야. 시간의 장인들은 통속적이야. 이야기를 복잡하게 만들지 않지. 그건 가지치기인지도 몰라. 적당히 솎아주지 않으면 과일이 너무 많이 열려서 나무에 해가 가지. 하지만 왕비는 그런 간단한 이유로 죽은 것이 아니야. 그녀의 왕이 누군지도 모르는걸. 그런데 어떻게 슬픔 때문에 죽을 수 있겠어. 그녀를 죽인 것은 나야. 내가 그녀의 미래를 강간했어. 가장 웃기는 사실은 그녀가 그것을 원했다는 거지. 하지만…… 하지만 그래도 화간은 아냐.'

'그건, 그건 아냐. 아닐 거야.'

'그 벌을 받게 되겠지. 아무도 나를 기억하지 못하게 될 거야. 원래부터 없었던 것이 되니까. 그들은 내게서 필요한 것만 취한 다음 나를 깨끗이 폐기하려 하고 있어. 왕자와 예언. 그것만 있으면 돼. 하늘이 열렸어. 그 동안 팽배한 고립주의 때문에 드래곤은 인간과 맞닥뜨리지 않았지만 하늘이 열린 상태에선 더 이상 그럴 수 없어. 드래곤과 인간은 무시무시하게 충돌하게 될 테지. 드래곤 라자가 필요했어. 그래서 그들은 내게 그것만 가져갔어. 그러곤 나를 없애려 해.'

'그들이 누구야? 응?'

'원래부터 없었던 것이 되고 싶지 않았어.'
'그들이 누구냐고!'
'태어나기 전엔 원래 없었다고 생각하면 쉽지만…… 아냐, 쉽지 않아. 조금도 쉽지 않아.'
'당신은 없어지지 않아. 없어지지 않을 거라고.'
'살고 싶었어. 죽어서 살고 싶었어.'

왕지네는 소스라치게 놀랐습니다. 갑자기 또 하나의 덮개가 움직이기 시작했어요. 그녀 자신의 덮개였지요. 예. 평소에는 의식하지 않으면 볼 수도 없지만 그 한없이 늘어진 시간 속에서 왕지네는 위에서부터 내려오는 부정형의 어둠을 볼 수 있었습니다.

그녀의 눈꺼풀이 아래로 내려오고 있었어요.

136

그녀는 예언자의 모습을 감추기 시작하는 자신의 눈꺼풀을 멈추려 애썼어요. 소용이 없었지요. 손발을 마음대로 움직일 수 없는 것처럼 눈꺼풀도 그녀의 말을 듣지 않았습니다.

그녀가 마음대로 할 수 없는 건 위로 치솟는 그림자 지우개의 덮개도 마찬가지였지요. 왕지네는 반쯤 열린 그림자 지우개의 덮개 뒤로 초의 밑동을 볼 수 있었습니다. 조금만 있으면 초의 윗부분을, 그리고 심지를 볼 수도 있을 것 같았어요. 눈꺼풀이 내려오지 않는다면 말이에요. 눈꺼풀이 움직이는 속도를 가늠해 본 왕지네는 자신이 덮개가 완전히 열리는 순간을 볼 수 없으리라는 것을 깨달았어요. 살갗들 중 가장 빠르게 움직이는 살갗이 배반의 살갗을 기습적으로 응징한 셈이로군요.

예언자도 왕지네의 눈꺼풀이 내려오는 것을 보았어요. 곧 그녀의 시야에서 그의 모습이 사라지겠지요.

'무서워. 너무도 무서워. 곧 나는 없어질 거야. 원래부터 없었던 것이 될 거야. 이렇게 될 것을 알고 있었어. 몇 번이나 지금의 이 광경을 보았어. 그러면서 마음의 준비도 해봤어. 하지만 당신이 눈을 감으리라는 것은 알지 못했어. 이렇게 시간이…… 잔인하게 늘어날 줄은 몰랐어. 눈을 깜빡일 거라는 것은 생각도 하지 못했어. 눈을 감지 말아줘…… 제발. 당신 눈을 보면서, 당신 눈 속의 나를 보면서…….'

'어떻게 할 수 없는 거야? 어떻게도 할 수 없는 거냐고! 그래. 그림자 지우개가 부서지지 않고 사라지면 되는 거지? 응? 내가 프로타이스를 막으면 되는 거지?'

'어떻게 그녀가 눈을 감아…… 어떻게…… 너무하잖아! 이 개자식들아!'

'프로타이스를 막으면 되는 거지!'

'프로타이스……. 그래. 부탁. 빌어먹을 부탁.'

'아프나이델은 천 년이나 걸려서 그걸 없애려고 했어. 그렇게 해주면 되잖아.'

'당신. 프로타이스에게 물어봐야 해. 그가 알고 있어.'

'싫어. 부탁 안 들었어. 안 들었다고.'

예언자가 부탁의 내용을 말하는 동안에도 왕지네의 눈꺼풀은 계속 내려왔습니다. 이제 왕지네는 그림자 지우개도 볼 수 없었어요. 그리고 예언자의 가슴 윗부분도 경계가 거친 어둠 속으로 사라졌지요. 왕지네는 남아 있는 시야 속의 예언자를 애타게 바라보았어요. 예언자의 너무도 작은 부분이었지요. 그리고 그마저도 가차없이 사라져가고 있었습니다.

'당신 눈 속의 내가 사라지는군.'

'안 돼.'

'작별 인사는 하지 않아도 되겠지. 기억할 수 없을 테니까.'

'기억할 거야.'

'신들도 나를 기억할 수는 없어. 원래부터 없는 것을 기억할 수는 없으니까.'

'기억할 거야!'

'고마워. 왕지네. 고마워.'

'왜!'

눈꺼풀이 완전히 감겼습니다. 왕지네는 그것이 다시 벌어지기를 초조하게 기다렸어요. 말 그대로 눈 깜빡할 사이였지만, 그건 너무 길었죠. 마침내 그것이 다시 벌어지기 시작했을 때 왕지네는 기진맥진할 것 같았어요. 빛이 새어 들어왔어요. 왕지네는 아직 그림자 지우개의 덮개가 완전히 열리지 않았기를, 그가 그녀의 눈 안으로 들어올 수 있기를 바라며 눈꺼풀을 들어올렸습니다. 찰나라도, 조금만, 조금만 더……

그녀의 눈꺼풀이 열렸습니다.

156

왕지네는 말했어요

"당신 여전히 거기 있는데."

"진짜 내가 있어?"

수차례 들었던 반문을 들으며 왕지네는 다시 한 번 계약에 대해 후회했습니다. 프로타이스는 음울하게 말했어요.

"어떡해. 정말 미친 드래곤인가 봐. 하는 표정으로 쳐다보는 걸 보니 내가 여전히 있나 보군."

"표정 읽는 척하지 마. 옷도 간지럽다고 못 입으면서. 당신 나한테 마법 썼지?"

프로타이스는 왕지네에게 각등을 내밀었어요.

"고장났군. 젠장. 아프나이델이 결국 성공했나 보네. 이건 아무 쓸모가 없게 되었으니 당신 기념품이나 해. 계약은 지킬 테니 걱정 말고."

"내 질문에 먼저 대답해. 나한테 마법 썼어, 안 썼어?"

"그래. 이 물건은 구층탑을 만든 마법사 아프나이델이 만든 거야. 아프나이델은 젊은 시절 영원의 숲이라는 곳에서……"

왕지네는 포기했어요. 그녀는 각등을 받아들고는 프로타이스의 괴상한 말이 귀 옆으로 흘러지나가게 내버려두었습니다. 몇 번 귀를 기울여보았지만 정말 괴상하다는 평가만을 재확인할 수 있을 뿐이었기에 더 이상 신경 쓰지 않았어요. 그녀는 관심이 없다는 것을 보여주기 위해 확고한 걸음으로 프로타이스를 등진 채 걸어갔습니다. 물론 프로타이스는 그녀를 따라 걸으며 계속 이야기를 했죠. 견딜 수 없게 된 왕지네는 좀더 강력한 수단을 써보았어요. 그녀는 크게 혼잣말을 했죠.

"인육의 값은 얼마일까?"

프로타이스가 뜨악한 얼굴로 입을 닫았기에 왕지네는 조금 놀랐지요. 프로타이스는 고개를 갸웃거리며 왕지네를 위아래로 훑어보았습니다.

"너 나한테 살 팔 거야?"

왕지네는 발을 헛디디곤 하마터면 쓰러질 뻔했어요. 가까스로 똑바로 선 그녀는 비명을 질렀죠.

"꺄아악! 무슨 소릴!"

"고기 값이 궁금하다면서. 아. 나 말고 다른 드래곤에게 팔 거야? 네 살 어떻게 할지야 네 자유지만 그런 식으론 체중 감량할 수 없어. 죽어."

"내가 감량이 필요하다고 생각하는 거야? 아니, 이게 아니지. 드래곤 레이디가 그랬잖아. 인육에 값이 매겨질 때까지 계속 우리를 괴롭히겠다고. 하도 끔찍하고 기가 막혀서 해 본 소리야. 알아?"

"아일페사스가 그런 말을 했어?"

"당신, 당신 저항할 것 말고는 어디에도 관심이 없지?"

프로타이스는 갑자기 허리를 펴며 위엄 있게 말했어요.

"관심 있어."

그 이상으로 실망스러운 대답을 왕지네는 상상할 수도 없었지요. 왕지네는 넌더리가 난다는 손짓을 해보이고는 속도를 높여 걸어갔습니다. 그녀를 따라잡은 프로타이스가 말했어요.

"관심 있다고."

"됐어. 내버려둬. 계약도 그만 파기하자. 나도 당신 원하는 것 못 가져다 줬으니까."

"나 값도 알아."

왕지네는 걸음을 멈췄습니다.

그녀는 크게 뜬 눈으로 프로타이스를 쳐다보았습니다. 그의 대답을 이해하면서도 왕지네는 이해할 수 없다고 느꼈어요. 조금 후 왕지네는 쉰 목소리로 속삭였습니다.

"값을 알아?"

"공짜야."

"뭐?"

"공짜로 주던데. 자기는 안 먹을 거라면서. 그래서 먹으려다가 관뒀지. 왜 그랬더라? 기억이 잘 안 나네."

왕지네는 왜 그랬는지 알 것 같다는 생각을 했어요. 보나마나 먹으라고 하니까 저항한 것이겠지요. 그리고 왕지네는 프로타이스가 왜 공짜로 받은 인육을 먹지 않았는지 궁금하지도 않았습니다.

"값이 매겨졌단 말이지? 응? 당신 그렇게 말한 거지?"

"응? 아, 그래. 금액이 0이지만 매겨진 건 맞아. 그건……, 왜 울어?"

무슨 소린가 하던 왕지네는 볼에 축축한 느낌을 받았습니다. 그녀는 눈 주위를 훔쳤어요. 손가락에 눈물이 묻어나왔죠. 왕지네는 당황했어요. 그러다가 곧 이유를 알게 되었지요.

"기뻐서 그러지! 가자!"

"어디 가는데?"

"카르 엔 드래고니안이지 어디긴 어디야? 반항할 생각하지 마. 계약은 계약이지?"

프로타이스는 얼굴을 찡그렸습니다. 그가 느끼기에 세상에서 카르 엔 드래고니안만큼 가고 싶지 않은 장소는 없었어요. 왜 그런지는 정확히 알 수 없었지만 말이에요. 하지만 왕지네가 말한 것처럼 계약은 계약이었지요. 계약을 맺을 당시 왕지네는 수십 번이나 '계약을 어길 거지?'라고 물었어요. 그녀의 예상을 적중시킬 수야 없었지요. 프로타이스는 절대로 그럴 수 없었어요.

"계약은 계약이지. 가자. 아아, 젠장. 왜 하필 카르 엔 드래고니안이야."

"왜? 당신 아일페사스 좋아한다면서."

프로타이스는 대답을 하기 위해 잠시 생각해 보았습니다.

"아아. 젠장. 왜 하필 카르 엔 드래고니안이야."

왕지네는 폭소를 터뜨렸습니다. 더 많은 눈물이 흘러나와서 결국 그녀는 소맷자락으로 눈물을 쓱쓱 닦아내야 했지요. 그녀는 프로타이스의 팔뚝을 애교 있게 때리고는 말했어요.

"가자!"

프로타이스는 다급하게 말했습니다.

"어. 지금? 잠깐만. 읽던 건 마저 읽고 가지 그래?"

"욕하고 싶어지네. 범인이 누군지 당신이 말했잖아!"

"그거 거짓말이었어. 내가 왜 그런 짓을 하겠어. 그냥 너 일어나라고 아무렇게나 한 소리야. 그러니까. 어. 저기 자리 좋다. 저기에 앉아서……"

왕지네는 프로타이스의 말을 단숨에 끊었습니다.

"잘됐네. 오늘 밤엔 자기 전에 읽을 것이 있어서."

그리고 벽타기꾼은 도무지 말릴 엄두도 나지 않는 경쾌한 기세로 북동쪽을 향해 걸었어요. 그 뒤를 따라 탄탄한 나체 위에 천 조각 하나 걸친 드래곤이 죽을상을 한 채 터벅터벅 걸었습니다.

〈끝〉

그림자 자국

1판 1쇄 펴냄 2008년 11월 26일
1판 23쇄 펴냄 2025년 8월 8일

지은이 | 이영도
발행인 | 박근섭
편집인 | 김준혁
펴낸곳 | 황금가지

출판등록 | 2009. 10. 8 (제2009-000273호)
주소 | 06027 서울 강남구 도산대로 1길 62 강남출판문화센터 5층
전화 | **영업부** 515-2000 **편집부** 3446-8774 **팩시밀리** 515-2007
홈페이지 | www.goldenbough.co.kr

도서 파본 등의 이유로 반송이 필요할 경우에는 구매처에서 교환하시고
출판사 교환이 필요할 경우에는 아래 주소로 반송 사유를 적어 도서와 함께 보내주세요.
06027 서울 강남구 도산대로 1길 62 강남출판문화센터 6층 민음인 마케팅부

© 이영도, 2008. Printed in Seoul, Korea

ISBN 978-89-6017-266-1 04810
ISBN 978-89-6017-257-9 04810 (세트)

㈜민음인은 민음사 출판 그룹의 자회사입니다.
황금가지는 ㈜민음인의 픽션 전문 출간 브랜드입니다.

이 영 도

1972년생. 경남대학교 국어국문학과 졸업. 1998년 여름, 컴퓨터 통신 게시판에 연재했던
첫 장편 『드래곤 라자』가 출간되어 100만 부를 돌파함으로써 한국에 판타지 시대를 열었다.
『드래곤 라자』는 일본, 중국, 대만, 홍콩, 태국 등에서도 출간되어 세계 독자와 만난다.
라디오 드라마, 만화, 온라인 게임, 모바일 게임 등으로 만들어졌을 뿐 아니라,
이후 『퓨처워커』, 『폴라리스 랩소디』, 단편집 『오버 더 호라이즌』을 차례로 발표하였으며,
장대한 구상 위에 집필하여 2003년 내놓은 대작 『눈물을 마시는 새』는 한국적 소재를 자연스럽게 녹여낸
판타지 대하 소설로 이영도 붐을 새롭게 했다. 2005년에는 후속작 『피를 마시는 새』가 출간되었다.